Spécialiste de l'histoire des familles royales, en particulier de celle de la Maison Windsor, Isabelle Rivère a pu suivre la souveraine dans ses déplacements en Grande-Bretagne et à l'étranger, ainsi que lors de plusieurs grands événements officiels.

DU MÊME AUTEUR

William d'Angleterre
Les défis d'un héritier
L'Archipel, 2001

Camilla et Charles
Robert Laffont, 2004

Lady D.
(avec Caroline Babert)
Robert Laffont, 2007

Isabelle Rivère

ELIZABETH II

Dans l'intimité du règne

Fayard

Programme « Old Mother Red Riding Boots »
p. 170-171 © collection particulière

TEXTE INTÉGRAL

ISBN 978-2-7578-3314-8
(ISBN 978-2-213-63687-0, 1re publication)

Pour Christophe, Clémentine et Thomas.

Pour Lucienne et Joseph Davin,
mes grands-parents.

Introduction

Elle est aujourd'hui la femme la plus connue au monde – rares sont les personnalités qui ont été autant célébrées qu'elle de leur vivant. Malgré l'ampleur des réjouissances organisées en son honneur (un concert géant, une parade de mille bateaux sur la Tamise, deux mille six cents feux de joie allumés aux quatre coins de la Grande-Bretagne et de ses autres royaumes du Commonwealth), Elizabeth II s'apprête à célébrer le soixantième anniversaire de son accession au trône avec l'humilité tranquille qui est l'un des traits dominants de son caractère. Antistar par excellence, la reine de Grande-Bretagne et d'Irlande du Nord demeure une figure révérée et secrète. Le touriste de passage l'associe à une certaine idée de l'Angleterre comme il associe à celle-ci le thé de cinq heures, Big Ben et les bus à impériale. Son profil de médaille est partout, sur les timbres, les cartes postales, les pièces de monnaie, les billets de banque. Son demi-sourire y demeure à peu près aussi énigmatique que celui de la Joconde. Comme toutes les légendes, elle s'est appliquée à garder une part de mystère.

Ce livre ne se présente pas sous la forme d'une chronologie du règne, son but n'est pas de brosser le portrait exhaustif, monumental, d'une icône. Il est le fruit d'un cheminement personnel, commencé il y a près de quarante ans dans les pages des magazines *glossy* que lisait… ma grand-mère. Le lien qui unit l'auteur à son sujet relève souvent de l'émotif, de l'intime. Les aventures sur papier glacé d'Elizabeth II à la manière de *Jours de France* sont ma madeleine de Proust, elles sont à tout jamais associées dans mon esprit aux heures les plus heureuses de mon enfance. Rien ne laissait supposer qu'elles puissent influer sur le cours de ma vie professionnelle, jusqu'à ce jour de 1993 où mon chemin a par hasard croisé celui de la souveraine dans un coin de prairie détrempé de Windsor Great Park. Notre face à face a été silencieux et bref, il n'a eu bien sûr d'importance que pour moi. Sans doute le voyage a-t-il commencé là.

Quatre années de recherches ont été nécessaires pour réunir les éléments qui composent cette biographie. Obtenir du palais l'autorisation de suivre la reine dans un certain nombre de ses activités officielles a été une surprise et une joie. Débutait alors une aventure riche d'expériences, de découvertes et de rencontres. Les chapitres qui suivent racontent les déplacements en province, l'ordinaire du travail de monarque, les coulisses de l'ouverture solennelle du Parlement, les visites d'État. Ils expliquent les influences qui se sont exercées sur Elizabeth II de sa jeunesse jusqu'à aujourd'hui. Et dévoilent un pan méconnu de son existence : les liens anciens, profonds, sincères, qui l'unissent à la France et à ses habitants. L'expérience a définitivement ancré dans mon esprit l'image d'une femme sans postures ni artifices, qui, pour avoir hérité sa fonction, n'en a pas moins voué sa vie tout entière au service de son pays par conviction et par choix. En mai 2011, elle a accédé à la deuxième place du classement des monarques britanniques « détenteurs » des règnes les plus longs de l'Histoire, supplantant ainsi George III et ses 21 644 jours au pouvoir, mais sans battre encore le record de 63 ans et 216 jours de Victoria – il lui faudra pour cela attendre septembre 2015. La souveraine est montée sur le trône à l'âge de vingt-cinq ans, « un travail que beaucoup d'hommes pensaient alors probablement pouvoir faire mieux qu'elle[1] », rappelle son petit-fils, le prince William. Les soixante années de bouleversements ininterrompus, de révolutions politiques, médiatiques, technologiques et sociales qui ont suivi n'ont jamais vu varier la somme de travail et d'énergie qu'elle investit quotidiennement dans sa tâche. Pas plus qu'elles n'ont vu changer son emploi du temps. La souveraine est en effet une femme d'habitudes, confrontée depuis toujours à un quotidien réglé avec une précision d'horloger – investitures, inaugurations, parades militaires, réceptions, week-ends à Windsor, vacances d'été en Écosse, au château de Balmoral... On pourrait croire que ces enchaînements routiniers ont, avec le temps, fini par émousser sa passion pour le métier de reine. Il n'en est rien.

Le duc de Cambridge confiait récemment avec quel enthousiasme elle a effectué son tout premier voyage officiel à Dublin, au printemps 2011. Des siècles d'Histoire sanglante et douloureuse séparent le Royaume-Uni et l'Irlande plus sûrement encore que l'Irish Sea. Depuis la dernière visite d'un monarque britannique – celle de George V, en 1911 –, le pays a été coupé en deux ; vingt-six des trente-deux comtés de l'île ont conquis leur indépendance vis-à-vis de la Couronne. Dans le Jardin du Souvenir, Elizabeth II s'est inclinée

1. Robert Hardman, *Our Queen*, Hutchinson, 2011, p. 1.

devant le monument érigé à la mémoire des hommes et des femmes morts au nom de la liberté irlandaise ; elle s'est rendue à Croke Park, théâtre de la tragédie du Bloody Sunday. Le soir du banquet, elle commence son discours par quelques mots en gaélique : « A Uachtaráin agus a chairde » (« Président et amis »). Le texte de son allocution a été soigneusement préparé par ses conseillers, mais c'est elle qui en a décidé l'entrée en matière. Elle est arrivée à Dublin dans un ensemble Stewart Parvin vert, la couleur emblématique du pays, assiste au dîner d'État dans une robe de soie blanche brodée de deux mille quatre-vingt-onze trèfles à trois feuilles et ornée à hauteur de l'épaule gauche d'une harpe celtique (l'autre emblème de l'Irlande) scintillante de cristaux Swarovski. La monarchie a ses détracteurs, tous les Britanniques ne se reconnaissent pas dans l'institution qu'elle représente, reste qu'ils lui sont reconnaissants pour avoir toujours rempli son rôle à la perfection. Pour avoir toujours été là.

Dans *The Work of the Queen* (Le travail de la reine), publié en 1958, l'historien Dermot Morrah voyait déjà dans la monarchie un « mode de vie » plus qu'un système de gouvernement. « Elizabeth II est tout aussi reine que l'était Elizabeth Ire, bien qu'elle n'ait plus une once de son autorité. Elle est reine non parce qu'elle gouverne l'Angleterre, mais parce que sans elle, l'Angleterre ne serait plus ce qu'elle est[1]. » La souveraine incarne en effet la continuité d'une histoire, elle est, pour ses sujets, ce lien inestimable qui unit les époques et les générations, qui rend « à chacun le sentiment de la gloire commune et de son importance

1. Dermot Morrah, *The Work of the Queen*, William Kimber, 1958, p. 37.

individuelle[1] ». Son jubilé de diamant est d'ailleurs, pour elle, l'occasion de renouveler les serments qui l'unissent à la Grande-Bretagne. « J'ai eu le privilège d'être le témoin d'une partie de cette histoire, déclare-t-elle lors d'un discours à l'adresse du Parlement, le 20 mars 2012, et, avec le soutien de ma famille, je m'engage à nouveau, devant vous, à me dévouer au service de notre grand pays et de son peuple, maintenant et pour les années qui viennent. »

Ce livre se nourrit de choses vues, de témoignages et d'enquêtes, et, bien sûr, de nombreuses lectures, parmi lesquelles les biographies d'Elizabeth II écrites par Ben Pimlott, Sarah Bradford, Andrew Marr et Robert Hardman, incontournables pour qui veut s'approcher au plus près de la vérité de la reine, de son travail et de l'environnement dans lequel elle évolue, ainsi que la biographie officielle de la reine mère Elizabeth par William Shawcross. Le chemin a été long, semé d'innombrables embûches et jalonné de chagrins personnels.

1. Christine Jordis, *Promenades anglaises*, Seuil, coll. « Points », 2008.

Chapitre premier

Audiences

« Dieu merci, nous l'avons », disent souvent les Britanniques. En ce début de siècle dominé par le tout-technologie, la dictature des tendances et l'hyper-consommation, la force de la souveraine réside dans sa maîtrise de l'immatériel, sa résistance à tous les phénomènes de mode. Sa capacité à influer sur le cours des événements par sa seule présence, un sourire, ou – c'est en tout cas ce que prétend la légende – un frémissement de sac à main. À quatre-vingt-six ans, Elizabeth II, championne du monde de la royauté toutes dynasties confondues, a ceci d'extraordinaire qu'aucun autre monarque ne l'égale en termes de prestige et de notoriété.

Le 28 novembre 2011, les représentants des médias, réunis pour un soir dans les salons de Buckingham, se découvrent d'ailleurs, à l'idée de l'approcher, un soupçon de timidité. La réception a été organisée afin de permettre aux journalistes de la presse écrite, de la radio et de la télévision de rencontrer les membres de la famille régnante avant le lancement des festivités du jubilé de diamant. Il y a là la crème des chroniqueurs royaux, ces as de Fleet Street vis-à-vis desquels certains caractères bien trempés du clan Windsor seraient chroniquement en panne de sympathie, les directeurs de journaux les plus influents du moment, quelques têtes connues de la BBC et d'ITV, plusieurs historiens britanniques de renom, mais aussi des humbles, des sans-grade, tout étonnés d'être là. Dans la galerie des Peintures, sous les Canaletto, les Rembrandt, les Rubens, les Claude Lorrain et les Van Dyck, les arrivants sont invités à se munir du badge nominatif qui a été préparé à leur intention et à conserver à portée de main le rectangle de papier vert mentionnant leur identité et leur profession qui leur a été envoyé quelques jours plus tôt – il leur sera demandé au moment d'être présentés à Sa Majesté. Champagne, jus de fruits et petits fours, disposés sur des plateaux tendus par des employés de la *Royal Household*[1] en uniforme sombre, circulent entre les convives. À dix-huit heures, les portes monumentales à double battant situées à l'extrémité gauche de la galerie s'ouvrent sur le *White Drawing Room* – le Salon blanc. Elizabeth II est là, tailleur vert pâle et gants blancs, au côté de son époux. Quelques sommités de la profession, hommes et femmes, perdent soudainement leur quant-à-soi. Est-il recommandé de dire « hello » ou bien « bonsoir », « heureux de vous rencontrer », ou bien alors rien du tout ? La révérence est-elle obligatoire ? Si oui, est-il conseillé d'opiner du genou droit plutôt que du gauche ? Les invités défilent les uns après les autres, remettent leur petit sésame émeraude à un membre du staff qui, avec une régularité de métronome, le passe à son tour à un gentleman en costume gris posté droit comme un I au côté de la souveraine. Elizabeth II et le prince

1. La « Maison royale », l'organisation regroupant l'ensemble des personnels au service de la souveraine, soit environ 1 200 personnes.

Philip serrent un tantinet mécaniquement les mains qui se tendent pendant que le crieur déclame qualités et noms de famille avec une rapidité de camelot pressé de remballer sa marchandise. Le duc d'Édimbourg a conservé la poigne de ses vingt ans. Un rapide échange de regards, de sourires. C'est déjà fini.

Des membres du staff encouragent les uns et les autres à se diriger ensuite jusqu'au salon voisin – le Salon bleu –, où les attendent le prince Charles, son épouse, Camilla, mais aussi Catherine et William, les duc et duchesse de Cambridge. Kate est là, grande et jolie femme, regard intense, sourire lumineux et avenant, dans une robe vert vif à manches longues ceinturée à la taille. On nous laisse en tête-à-tête. La jeune duchesse (vingt-neuf ans) mène la conversation, on la devine concentrée, impeccablement maîtresse de l'exercice. « Comment avez-vous travaillé sur votre livre ? Combien de temps y avez-vous passé en tout ? Vous habitez à Paris ? J'aime beaucoup la France, j'aimerais pouvoir y aller plus souvent, il y a d'ailleurs comme cela beaucoup d'autres endroits dans le monde que j'aimerais visiter. » Deux ou trois minutes d'entretien, et la voilà repartie vers d'autres hôtes, vers d'autres questions à poser. L'échange avec le prince William sera différent. Ses interlocuteurs lui sont présentés par petits groupes de trois ou quatre personnes à la fois. Belle stature, costume Savile Row doublé bleu glacier, sourire franc. Rien d'arrogant chez lui, au contraire. On le découvre peut-être un peu moins à l'aise que son épouse dans l'art de discuter à bâtons rompus avec des interlocuteurs dont il ignore tout, mais il y a chez lui une conviction, une sincérité vraies dès lors qu'il s'engage sur des sujets qui lui sont familiers – comme l'Afrique, où il confirme vouloir mener à bien de nombreux projets. « Oh, mais mon frère est bien meilleur que moi dans ce domaine », répond-il lorsqu'une journaliste le complimente sur l'une de ses récentes initiatives humanitaires. Le jeune héritier du trône demande si j'ai suivi son récent voyage au Canada, ce que j'ai pensé de son accent français. Rit d'assez bon cœur à la réponse, puis prend congé, sans oublier de remercier pour le temps que nous lui avons consacré. « Vous avez donc vu les mariés ! lance ce confrère. Moi, je n'y vais pas, je me sens bien trop nerveux pour ça. »

À quelques mètres de là, les proches conseillers d'Elizabeth II veillent au bon déroulement des conversations de Sa Majesté. La souveraine s'approche, m'adresse en souriant le fameux « Et vous, que faites-vous ? » par lequel elle entame presque invariablement ses tête-à-tête avec des inconnus. Les rencontres avec elle sont souvent brèves, toujours intenses. L'impression qui domine est celle d'un regard bleu-gris, vif, à la fois appuyé et toujours en alerte, d'une présence qui n'a besoin d'aucun artifice pour en imposer. Traits précis, teint d'ivoire, lèvres fines, sourcils indisciplinés. Une chevelure bouffante, blanc de neige, ramassée en volutes d'une symétrie parfaite à mi-hauteur de visage. « Rien à voir avec une comédienne à qui quelque metteur en scène aurait confié le rôle d'une reine, écrivait l'une de ses biographes, Dorothy Laird, en 1959. Voilà une femme dont la résolution est ferme, une femme qui est l'héritière d'une longue lignée, qui a sa souveraineté pour seule vocation, et qui se consacre à cette vocation comme un prêtre se consacre à l'Église, un médecin à la guérison de ses patients. » Soixante années de règne lui confèrent une aura exceptionnelle. Ce soir, ses invités ont d'ailleurs, pour la plupart, le sentiment de vivre un moment qui, l'espace de quelques heures, les coupe du reste du monde.

Les relations entre la maison Windsor et les médias ont longtemps été teintées d'incompréhension, de soupçon, d'hypocrisie, voire de franche animosité. Le souvenir des années Diana et de leur interminable cortège de désillusions et de scandales est encore dans toutes les mémoires, mais la présence, parmi les convives, de plusieurs des principaux acteurs de la scène médiatique de cette époque troublée – James Whitaker[1], alors au *Daily Mirror*, ou encore Richard Kay, l'un des journalistes emblématiques du quotidien *The Daily Mail*, qui fut l'ami et le confident de la princesse de Galles – prouve que les temps ont changé. Les années 2000 ont contribué à cicatriser une partie des plaies laissées béantes par la disparition brutale de la première épouse du prince Charles, en 1997. De part et d'autre, la méfiance et les crispations ont laissé place au dialogue, encouragé par le service de presse du palais. La révolution technologique de l'industrie de l'information, puis la crise économique ont fait le reste. « Nos rapports avec les médias se sont beaucoup apaisés, c'est vrai, confie ce membre de la cour. Le jubilé d'or[2], en 2002, a fait l'objet d'une couverture très positive, il a été le tournant décisif qui nous a permis de bâtir une relation nouvelle, fondée sur la confiance. Nous avons aussi appris à devenir plus ouverts. Et fini les pirouettes, il n'est plus question d'être autrement que francs et clairs. » Se pourrait-il que les anciens meilleurs ennemis du monde aient, aujourd'hui plus

1. Le chroniqueur royal est décédé en février 2012, des suites d'une longue maladie.

2. Le cinquantième anniversaire du règne.

que jamais, besoin les uns des autres ? C'est en tout cas ce que laisse entendre le directeur de l'une des grandes agences de presse britanniques. « Une image qui, il y a dix ans, aurait été vendue 850 euros à un quotidien comme *The Sun*, ne rapporte plus désormais que 150 euros. De ce point de vue-là, Camilla est formidable, ajoute-t-il, elle comprend ce qu'attendent les photographes et fait toujours de son mieux pour les aider. Elle ne fait pas ça pour avoir son portrait dans le journal, non, elle sait simplement qu'en ce moment c'est dur, alors à sa manière, elle donne un coup de main. » La duchesse de Cornouailles est là, souriante et décontractée comme toujours, elle distribue mots gentils – « Oh, hullo ! » – et poignées de main chaleureuses en virevoltant dans un fourreau pailleté – « on m'attend à une première », explique-t-elle comme pour s'en excuser. Beaucoup veulent la féliciter pour sa récente prestation de juge d'un jour sur le plateau des répétitions de *Strictly Come Dancing* (Danse avec les stars), un show télévisé ultrapopulaire outre-Manche.

L'atmosphère est détendue, les échanges entre les invités et l'entourage des membres de la famille régnante – secrétaires particuliers, chargés de communication et autres conseillers – sont directs, sans protocole particulier. Les dames d'honneur d'Elizabeth II sont là, elles aussi, notamment Lady Mary Morrison, entrée à son service il y a plus de cinquante ans, ou encore la comtesse d'Airlie, *Lady of the Bedchamber* depuis 1973, toutes deux amies et confidentes – une broche en diamants en forme de « E » piquée sur un carré de taffetas moiré rose les distingue des autres représentants de la *Royal Household*. Le sourire qui éclaire leur visage est le signe d'une soirée réussie. Mais il sera bientôt vingt heures, la réception touche à sa fin. La souveraine et ses proches se sont discrètement éclipsés. Plateau (vide) à la main, le staff, dans une chorégraphie d'ensemble que l'on sent parfaitement rodée, forme maintenant une haie qui, peu à peu, pousse les convives vers l'entrée (ou plutôt la sortie) de la galerie des Peintures. Retour au vestiaire, installé dans la *Bow Room*, un vaste salon situé au rez-de-chaussée du palais qui faisait autrefois partie des appartements privés du roi George IV, décoré de portraits de parents de la reine Victoria et de précieuses pièces de vaisselle alignées dans des vitrines – c'est ici que sont donnés les déjeuners en l'honneur de chefs d'État en visite officielle à Londres, ici aussi que patientent les dignitaires reçus en audience privée par la reine, comme les ambassadeurs des gouvernements étrangers. Derniers pas dans le hall de Marbre, puis le Grand Hall, nimbés de rouge vermillon et de tons crème et or. Au-dehors, une nuit noire est tombée dans la cour. Quelques journalises se photographient devant les colonnades de la grande entrée. Il y a, chez la plupart des personnes présentes, comme une imperceptible réticence à quitter les lieux.

« Premier Ministre, j'espère que vous allez passer une bonne nuit »

À quoi sert une reine ? Symbole de l'unité de la nation et chef de l'exécutif, Elizabeth II a le pouvoir de nommer le chef du gouvernement et d'accepter ou de refuser les demandes de dissolution du Parlement. Elle est aussi chef des forces armées britanniques (elle dispose en théorie du pouvoir de déclarer la guerre et de ratifier les traités) et, en théorie toujours, a la possibilité d'opposer son veto à une loi. Bien que dotée, sur le papier, de prérogatives étendues, elle ne bénéficie en réalité que d'une marge de manœuvre très réduite. Dans l'immense majorité des cas, elle ne « choisit » pas l'hôte de Downing Street. À l'issue d'une élection générale, le leader du parti ayant recueilli la majorité des votes (et donc des sièges à la Chambre des communes) se trouve en effet automatiquement porté au pouvoir – et aussitôt convoqué au palais de Buckingham, où la souveraine lui demande de former un gouvernement.

La monarchie constitutionnelle est un édifice complexe, qui repose sur le respect d'une règle immuable : l'impartialité de la figure qui l'incarne. Cette impartialité se trouve garantie par l'obligation dans laquelle se trouve la reine de prendre « conseil » en tout auprès de ses ministres – conseil qu'elle se doit d'accepter et de suivre. Cet ensemble de procédures fait d'elle un chef de l'État respectueux de la volonté du peuple et donc un garant de la démocratie. À première vue, il peut paraître aussi réduire sa fonction à une simple chambre d'enregistrement. En réalité, il a surtout pour effet de placer le trône à l'écart de toute possibilité de controverse ou de critique, et donc de le protéger.

De tous les rôles remplis par la souveraine, le plus important consiste en l'exercice d'une « influence » qui s'exprime à huis clos, sans le moindre témoin, lors de son rendez-vous hebdomadaire avec le Premier Ministre. Un monarque a « le droit d'être consulté, le droit d'encourager et le droit de mettre en garde », écrivait l'essayiste et théoricien de la royauté Walter Bagehot en 1867. Elizabeth II, si elle n'exerce aucun pouvoir en tant que tel, conserve bien le devoir d'exprimer son opinion sur les actions du gouvernement. Mais marque-t-elle vraiment de son empreinte la conduite au quotidien des affaires du pays ou encore celle des relations entre la Grande-Bretagne et le reste du monde – domaine dans lequel son expertise est immense ? « Ses opinions et ses arguments ont une influence significative, commente l'ancien Premier Ministre John Major. La reine ne fait pas pression sur ses ministres, elle ne les pousse pas dans une direction ou une autre, mais elle leur fait part de ses opinions, et, si ses ministres ont du bon sens, ils vont écouter ces opinions et les étudier avant de finaliser leur décision. Donc ses opinions et ses arguments influencent probablement les gouvernements, oui. Quand on songe à l'expérience qui est celle de la reine, il serait vraiment peu sage de ne pas tenir compte de son avis[1]. »

Elizabeth II reçoit quotidiennement le détail des débats de la Chambre des communes, une copie des rapports émis par et pour le Foreign Office, les comptes-rendus qui lui sont adressés par les gouverneurs généraux des quinze autres royaumes du Commonwealth. Ses contacts avec les dirigeants des cinq continents sont nombreux et réguliers. Impressionné lui aussi par la facilité étonnante avec laquelle la reine absorbe et synthétise la masse de documents qui lui est transmise tous les jours (à l'exception du 25 décembre), Edward Heath, en poste à Downing Street entre juin 1970 et mars 1974, reconnaissait en elle, dès le début de son mandat, « l'une des personnes les mieux informées au monde[2] ». « Et malgré l'immense volume de données que cela représente, témoigne-t-il dans ses Mémoires, son intérêt pour les informations communiquées par son

1. Entretien avec l'auteur.

2. Edward Heath, *The Course of My Life*, Coronet Books, Hodder and Stoughton, 1999, p. 318.

Premier Ministre ne faiblit jamais[1]. » Le programme de sa première audience au palais, le 30 juin 1970, donne une idée précise de l'importance des sujets abordés : « Mon bureau avait initialement proposé trois thèmes : l'Irlande du Nord, notre approche de l'Europe et le programme législatif que nous souhaitions mettre en œuvre. J'ajoutai, en haut de la liste, la formation du gouvernement, un certain nombre de questions relatives à la haute administration ainsi que la place et le rôle des hommes d'affaires dans le travail du gouvernement, pour que la reine sache exactement ce que j'avais en tête en prenant mes rendez-vous. [...] Je complétai en ajoutant, à la fin, les problèmes en Afrique, notamment celui de la vente d'armes à l'Afrique du Sud [alors sous le régime de l'apartheid], car je réalisais que cela serait un problème pour le Commonwealth[2]. »

Elizabeth II aime-t-elle son métier ? « Passionnément », répond-on invariablement autour d'elle. « Je pense qu'elle serait malheureuse sans lui, affirmait même Sir Edward Ford, l'un de ses anciens secrétaires particuliers adjoints. Elle s'en délecte au sens où moi je me délecte d'un bain chaud. C'est de lui qu'elle retire du plaisir, de la satisfaction dans la vie[3]. » La reine a parfois été brocardée sous les traits d'une lady timide et solitaire, aux prises avec un métier déconnecté de toutes les réalités socio-économiques de son temps, une femme prisonnière de rituels et de traditions d'un autre

1. *Ibid.*

2. *Ibid.* Le Commonwealth est une organisation internationale regroupant d'anciens protectorats et colonies de l'Empire britannique, devenus des pays indépendants, dont l'adhésion reposait au départ sur une allégeance commune à la Couronne.

3. Graham Turner, *Elizabeth : The Woman and The Queen*, Macmillan, 2002, p. 49.

âge. Ses conseillers, passés et présents, brossent quant à eux le portrait d'une femme influente et respectée qui, à sa manière, n'a jamais cessé de se confronter aux enjeux de son époque.

Quels que soient leur parcours, leur statut, leur nationalité, et surtout qu'ils soient monarchistes ou non, les hommes politiques qui l'ont approchée ou qui ont travaillé avec elle n'ont jamais eu, la concernant, que des propos pleins de respect, et empreints, pour beaucoup d'entre eux, d'une franche admiration. « Le président François Mitterrand avait pour elle une grande considération, pour la maîtrise et le dévouement avec lesquels elle exerçait sa fonction royale, confirme l'ancien garde des Sceaux et ex-président du Conseil constitutionnel Robert Badinter. Il témoignait à son égard d'une sympathie très vive, pour elle et ses qualités humaines[1]. » Pas un qui n'ait, un jour ou l'autre, fait l'éloge de son professionnalisme, de l'amitié et du soutien dont elle se montre souvent si généreuse à l'égard de ses pairs. « Elle s'intéresse beaucoup à la psychologie des leaders d'opinion, témoigne l'un de ses anciens proches conseillers. Après soixante ans de règne, elle n'ignore plus rien des vicissitudes du pouvoir et de la vie politique. Lorsqu'elle est montée sur le trône, Winston Churchill était beaucoup plus âgé qu'elle. Aujourd'hui, c'est elle qui est plus âgée que ses Premiers Ministres, et donc sa relation avec eux a changé. Si je devais établir une comparaison, je dirais qu'elle est un peu comme une grand-mère pleine de bienveillance et d'expérience, qui souhaite que ses petits-fils travaillent bien en évitant de reproduire les erreurs de leurs aînés. Mais je reste persuadé que ce

1. Propos recueillis par l'auteur.

sont avant tout les individus, leur personnalité, qui aiguisent sa curiosité. Tony Blair l'intriguait beaucoup, par exemple, parce qu'il avait une psychologie à laquelle elle n'avait jamais été confrontée auparavant. La manière dont il gérait la crise en Irak, notamment, l'intéressait énormément[1]. »

Les opinions d'Elizabeth II n'ont jamais cessé de faire l'objet d'intenses spéculations, pourtant elle serait authentiquement apolitique. Elle « ne fait pas vraiment de distinction entre les représentants des différents partis, aimait à dire Sir Godfrey Agnew, qui fut le greffier du *Privy Council* (Conseil privé)[2] pendant plus de vingt ans. À ses yeux, ils appartiennent tous plus ou moins à la même catégorie[3] ». Une anecdote rapportée par l'ex-ministre des Affaires étrangères britannique Malcolm Rifkind est elle aussi révélatrice du rapport très particulier entretenu par l'hôte de Buckingham avec le « système ». « La reine m'a dit : "Le shah d'Iran m'a demandé si j'avais passé plus d'années avec des Premiers Ministres travaillistes qu'avec des Premiers Ministres conservateurs. Je lui ai répondu que je n'en avais pas la moindre idée, tout simplement parce que moi-même je ne m'étais jamais posé la question[4]." »

Une fois par semaine, Elizabeth II s'entretient en tête-

1. Entretien avec l'auteur.

2. Assemblée présidée par le monarque en exercice, dont l'origine remonte à l'époque des rois normands. Ses réunions, qui se tiennent en moyenne une fois par mois, servent à requérir et à enregistrer formellement l'approbation par la reine d'un certain nombre de mesures (comme des nominations) et d'autres décisions gouvernementales (dissolution du Parlement, établissement de jours fériés, etc.).

3. Sarah Bradford, *Elizabeth : A Biography of Her Majesty The Queen*, Mandarin Books, 1996, p. 320.

4. Robert Hardman, *Our Queen*, *op. cit.*, p. 163.

à-tête avec le chef de son gouvernement dans un petit salon cosy du palais, *The Audience Room* – la « salle de l'Audience ». Pour les occupants du 10 Downing Street, ce rendez-vous n'a rien d'une simple formalité. « "Vous savez, m'a un jour confié l'un d'eux, ce moment passé avec la souveraine est le seul où j'ai enfin la possibilité de parler avec quelqu'un qui n'a pas envie de me piquer mon job", raconte ce conseiller. La reine est l'incarnation de la sagesse et de l'expérience dans un monde qui bouge. C'est quelqu'un qui écoute et qui ne donne pas son avis si on ne le lui a pas demandé. L'Histoire est pleine d'exemples de monarques qui voulaient toujours dire à leur Premier ministre ce qu'il devait faire et pourquoi, mais elle non. C'est peut-être aussi une question de sexe. Les femmes sont plus à l'écoute que les hommes[1]. » Certains vont jusqu'à dire que le secret absolu qui entoure ces conversations hebdomadaires est l'un des piliers sur lesquels repose l'édifice de la monarchie constitutionnelle. Pour John Major, il est aussi le garant d'échanges constructifs. « Les audiences hebdomadaires ont un caractère strictement privé, seuls sont présents la reine et son Premier Ministre – le seul autre être vivant à être là avec les corgis. Personne d'autre. Personne ne prend note de ce qui y est dit. Personne n'en parle. Cela a l'avantage de permettre à la reine et à son Premier Ministre de dire exactement ce qu'ils pensent, sans s'inquiéter que cela puisse être répété. Et donne à la discussion une liberté dont aucun Premier Ministre ne peut faire l'expérience par ailleurs, avec qui que ce soit, fût-ce le plus proche de ses collaborateurs[2]. »

1. Entretien avec l'auteur.
2. Entretien avec l'auteur.

L'ex-leader du parti conservateur me reçoit dans ses bureaux où une immense baie vitrée offre une vue imprenable sur la Tamise. Il avait neuf ans lorsque la souveraine a accordé sa première audience à Winston Churchill. Entre 1952 et sa propre entrée en fonctions, en novembre 1990, elle en avait déjà mené près de deux mille avec neuf chefs de gouvernement différents. Comme la plupart de ses prédécesseurs, il qualifie la relation de travail avec Elizabeth II de « très proche ». « Lorsqu'un événement d'importance majeure se produit, le Premier Ministre en réfère à la reine, il lui explique ce qui s'est passé, les décisions qu'il compte prendre et les conséquences que ces dernières sont susceptibles d'avoir dans les jours ou les semaines qui suivent. La politique est faite de hauts et de bas, et de toutes sortes de problèmes qui, au moment où ils se posent, paraissent insurmontables. Mais la reine avait déjà ce type de conversation à l'époque de Winston Churchill. Beaucoup de Premiers Ministres se sont succédé après lui, rien ou presque de ce qui se passe n'est jamais complètement nouveau à ses yeux. Il est en effet rare qu'un événement présentant des caractéristiques similaires ne se soit pas déjà produit au cours de son règne. Elle en aura forcément conservé un souvenir précis, voilà pourquoi il est toujours très utile, pour un Premier Ministre, de lui parler[1]. »

Considérée comme « conservatrice », voire traditionaliste, dans certains domaines – comme dans son approche de la vie de famille ou son idée d'un *dress code* –, elle est aussi, de l'avis de tous ceux qui la connaissent bien, une femme profondément encline à la tolérance, au dialogue et à la conciliation. Tout en veillant à maintenir une

1. Entretien avec l'auteur.

forme de distance nécessaire au prestige de sa fonction, Elizabeth II aurait toujours su instaurer entre elle et ses *PM* (*Prime Ministers*) des rapports « professionnels » empreints de respect et de courtoisie, voire, pour certains, d'une certaine forme de complicité. « La relation entre la reine et son Premier Ministre a toujours un caractère formel. Elle est aussi, d'emblée, sympathique, confirme John Major. Avec le temps, elle devient moins formelle, bien sûr. Les Premiers Ministres sont des oiseaux de passage : ils arrivent et puis repartent. La reine, elle, est l'incarnation d'une forme de permanence, ce qui impose un degré de formalité. Mais les rapports sont-ils sympathiques ? Oui. Deviennent-ils encore plus sympathiques avec le temps ? À mesure que l'on apprend à se connaître, ils sont forcément plus détendus. Dans l'esprit des gens, le mot "formel" évoque quelque chose d'un peu raide, d'un peu guindé, mais avec la reine ce n'est jamais ainsi. » « Ils s'épanchent, ils me disent ce qui se passe ou s'ils ont des problèmes, et c'est ainsi que je peux parfois les aider, a un jour confié la reine. Il est agréable de sentir que l'on est une espèce d'éponge, et que tout le monde peut venir vous dire ce qu'il a sur le cœur[1]. »

Fascinant pour les historiens, intrigant pour le public, le tandem formé par Elizabeth II et son Premier Ministre a régulièrement alimenté fantasmes, interrogations et rumeurs, longtemps inspirés par le contraste saisissant entre la figure juvénile et menue de la souveraine dans les années cinquante et celle, forcément plus austère, sinon sévère, des hommes politiques concernés. Touché par sa jeunesse et sa beauté, mais aussi très vite impressionné par le sérieux et le dévouement dont

1. *Elizabeth R*, par Edward Mirzoeff et Ian Holm, BBC, 1992.

l'héritière de George VI fait preuve dans l'exercice de sa tâche, le premier de tous, Winston Churchill – au pouvoir depuis quatre mois lorsqu'elle accède au trône –, noue bientôt avec elle des relations que certains biographes n'hésitent pas à qualifier de « tendres et romantiques[1] ». Leur entourage remarque que leurs rendez-vous du mardi ont tendance à se prolonger bien au-delà des trente minutes habituelles. Le vieux lion partage avec Elizabeth la passion des chevaux et des courses, et si leurs entretiens s'éternisent, c'est parce que celle-ci se délecte des enseignements de son *PM* et de sa formidable connaissance en matière de politique nationale et internationale, mais aussi parce que leurs conversations se nourrissent du récit des aventures passées de Churchill (ex-correspondant de guerre et ancien du 4e hussards) et de ses exploits d'autrefois en tant que joueur de polo.

Elle sait toute l'amitié et l'admiration mutuelle qui l'unissaient à son père, dont il avait été le Premier Ministre de mai 1940 à juillet 1945. Le vainqueur de la Seconde Guerre mondiale a connu tous les monarques de sa famille depuis Edward VII[2]. Elle a pour lui la considération due aux témoins d'un passé glorieux dont le souvenir, en ce début des *fifties*, renâcle à s'estomper. Le 14 mai 1954, Winston est le premier à monter à bord du yacht *Britannia* pour fêter le retour d'Elizabeth et Philip en Grande-Bretagne, au terme de leur première grande tournée dans les pays du Commonwealth, qui a duré six mois. La souveraine l'a invité à passer la dernière nuit du voyage à bord, avant l'entrée triomphale du navire dans Londres. « Nous avons regardé un film

1. Sarah Bradford, *Elizabeth*, *op. cit.*, p. 220.
2. L'arrière-grand-père d'Elizabeth II.

après dîner, raconte un témoin. Churchill avait froid : voyant qu'il avait pris tous les coussins qu'il avait pu trouver pour s'en emmitoufler, on lui a fait apporter des couvertures. La projection terminée, la reine s'est tournée vers lui et lui a dit : "Premier Ministre, j'espère que vous allez passer une bonne nuit. – Maintenant que je vous sais à la maison, Madame, lui a-t-il répondu, soyez certaine que je dormirai bien[1]." » On comparera souvent leurs relations à celles de Victoria et de son premier *PM*, Lord Melbourne. Elizabeth sera éternellement reconnaissante à Winston pour la sagesse de ses conseils et la bienveillance avec laquelle il guidera son apprentissage de monarque. Celui-ci, de son côté, sera décrit par un membre de son entourage, à la veille de son départ de Downing Street, en avril 1955, comme « follement amoureux d'elle ».

« Mrs Thatcher n'écoute jamais un mot de ce que je lui dis »

Le successeur de Churchill, Anthony Eden, conscient de succéder à une figure aussi exceptionnelle que haute en couleur, craint un temps que Sa Majesté ne le trouve pas à la hauteur, mais ses appréhensions ne durent pas. « Il l'aimait beaucoup, se souvient un conseiller. Il était très sensible à tout ce qui venait d'elle et la consultait sur un grand nombre de sujets[2]. » Dans une lettre au leader soviétique Nikita Khrouchtchev, le chef du gouvernement dépeint Elizabeth II sous les traits d'une lady accessible et simple, « très intelligente et

1. Entretien avec l'auteur.
2. Sarah Bradford, *Elizabeth, op. cit.*, p. 229.

très agréable[1] ». Les conversations entre cet aristocrate au tempérament inquiet et la reine – dont la réaction à la crise du canal de Suez, en 1956, donnera lieu à maintes spéculations[2] – n'auront pourtant jamais le même caractère *cosy* que celles qu'entretenait avec elle son illustre prédécesseur. Après la démission d'Eden pour raisons de santé, en 1957, la jeune femme trouvera en Harold Macmillan, de l'aveu même de l'historien Ben Pimlott, « un mentor plus reposant ».

Ben Pimlott compare d'ailleurs le nouvel hôte de Downing Street à Benjamin Disraeli, l'un des Premiers Ministres les plus célèbres de Victoria, en raison de l'admiration bruyante qu'il voue à la monarchie et de sa détermination à renforcer l'aura et les prérogatives de la souveraine dans l'espoir d'en retirer un bénéfice politique personnel. Afin de faciliter leur relation (il aurait en effet, lors de ses premières audiences au palais, trouvé leurs discussions un tantinet poussives), Macmillan instaure rapidement de nouvelles règles de travail, envoyant chaque semaine à Buckingham une liste des thèmes qu'il souhaite aborder – un mode de fonctionnement toujours en vigueur aujourd'hui. Le troisième *PM* d'Elizabeth, arrière-petit-fils d'un modeste fermier écossais devenu le gendre du duc de Devon-

1. Ben Pimlott, *The Queen*, HarperCollins Publishers, 1997, p. 252.

2. Lorsqu'il évoque l'opération militaire menée par les troupes franco-britanniques contre les Égyptiens (opération qui s'est soldée par un fiasco), Anthony Eden affirme qu'à aucun moment « la reine n'a protesté » auprès de lui. Martin Charteris, à l'époque secrétaire particulier adjoint d'Elizabeth II, confie, lui, que l'affaire aurait au contraire beaucoup préoccupé la souveraine, inquiète notamment de « ses conséquences sur le Commonwealth et l'opinion américaine » (Peter Hennessy, *Having It So Good : Britain in the Fifties*, Allen Lane, 2006, p. 439).

shire, chef de l'une des familles les plus anciennes et les plus prestigieuses de tout le royaume, est dépeint par la biographe britannique Sarah Bradford comme un être à la personnalité complexe, sujet à des accès de dépression et hanté par une vie privée douloureuse. Ses problèmes conjugaux, combinés avec le profond sentiment de solitude qui est souvent le lot des hommes de pouvoir, l'incitent à magnifier quelque peu ses liens avec la souveraine, au point de considérer leur tête-à-tête hebdomadaire comme « l'un des aspects les plus agréables » de son job. « Il tirait un plaisir extravagant de l'intimité de ses rencontres avec la reine, presque comme s'il s'agissait de rendez-vous galants[1] », commente Ben Pimlott.

Harold Macmillan, pour qui le *boss* est en droit de tout savoir, est vite frappé par la maîtrise de soi dont la souveraine fait preuve en toutes circonstances, ainsi que par sa faculté de ne jamais réagir de manière excessive, de ne jamais prononcer d'opinion hâtive ou de parole qui n'ait été mûrement réfléchie. Il prend l'habitude de lui envoyer des mémos interminables et de lui relater par le menu ses rencontres avec telle ou telle célébrité.

De l'avis de la plupart des historiens, les travaillistes Harold Wilson (qui a effectué deux mandats, d'octobre 1964 à juin 1970 et de mars 1974 à avril 1976) et James Callaghan (avril 1976-mai 1979) ont compté parmi les Premiers Ministres « favoris » d'Elizabeth II. Originaire d'une famille modeste du Yorkshire, Wilson appartient à la génération de la souveraine – contrairement à tous ceux qui ont occupé la fonction avant lui. Tous deux n'ont rien en commun

1. Ben Pimlott, *The Queen, op. cit.*, p. 274.

– sur le plan des origines sociales, il est même évident qu'un gouffre les sépare –, mais le nouvel occupant de Downing Street est un homme affable et plein d'esprit. Avec lui, la conversation est aisée, agréable ; rapidement, les audiences du mardi se prolongent bien au-delà des trente minutes réglementaires. Un soir, au terme d'un entretien de deux heures, on verra même la reine convier le chef de son gouvernement à rester prendre un *drink*[1].

Le premier mandat de Harold Wilson est marqué par des réformes sociales déterminantes, comme l'abolition de la peine capitale, la dépénalisation de l'homosexualité, de nouvelles lois sur l'avortement ou encore la suppression de la censure au théâtre – une mesure en vigueur depuis 1737, qui imposait que les pièces soient visées par le *Lord Chamberlain's Office* (le « bureau du lord chambellan »), une division de la *Royal Household*. Soucieux de la tenir informée de tout, sûr d'avoir trouvé en elle une confidente, le *PM* lui ouvre les yeux sur, raconte Sarah Bradford, « un monde qui, jusqu'ici, lui était inconnu : la vie en province, les syndicats, les convictions et les principes dont le parti travailliste s'était toujours fait le défenseur. Il lui a permis de ressentir une réelle proximité avec ses sujets, ce qu'aucun de ses prédécesseurs, tous plus ou moins d'origine aristocratique, n'était parvenu à faire avant lui[2] ». Elizabeth II n'a jamais marqué la moindre préférence pour l'un ou l'autre des deux partis, mais les observateurs relèvent que, tout comme son arrière-arrière-grand-mère, la reine Victoria, elle semble trouver plus simples, plus cordiales peut-être,

1. Sarah Bradford, *Elizabeth, op. cit.*, p. 319.
2. *Ibid.*

les relations avec les ministres et les parlementaires des classes modestes. « Plus les membres du cabinet issus de la classe ouvrière ont l'occasion de se trouver en contact avec la reine, plus ils l'aiment et plus elle semble les aimer aussi[1] », note à l'époque Richard Crossman, leader de la Chambre des communes avant de devenir l'un des ministres de Wilson. Dans ses Mémoires, ce dernier raconte avec quel enthousiasme Elizabeth II lui a, un jour de juillet 1968, brossé le récit détaillé d'une rencontre de catch qu'elle avait suivie à la télévision. « Il était intéressant d'écouter la description saisissante qu'elle en faisait, tout en mimant la scène au moyen de moult contorsions. C'était très révélateur de voir à quel point cela l'amusait[2]. »

En 1979, la souveraine se retrouve confrontée à une expérience totalement nouvelle pour elle : travailler avec une femme. La victoire des conservateurs aux élections générales de mai a provoqué le départ de James Callaghan, un Premier Ministre avec lequel ses contacts ont toujours été faciles et chaleureux, et l'arrivée aux affaires de Margaret Thatcher. Cette dernière l'intrigue, dit-on, mais leurs personnalités diffèrent du tout au tout. Les observateurs remarquent la similitude de leur style vestimentaire – même brushing gonflant figé dans un épais brouillard de laque, mêmes tailleurs de couleur unie aux lignes strictes, mêmes rangées de perles autour du cou, même culte du sac à main – et quelques traits communs, comme l'amour qu'elles vouent l'une et l'autre à leur père ou encore leur fâcheuse propension à ne faire aucun effort de

1. Richard Crossman, *The Diaries of a Cabinet Minister, Volume Three*, Hamish Hamilton and Jonathan Cape, 1977, p. 724.

2. *Ibid.*, p. 132.

conversation avec les dames. Mais la comparaison s'arrête là. Les audiences hebdomadaires au palais perdent leur caractère informel. La « Dame de Fer » est impressionnée par Elizabeth II ; respectueuse (jusqu'à l'excès) de la figure royale, elle ne cherchera jamais à instaurer avec elle la moindre complicité[1]. Les révérences spectaculaires de Margaret Thatcher cachent aussi, dit-on, une certaine impatience vis-à-vis de la cour et de ses traditions empesées. Downing Street soupçonne par ailleurs le palais de ne pas cautionner le programme de réformes entrepris à marche forcée par le nouveau gouvernement. Des rumeurs de tensions, voire de divergences profondes, entre les deux femmes commencent à circuler. « Mrs Thatcher, aurait un jour lâché la souveraine, n'écoute jamais un mot de ce que je lui dis. » En 1986, un article du *Sunday Times* met le feu aux poudres en affirmant que la reine juge l'approche de son Premier Ministre « insensible, provocatrice et créatrice d'inégalités sociales ». Sa Majesté, poursuit le journal, désapprouve le traitement infligé aux classes modestes, tout comme l'autorisation donnée à l'armée américaine d'utiliser les bases militaires britanniques lors de son raid sur la Libye, quelques mois plus tôt. Elle se serait également inquiétée des conséquences du conflit avec les mineurs, retournés au travail en mars 1985, après un an de grève, sans avoir rien obtenu du pouvoir en place[2]. Elizabeth II est étrangère à ces « fuites » ; aucun élément concret ne viendra jamais étayer ces allégations. « J'ai toujours trouvé l'attitude de la reine vis-à-vis du travail du gouvernement parfaitement correcte », écrit Margaret

1. Ben Pimlott, *The Queen, op. cit.*, p. 460.
2. *Ibid.*, p. 508.

Thatcher dans ses Mémoires. Reste que l'affaire marquera durablement les esprits.

Douze Premiers Ministres se sont succédé à Downing Street depuis 1952, mais ce sont sans doute le conservateur John Major (au pouvoir de novembre 1990 à mai 1997) et le travailliste Tony Blair (aux affaires pendant dix ans, de mai 1997 à juin 2007) qui ont été les témoins des heures les plus noires de l'histoire récente de la maison Windsor. Quatre mois seulement après l'entrée en fonctions du leader du New Labour, la mort de Diana précipite la famille royale dans une nouvelle ère d'incertitude et de tourments. Elizabeth II semble tarder à prendre la mesure du désarroi – et des attentes – de l'opinion. Dans ses Mémoires, *A Journey*, Tony Blair évoque sa conversation avec la souveraine peu après les funérailles de la princesse. « J'ai parlé, avec peut-être moins de délicatesse que je n'aurais dû, de la nécessité de tirer des enseignements [de ce qui s'était passé]. J'ai eu peur, après coup, qu'elle ne pense que j'avais voulu la sermonner, qu'elle ne me trouve prétentieux. À certains moments au cours de la discussion, elle a montré une certaine hauteur ; mais à la fin, elle a elle-même reconnu que des leçons devaient être tirées, et j'ai pu voir là la sagesse dont elle fait preuve dans le travail, cette manière qu'elle a de réfléchir, de peser les choses, de s'adapter[1]. »

Est-il facile d'être franc avec Sa Majesté ? « Quel intérêt cela présenterait-il si aucune des deux parties n'était honnête avec l'autre ? interroge John Major. J'étais toujours franc avec la reine, et j'ai la conviction qu'elle était toujours franche avec moi. C'est tout à fait essentiel, c'est même là l'une des principales raisons

1. Cité par Robert Hardman, *Our Queen, op. cit.*, p. 174.

d'être de l'audience hebdomadaire. On emploie parfois le mot "franc" comme un synonyme d'impoli ou de rude. Mais là, ce n'était jamais le cas. Les conversations avec la reine étaient ouvertes et abordaient tous les sujets, rien n'en était exclu – d'un côté comme de l'autre, tout était propice à la discussion. Souvent, la reine et son Premier Ministre suggèrent des choses par le biais de questions qui appellent une réponse de l'autre partie. C'est d'ailleurs fréquemment de cette manière que sont abordés les problèmes les plus épineux[1]. » L'un des anciens proches collaborateurs d'Elizabeth II admet qu'il ne lui a jamais paru « compliqué » de dire au *boss* ce qu'elle n'avait pas forcément envie d'entendre. « Elle savait que c'était mon job. Elle attendait de moi que je lui donne mon opinion, fût-elle radicalement différente de la sienne. Elle ne m'a d'ailleurs jamais fait sentir qu'il aurait été préférable que je me taise. Ce qui ne signifie pas pour autant qu'elle ait suivi mes conseils en tout[2]. » Un autre la décrit, dans le travail, comme « une femme très chaleureuse, moins complexe, moins coincée qu'on ne pourrait l'imaginer. On peut se rapprocher d'elle, oui, mais sans jamais oublier qui elle est. Si on essaie de se poser en familier ou si on s'aventure dans des plaisanteries un peu trop personnelles, alors on est repoussé. Certains secrétaires particuliers ont cru qu'au fil des années ils avaient fini par devenir des intimes. À tort[3] ».

Le *Private Secretary* est le plus proche et le plus capé de tous les conseillers d'Elizabeth II. De Sir Alan Lascelles à l'actuel détenteur de la fonction, Sir

1. Entretien avec l'auteur.
2. Entretien avec l'auteur.
3. Entretien avec l'auteur.

Christopher Geidt, un ex-diplomate âgé de cinquante ans, diplômé de Cambridge, nommé après le départ de Sir Robert Janvrin en septembre 2007, ils sont huit à s'être succédé à cette charge aussi prestigieuse que lourde de responsabilités. Lien direct entre la reine et le gouvernement – y compris avec les gouvernements des quinze autres royaumes du Commonwealth dont elle est le chef de l'État –, cet homme de confiance a pour mission d'informer et de conseiller la souveraine sur tous les sujets constitutionnels ou politiques, de mettre au point le planning de ses engagements publics en Grande-Bretagne et à l'étranger, d'assurer la coordination entre la Maison royale et le staff des autres membres de la famille Windsor, de préparer les discours de Sa Majesté et de superviser sa correspondance officielle. « L'important est de veiller à ce qu'elle soit parfaitement informée et briefée sur tout, de faire en sorte que les liens avec Downing Street soient les plus étroits et les plus harmonieux possible, confie un ancien titulaire du poste. C'est un travail qui nécessite, entre autres qualités, une capacité d'appréciation des chiens et des chevaux, car ceux-ci font partie du tableau[1]. »

Le rituel est immuable. Chaque matin aux alentours de dix heures trente, Elizabeth II téléphone à son secrétaire particulier et lui demande s'il est disponible pour leur première réunion de la journée. Après avoir passé en revue les événements importants du moment (un changement de Premier ministre dans l'un des pays membres du Commonwealth, un tremblement de terre en Nouvelle-Zélande, le retour de troupes d'Irak ou d'Afghanistan…) et consulté son agenda, la souveraine invite l'un de ses secrétaires particuliers adjoints ou

1. Entretien avec l'auteur.

délégués à les rejoindre dans son bureau. Celui-ci (ou celle-ci) lui apporte toutes sortes de documents qui requièrent sa signature, comme des projets de loi. Cet ex-collaborateur souligne la régularité de métronome avec laquelle le *boss* retourne tous les soirs – après les avoir « épluchées » – ses fameuses boîtes rouges, des mallettes de cuir vermillon, plus volumineuses encore le week-end que les jours de semaine, truffées de rapports et de comptes-rendus envoyés des quatre coins du monde et dont pas une ligne ne lui échappe. « En arrivant le matin, je retrouvais invariablement sur mon bureau celles qui lui avaient été transmises la veille au soir[1]. » Cet ancien *Private Secretary* reconnaît que le job a ses chausse-trapes, ses exigences particulières. « La relation est une relation de grande proximité, nous passons beaucoup de temps en privé avec elle. Mais nous manquerions à nos obligations si nous perdions de vue, ne serait-ce qu'un court instant, qu'elle est la reine, et nous son principal conseiller. Nous sommes là pour faire notre métier, et surtout pour ne jamais l'oublier[2]. » On raconte pourtant que, par le passé, certains de ces messieurs se sont laissé prendre au piège des sentiments. Martin Charteris, qui a travaillé avec elle de 1950 à 1977, est ainsi décrit par un membre de la famille d'Elizabeth comme « amoureux. Il prenait toutes les critiques dirigées contre elle, y compris les plus insignifiantes, comme des attaques personnelles. Il s'offusquait par exemple qu'on puisse trouver qu'elle mettait trop de rouge à lèvres, ce qui était pourtant le cas à une époque[3]… ».

1. Entretien avec l'auteur.
2. Entretien avec l'auteur.
3. Entretien avec l'auteur.

Au fil des années, ces hommes de l'ombre apprennent à repérer les attitudes qui, chez la souveraine, trahissent parfois un soupçon de lassitude ou d'agacement. « Elle ne se plaint jamais, en tout cas jamais avec des mots, confie cet ex-conseiller. Il n'y a que les gens qui la connaissent bien et qui la côtoient tous les jours qui sont capables de déceler ce genre de chose chez elle. Un peu de frustration quand tout ne se passe pas comme elle l'aurait souhaité. Ou tout simplement lorsqu'elle est très fatiguée. Dans ces cas-là, il y a des signes qui ne trompent pas : un mot un peu plus caustique ou acide que les autres prononcé sans que personne l'entende, ou encore des petits mouvements de sac à main qui nous font comprendre qu'elle souhaite que les choses s'accélèrent[1]. » La colère ? « "C'était une expérience intéressante" – voilà sa manière de dire : "Que cela ne se reproduise jamais." » La souveraine aurait un talent particulier pour les silences, des silences lourds de désapprobation que d'aucuns qualifient d'« expériences terriblement intimidantes ». Mais l'un de ses proches collaborateurs la décrit surtout comme « pleine de sagesse » dans l'approche des problèmes qui se présentent à elle au quotidien. « Elle pose beaucoup de questions, c'est vrai. Elle a même le don de toujours poser celles auxquelles vous n'avez pas la réponse, mais ce n'est pas pour ça qu'elle s'en irritera. Même lorsqu'un article de presse raconte des choses inexactes sur son compte, elle ne se met pas en colère. "Eh bien, dit-elle simplement, ce n'est pas vrai." Et c'est tout[2]. »

1. Entretien avec l'auteur.
2. Entretien avec l'auteur.

De l'avis général, il n'est personne, à Westminster, Downing Street, Whitehall ou ailleurs, qui puisse se targuer d'un savoir équivalent en matière d'affaires intérieures et de secrets d'État. Voilà en outre six décennies que la reine sillonne son royaume, à la rencontre de ses notables et de ses gens ordinaires, ouvriers, maîtres d'école, commerçants, femmes au foyer, infirmières… Les chiffres communiqués par le palais à l'occasion du jubilé de diamant sont révélateurs : en moyenne, au cours d'une année, Elizabeth II reçoit plus de 60 000 personnes lors de banquets, déjeuners et autres réceptions donnés à Buckingham et dans son château écossais de Holyrood House. Depuis son accession au trône, plus d'un million et demi de personnes, venues de tous horizons et issues de toutes les classes sociales, ont été invitées à ses garden-parties estivales. Marraine de 600 organisations caritatives (plus de 400 d'entre elles conservent son parrainage depuis 1952), elle a lu et répondu (ou fait répondre) à 3,5 millions de courriers, et effectué 261 voyages officiels hors des frontières de la Grande-Bretagne – dont 78 visites d'État dans 116 pays différents. « La reine n'a pas seulement rencontré la terre entière, commente John Major. Elle est sur le trône depuis soixante ans, elle a pris connaissance de tous les documents émanant du gouvernement depuis soixante ans, elle est au courant de tout ce qui se passe dans le Royaume et dans le Commonwealth depuis soixante ans. Et elle a vu tout cela de l'intérieur. Cela fait d'elle la dépositaire d'une connaissance et d'une sagesse immenses. Alors vous tenez compte de la reine, vous l'écoutez. Bien sûr que vous l'écoutez[1]. » Il se dit volontiers dans son entourage que personne ne sort jamais pessimiste ou abattu d'une entrevue avec la souveraine, mais au contraire comme boosté, ragaillardi. Sa propension au dialogue et à l'écoute est-elle l'une des clés du succès de son règne ? Manifeste-t-on naturellement plus d'aptitudes au métier de monarque lorsqu'on est une femme ? « On le voit aussi ailleurs, chez d'autres femmes chefs d'État, poursuit John Major. Il y a chez toutes, c'est en tout cas mon impression, un supplément d'empathie. Lorsque la reine a été couronnée, elle a prêté le serment du couronnement, essentiellement celui de servir la nation, et elle n'a jamais manqué à ce serment ne serait-ce qu'une seule journée. Quant à ses qualités, je pense que si elle n'avait pas été reine elle aurait certainement fait partie de ces femmes dont on rencontre tant d'exemples en province, des femmes avisées et sages dont l'avis compte au sein de leur communauté. La Reine est habile, réfléchie, sage, dotée de connaissances dans de nombreux domaines. Et pleine d'empathie. Ces qualités sont remarquables. Et très utiles à un chef d'État[2]. » Elle est exemplaire, oui, elle a surtout servi son pays comme personne ne l'a fait avant elle, sans jamais commettre d'impair ou de faux pas. Le jubilé de diamant de 2012 provoque un concert de louanges comme l'histoire des royautés en a rarement connu. Si l'institution qu'elle incarne a toujours ses détracteurs, la personne même de la souveraine fait aujourd'hui l'objet d'une belle unanimité. Mais il n'en a pas toujours été ainsi.

1. Entretien avec l'auteur.
2. Entretien avec l'auteur.

L'évolution de l'imagerie élisabéthaine – la représentation de la figure du monarque par les artistes et les médias – révèle en effet l'ampleur des mouvements d'humeur et les doutes qui ont agité l'opinion britannique depuis 1952. Les *fifties* sont la décennie de tous les hommages, celle des portraits empreints de solennité destinés à mettre en valeur le glamour et la jeunesse de la reine, symbole de l'espoir renaissant en cette difficile période de l'après-guerre. Tout change ensuite dans les années soixante. L'époque n'est alors plus à la génuflexion systématique mais à la remise en question des pouvoirs établis, et la figure révérée de la souveraine ne suffit plus à convaincre. En 1966, l'artiste allemand Gerhard Richter consomme officiellement cette rupture avec *Elizabeth I*, une composition conçue à la manière d'une photographie qu'on aurait floutée, où transparaît son visage aux contours brouillés – première représentation critique, ambiguë, qui semble vouloir donner l'impression d'un monarque à la position incertaine. La même année, les résultats d'un sondage conduit dans tout le pays révèlent que les Britanniques se sentent « concernés » par leur souveraine, mais que celle-ci n'éveille en eux aucune émotion notable, aucun sentiment profond particulier. C'est l'époque où le travailliste Tony Benn tente – sans succès – de faire supprimer son effigie sur les timbres. Les chroniqueurs royaux notent par ailleurs que les déplacements de Sa Majesté n'attirent plus des foules aussi nombreuses que par le passé.

Autour d'elle se forge peu à peu l'étrange conviction que la royauté doit maintenant apprendre à se vendre à son public, à se présenter à lui sous un jour favorable. En 1969, Elizabeth accepte de laisser une équipe de tournage conduite par le réalisateur Richard Cawston la suivre, pendant des mois, dans le cadre de ses activités officielles et privées. Des quelque quarante-trois heures d'images mises en boîte naît un documentaire événement de quatre-vingt-dix minutes intitulé *Royal Family*, retransmis une première fois sur la BBC le 21 juin 1969, une seconde fois sur la chaîne ITV huit jours plus tard. Il montre Elizabeth II telle qu'elle est, jamais seule, dévouée à ses obligations mais aussi attentive en mère de famille – on l'y voit notamment décorer un sapin de Noël, plonger le doigt dans une sauce salade fraîchement préparée par le prince Charles ou encore acheter des friandises à son cadet, Edward, alors âgé de cinq ans, dans une boutique de Ballater, près de son château de Balmoral, en Écosse. Le palais, satisfait, croit alors la presse et l'opinion rassasiées. Il se trompe. Car l'intimité de la souveraine vient de perdre son caractère sacro-saint. Les scènes sont inoffensives, souvent pleines de charme, mais elles ont le « tort » de la présenter sous les traits d'une femme « normale », sinon ordinaire. De l'avis du scénariste, producteur et metteur en scène David Attenborough, alors l'un des cadres dirigeants de la BBC, *Royal Family* risque de « tuer la monarchie ». Le film est définitivement retiré des circuits de diffusion au bout de quelques mois.

L'Histoire veut que 1969 soit aussi l'année du rachat du quotidien *The Sun* et du très populaire hebdomadaire du dimanche *News of the World* par Rupert Murdoch – événement qui clôt, et pour de bon, l'âge de la déférence. Ouvertement antimonarchiste, le magnat de la presse australien, pendant plus de trente ans, va semer une zizanie sans précédent dans l'histoire des relations entre l'institution et ses sujets. Sous son « règne », les appétits de révélations et d'images « intimes » ne connaîtront plus de limites. Dès le début des années soixante-dix, les tabloïds, engagés dans une féroce guerre de tirages, s'arrachent les clichés des premiers « vrais » paparazzi, comme ceux de Ray Belissario, poil à gratter numéro un de la famille Windsor – qui publiera un recueil de ses « meilleures » photos en 1973 sous le titre *Comment marcher sur les pieds des membres de la famille royale*. Quatre ans plus tard, alors qu'Elizabeth II s'apprête à fêter le vingt-cinquième anniversaire de son accession au trône, le groupe punk Sex Pistols assaisonne l'hymne national *God Save the Queen* au vinaigre de l'irrévérence et, avec la complicité de l'artiste anarchiste Jamie Reid, « défigure » la souveraine en couverture de ses albums – en la portraiturant notamment les lèvres percées d'une épingle à nourrice. Les dessins humoristiques fleurissent désormais dans les journaux. À partir de 1984, *Spitting Image*, une sorte de « Bébête Show » à l'humour intensément british, caricature l'héritière de St Edward sous les traits d'une marionnette en latex, dépeinte par la presse comme « une Granny farfelue à la tête d'un *soap opera* totalement dingo ». Oubliées, l'innocence et la mièvrerie des représentations d'autrefois... Aux photographies léchées d'« avant », celles de l'icône parée de joyaux ou encore de la mère de famille posant, tout sourires, au côté de son mari et de ses enfants, viennent s'en substituer d'autres, des « actus », des clichés pris sur le vif qui la montrent tour à tour heureuse, grimaçante, inquiète, hilare, agacée, étouffant un bâillement, un bâton de rouge à lèvres à la main ou même un doigt dans le nez. Autant d'instantanés destinés à alimenter une machine médiatique toujours plus gourmande d'images tendant à démontrer que la reine est bien une femme comme les autres. L'irruption de Diana sur la scène publique, au début des années quatre-vingt, achève d'ancrer le public dans la conviction qu'une « autre » monarchie est possible, débarrassée de ses vieux atours et de ses traditions empesées. La suite, tout le monde la connaît.

En décembre 1981, la souveraine convoque les éditeurs de Fleet Street afin de leur demander davantage de retenue dans la couverture des événements ayant trait à la vie privée de ses proches. En dépit de ses efforts, la « Dianamania » précipite les Windsor dans une nouvelle ère de médiatisation à outrance. La lente désagrégation du mariage du prince et de la princesse de Galles, la guerre sans pitié qu'ils se livrent l'un l'autre par voie de presse paraissent entraîner l'ensemble de la famille royale dans un interminable tourbillon de scandales. Vous avez dit *annus horribilis* ? En janvier 1992, le quotidien *The Sun* publie des photos de Sarah Ferguson, l'épouse du prince Andrew, en compagnie d'un ancien amant, le milliardaire texan Steve Wyatt ; en avril suivant, la princesse Anne divorce de Mark Phillips ; deux mois plus tard, la parution de *Diana : Her True Story*, par Andrew Morton – biographie qui révèle le profond mal-être de la jeune femme –, apparaît comme l'un des pires coups jamais portés à l'image de la Couronne par les médias. *Last but not least*… Le 20 août, *The Daily Mirror* publie des photos de Sarah Ferguson en vacances dans le sud de la France en compagnie d'un autre boyfriend, John Bryan – trois millions et demi d'exemplaires du quotidien seront vendus en l'espace de quelques heures ; le 24 août, *The Sun* expose le caractère intime de conversations entre la princesse de Galles et son « ami » James Gilbey, enregistrées à leur insu en 1989 ; le 20 novembre, jour du quarante-cinquième anniversaire de mariage d'Elizabeth et Philip, un incendie accidentel détruit en partie le château de Windsor. La photo de la reine errant en bottes et ciré au milieu des décombres fumants symbolise alors, aux yeux du monde, le drame d'une dynastie désemparée. Car une dangereuse confusion s'est installée dans les esprits ; on associe désormais « le palais » (appellation dont nul ne sait ce qu'elle recouvre au juste), la souveraine et l'institution dans son ensemble au marasme conjugal du couple héritier. Viendront l'officialisation du divorce de Charles et Diana, en août 1996, par un *Decree Nisi Absolute* de la Haute Cour de justice de Londres, puis, un an plus tard, le 31 août 1997, la mort de la princesse et de son compagnon, Dodi al-Fayed, dans un accident de voiture, à Paris. Le choc est planétaire, la reine critiquée pour son apparent manque de réactivité face au chagrin bruyant de l'opinion. On croit, un temps, son image durablement écornée… Il n'en est rien. Le traumatisme causé par la mort tragique de Lady Di poussera en effet les Britanniques, une fois le premier choc passé, à se tourner à nouveau vers la figure rassurante, immuable, d'Elizabeth II.

Les plaies béantes laissées par le drame du tunnel de l'Alma ont toutefois provoqué une crise de confiance durable au sein de la *Royal Household*. De l'aveu même d'un conseiller de la souveraine, Buckingham aborde en 1999 la préparation du jubilé d'or de 2002 « dans un état de doute avancé. Le bruit courait que l'événement n'intéresserait personne[1] ». Pensant sans doute booster l'image de Sa Majesté, des « pros » de la communication la poussent, un temps, à effectuer une

1. Entretien avec l'auteur.

série de visites « informelles » chez des particuliers. Un cliché, réalisé par Dave Cheskin en juillet 1999, montre une Elizabeth mal à l'aise, assise droite comme une danseuse classique face à deux ladies de toute évidence aussi embarrassées qu'elle, dans un salon chichement meublé. L'expérience se révélera aussi brève qu'inutile. Trois ans plus tard, le succès des célébrations du jubilé d'or vient une nouvelle fois démontrer que la popularité de la souveraine n'est pas une affaire de *spin doctors*. « La reine est quelqu'un de très modeste, confie un membre de son entourage, cela l'étonnait que tant de gens veuillent la remercier alors qu'après tout, elle n'avait jamais fait que son travail[1]. » Les festivités marquent le début d'un nouvel état de grâce, celui d'une monarchie réconciliée avec son époque et dont les relations avec la presse commencent à s'apaiser. « La machine, poursuit la même personne, y puisera la force de mettre en œuvre de nouvelles réformes et d'accélérer sa modernisation[2]. » Elizabeth 2.0 fait progressivement son entrée sur le web. Inauguré en mars 1997, le site internet de la Couronne est consulté par plus de cent millions de personnes au cours de sa première année de mise en service. Suivront le Royal Channel (un site présentant images d'archives et minifilms d'actualités), sur YouTube, dix ans plus tard, un Royal Twitter, en 2009, des pages Flickr et Facebook en 2010. Premier de tous les palais européens à investir ainsi la toile et les réseaux sociaux, Buckingham entame une révolution qui vise à la fois à rendre l'institution plus accessible, plus concrète aux yeux des jeunes générations et à en expliquer à tous le rôle et le mode de fonctionnement.

1. Entretien avec l'auteur.
2. Entretien avec l'auteur.

Car la royauté se trouve désormais jugée selon des critères radicalement différents d'il y a soixante ans, « des critères qui ont trait au côté pratique des choses, affirme l'expert constitutionnel Vernon Bogdanor, à l'utilité des membres de la dynastie, aux services qu'ils rendent ou non au public[1] ». D'où le caractère récurrent d'une question à caractère hautement politique : celle du coût de la monarchie.

Les finances de la Couronne

En 1760, George III cède au gouvernement une grande partie des revenus de l'exploitation des terres et des domaines appartenant à la Couronne (les *Crown Estates*[2]), en échange d'une rente annuelle, la liste civile, destinée à couvrir toutes les dépenses liées à l'exercice de sa fonction – arrangement qui place alors son sort, et celui de ses héritiers, entre les mains du Parlement. Établie à 475 000 livres sterling par an en 1952, année de l'accession au trône d'Elizabeth II, la somme est réévaluée une première fois en 1972 – en raison de l'inflation, le montant des dépenses de la Maison royale excède alors très largement, et ce depuis plusieurs années, celui des subventions allouées par l'État. Une nouvelle augmentation est concédée par le gouvernement en 1975. Jusqu'en 1990 la liste civile

1. Propos recueillis par l'auteur dans le cadre d'un article pour *Le Journal du dimanche*, publié le 2 avril 2011.

2. Un ensemble de terrains et de biens immobiliers estimé à 7 milliards de livres sterling, incluant notamment 144 000 hectares de forêts et de terres agricoles, le champ de courses d'Ascot, la moitié des immeubles du quartier de St James ou encore Regent Street, à Londres.

fait l'objet de « réajustements » annuels, régulièrement critiqués par des articles de presse vengeurs dénonçant les « augmentations de salaire » exorbitantes des Windsor. Cette année-là, quatre mois avant son départ de Downing Street, Margaret Thatcher obtient du Parlement la mise en place d'une rente fixe de 7,9 millions de livres sterling par an sur dix ans. S'y ajoute un *grant-in-aid* versé par différents ministères, destiné à couvrir les frais de transport du monarque et de ses proches dans le cadre de leurs activités officielles, ainsi qu'à financer l'entretien et la rénovation de l'ensemble des résidences royales.

Au milieu des années 1980, une révolution silencieuse avait débuté au palais à l'initiative de Lord Airlie, le nouveau lord chambellan de la Maison royale. Chef d'une grande famille écossaise et ami d'enfance de la souveraine, ce banquier de profession entame, dès son entrée en fonctions, une réforme historique de la *Royal Household.* Avec l'accord d'Elizabeth II, une équipe de consultants extérieurs dirigée par Michael Peat, un ancien d'Oxford, conduit, en un peu moins d'un an, un audit approfondi de la structure. Réorganisation du personnel et du fonctionnement quotidien des services, rationalisation des coûts (notamment celui des réceptions et autres garden-parties), embauche de personnels formés aux techniques du management, suppression progressive des contrats passés avec des entreprises extérieures, reprise en main du contrôle de l'entretien des résidences royales (assuré jusqu'ici par l'État)… Décidé à libérer le plus possible le palais de la tutelle du gouvernement, Lord Airlie conduit, sous l'autorité de la reine et du prince Philip, les négociations avec le ministère des Finances qui aboutiront à la réforme de la liste civile votée en 1990. Celle-ci permet à la

Royal Household de planifier plus aisément son budget tout en lui assurant une nouvelle autonomie.

En février 1992, le lord chambellan entreprend par ailleurs – et ce pour la première fois dans l'histoire de la Couronne – une étude des dépenses de la souveraine destinée à distinguer les frais engagés dans le cadre de ses fonctions officielles de ceux relevant de la sphère privée. L'opinion réclame en effet qu'Elizabeth II soit elle aussi soumise à l'impôt sur le revenu. « Nous avons lancé l'étude en février 1992, confie cet ancien membre de la cour. Nous pensions la terminer à la fin de l'année et présenter ses conclusions à la reine début 1993. Mais l'incendie du château de Windsor a changé la donne[1]. » La rénovation de l'édifice (une propriété de l'État) est estimée dans un premier temps à 60 millions de livres sterling. Durement touchés par la récession qui affecte le pays depuis deux ans – la crise économique la plus importante depuis les années 1930 –, les contribuables britanniques s'opposent à ce que les travaux soient financés par de l'argent public. « Pourquoi la population devrait-elle régler la facture alors que la souveraine, qui ne paie pas d'impôts, n'y contribue pratiquement pas ? » interroge le quotidien *Daily Mail*. Le 26 novembre, six jours après l'incendie, le Premier Ministre John Major annonce à la Chambre des communes qu'Elizabeth II et son héritier, le prince Charles, s'acquitteront désormais d'un impôt volontaire calculé sur le montant de leurs revenus privés. Par ailleurs, le monarque s'engage dorénavant à rembourser chaque année à l'État les sommes allouées à plusieurs de ses proches (sa fille, la princesse Anne, ses fils, les princes Andrew et Edward, sa sœur, la princesse

1. Entretien avec l'auteur.

Margaret, et sa tante, la princesse Alice) au titre de la liste civile. Un désastre en termes de communication – l'opinion y voit en effet, à tort, une opération conduite à la hâte par le palais dans le but de calmer les esprits. La restauration du château de Windsor, conduite par un comité placé sous l'autorité du prince Philip, sera finalement financée à 75 % par l'ouverture de Buckingham au public, chaque été à partir de 1993.

Il n'existe aucune estimation officielle du patrimoine personnel de la souveraine. La *Rich List* établie par le *Sunday Times* lui attribue quelque 300 millions de livres sterling, ce qui la place en 257e position du classement des plus grandes fortunes de Grande-Bretagne, loin derrière le duc de Westminster (près de 7 milliards de livres sterling) ou même Paul McCartney (495 millions de livres sterling). Si elle détient à titre privé les châteaux de Sandringham et de Balmoral, une fabuleuse collection de bijoux héritée notamment de sa mère et de sa grand-mère, la reine Mary, ou encore la plus grande collection particulière de timbres au monde, elle n'est propriétaire ni du palais de Buckingham ni des joyaux de la Couronne. Gérée par la *Royal Collection*, l'un des cinq grands départements de la Maison royale, l'immense collection d'œuvres d'art (environ un million de pièces uniques, tableaux de maître, sculptures, dessins, mobilier, livres, manuscrits, costumes, services de table…) réunie au fil des siècles par les monarques britanniques est conservée (et régulièrement enrichie de nouvelles acquisitions) par la souveraine, mais assimilée à un patrimoine national dont elle ne peut disposer librement. Ses revenus privés (13,28 millions de livres sterling en 2011) sont issus de l'exploitation du duché de Lancastre, un ensemble de domaines et de biens immobiliers estimé à 383 millions de livres sterling regroupant notamment 18 200 hectares de terres en Angleterre et au pays de Galles. Ils lui permettent de financer un certain nombre de dépenses officielles non couvertes par la liste civile, ainsi que les rentes versées chaque année à ses proches – qui travaillent eux aussi pour la Couronne et n'ont aucune activité rétribuée par ailleurs.

La liste civile (dont 70 % seraient consacrés au paiement des salaires des employés de la *Royal Household*) n'a jamais été réévaluée depuis 1990. Quelque 35 millions de livres sterling mis de côté au cours des dix premières années (notamment grâce aux mesures d'économie mises en place par Lord Airlie et Sir Michael Peat, en charge des finances de la Maison royale de 1990 à 2002) ont permis au palais de continuer, bon an mal an, à subvenir à ses dépenses jusqu'à aujourd'hui – mais ce fonds de réserve devrait être épuisé en 2012. Les statistiques révèlent une diminution constante du coût de la monarchie pour les finances publiques sur l'ensemble de la période – il était de 69 pence par personne et par an pour 2008-2009, de 62 pence[1] l'année suivante. Un nouveau système entrera en vigueur à partir d'avril 2013, qui assujettira dorénavant les revenus de la Couronne aux profits générés par l'exploitation des *Crown Estates*.

Dans les années 1990, la stabilité financière de l'institution lui a donné les moyens d'affronter les scandales successifs de la « guerre des Galles » – nul ne sait ce qui serait advenu si, à l'époque, elle avait dépendu de l'argent public. Certains voient dans la monarchie un instrument de glorification du passé, le symbole d'une société de classes, d'autres un garant des libertés et de

1. Soit environ 0,75 euro.

l'égalité des chances, au-dessus des hiérarchies et des cloisonnements de toute sorte. Reste que « de tous les sujets à avoir jamais fait l'objet de sondages, elle est bien celui qui connaît la plus grande stabilité depuis toujours, commente encore Vernon Bogdanor. En 1969, une enquête montrait qu'entre 70 et 75 % des Britanniques soutenaient la royauté. Seuls 18 % se disaient mécontents, les autres se déclarant sans opinion. Et ces chiffres n'ont pas bougé depuis. Être monarchiste fait partie intégrante de la fibre britannique. C'est ici, je crois, une question de nature. D'instinct[1] ».

1. Propos recueillis par l'auteur dans le cadre d'un article pour *Le Journal du dimanche*, art. cité.

Chapitre 2
« Une incroyable funambule »

Palais de Westminster, entrée des pairs. Dans une semi-pénombre, des ladies en robe du soir et gants blancs ajustent leur tiare sous l'œil attentif de leur époux. Ces messieurs ont accroché manteaux et chapeaux à des portants impeccablement alignés de part et d'autre d'une immense salle voûtée dallée de pierre sombre. La plupart d'entre eux ont déjà revêtu leur « robe », un manteau de laine rouge à col et bordures d'hermine, brodé sur le côté droit, jusqu'au milieu du dos, d'une superposition de bandeaux de fourrure immaculée et de dentelle d'or large de 7,6 centimètres – deux « barres » pour les barons et les baronnes, deux et demi pour les vicomtes, trois pour les comtes et les comtesses, trois et demi pour les marquis et quatre pour les ducs. Toute la noblesse du royaume est là. À l'étage, dans la chambre du Prince, une pièce dominée par une statue de la reine Victoria en majesté : les Très Honorables Lords spirituels et temporels du Royaume-Uni de Grande-Bretagne et d'Irlande du Nord, les *Law Lords*, représentants des plus hautes instances judiciaires du pays, reconnaissables à leur perruque, et les ambassadeurs à la cour de St James – dont celui du Japon, en kimono de cérémonie. Les uns et les autres gagnent leur siège par petits groupes, à l'intérieur de la Chambre des lords. Les caméras de la BBC éclairent la scène d'une lumière blanche et crue. Il règne ici un aimable brouhaha, une décontraction surprenante, de celles qui s'installent naturellement lorsque l'on se sent entre gens du même monde. Dans son costume d'un autre âge (courte redingote à basques, culotte serrée aux genoux, bas de soie, chaussures à boucles), « noir, car nous portons toujours officiellement le deuil de la reine Victoria », Edward Lloyd-Jukes, le *Yeoman Usher of the Black Rod* (« yeoman huissier du bâton noir »), supervise les ultimes préparatifs du *State Opening of Parliament* – l'ouverture solennelle du Parlement. Assurer l'organisation et la sécurité de la cérémonie – la plus importante et la plus spectaculaire de l'année –, coordonner ses nombreux acteurs tout en veillant à ce que le moindre détail de son rituel immuable soit scrupuleusement respecté, voilà la mission de l'adjoint du *Gentleman Usher of the Black Rod*, grand ordonnateur de la vie quotidienne de la Chambre des lords.

Depuis les toutes premières heures de la matinée, il veille à ce que chacun ait la place qui lui revient dans le déroulement des festivités. Car « Ted » Lloyd-Jukes est aussi là pour tempérer les egos et apaiser les angoisses de dernière minute, comme celle de cet éminent pair du royaume, inquiet à l'idée que son épouse puisse se retrouver, après avoir quitté le palais de Westminster, obligée d'arpenter les rues de Londres coiffée de sa précieuse tiare sans pouvoir trouver un taxi… « Faire en sorte que le show soit réussi », voilà aujourd'hui la préoccupation numéro un du yeoman et de ses équipes. En ce 18 novembre 2009, on célèbre en effet une nouvelle fois les noces de la royauté et de la démocratie par cette cérémonie d'un autre âge, une pièce de théâtre fascinante à laquelle la Chambre des lords tient lieu de scène, ou plutôt de cathédrale. Vingt-sept mètres de long, quatorze mètres de hauteur sous plafond, un éblouissement de vermillon et d'or… Au centre, les *Law Lords* et les pairs du royaume sont assis sur de courtes rangées de sièges alignées face au trône. Leurs épouses, elles, ont pris place sur les fameuses banquettes de cuir rouge où siègent d'ordinaire leurs conjoints. Les « habituées », en robes longues de satin clair et diamants de famille, papotent, tandis que les autres, les « nouvelles », dont l'une fort décolletée, les observent avec une retenue prudente, toutes préoccupées de l'impression qu'elles pourraient donner. Les ambassadeurs ont été installés en un petit groupe serré à la droite du trône. Dans les galeries qui courent le long des murs se sont rassemblés, comme dans des loges à l'opéra, les invités de marque – parmi lesquels Sarah Brown, l'épouse du Premier Ministre Gordon Brown, l'une des dernières à faire son entrée.

La représentation commence. Des écrans géants placés en hauteur permettent à l'assemblée de suivre, en direct, l'accomplissement lent et précis du cérémonial. À 10 heures 30, les portes du palais de Westminster se ferment. *The Honourable Corps of Gentlemen at Arms* (« l'honorable corps des gentlemen en armes ») et *The Queen's Body Guard of the Yeomen of the Guard* (« la garde du corps de la reine des yeomen de la Garde ») prennent position à l'intérieur de l'édifice. Quatorze minutes plus tard, un détachement à pied de la cavalerie de la Maison royale se présente sous les voûtes du porche des Normands. Plumets hauts, casques étincelants, ces messieurs des *Life Guards* et des *Blues and Royals* font rang, au garde-à-vous, sur les marches de l'escalier du Souverain. À 10 heures 52, un premier carrosse se présente à l'entrée de Westminster, sous bonne escorte. Les joyaux de la Couronne sont là, acheminés en grand équipage : la *Cap of Maintenance*, sorte de coiffe en velours grenat bordée d'hermine, l'épée d'État remise à Elizabeth II le jour de son couronnement, mais aussi la couronne d'État impériale, sertie de trois mille gemmes au nombre desquelles *The Second Star of Africa*, un diamant de 317 carats, le rubis du Prince Noir (170 carats), le saphir de St Edward, dont l'histoire remonte à l'an 1042, et des perles ayant appartenu à la reine Elizabeth Ire. Dans la galerie, à l'étage, la couronne est confiée au *Lord Great Chamberlain* – le lord grand chambellan, chargé de superviser les cérémonies organisées au Parlement en présence de la souveraine[1]. À pas lents, celui-ci va la déposer dans la *Robing Room*, la pièce où Sa Majesté ira revêtir sa tenue d'apparat avant de pénétrer dans la Chambre des lords.

À 11 heures 15 précises, la souveraine descend du carrosse d'État irlandais à bord duquel elle a effectué les quelques minutes de trajet qui séparent Westminster de Buckingham. À la seconde où elle a pénétré dans l'enceinte du Parlement, l'étendard royal a été hissé sur le toit en lieu et place de l'*Union Jack*, le drapeau britannique. Elle porte une robe claire de satin duchesse brodé de perles et de fil d'or griffée Stewart Parvin. Dans la *Robing Room*, à l'abri des regards, elle passe sa « robe d'État » – une cape de velours pourpre rebrodé de dentelle d'or et d'hermine, longue de plus de cinq mètres, qui était déjà celle de la reine Victoria – et troque son diadème contre la couronne d'État impériale. Puis se rend, en grande procession,

1. La fonction, héréditaire, revient depuis le XVIIIe siècle aux descendants des sœurs du troisième duc d'Ancaster and Kesteven.

jusqu'à la Chambre des lords. Le cortège est conduit par les « poursuivants », suivis de trois officiers d'armes, le *Fitzalan Pursuivant Extraordinary* (« poursuivant Fitzalan extraordinaire »), le *Bluemantle Pursuivant* (« poursuivant Bluemantle »), et le poursuivant Dragon Rouge. Vient ensuite le « paquet de cartes », surnom donné ici aux hérauts vêtus de leur tabard, une sorte de manteau court aux origines médiévales taillé dans de la soie, du satin ou du velours en fonction du rang de son propriétaire et brodé aux armoiries royales – les trois léopards d'or sur fond rouge de l'Angleterre, le lion rampant rouge armé et langué d'azur sur fond d'or de l'Écosse, et la harpe d'or cordée d'argent irlandaise sur fond azur.

S'avancent en premier les « hérauts extraordinaires », Wales, Norfolk et Maltravers, suivis des hérauts d'armes, Somerset, Windsor, Lancaster, Chester, York et Richmond – alias David White, William Hunt, Robert Noel, Timothy Duke, Henry Paston-Bedingfeld et Patric Dickinson. Derrière Sir Freddie Viggers, dans son costume noir de *Black Rod*, suivent les « rois d'armes[1] », Norroy and Ulster, Clarenceux et Garter (le plus haut gradé des trois), puis huit des principaux dignitaires du royaume : le *Lord Privy Seal* (ou « lord gardien du sceau privé »), l'honorable Harriet Harman, leader de la Chambre des communes ; le *Lord Speaker*, la

1. Une fonction autrefois créée par le roi Henry V « pour régler les funérailles solennelles de la grande noblesse » mais aussi « assister aux solennités des chevaliers de la Jarretière, donner avis aux chevaliers de leur élection, les faire venir à Windsor afin d'y être installés et placer leurs armes au-dessus de la place où ils s'asseyent dans la chapelle ». Source : Louïs Moreri, *Le Grand Dictionnaire historique, ou le mélange curieux de l'histoire sacrée et profane*, 1740.

baronne Hayman, première femme à avoir été élue à la présidence de la Chambre des lords ; le *Lord High Chancellor* (« lord chancelier »), équivalent d'un ministre de la Justice, dans son costume noir et or ; le *Lord Great Chamberlain*, en tunique vermillon. Puis l'*Earl Marshal*, le duc de Norfolk, grand ordonnateur des cérémonies royales comme les funérailles et les couronnements.

Deux pairs du royaume, portant l'un l'épée d'État, l'autre la *Cap of Maintenance*, précèdent Elizabeth II et le prince Philip, eux-mêmes suivis de quatre petits pages choisis parmi les fils des grandes familles du royaume, les deux dames d'honneur de la souveraine, le capitaine des yeomen de la Garde, le « maître du cheval » (*Master of the Horse*), les écuyers, les trésoriers de la Maison royale et les secrétaires particuliers du couple régnant. C'est l'heure où la monarchie exulte. Un silence impressionnant tombe sur la Chambre des lords juste avant l'entrée de la souveraine, à 11 heures 30. Celle-ci prend place sur le trône, dont la forme rappelle celle de la « chaise » de bois sur laquelle elle a été couronnée en 1953, Philip à son côté, et d'une phrase – « *My Lords, pray be seated* » – invite l'assistance à se rasseoir. Personne au monde ne maîtrise les subtilités de la cérémonie mieux qu'elle – depuis le début de son règne, elle n'a en effet manqué l'événement qu'à deux reprises, en 1959 et 1963, lorsqu'elle était enceinte de ses fils cadets, Andrew et Edward. D'un signe de tête presque imperceptible, elle « commande » au *Black Rod* de se rendre à la Chambre des communes et d'inviter les parlementaires à venir la rejoindre. En signe de l'indépendance de ces derniers vis-à-vis de l'autorité royale, la porte de la chambre basse du Parlement est claquée au nez de Sir Freddie Viggers.

Après avoir frappé trois coups sous l'œilleton à l'aide d'un bâton d'ébène surmonté d'un lion d'or et d'une couronne, celui-ci est finalement autorisé à pénétrer dans l'enceinte des Communes. L'instant a beau être solennel, il est, chaque année, prétexte à une courte joute oratoire, certains membres du Parlement, comme le travailliste Dennis Skinner, mettant un point d'honneur à toujours accueillir le messager de la reine par des commentaires narquois.

Conduits par le Premier Ministre Gordon Brown et le chef de l'opposition David Cameron, les parlementaires se dirigent ensuite en devisant, et sans se presser outre mesure, jusqu'à la Chambre des lords. Elizabeth II, dit-on, n'apprécierait guère les longues minutes de silence pesant qui précèdent leur arrivée – le fait est qu'en les attendant la souveraine garde une immobilité quasi parfaite, le regard fixé droit devant elle. Philip, sanglé dans son uniforme de cérémonie d'amiral de la flotte bardé de médailles, a, lui, l'œil à tout. « Rien ne lui échappe, y compris qui n'est pas assis à sa place ou qui porte ses décorations de travers. Le feed-back du palais après la cérémonie, c'est beaucoup lui[1]. » La reine reçoit des mains de Jack Straw, lord grand chancelier et secrétaire d'État à la Justice, agenouillé sur les marches du trône, le texte de « son » discours, dont la version définitive n'a été validée que l'avant-veille de la cérémonie. La préparation du texte est, comme le confirme l'un des conseillers de Gordon Brown, « un travail d'équipe. Celui-ci a été rédigé par trois personnes, présenté au secrétariat particulier de la souveraine puis à Elizabeth II elle-même. Celle-ci ne peut le modifier, mais il lui arrive, comme cette

1. Entretien avec l'auteur.

année par exemple, d'y ajouter quelques mots sur des déplacements importants qu'elle doit entreprendre dans les mois qui suivent – en l'occurrence une visite d'État aux Bermudes et à Trinité-et-Tobago, fin novembre, à l'occasion de la conférence des chefs d'État des pays du Commonwealth ». Ces messieurs des Communes sont dissipés et la reine leur jette furtivement un regard mi-impatient mi-désapprobateur. Puis en quelques minutes, lunettes sur le nez, elle énumère d'une voix monocorde le détail des mesures envisagées par son gouvernement au cours de la nouvelle session parlementaire. Avant de refermer son livret. Le *State Opening* est terminé.

Après qu'elle a quitté le palais de Westminster, de petites fêtes s'improvisent dans les bureaux. Un peu partout, on sort les bouteilles de champagne « House of Lords » (à étiquette rouge, *of course*). Dans la *River Room*, le principal salon de réception, tapissé de vert, se pressent hauts fonctionnaires et grandes figures de la vie politique britannique, le leader de la chambre basse, Harriet Harman, dans son costume noir à jabot blanc, un ancien ministre de la Défense ou encore la fille de l'ex-Premier Ministre James Callaghan, en top sombre et jupe rouge. « La reine semblait un peu bougonne », commente un député travailliste. « Je ne me suis pas pris les pieds dans le tapis, j'étais dans le timing, personnellement cela me suffit, je considère que tout s'est bien passé », déclare ce dignitaire, encore sanglé dans son uniforme d'apparat.

Considérée comme le plus prestigieux des événements qui rythment le calendrier officiel de la Couronne, l'ouverture du Parlement fait depuis toujours l'objet d'une attention particulière de la part d'Elizabeth II. Quelques semaines plus tôt, alors qu'elle se trouvait à Westminster pour inaugurer un buste en bronze à son effigie, elle avait brièvement – et en petit comité – évoqué la cérémonie à venir et discrètement donné pour consigne d'en supprimer autant que possible les temps morts. On raconte que chaque année, une fois la manifestation achevée, elle ne manque jamais de faire passer un message au *Yeoman Usher* et à son supérieur. Son verdict est toujours attendu avec un soupçon d'appréhension – un « *very good, Black Rod, very good* » est ici vécu comme la consécration absolue du travail bien fait. Reste que, depuis longtemps déjà, des voix se font entendre pour réclamer la suppression du *State Opening*, considéré par certains comme trop coûteux, par d'autres comme une perte de temps, comme la survivance d'un passé révolu dont la seule existence témoignerait d'une forme de réticence de la société britannique à épouser pleinement son époque. Pour quelles raisons la reine continue-t-elle de présenter en personne le programme du gouvernement puisqu'elle ne participe pas à son élaboration ? Les partisans de la tradition font valoir qu'associer le monarque à l'événement donne un supplément de fierté nationale à l'exercice de la démocratie en Grande-Bretagne, et que le rituel en vigueur présente l'avantage de mettre en lumière la suprématie du Parlement tout en soulignant le caractère limité des prérogatives du souverain. Pourquoi, dans ce cas, l'entourer de tant de solennité et de faste ? « Tout cérémonial est ridicule, dit-on volontiers outre-Manche, s'il n'est pas parfait[1]. »

1. Lord Cobbold, cité dans Antony Jay, *Elizabeth R : The Role of the Monarchy Today*, BCA, 1992, p. 25.

« Ça a de l'allure, tout de même, vous ne trouvez pas ? » Un dernier hochement de tête approbateur, et la souveraine quitte le hall St George à petits pas pressés, dans un ultime froufrou de chevelure blanche poudrée. La nuit est tombée sur le château de Windsor, Elizabeth II termine sa traditionnelle tournée d'inspection de l'immense salle de réception (55,5 mètres de long sur 9 mètres de large) où, dans trois heures à peine, se presseront les quelque cent quarante-huit invités au dîner d'État donné en l'honneur de la présidente de la République indienne Pratibha Patil et de son conjoint le Dr Devisingh Ramsingh Shekhawat. Elle a vérifié où elle serait assise, tapoté sur les micros du bout de l'index afin de s'assurer de leur bon fonctionnement… Aucun personnel au monde n'est davantage rompu au périlleux exercice du banquet en grand tralala que celui de la *Royal Household*, mais la reine considère le château comme son *home sweet home* et tient à superviser en personne l'organisation des festivités jusque dans leurs moindres détails. La veille, il n'aura pas fallu moins de sept hommes pour monter la table, un monument d'acajou de 53 mètres de long, presque deux fois centenaire, dont les 68 rallonges ont été alignées au millimètre près. Un balai à franges à la main et les pieds enveloppés dans des chaussettes British Airways – les meilleures, paraît-il, pour éviter les traces –, le cireur en chef de Sa Majesté, grimpé sur le plateau, a ensuite appliqué sur le bois cinq ou six couches d'un produit nourrissant et lustrant jusqu'à le rendre brillant comme les eaux d'un lac un soir de pleine lune. Pages, majordomes, commis et valets ont tous ici la minutie des dentellières et le recueillement des dévots de cathédrale. La suite des préparatifs est à leur image. Silencieuse et précise. L'un de ces ballets au charme désuet dont la cour britannique a seule le secret.

Règle à la main, Stephen Marshall, *Yeoman of the Glass Pantry* (titre moyenâgeux qui pourrait se traduire par « yeoman de l'office aux verres »), règle le placement des assiettes : 45 centimètres minimum entre deux couverts, davantage si le nombre de convives le permet. Entre l'extrémité inférieure du manche des couteaux et des fourchettes et le bord de la table, la longueur exacte d'un pouce. De ce même bord de table au dossier des chaises (velours rouge et bois doré à la feuille d'or 23,5 carats) : 68,5 centimètres. Pas un de plus. Face à chacune des personnes présentes : six verres en cristal gravés à l'étoile de l'ordre de la Jarretière, de précieux nécessaires à poivre, moutarde et sel, et des porcelaines d'une valeur inestimable, témoins de l'histoire de la monarchie. D'un bout à l'autre de la table étincellent les trésors du fameux grand service, un ensemble unique au monde composé de quatre mille pièces, plats, soupières, centres de table et candélabres en vermeil (dont l'un de plus de 70 kilos) réalisé au début du XIXe siècle à la demande du roi George IV. Et des présentoirs ouvragés chargés de fleurs – une vingtaine de bouquets au total qui seront ensuite, ainsi le veut la coutume, distribués dans des hôpitaux. Épineux s'il en est, le plan de table est étudié depuis des semaines par David Walker, *Master of the Household* (« maître de la Maison[1] »). Dans son bureau du palais

1. Le maître de la Maison est en charge de tous les aspects « domestiques » de la vie au sein des résidences royales, de l'organisation des réceptions à celle des voyages de la souveraine,

de Buckingham trône en évidence un long ovale de cuir rouge dans lequel s'insèrent des étiquettes au nom des convives, distingués les uns des autres en fonction de leur importance et de leur nationalité respectives par des codes de couleur. Les proches d'Elizabeth II seront mélangés aux convives de manière qu'aucun de ces derniers ne se sente lésé.

Le menu, lui, a été choisi par la souveraine elle-même, à partir de plusieurs listes de mets élaborées par le chef Mark Flanagan. En 2004, lors de la visite officielle de Jacques Chirac, elle avait ainsi préféré sa crème brûlée et sa compote d'oranges Sandringham à la tarte aux pruneaux d'Agen et à l'armagnac. Simple affaire de goût ? Pas toujours… Tout au long des six mois qui précèdent la venue de leurs hôtes, le palais de Buckingham et le Foreign Office (l'équivalent du Quai d'Orsay) mènent en effet l'enquête afin de connaître les préférences culinaires, mais aussi les éventuelles allergies alimentaires et autres problèmes de santé de chacun des membres de la délégation. En cuisine, dans un décor demeuré inchangé depuis le XIIIe siècle, s'affairent vingt-trois marmitons, mais c'est surtout à l'étage, dans l'aile réservée aux invités de marque, que la pression se fait sentir… Plusieurs jours avant l'arrivée de Pratibha Patil et de son époux, les femmes de chambre auront répété à l'infini les gestes hérités de la longue tradition d'hospitalité du château, chronométrées par leur « patronne », l'ultraperfectionniste Annette Wilkin, gouvernante de la reine. Lorsqu'elle pénétrera dans ses appartements, la présidente indienne trouvera

---

en passant par la préparation des repas pour les membres de la famille régnante et leurs employés, le ménage, l'entretien et la restauration du mobilier…

le contenu de sa valise défroissé, plié ou disposé sur des cintres, ses bijoux et autres accessoires disposés sur la coiffeuse. Chaque objet aura été scrupuleusement consigné sur un petit carnet. Une heure environ avant son départ de Windsor, ses vêtements seront emballés dans du papier de soie et son bagage reconstitué à l'identique en moins de quarante-cinq minutes. Rien d'étonnant à ce que le « département H » – nom donné au service de chambre – s'enorgueillisse d'un savoir-faire qu'aucun palace sur cette terre n'est jamais parvenu à égaler. La suite dans laquelle le couple présidentiel passera la nuit ? Deux dressing-rooms, deux salles de bains séparées (munies de serviettes blanches, la couleur réservée aux membres de la famille royale et à leurs invités), une chambre (murs immaculés, moquette crème et moulures or) avec vue imprenable sur le parc, et un vaste salon meublé de consoles en marqueterie, d'un canapé et de fauteuils vieux rose, de paravents de laque et d'une imposante cheminée de marbre. Tous les choix, du parfum des savons à la composition des bouquets disposés dans les pièces (généralement des fleurs peu odorantes afin de n'importuner personne), auront été soumis à l'approbation préalable de la souveraine.

Si rien n'est jamais laissé au hasard, c'est que les hôtes de Sa Majesté, qu'ils soient conviés à Windsor ou au palais de Buckingham, doivent impérativement garder un souvenir inoubliable de leur séjour. « Dans ce type d'occasion, on s'attend toujours à des endroits un peu solennels, un peu impersonnels, confie l'ancien ministre des Affaires étrangères Hervé de Charette. Mais là-bas, nous avions véritablement l'impression d'être reçus par une femme qui nous accueillait chez elle, c'était très frappant. Même le comportement de son personnel est différent, très chaleureux. Vous n'avez ça nulle part ailleurs[1]. » En soixante années de règne, Elizabeth II a vu le monde entier frapper à sa porte. De Gustave VI et Louise de Suède (28 juin-1er juillet 1954) à Abdullah Gül, l'actuel président turc, et son épouse, en novembre 2011, elle a « hébergé » cent deux visites d'État. « Et vous n'imaginez pas ce qu'elle a parfois dû endurer[2] », lâche l'un de ses conseillers. Les invitations sont initiées par Downing Street, le palais est bien sûr consulté au préalable puisque celles-ci se font officiellement au nom de la souveraine, mais au final Sa Majesté n'a d'autre choix que d'accueillir de plus ou moins bon gré les dignitaires étrangers qui, deux fois par an, lui sont « envoyés » par le gouvernement.

Au chapitre des mauvais souvenirs ? Le séjour du dictateur roumain Nicolae Ceaucescu et de son épouse, Elena, en 1978, avec lesquels la reine entend d'emblée limiter au maximum tout contact superflu – un après-midi, alors qu'elle se promène dans les jardins de Buckingham, Elizabeth II aperçoit le couple en train de marcher dans sa direction et, pour l'éviter, court se cacher derrière un buisson. Un cuisinier ultrazélé résolu à préparer le déjeuner de son boss (un potentat du Moyen-Orient) sur un feu de camp allumé à même le plancher de sa suite, des membres de délégations étrangères décidés à fumer, voire à sortir leur ordinateur portable au beau milieu d'un banquet, une cabine de douche qu'il faut remplacer prestement dans la salle de bains de tel dirigeant particulièrement corpulent… Les anecdotes sont légion et révèlent les trésors de tact et de diplomatie déployés par les employés de la *Royal Household* pour préserver le déroulement

1. Entretien avec l'auteur.
2. Entretien avec l'auteur.

harmonieux des festivités. Et prévenir tout incident. Chacun des distingués visiteurs doit en effet se sentir traité et considéré exactement de la même manière que n'importe quel autre de ses pairs, quelle que soit l'importance de son pays sur la scène internationale. À Buckingham, les chefs d'État sont invariablement logés dans la Suite belge du rez-de-chaussée, baptisée ainsi en l'honneur du roi des Belges Léopold Ier (1790-1865), oncle et confident de la reine Victoria, et dorment dans la chambre bleue dite chambre Orléans, décorée de portraits de la première impératrice des Indes. Le salon principal, conçu dans une dominante de jaune bouton-d'or, est meublé de pièces uniques provenant des écoles anglaise et française, de sofas et de chaises tendus de soie disposés autour d'une cheminée de marbre blanc, sous des toiles de Canaletto et de Gainsborough. La souveraine supervise elle-même le choix des livres, des boissons et des friandises (fruits, biscuits et chocolats, parmi lesquels ses préférés, des Bendicks Bittermints) mis à la disposition de ses hôtes de marque. La table du banquet, elle aussi, donne toute la mesure du soin avec lequel elle veille au confort des personnalités de passage au palais.

Ce 3 mars 2010, premier jour de la visite d'État au Royaume-Uni du président sud-africain Jacob Zuma, Elizabeth II procède, en vertu du rituel qui est chez elle immuable, à une ultime revue de détail des aménagements de la salle de bal, où a été dressée la table en U de plus de 48 mètres de long réservée aux grandes occasions. Au menu (rédigé en français) : pavé de saumon Glamis, noisettes d'agneau narbonnaise, courgettes jaunes et vertes sautées, pommes forestières et salade, sablé aux pommes de Sandringham et fruits de dessert, arrosés de champagne Pol Roger, de puligny-montrachet 1er cru, Les Referts, Louis Jadot 2002, de château-lynch-bages, pauillac 1986, ou encore de porto royal Vintage 1963. Dans quelques heures, les 171 convives attendus auront tous le privilège de dîner dans les précieuses assiettes de porcelaine du service Tournai (dominante bleu nuit et or, décor à motif d'oiseaux), réalisé entre 1770 et 1789 pour Philippe, duc d'Orléans, avant d'être acquis par le souverain britannique George IV au tout début du XIXe siècle, et celles du service Minton V R créé pour la reine Victoria en 1876. À chaque place : six verres gravés au chiffre EIIR disposés dans un arrangement géométrique parfait (outre ceux prévus pour le vin blanc, le vin rouge, l'eau et les liqueurs, deux sont réservés aux champagnes des toasts d'avant-repas et du dessert), un miniservice à condiments, ainsi qu'un assortiment impressionnant de couverts et de petits récipients délicats – les membres de la cour, répartis parmi les convives, seront là pour guider discrètement leurs voisins de table et leur montrer comment (et dans quel ordre) les utiliser, le moment venu. À la droite et à la gauche de la souveraine : deux hauts candélabres en vermeil représentant, pour l'un « les Grâces cueillant les pommes du jardin des Hespérides sous l'œil du Dragon », pour l'autre « Mercure présentant Bacchus, enfant, aux Nymphes ». De coupes de fruits rebondies, disposées çà et là, s'échappent des raisins discrètement prédécoupés en grappes de trois ou quatre grains de manière à faciliter la tâche des gourmands. De chaque côté de la pièce ont été dressés des buffets sur lesquels trône en évidence le fameux service de porcelaine Rockingham, créé pour le roi William IV entre 1830 et 1837 pour célébrer ses royaumes d'au-delà des mers.

Les *pipers* (joueurs de cornemuse) de Sa Majesté répètent leur prestation. Ils sont au nombre de onze, tous vêtus d'un kilt, et, dans une file indienne impeccable conduite par le *Pipe Major* G. M. Rowan des Argyll & Sutherland Highlanders, arpentent lentement la salle de bal, concentrés sur leur répertoire de mélodies écossaises – *King George V's Army*, *Highland Harry*, *Captain Lachlan Macphail of Tiree*, *Dovecote Park* –, que l'on imagine choisies parmi les favorites de la reine. Il flotte dans l'air un parfum prononcé de roses, la fleuriste du palais, Sharon Gaddes, en ayant arrangé plus de mille en une série de bouquets rouges, jaunes, pêche et roses d'où jaillissent aussi œillets, freesias et branches de forsythia. La lumière est douce, et tout, dans la palette de couleurs, dans la tonalité vermillon et or du décor, donne au repas de ce soir une tonalité sensiblement plus festive, moins solennelle, moins intimidante, que ceux donnés dans le hall St George du château de Windsor. Elizabeth II a l'œil à tout, personne au monde n'a donné plus de banquets qu'elle, mais son inspection est tout aussi minutieuse, son souci du détail tout aussi aiguisé que s'il s'agissait là d'un exercice entièrement nouveau. Accompagnée de l'Air Marshal Sir David Walker, *Master of the Household*, elle est entrée dans la salle de bal d'un pas décidé, vêtue d'une robe bleu turquoise et sans son sac à main. Elle assure sentir un courant d'air frais au niveau du sol et demande à ce qu'il y soit remédié, tape légèrement du plat de son soulier verni noir en plusieurs endroits du tapis comme pour vérifier que personne ne risque de s'y prendre les pieds, échange quelques mots avec Sharon Gaddes sur l'origine des fleurs, dont aucune ne provient d'Afrique du Sud – « leur montrer les leurs n'aurait eu aucun intérêt », explique la souveraine.

On la voit ensuite longer lentement la longue file de chaises alignées tout autour de la table, se pencher afin d'observer une rangée d'assiettes dont l'alignement lui semble imparfait. Faire rectifier la position de chandelles qui ne lui paraissent pas verticales. Le tout se déroule dans la bonne humeur, la reine s'exprime avec animation, elle plaisante, elle a la vivacité et l'enthousiasme d'une femme qui, de toute évidence, aime sa vie et son travail. Mais à l'attitude des trois ou quatre membres du staff présents dans la pièce, à leur concentration extrême, on comprend qu'elle est une maîtresse de maison exigeante, dont les questions appellent toutes une réponse immédiate. « Qui se charge des courants d'air ? » lance-t-elle sans se retourner en quittant la salle de bal. Ces banquets, avec leur décorum, l'infinie complexité de leur organisation, sont un peu comme une pièce de théâtre, une représentation dont elle a conscience d'être l'actrice principale. Comme s'il fallait ménager une part de suspense avant le lever de rideau, une foule de petits détails ne sera divulguée qu'à la dernière minute par son entourage. Vers dix-sept heures trente, « on » laisse ainsi entendre qu'elle est toujours en train de choisir la tenue qu'elle portera pour accueillir ses invités[1]. Il est donc au moins un domaine où l'humeur du moment fait loi.

Le matin même, à onze heures précises, a eu lieu le traditionnel *Ceremonial Welcome* (ou cérémonie de bienvenue) sur Horse Guards Parade, une vaste place battue par les vents encadrée par les bâtiments de

1. La reine portera finalement une robe de satin blanc Stewart Parvin, sa tiare russe à motifs d'aiguilles, et une parure composée des diamants qu'elle avait reçus en cadeau des autorités sud-africaines le jour de son vingt et unième anniversaire, en 1947.

l'ancienne Amirauté, le siège des Horse Guards (les régiments de la cavalerie royale), le Foreign Office (le secrétariat d'État aux Affaires étrangères et au Commonwealth) et l'arrière des jardins du 10, Downing Street. Sur une tribune couverte décorée de fleurs exotiques, de roses d'York en carton-pâte et des couleurs du drapeau sud-africain patientent quelques dignitaires – parmi lesquels Sir David Brewer, *Lord Lieutenant of Greater London*, le représentant de Sa Majesté auprès des autorités de la capitale, ou encore le colonel Toby Browne, commandant de la cavalerie royale et *Silver Stick in Waiting* – littéralement « bâton d'argent au service de la reine », titre honorifique qui lui impose d'être présent dans un certain nombre de manifestations officielles[1]. Impressions mouvantes d'uniformes, de capes surmontées d'épaisses chaînes en or, de livrées, de chapeaux à plumes flottant dans l'air glacé… Jacob Zuma est attendu en compagnie de Thobeka Madiba, sa dernière épouse en date (il en a officiellement trois). Le petit groupe de reporters britanniques présent se demande si la vie personnelle agitée du président incitera le prince Philip, connu pour toujours exprimer le fond de sa pensée en des termes sans équivoque, à laisser échapper (ou non) une réflexion.

Les premières notes du *God Save the Queen*, interprété par la musique des grenadiers de la Garde, retentissent au moment précis où la voiture du couple régnant pénètre sur la place. Dès que la souveraine sort du véhicule, un SMS en provenance du palais fait savoir

1. Créée en 1678, cette tâche était à l'origine confiée à un officier de la cavalerie royale, chargé d'assister le *Gold Stick* – ou « bâton d'or » –, titre donné au garde du corps personnel du souverain.

aux journalistes qu'elle porte un ensemble violet griffé Stewart Parvin, assorti d'un chapeau créé par Rachel Trevor-Morgan. Au sein du « Royal Rota » – appellation qui désigne les représentants de la presse accrédités pour couvrir les activités officielles d'Elizabeth II et de ses proches –, les commentaires vont bon train. « Philip est de bonne humeur », affirment certains en le voyant parler avec animation au Premier Ministre Gordon Brown puis au chef de la diplomatie, David Milliband. L'arrivée du chef de l'État sud-africain est saluée par un total de 103 coups de canon – 41 tirés depuis Green Park, 62 tirés depuis la Tour de Londres. Hymne national, revue de la garde d'honneur en compagnie du duc d'Édimbourg, coiffé d'un haut-de-forme noir… Restées sur l'estrade, la reine et Mme Zuma échangent quelques mots.

Vers douze heures trente, retour au palais, cette fois en grand équipage. Le « voyage » ne prendra pas plus de dix minutes. Sa Majesté et Jacob Zuma s'installent dans l'*Australian State Coach* (le carrosse d'État australien), le plus récent de la collection royale, le seul, aussi, à être doté de vitres électriques et d'un système de chauffage central ; le duc d'Édimbourg et la Première dame à bord du *Scottish State Coach*, le carrosse d'État écossais. Suivent, dans cinq landaus d'apparat, le prince Charles et son épouse, Camilla, puis les écuyers, les dames d'honneur, les représentants du gouvernement britannique et les dignitaires sud-africains qui, enthousiastes, ne résistent pas au plaisir de se photographier les uns les autres à l'aide d'appareils numériques et de téléphones portables. En passant devant l'estrade de la presse, ouverte aux quatre vents, la duchesse de Cornouailles (en vert épinard) adresse sourires et mimiques éloquentes aux cameramen et reporters. *Yes, Ma'am*, il fait froid.

Au déjeuner « informel », sans discours ni toasts, donné dans la *Bow Room* de Buckingham succède le rituel échange de cadeaux. Pour le président : les insignes de chevalier grand-croix de l'ordre du Bain, un cerf en bronze et un livre de chasse ; pour Elizabeth II : l'ordre des Compagnons d'Oliver Tambo (classe or), un jeu d'échecs représentant des guerriers zoulous et xhosas en costume traditionnel et une assiette décorative en céramique Ardmore. La reine emmène ensuite ses invités jusqu'à la galerie des Peintures, où une exposition de photos, de lettres, de médailles et autres souvenirs témoignant des liens historiques de la dynastie régnante avec l'Afrique du Sud a été préparée par les conservateurs de la *Royal Collection* – le département de la Maison royale en charge de la gestion et de l'entretien des fabuleuses collections de la Couronne. Pour Jacob Zuma et sa femme, la souveraine retrace l'histoire des objets, on la voit s'attarder devant le brouillon, écrit au crayon à papier, d'une lettre autrefois adressée par son père, le roi George VI, au Premier ministre Jan Smuts. On la voit aussi demeurer quelques secondes plongée dans ses pensées face aux fleurs artificielles qui ornaient le gâteau de ses vingt et un ans, fêtés à Cape Town, au cours d'un voyage officiel, en avril 1947. « Oh mon Dieu, c'est moi ! » s'exclame-t-elle devant une photo d'elle en noir et blanc. « Intelligent et bien fait », commente-t-elle en passant devant une petite corbeille ronde offerte à Queen Mum lors de la visite d'État du président Mbeki, en 2001.

Elle dit tout en peu de mots ; Philip, lui, fait preuve d'une bonne humeur communicative et provoque à plusieurs reprises l'hilarité de ses invités. « Encore des échecs ! » lance-t-il en passant devant un jeu présenté sur une petite table, au grand embarras de Jacob

Zuma. « Oui, mais celui-là c'est le tien », lui rappelle la reine – il avait en effet été offert au duc d'Édimbourg par Nelson Mandela en 1996. Un peu plus loin, une série de lettres vient d'ailleurs montrer le caractère chaleureux, informel, des relations entre Elizabeth II et le vainqueur de l'apartheid. Peu après son élection, en avril 1994, ce dernier l'invitait à effectuer sa première visite d'État dans son pays, dont il souhaitait alors le retour au sein du Commonwealth[1]. « Vous serez plus que la bienvenue », lui écrit-il. Le 31 mars 1995, au terme d'une tournée de sept jours à Cape Town, Johannesburg, Durban et Pretoria, la souveraine lui adresse une note de remerciements manuscrite. « Il était bon, après tant d'années, de revenir sur les lieux de mon tout premier séjour outre-mer[2], séjour dont j'ai, de ce fait, gardé un souvenir très précis et très cher. » Elle évoque ensuite la tâche immense qui attend le président, et « tous ces problèmes complexes qui prendront du temps à résoudre. Votre influence sera extrêmement importante pour y parvenir, et nous vous adressons tous nos vœux de réussite ». Avant de

1. La position de la Grande-Bretagne au sein de cette organisation internationale, association d'anciennes colonies et d'anciens protectorats britanniques bâtie progressivement à partir de la fin du XIXe siècle à mesure que se délitait l'Empire, avait connu sa première remise en cause notable en octobre 1960, lorsque les Sud-Africains s'étaient prononcés en faveur de l'instauration d'une république, rompant ainsi leurs liens avec la Couronne et avec Elizabeth II en tant que chef de l'État. La ségrégation raciale étant en vigueur dans le pays depuis 1948, la population noire avait été exclue du référendum. En 1961, Cape Town, en butte aux critiques de plusieurs autres grandes nations du Commonwealth, opposées à l'apartheid, s'était retiré de l'organisation.

2. En 1947, c'est en Afrique du Sud que la princesse Elizabeth avait effectué son tout premier voyage à l'étranger.

terminer sur ces mots : « votre amie sincère ». Sous peu, les courriers de Nelson Mandela commenceront tous par « Chère Elizabeth »...

La « psychothérapeute » du Commonwealth

L'attachement passionné de la reine pour le Commonwealth se nourrit d'un idéal, celui d'une communauté de nations indépendantes, libérées des préjugés raciaux, décidées à travailler ensemble à un développement économique harmonieux et à l'épanouissement de la démocratie. Entre novembre 1953 et mai 1954, quelques mois seulement après son couronnement, elle avait accompli une tournée triomphale de plus de 70 000 kilomètres, qui l'avait amenée du Canada aux îles Cocos, de Malte à la Nouvelle-Zélande. Si l'organisation a depuis traversé bien des tempêtes, il ne fait aucun doute que la souveraine a été déterminante dans le maintien de l'unité et de la cohésion de cette « amicale » turbulente, composée de pays de cultures et d'aspirations radicalement différentes, aux intérêts souvent divergents. « La première fois que j'ai eu l'occasion de la voir et de l'approcher, c'était à l'ambassade de Grande-Bretagne, à Islamabad, se souvient l'un de ses anciens conseillers. Elle effectuait alors une visite d'État au Pakistan et en Inde, pour le cinquantième anniversaire de la création des deux pays. J'ai été très impressionné de voir cette façon qu'elle avait de manœuvrer, de contourner les difficultés en réussissant toujours à exprimer sa chaleur et sa considération personnelles pour le Pakistan tout en évitant les mots, les attitudes qui auraient pu déplaire à New Delhi. En matière de diplomatie, Elizabeth II est une incroyable funambule, ce genre d'exercice est très périlleux, y compris pour les politiciens les mieux rodés, mais elle, elle ne tombe jamais dans aucun piège[1]. » L'ancien secrétaire général du Commonwealth, Sir Shridath « Sonny » Ramphal, considère son action comme cruciale, son influence auprès des représentants des gouvernements des nations concernées comme absolument essentielle. « Elle est amie avec eux depuis longtemps, confie-t-il, plusieurs d'entre eux ont en quelque sorte grandi avec elle. Julius Nyerere [le premier président de la République de Tanzanie], Kenneth Kaunda [le premier président de la République de Zambie] et de nombreux autres, originaires, comme eux, du continent africain, étaient encore de jeunes hommes lorsqu'elle est devenue reine. Elle les a connus Premiers ministres puis présidents, leur amitié s'est poursuivie pendant des années. En outre, elle a toujours prodigieusement bien préparé ses dossiers – tous me faisaient d'ailleurs la même réflexion : "C'est incroyable de voir à quel point elle peut être au courant de notre situation." Elle savait tout, qui était dans les griffes du FMI, qui se trouvait aux prises avec un scandale politique, elle connaissait aussi les vies de famille, si des enfants étaient nés, si ses interlocuteurs avaient perdu des proches. Elle n'ignorait rien de l'état des économies, des élections à venir. Tous ces hommes avaient le sentiment de parler à une amie, une amie qui se souciait sincèrement de leur pays et de sa population[2]. »

En 1979, à Lusaka, en Zambie, lors de la conférence des chefs d'État du Commonwealth, ses qualités de médiatrice, mais aussi le respect dans lequel la tiennent ses pairs, se révèlent décisifs dans l'amorce du règlement

1. Entretien avec l'auteur.
2. Sarah Bradford, *Elizabeth, op. cit.*, p. 384.

du conflit qui déchire alors la Rhodésie, ainsi que du différend qui oppose le pays à ses voisins. Ulcérés par l'attitude du gouvernement de Salisbury à l'égard de l'opposition noire, de nombreux leaders africains le sont également par l'attitude ambiguë du Premier Ministre britannique de l'époque, l'inflexible Margaret Thatcher. On parle d'un sommet à haut risque, susceptible d'aboutir à un éclatement de l'organisation internationale. En ce début du mois d'août, Elizabeth II termine une tournée qui l'a amenée successivement en Tanzanie, au Malawi et au Botswana ; son arrivée à Lusaka permet de rétablir le dialogue entre les différentes parties et la confiance entre Londres et les autres capitales. « Loin de moi l'idée de m'immiscer dans vos discussions, l'entend-on dire à un petit groupe de chefs d'État, mais je vous connais depuis plus longtemps que vous ne vous connaissez les uns les autres, ne pensez-vous pas qu'il est toujours mieux de discuter[1] ? » « Elle a parlé à Thatcher et à Kaunda, raconte Sonny Ramphal. » Sa présence a permis à la situation de se débloquer. « Kaunda avait le sentiment qu'il l'aurait laissée tomber » s'il n'avait rien fait[2].

De nombreux témoignages lui prêtent le rôle d'une sorte de « directrice de conscience », toujours là pour entendre inquiétudes et doléances ; le prince Philip lui-même prétend qu'à sa manière elle est un peu la « psychothérapeute » du Commonwealth[3]. « Lorsque vous rencontrez des difficultés avec l'un des chefs d'État du Commonwealth, ajoute John Major, elle peut dire quelque chose comme : “Oh oui, je me souviens très bien de son père, vous devriez peut-être essayer ceci

1. Cité par Ben Pimlott, *The Queen, op. cit.*, p. 468.
2. *Ibid.*
3. *Ibid.*, p. 466.

ou cela…" C'est unique[1]. » Mais combien de temps les quinze autres royaumes que compte encore l'organisation souhaiteront-ils maintenir leurs liens avec le trône de Grande-Bretagne ? Elizabeth II est reine de la Barbade, des Bahamas, de la Grenade, de la Papouasie-Nouvelle-Guinée, des îles Tuvalu, de Sainte-Lucie ou encore de Saint-Vincent et les Grenadines, et de la Jamaïque (où le nouveau Premier ministre, Portia Simpson Miller, vient de se prononcer en faveur d'une indépendance de son pays vis-à-vis de la Couronne). Elle règne aussi sur trois grands États régulièrement saisis par des accès de fièvre républicaine : la Nouvelle-Zélande, le Canada[2], et l'Australie, demeurée une monarchie constitutionnelle bien que l'*Australia Act* de 1986 ait aboli les derniers liens constitutionnels et législatifs qui unissaient encore le pays à la Grande-Bretagne.

Observateurs et hommes politiques ont par le passé souvent plaidé en faveur d'une réorganisation « géographique » du travail de la souveraine, qui prendrait davantage en compte l'ensemble de ses royaumes. « Un mois en Australie chaque année, suggère le ministre des Affaires étrangères britannique Selwyn Lloyd à la fin des *fifties*. J'aimerais aussi qu'elle passe une semaine en Nouvelle-Zélande et qu'elle se rende au Canada peut-être trois ou quatre fois par an[3]. » Difficile à mettre sur pied, coûteuse, la réforme ne verra jamais le jour.

1. Entretien avec l'auteur.

2. En 1982, le *Canada Act* a rompu les derniers liens constitutionnels et législatifs du pays avec le Royaume-Uni. Le Canada demeure une monarchie constitutionnelle, mais le rôle d'Elizabeth II en tant que reine du Canada est distinct de sa fonction de reine de Grande-Bretagne.

3. Cité par Andrew Duncan, *The Reality of Monarchy*, Pan Books, 1970, p. 79.

Le Mouvement républicain australien est créé en 1991, l'année suivante Elizabeth II fait clairement comprendre au Premier ministre Paul Keating qu'à aucun moment elle ne cherchera à faire obstacle à un changement de régime à Canberra. « Vous avez cinquante-quatre nationalités en Australie, lui dit-elle. Arrivera un moment où je deviendrai complètement dépassée[1] ; vous me le direz, n'est-ce pas[2] ? » En 1999, l'opinion, invitée à se prononcer par référendum, se déclare pourtant opposée à une rupture avec la Couronne. À la veille du début de la seizième visite de Sa Majesté dans le pays, en octobre 2011, les enquêtes révèlent une nouvelle fois le soutien de la population à la monarchie (55 % des personnes interrogées s'y déclarent favorables), et des sympathies républicaines en net recul (23 % des sondés). L'actuel Premier ministre, Julia Gillard, admet qu'il ne servirait probablement à rien d'organiser un deuxième référendum avant la fin du règne actuel. L'effet Elizabeth ? Sans doute.

En 1954, déjà, l'héritière de George VI est le premier monarque régnant à faire le voyage du Nouveau Continent. À l'époque, elle arrive par bateau, et entreprend – du 3 février au 1er avril – une tournée de la Nouvelle-Galles du Sud, de la Tasmanie, du Queensland et des régions du Sud et de l'Ouest. Les foules qui se pressent sur son chemin sont impressionnantes, les chiffres compilés par le gouvernement d'alors révèlent que la jeune femme parcourt en deux mois plus de 16 000 kilomètres en avion, effectue quelque 207 déplacements en voiture, traverse plus de 70 villes et délivre

1. « *Redundant* ».

2. Andrew Marr, *The Diamond Queen : Elizabeth II and Her People*, Macmillan, 2011, p. 259.

près d'une centaine de discours. Un voyage fondateur… Seize ans plus tard, elle revient en Australie célébrer le bicentenaire de la découverte du pays par James Cook ; en 1973, c'est elle qui inaugure le célèbre Opéra de Sydney. En 1977, l'année de son jubilé d'argent, elle effectue une nouvelle visite marathon de trois semaines à la rencontre des populations de chacun des États. Ses déplacements *down under* s'échelonneront ensuite à intervalles réguliers jusqu'à l'ouverture des XVIIIe Jeux du Commonwealth, en 2006.

Bien que, dans leur entourage, on se refuse à envisager ouvertement une telle possibilité, la presse britannique laisse entendre qu'Elizabeth II et Philip ont peut-être quitté pour la dernière fois le pays le 29 octobre 2011. L'âge (le duc d'Édimbourg a vaillamment franchi le cap des quatre-vingt-dix ans), ainsi que le succès public grandissant de la jeune génération de la famille royale[1], emmenée par le duc et la duchesse de Cambridge, pourraient en effet, à l'avenir, les inciter l'un comme l'autre à renoncer à ces déplacements épuisants. En onze jours, la souveraine a une nouvelle fois donné des garden-parties et des banquets, elle a pris le tramway à Melbourne (en ayant au préalable payé son billet), visité une école aborigène (où un élève lui a offert une spécialité culinaire à base de kangourou), rencontré les survivants des inondations survenues dans le Queensland, pris le bateau sur le fleuve Brisbane et inauguré un hôpital pour enfants. Partout, le même spectacle, celui de petites filles pomponnées comme des princesses, bouquets de fleurs à la main, de jeunes

1. En février 2010, le séjour d'une semaine du prince William sur le sol australien a fait chuter les sympathies antimonarchistes de quinze points dans les enquêtes d'opinion.

femmes en T-shirt occupées à la mitrailler avec leur téléphone portable. L'après-midi du départ du couple régnant, les habitants de la ville de Perth, à la pointe sud-ouest de l'Australie, envahissent les rives du fleuve Swan. D'une voix que l'on devine un peu chahutée par l'émotion, la souveraine prononce une brève allocution : « Je pense qu'il n'était pas de lieu plus approprié, pour terminer cette visite, que le cadre idyllique de cette rivière des Cygnes, dont j'ai eu la chance de pouvoir profiter à de si nombreuses reprises. Nous rentrerons en Grande-Bretagne avec de très bons souvenirs du temps passé ici, et de l'accueil chaleureux qui nous a été réservé à l'occasion de ce séjour, le seizième, dans ce beau pays. » Ce jour-là, ils sont plus de cent mille à être venus lui dire au revoir.

Chapitre 3
« Voici l'espoir de l'Angleterre ! »

Le 21 avril 1926, un peu avant trois heures du matin, le ministre de l'Intérieur du gouvernement de Stanley Baldwin est invité à se pencher au-dessus du berceau de la première petite-fille du roi George V. Ce conservateur pur et dur, fin bretteur à la Chambre des communes, adversaire déclaré des patrons de night-clubs, des tenanciers de bordels et des vendeurs d'alcool, est la bête noire des intellectuels de son temps, mais une figure appréciée des membres de la famille royale, qui ne détestent pas son tempérament affable et l'humour désarmant dont il fait souvent preuve en privé. William Joynson-Hicks a été « convoqué » au 17, Bruton Street pour y constater la venue au monde du bébé et attester que celui-ci est bien l'enfant du duc et de la duchesse d'York – née Elizabeth Bowes-Lyon. Singuliers auspices. Drôle de coutume, aussi, que celle qui consiste à prendre ainsi un membre du gouvernement pour témoin des naissances royales – la tradition l'exige depuis qu'au XVIIe siècle on a soupçonné (probablement à tort) le roi James II et sa seconde épouse Mary d'avoir substitué un nourrisson à leur fils mort-né.

Respectueux des usages, aussi surannés puissent-ils paraître, « Jix » fait immédiatement porter au Lord-Maire de Londres un court message l'informant des événements de la nuit. La longue et prestigieuse lignée des rois de Grande-Bretagne compte désormais officiellement une nouvelle princesse, une petite Elizabeth. Pour « Bertie », son père, l'angoisse de l'attente est enfin terminée. Il fait distribuer tasses de café et sandwichs aux journalistes de Fleet Street massés devant l'entrée de la résidence, pendant qu'à une quarantaine de kilomètres de là, au château de Windsor, on réveille le roi George V et la reine Mary pour leur annoncer l'heureuse nouvelle. « Quel soulagement et quelle joie ! » écrit la souveraine dans son journal. Les médecins de la jeune mère, Henry Simson et Walter Jagger, s'attendaient à un accouchement difficile et à devoir pratiquer une césarienne. Leurs craintes se sont révélées fondées, c'est en tout cas ce qu'ils laissent entendre dans un communiqué publié aux alentours de dix heures : « La duchesse d'York se repose après la venue au monde de sa fille. Son Altesse Royale et la jeune princesse font des progrès très satisfaisants. Avant l'accouchement, une consultation a eu lieu. Une certaine ligne de traitement y a été adoptée, avec succès. » Tout au long de la matinée, les visiteurs se succèdent dans l'hôtel particulier de Bruton Street, la résidence londonienne du comte et de la comtesse de Strathmore, les grands-parents maternels de la fillette. La presse note la présence de la princesse Mary, la sœur cadette de Bertie, celle de Miss Pryke, la fille du maire de Londres, et parle d'un défilé ininterrompu de *telegraph boys* et de coursiers aux bras chargés de fleurs. Le roi et son épouse décident, eux aussi, de venir faire la connaissance du bébé sans attendre. Signe du destin : ils reçoivent ce jour-là à déjeuner la marquise douairière de Milford Haven, la veuve du prince Louis Alexandre Mountbatten, ainsi que ses filles, Louise, la princesse héritière de Suède, et Alice, princesse de Grèce et de Danemark – maman d'un petit Philip âgé de bientôt cinq ans, dont le destin sera, un jour, lié à celui de la nouveau-née.

Vers quinze heures trente, le couple régnant est accueilli devant la maison du duc et de la duchesse d'York par un groupe de badauds enthousiastes. Sa Majesté, d'humeur joyeuse, les salue d'un coup de chapeau. La reine, elle, se contente d'un petit signe de tête. Mary, qui se réjouit de voir l'avenir de la dynastie assuré, fût-ce par une fille, préfère garder ses élans de grand-mère pour son journal intime. « *A little darling* », écrit-elle après avoir vu le nourrisson, « avec un très joli teint et de beaux cheveux blonds ». Les membres de la famille régnante ayant l'habitude de communiquer les uns avec les autres par écrit, c'est dans une lettre pleine d'émotion que Bertie confie à sa mère ses premières impressions de jeune papa. « Vous ne pouvez pas savoir quelle joie incroyable c'est aujourd'hui, pour Elizabeth & pour moi, que d'avoir notre petite fille. Nous avions toujours désiré un enfant afin que notre bonheur soit complet, & maintenant qu'enfin la chose est arrivée, cela nous semble merveilleux et étrange à la fois… J'espère que vous et Papa êtes aussi heureux que nous le sommes – ou auriez-vous préféré un autre petit fils[1] ? Je sais qu'Elizabeth souhaitait une fille. Je me permets d'espérer que vous ne la gâterez pas trop lorsqu'elle sera plus grande. »

En hommage à sa mère, ainsi qu'à son arrière-grand-mère (Alexandra, l'épouse du roi Edward VII) et sa grand-mère paternelles, il a été décidé d'appeler

1. La princesse Mary, la sœur de Bertie, a alors déjà deux fils, George, né en 1923, et Gerald, né en 1924.

le bébé Elizabeth Alexandra Mary d'York. Le très sérieux quotidien *The Times* souligne que la naissance de la nouvelle princesse du Royaume-Uni de Grande-Bretagne et d'Irlande du Nord a des conséquences pour ses oncles, les princes Henry et George – les deux frères cadets de Bertie –, relégués en quatrième et cinquième positions dans l'ordre d'accession au trône. En ce mois d'avril 1926, l'héritier de la Couronne n'est pas Bertie mais son frère aîné, David[1], prince de Galles, et celui-ci n'a encore que trente et un ans. Bien que célibataire et porté par on ne sait trop quelle inclination de caractère à préférer les femmes mariées à toutes les autres, personne n'ose imaginer qu'il puisse négliger ses devoirs au point de demeurer pour toujours un incorrigible *bachelor*. Quand bien même il lui en prendrait l'envie, la duchesse d'York, à vingt-cinq ans, a encore le temps d'avoir d'autres enfants, et notamment des garçons. Même si certains laissent déjà entendre que cette première césarienne ne laisse pas précisément augurer une nombreuse famille.

Puisque Elizabeth n'est pas destinée à monter un jour sur le trône, tant pis si aucun de ses trois prénoms ne fait référence à la souveraine mythique qu'a été Victoria – « Je ne trouve pas cela nécessaire », commente George V dans une lettre à sa femme. Bertie lui-même semble vouloir, d'entrée, placer son enfant à l'écart de toute idée de succession. Elizabeth « est un si joli prénom & personne, dans votre famille, ne l'a porté depuis si longtemps », écrit-il à son père. *Votre*

1. Edward Albert Christian George Andrew Patrick David, le fils aîné du roi George V et de la reine Mary, qui succédera à son père en 1936 sous le nom d'Edward VIII. Il était surnommé David par sa famille.

famille. Lui, le prince timide et torturé par le doute, handicapé depuis l'enfance par un bégaiement auquel les médecins n'ont encore trouvé aucun remède, est si impressionné par l'austère figure paternelle, comme par ce frère aîné qui manifeste tant de magnifiques dispositions pour le métier de souverain, qu'il lui est impossible d'imaginer qu'un jour sa fille et lui-même puissent être appelés à la table des rois. Et pourtant… Depuis longtemps, dans ces « premiers » cercles que l'on dit si bien informés de la vie privée des Windsor, le bruit court que David est stérile – en 1911, il aurait eu les oreillons. La rumeur n'est rien d'autre qu'un *gossip* dont on ignore l'origine, sans doute est-elle dépourvue du moindre fondement, mais qu'importe. Elle donne une importance particulière à la naissance d'Elizabeth. « On ne peut qu'être interpellé par la possibilité que dans l'enfant de Bruton Street sommeille une future souveraine de Grande-Bretagne (peut-être même une deuxième et resplendissante reine Elizabeth), s'enflamme le *Daily Graphic*, mais ne venons pas assombrir l'éclat de son arrivée parmi nous par des spéculations sur son destin royal[1]. »

En ce milieu des années vingt, le Royaume-Uni connaît de profonds bouleversements. Même s'il n'a pas été le théâtre des affrontements de la Grande Guerre, le pays sort durablement éprouvé du conflit. Un million de militaires britanniques ont péri pendant les combats, l'Empire déplore lui aussi des pertes considérables, sans compter le million et demi de soldats rentrés de France plus ou moins sévèrement blessés. La Première Guerre mondiale a laissé une marque indélébile dans les esprits,

1. William Shawcross, *Queen Elizabeth The Queen Mother : The Official Biography*, Macmillan, 2009, p. 257.

elle a provoqué une révolution spirituelle et culturelle qui favorise notamment la popularité du Bloomsbury Group (les écrivains Virginia Woolf et E. M. Forster, les peintres Vanessa Bell et Roger Fry, l'économiste John Maynard Keynes…). Ainsi qu'une révolution économique et sociale qui place la Grande-Bretagne sous la menace d'une grève générale. Et précipite le déclin d'un certain mode de vie aristocratique. Un peu partout dans Londres, les palais particuliers des grandes familles du royaume, Devonshire House, Grosvenor House, Dorchester House, sont vendus, démolis puis remplacés par des immeubles et des hôtels de luxe. Les ducs de Portland, de Beaufort, de Richmond, de Buccleuch, désormais incapables d'assurer le train de vie hérité de leurs ancêtres, quittent la capitale les uns après les autres et se retirent dans leurs somptueuses demeures à la campagne[1].

Dans cette Angleterre tourmentée, la venue au monde de la princesse Elizabeth est perçue par beaucoup comme une nouvelle réconfortante, une promesse de renouveau et d'avenir meilleur. Le 14 mai, Mabell, comtesse d'Airlie, dame d'honneur et confidente de la reine Mary, se rend à Bruton Street pour y apporter un flacon d'eau du Jourdain envoyé de Terre sainte, en vue du baptême. Des dizaines de badauds sont là, qui jouent des coudes face à l'entrée du numéro 17. « Le duc d'York nous a dit : “Il y a toujours des gens qui restent là, qui attendent en espérant la voir”, raconte Lady Airlie dans ses Mémoires, “mais jamais en aussi

1. Bruton Street, elle, paraît faire de la résistance. Dans cette petite rue située à proximité du palais de Buckingham vivent toujours les Tennant, les Wyndham, les Montagu ou encore les Stonor.

grand nombre qu'aujourd'hui. Je ne sais pas pourquoi". Moi je sais, pensai-je tout en observant cette foule constituée de gens de tous âges et de toutes classes sociales. Ce pays, plongé hier encore dans les conflits et l'amertume, trouve ici un symbole de continuité et d'espoir[1]. » L'enthousiasme de la population et de la presse est aussi à la mesure de la popularité de la nouvelle accouchée, la duchesse d'York, une Écossaise chaleureuse, pétillante et pleine de bon sens mariée à Bertie depuis trois ans. Bientôt, la fillette fait à son tour l'objet d'un véritable culte, qui vise à donner d'elle l'image d'une enfant (déjà) sans défaut. « De temps en temps, bien sûr, elle pleure un peu, c'est après tout son seul commentaire sur la vie, écrit Anne Ring dans *L'Histoire de la princesse Elizabeth*, un petit livre d'une centaine de pages rédigé avec la bénédiction de la belle-fille de George V. Mais la plupart du temps elle sourit, donnant ainsi l'impression – que rien n'est encore venu troubler – d'être vraiment un bébé très facile[2]. »

À dire vrai, la première fois où Elizabeth ose se faire remarquer, c'est justement à l'occasion de son baptême, célébré le 29 mai en la chapelle du palais de Buckingham. Les fonts en or sur lesquels les enfants de la reine Victoria ont tous été baptisés sont pour l'occasion rapatriés du château de Windsor. Le bébé porte la robe de satin et de dentelle de Honiton qui avait été créée en 1840 pour la fille aînée de la première impératrice des Indes. Elle a pour parrains et

1. Mabell, comtesse d'Airlie, *Thatched with Gold*, Hutchinson & Co. Ltd., 1962, p. 179-180.

2. Anne Ring, *L'Histoire de la princesse Elizabeth*, John Murray, 1930, p. 10.

marraines le roi George V lui-même et son épouse, la reine Mary, la princesse royale (Mary, la seule fille du couple régnant), Lady Elphinstone (née Lady Mary Frances Bowes-Lyon, la sœur aînée de sa mère), son grand-père paternel le comte de Strathmore et Kinghorne, ainsi que le duc de Connaught, le dernier des fils de la reine Victoria à être encore en vie. « Vous au moins vous aurez la chance de la voir grandir, confie ce dernier à Lady Elphinstone. Moi, non. » La cérémonie est conduite par l'archevêque d'York assisté du révérend L. J. Percival, le chapelain du roi ; les chants, eux, sont assurés par le chœur de la chapelle royale du palais de St James. Seule une vingtaine de personnes ont été conviées à assister au service religieux – des membres de la famille et quelques amis proches, sans oublier l'inévitable Sir William Joynson-Hicks. Mabell, comtesse d'Airlie, se trouve de service ce jour-là en tant que dame d'honneur de la reine Mary. « Un bébé adorable, commente-t-elle, bien qu'elle ait tant pleuré tout au long de la cérémonie que, aussitôt celle-ci terminée, sa nurse (à l'ancienne) lui a administré une bonne dose d'eau d'aneth[1] – à la surprise des jeunes mamans présentes et au grand amusement de son oncle, le prince de Galles[2]. »

Pour s'occuper de sa fille, la duchesse d'York a choisi de faire appel à son ancienne nounou, Clara Knight, une Écossaise grande et distinguée surnommée « Alah », vêtue en toute occasion d'un austère uniforme bleu marine et blanc. Celle-ci est secondée par Margaret MacDonald, dite Bobo, une Écossaise

1. Utilisée à l'époque pour son effet sédatif.

2. Mabell, comtesse d'Airlie, *Thatched with Gold, op. cit.*, p. 179.

elle aussi, fille d'un employé des chemins de fer de la région d'Inverness – qui deviendra l'un des piliers de l'existence d'Elizabeth. Le bébé est installé dans une nursery avec vue sur les toits au dernier étage du 17, Bruton Street, juste au-dessus de la chambre de sa mère, dans la pièce qu'occupait celle-ci avant son mariage avec Bertie. Lady Strathmore a veillé à ce que tout, dans le décor, soit de caractère « typiquement anglais »[1]. Décrite comme « intime et paisible » par Anne Ring, la pièce « est équipée de tout ce dont Elizabeth a besoin, un berceau sans rien de particulièrement élaboré ou sophistiqué mais doux comme le duvet et blanc comme un petit monticule de neige – sans oublier sa nurse, et la lumière du soleil en abondance[2] ».

Comment la nouvelle princesse doit-elle être élevée ? Presse populaire et manuels de puériculture de l'époque voient s'affronter les défenseurs des traditions solidement établies et les partisans d'une approche moins rigide, plus novatrice, des besoins de la petite enfance. Beaucoup veulent voir dans la duchesse d'York « une femme qui croit dans les méthodes d'éducation modernes ». À voir… L'épouse de Bertie a, en matière de mode enfantine comme en à peu près tout, des idées bien arrêtées. Les Laurence Pernoud de ce début du XXe siècle, telle Mrs H. C. Cradock, auteur de *L'Éducation des enfants du berceau à l'école : un guide pour les jeunes mères, les professeurs et les nurses*, ont beau inciter les mères de famille à délaisser les cotonnades compliquées à la mode d'avant guerre pour des « vêtements de lainage légers, en maille aérée », que leur bébé pourra porter aussi bien l'hiver que l'été, seuls les

1. *The Times*, 23 avril 1926.
2. Anne Ring, *L'Histoire..., op. cit.*, p. 9-10.

tissus les plus beaux, les plus fins sont retenus pour la garde-robe d'Elizabeth. La reine Mary, Lady Strathmore et la duchesse d'York participent toutes activement à la confection de la layette ; des commandes de robes de mousseline, de petits cardigans et de bonnets sont également passées à des institutions charitables. À en croire Anne Ring, le bébé ne porte que du blanc, sans aucune touche de couleur – à l'exception, en grandissant, d'un collier en perles de corail orangées. Le « régime » en vigueur à la nursery inclut une alimentation saine et de larges rasades quotidiennes d'air frais matin et après-midi. Le quotidien de la fillette y est rythmé, avec une régularité de métronome, par des repas, un apprentissage de la propreté, des sorties, des soins dispensés à heure fixe.

Elizabeth est choyée, autant par ses parents, qui l'adorent, que par ses grands-parents paternels, le roi George V et la reine Mary. La duchesse d'York a le cœur brisé lorsqu'on lui annonce qu'elle et son mari devront quitter l'Angleterre dès le début du mois de janvier 1927 pour effectuer une visite officielle de six mois en Australie et en Nouvelle-Zélande – à l'époque, une règle d'airain impose aux couples princiers de toujours laisser leur progéniture derrière eux quelle que soit la durée de leurs déplacements. Elle mentionnera dans son journal avoir « bu du champagne et essayé de ne pas pleurer » à l'heure d'abandonner son bébé aux bras de ses nurses. Il est entendu que le pédiatre, le Dr George F. Still, lui enverra régulièrement un rapport détaillé sur l'état de santé et les progrès de l'enfant, confiée pendant trois mois au moins aux bons soins du monarque et de son épouse – la reine Mary a insisté pour qu'il en soit ainsi. Tout au long du voyage, les souverains entretiendront une correspondance régulière avec leur belle-fille au sujet d'Elizabeth. Réputé impatient avec les enfants en bas âge et peu porté sur les gazouillis, le roi, décrit comme « irascible » par les plus indulgents des membres de sa famille, révèle à son contact des trésors de tendresse que personne (et en particulier ses propres enfants) ne lui soupçonnait. « Votre adorable petite fille a quatre dents, ce qui est plutôt bien pour onze mois », écrit-il à sa bru en mars. « Elle est vraiment trop mignonne & paraît satisfaite de son nouvel environnement, raconte la reine Mary dans l'une de ses lettres. Elle était ravie d'être avec Charlotte, le perroquet, ce matin, au petit-déjeuner, et l'a regardée manger des graines avec un air très absorbé[1]. » Des portraits du bébé, réalisés par le photographe Marcus Adams, sont envoyés à Bertie et à sa femme, accompagnés de petits mots rédigés par Alah dans lesquels l'enfant est décrite comme « heureuse et bien portante ». La nurse, ainsi qu'elle en a reçu la consigne, montre régulièrement des photographies de ses parents à la fillette afin qu'elle n'oublie pas leur visage. À son retour, après avoir parcouru plus de 50 000 kilomètres sur les mers et plusieurs autres dizaines de milliers de kilomètres à travers l'Empire, la duchesse est heureuse de voir que son enfant se montre « tout de suite gentille » avec elle. « C'est un immense soulagement[2] », avoue-t-elle.

Au cours de l'été 1927, la famille emménage dans une résidence plus spacieuse (vingt-cinq chambres, cinq étages desservis par un ascenseur) située au 145 Piccadilly, où aussitôt les mêmes rituels immuables se remettent en place. Encouragée par Alah, l'enfant prend l'habitude de ne s'amuser qu'avec un seul jouet

1. William Shawcross, *Queen Elizabeth, op. cit.*, p. 275.
2. *Ibid.*, p. 298.

à la fois et de ne jamais en sortir un nouveau sans avoir au préalable rangé le précédent – on attribuera plus tard le sens inné de l'organisation de l'actuelle souveraine, sa méticulosité en toutes choses et son aversion pour le désordre aux précieuses leçons de Mrs Knight. Dans ses Mémoires, *From Cabbages to Kings*[1], une jeune photographe, Lisa Sheridan, décrit le royaume d'Elizabeth, « une grande pièce à l'avant de la maison, avec des fenêtres ouvertes sur la cime des arbres et de larges espaces verts. Mrs Knight était là, raconte-t-elle, en train de tricoter, assise dans un vieux rocking-chair installé devant la cheminée. De petits vêtements avaient été mis à sécher sur un portant. Sous la fenêtre trônait un imposant cheval à bascule plein de couleurs ». La princesse est alors âgée d'à peine plus d'un an et commence seulement à marcher. Lisa Sheridan se souvient du regard bleu à la fois insistant et interrogateur que l'enfant pose sur ses visiteurs, et de ses minuscules pantoufles rouges, usées aux extrémités.

De nombreux témoignages de l'époque dressent de George V le portrait d'un souverain tiraillé entre son tempérament profond et sa conception du métier de roi, un homme dévoué et très attaché à ses enfants mais qui jamais ne se laisse aller à le leur montrer vraiment. Le monarque s'appliquera tout au long de son règne à cacher sa sensibilité à son entourage, comme s'il jugeait cette supposée faiblesse indigne de sa fonction. « Il mettait un soin tout particulier à dissimuler ses véritables sentiments, commente F. J. Corbitt dans ses Mémoires, *Fit for a King*[2]. [...] Une forme de distance

1. Lisa Sheridan, *From Cabbages to Kings*, Odhams Press Ltd., 1955.
2. F. J. Corbitt, *Fit for a King*, Odhams Press Ltd., 1956, p. 179.

entre le souverain et ses proches, y compris les plus intimes d'entre eux, devait être maintenue en toutes circonstances. » Une règle qu'il applique également dans sa vie officielle. « Nous, les marins, dit-il, nous ne sourions pas quand nous sommes de service[1]. » Tout au long de ses premières années, Elizabeth apprend ainsi au contact de son grand-père la manière dont un roi doit se comporter, et ce qu'il lui en coûte. Une forme de solitude. La tentation du contrôle permanent.

Dès son accession au trône, en 1910, George V voue son existence entière à préserver la grandeur de sa couronne et de son empire. En 1917, alors qu'une révolution renverse le trône de son cousin le tsar Nicolas II et que la Grande-Bretagne se trouve toujours engagée dans les terribles combats de la Première Guerre mondiale, lui, le souverain réputé sans imagination, fait la preuve de son génie politique en « réinventant » sa dynastie. Une partie de l'opinion doute en effet de la loyauté de sa famille en raison de ses origines germaniques. Le roi décide donc de retrouver la confiance de ses sujets en lui donnant un nouveau nom. *Bye bye* les Saxe-Cobourg-Gotha, bonjour les Windsor… Un coup de marketing ? Pas seulement. En rupture complète avec son père, Edward VII, le roi coureur de jupons, George V s'impose par ailleurs une vie personnelle irréprochable et refonde à sa manière l'institution royale sous la forme d'une « monarchie familiale[2] » et vertueuse. Désormais, les siens devront être exemplaires, tout entiers dévoués à leur mission de service public. Ils devront surtout incarner une ver-

1. Kenneth Rose, *King George V*, Knopf, 1983, p. 169.
2. David Starkey, *Monarchy*, Harper Perennial, 2007.

sion idéalisée de *la* famille britannique. Afin d'ancrer pour de bon cette nouvelle image dans les esprits, le souverain abolit un certain nombre de règles d'un autre âge, dont celle qui contraignait les princes de sang à prendre mari ou femme à l'étranger. Ses enfants, dit-il, seront libres d'aimer et d'« épouser » anglais. De l'avis de tous, le souverain n'est pas un grand esprit, mais il est un sage. En ces temps troublés, son sens aigu de l'Histoire réussit à conforter l'institution monarchique et à préserver son avenir.

Avec son fils aîné David, l'héritier charismatique mais brouillon, les relations ont toujours été tendues, l'incompréhension totale. À mesure qu'il avance en âge, le roi voit de plus en plus Bertie, ce prince timide et consciencieux qui lui ressemble tant, comme un successeur idéal, et se prend à espérer que la Couronne finira un jour par lui revenir. « Tu verras, jamais ton frère ne sera roi[1] », confie-t-il au duc d'York, incrédule. À la cour, où le charme exercé par Elizabeth sur son grand-père n'échappe à personne, on note le changement radical de comportement du vieux monarque chaque fois qu'il se trouve en présence de la fillette. « Ton adorable bébé me manque plus que je ne saurais dire, écrit-il à son fils. Le petit-déjeuner et le thé ne sont vraiment plus pareils sans elle[2]. » « Le souverain avait de l'affection pour ses petits-fils, les fils de la princesse Mary, commente Lady Airlie, mais Lilibet tenait toujours la première place dans son cœur. Il jouait avec elle – ce que je ne l'avais jamais vu faire avec ses enfants – et il adorait l'avoir avec lui. Après qu'il eut été gravement malade, au cours de l'hiver 1928,

1. William Shawcross, *Queen Elizabeth, op. cit.*, p. 308.
2. *Ibid.*, p. 302.

c'est elle qui a rendu sa convalescence supportable[1]. » Intimement convaincu, envers et contre tous, que le temps joue en faveur d'un roi Bertie, le souverain n'envisage plus le destin d'Elizabeth autrement que comme celui d'une future reine. Le 21 août 1930, la duchesse d'York donne naissance à sa seconde fille, Margaret Rose. Les jeunes parents (ainsi que la reine Mary) auraient préféré un garçon. George V, lui, se réjouit ouvertement de voir intactes les chances de Lilibet d'accéder un jour au trône.

« J'aurai beaucoup de vaches, de chevaux et d'enfants »

David se plaindra toute sa vie d'avoir connu une enfance « misérable ». « Bien sûr, écrira-t-il, il y a eu de brefs moments de joie, mais j'ai surtout gardé de cette période le souvenir d'un malheur dont je ne pouvais parler à qui que ce soit[2]. » Les rois font souvent preuve d'une forme aiguë d'anxiété critique à l'égard de leurs héritiers, avec qui les relations se teintent trop souvent de méfiance et d'incompréhension. Si Bertie s'est toujours bien mieux entendu avec son père que son frère aîné, il n'en conserve pas moins, lui aussi, de ses premières années de violentes impressions de solitude et de mélancolie. La petite Elizabeth, il y veillera, ne connaîtra pas les mêmes tourments que lui.

Très vite, le duc et la duchesse d'York se mettent

1. Mabell, comtesse d'Airlie, *Thatched with Gold, op. cit.*, p. 180.

2. Hugo Vickers, *Behind Closed Doors : The Tragic Untold Story of The Duchess of Windsor*, Hutchinson, 2011, p. 274.

en quête d'une gouvernante et arrêtent leur choix sur Marion Crawford, une jeune Écossaise précédemment employée par le comte et la comtesse d'Elgin dans leur propriété de Broomhall House, près de Dumferline. Le couple souhaite que ses deux filles aient auprès d'elles une nounou capable de partager leurs jeux. « Nous voulons qu'elles aient une enfance heureuse », insiste leur mère. Dans *The Little Princesses* (Les petites princesses)[1], Marion décrit son tout premier contact avec Elizabeth. « Une petite silhouette surmontée d'une tête toute bouclée, assise dans son lit. Elle portait une chemise de nuit imprimée de roses. Elle avait attaché les cordons de sa robe de chambre aux boules qui ornaient son lit, et était très occupée à conduire quelque attelage imaginaire. [...] "Comment allez-vous ?" me lança-t-elle. Elle me gratifia ensuite d'un regard long et appuyé qui semblait vouloir détailler toute ma personne, avant de poursuivre : "Comment se fait-il que vous n'ayez pas de cheveux ?" J'ôtai alors mon chapeau. "J'en ai, lui dis-je, suffisamment pour m'en contenter." [...] Elle empoigna à nouveau ses rênes. "Avez-vous l'habitude de conduire ainsi, dans votre lit ?" lui demandai-je. "Je fais souvent une ou deux fois le tour du parc avant de m'endormir, vous savez. Cela permet à mes chevaux de prendre un peu d'exercice[2]." »

George V a très vite communiqué à Lilibet sa passion des courses et son amour des chevaux – avec

1. Jamais la famille royale ne pardonnera à la gouvernante d'avoir écrit ses Mémoires. Ce livre, publié en 1950, précipitera sa disgrâce.

2. Marion Crawford, *The Little Princesses*, Cassell & Co., 1950, p. 11-12.

la philatélie, la seule « récréation » qu'il s'autorise en dehors de ses obligations officielles. Des témoins de l'époque décrivent une petite princesse attentive, assise bien droite dans sa chaise haute et captivée par les récits de son grand-père, lancé dans de savants discours énumérant les vertus indispensables à tout bon éleveur. De la patience, un œil exercé doublé d'une solide connaissance des généalogies et des pedigrees… Autant de qualités dont elle fera preuve en abondance dans quelques années. Dans l'entourage de la famille régnante, on observe sans rien dire, ou plutôt si, on s'extasie sur la « métamorphose » du vieux roi, surpris un jour à quatre pattes par l'archevêque de Canterbury, hennissant avec conviction sous l'œil admiratif d'Elizabeth, occupée à le tirer par la barbe.

« Un cheval ! » répond parfois la fillette lorsqu'on lui demande ce qu'elle souhaitera faire – ou devenir – lorsqu'elle sera grande. Pour son quatrième anniversaire, George V lui offre un poney shetland, Peggy. Ses parents se chargent de lui enseigner les rudiments de l'équitation, mais c'est auprès d'Owen, le groom des écuries royales, qu'elle apprend véritablement l'art de se tenir en selle. L'élève est appliquée, ses progrès sont rapides. En avril 1931, son assurance est déjà telle que sa mère la juge capable de se joindre à une réunion du Pytchley Hunt, un club de chasse à courre, dans le comté du Northamptonshire. Là, raconte Horace Smith – qui deviendra bientôt son nouveau professeur d'équitation – dans ses Mémoires, un renard « est fort obligeamment sorti de sa cachette juste à côté de l'endroit où la future reine l'attendait, posant un moment sur un mur de manière à lui laisser le temps de l'observer avant de sauter dans les labours et de disparaître. La princesse en fut enchantée[1] ».

Au 145 Piccadilly, les filles du duc et de la duchesse d'York ont installé une écurie miniature. Sur le petit palier à l'entrée des chambres sont sagement alignés une trentaine de chevaux de bois montés sur roulettes, d'environ quarante centimètres de haut, pourvus de selles et de brides entretenues avec un soin infini. Chaque soir, avant d'aller au lit, les fillettes soignent, nourrissent et abreuvent leurs animaux. « L'un des jeux favoris de Lilibet, qui a duré des années et des années, était de me harnacher avec une paire de rênes rouges équipées de clochettes, et dans ce savant équipage nous partions livrer des provisions, confie Crawfie. J'étais régulièrement priée de modérer mon allure, elle me tapotait gentiment l'épaule, je stoppais avec de petits mouvements brusques afin qu'elle puisse déposer des sacs d'épicerie imaginaires à la porte de résidences qui l'étaient tout autant, où elle discutait ensuite longuement et d'un air pénétré avec des clients invisibles[2]. » Le soir, les deux sœurs, le nez pressé contre la vitre, attendent la charrette du brasseur, tirée par deux beaux chevaux – toujours inquiètes, en cas de retard, qu'il leur soit arrivé quelque chose. « Si jamais je deviens reine, dit un jour Elizabeth, je ferai une loi qui interdira aux gens de monter le dimanche. Les chevaux ont le droit, eux aussi, de prendre du repos[3]. »

1. Horace Smith, *A Horseman Through Six Reigns*, Odhams Press Ltd., 1955, p. 144.
2. Marion Crawford, *The Little Princesses*, *op. cit.*, p. 17.
3. *Ibid.*

Tous les matins, week-ends compris, Lilibet et Margaret courent, aux alentours de neuf heures, rejoindre leurs parents dans leur chambre. Ces derniers retrouvent à nouveau leurs enfants après le thé, servi à cinq heures, pour une heure et demie de divertissements et de jeux en famille. Suivent le bain, une bataille d'oreillers avec *Papa* et *Mummie*, puis un dîner rapide. Coucher tôt, plaisirs vrais, pas de loisirs extravagants, de vacances à la montagne ou à la mer… Lors de leurs séjours à Glamis, le château familial des Strathmore, en Écosse, l'une des occupations favorites des deux sœurs consiste à se rendre, en carriole tirée par un poney, jusqu'à la gare, pour y voir passer l'Aberdeen Fish Express. Chez les York, on offre peu de cadeaux onéreux. À Noël, les fillettes reçoivent des livres de leur grand-mère, la reine Mary, des petits bracelets en argent de leurs parents. Chaque année, elles mettent soigneusement de côté les grandes chaussettes débordant de petits gadgets qui leur sont offertes par Bertie et son épouse – celles-ci seront réutilisées, remplies de menus présents, pour être distribuées à des enfants hospitalisés. Dans un coin de la nursery, Elizabeth conserve une grande boîte dans laquelle elle entrepose rubans et papiers cadeaux ayant déjà servi.

À la demande de leur mère, elle et sa cadette observent une hygiène alimentaire assez stricte, directement inspirée de celle en vigueur chez les Bowes-Lyon lorsque la duchesse était enfant – une variété particulière de pain complet est ainsi livrée toutes les semaines par une boulangerie de Welwyn Garden City. Ici, ni caprices ni gaspillage, terminer son assiette est une règle à laquelle personne ne déroge[1]. Dans les cuisines de

1. Lisa Sheridan, *From Cabbages…*, *op. cit.*, p. 34.

l'hôtel particulier, les princesses se familiarisent avec les rudiments de la cuisine telle que la pratiquent les meilleures ménagères de l'époque, sous la surveillance de Bobo MacDonald. Celle-ci fait en sorte que, avant d'apprendre à confectionner gâteaux et autres desserts, ses jeunes élèves maîtrisent la recette d'un certain nombre de plats de tous les jours. Ni l'une ni l'autre n'est autorisée à regagner sa chambre avant d'avoir fait la vaisselle et débarrassé les plans de travail. Bobo remarque déjà chez Elizabeth une nature serviable et généreuse, une tendance à s'intéresser aux autres bien plus qu'à elle-même. À quelques amies, elle confie que la fillette veille avec un soin et une attention presque maternels sur Margaret et se réserve toujours les tâches les plus ennuyeuses ou les plus ingrates dans le but de ménager sa cadette.

« Pour l'amour de Dieu, enseignez à Margaret et à Lilibet à écrire correctement, c'est tout ce que je vous demande ! tempête un jour George V à l'adresse de Marion Crawford. Aucun de mes enfants n'en est capable. Moi, j'aime les lettres bien formées, avec du caractère[1]. » L'aînée des York a appris à lire avec sa mère dès l'âge de cinq ans, et sa gouvernante décèle chez elle « un quotient intellectuel élevé », « de réelles aptitudes, un caractère accommodant, ainsi qu'un côté raisonnable rare chez une enfant aussi jeune ». Elizabeth aime les contes de J. M. Barrie (particulièrement *Peter Pan in Kensington Gardens*), les livres de A. A. Milne – *Winnie-the-Pooh*, publié en 1926, mais aussi *When We Were Very Young*, un recueil de poésies dont l'une s'intitule fort opportunément « Changing

1. Marion Crawford, *The Little Princesses*, *op. cit.*, p. 16.

the Guard at Buckingham Palace » – dont son oncle paternel, le prince de Galles, lui a offert la collection complète. Ainsi que la presse destinée aux jeunes, comme le *Children's Newspaper*, au contact duquel elle développe de manière précoce un goût pour les journaux[1]. Ses loisirs sont ceux des enfants de son âge – des parties de cache-cache et de sardines (une variante du jeu de cache-cache au terme de laquelle les participants se retrouvent serrés les uns contre les autres, comme dans une boîte de conserve), des jeux mettant en scène de petits bonshommes et des animaux de la ferme miniature. Lilibet « avait l'habitude de dire qu'une fois grande elle épouserait un fermier, raconte Crawfie. "J'aurai beaucoup de vaches, de chevaux et d'enfants", me disait-elle d'un ton grave[2] ».

Bertie participe volontiers aux divertissements de sa progéniture. À l'époque, personne n'imagine encore que ce prince au physique d'éternel jeune homme, handicapé par de sévères difficultés d'élocution et parfaitement comblé par son rôle d'époux et de père de famille, sera roi un jour. Elizabeth ne se trouvant qu'en troisième position sur la liste d'accession au trône, son éducation, à l'époque, n'est pas considérée comme une priorité par ses parents, notamment par sa mère, pour qui l'accomplissement d'une fille passe avant tout par le mariage, quelques cours de danse et de français, et surtout de solides leçons d'instruction religieuse – qu'elle dispense souvent elle-même à l'aide de récitations de psaumes dans leur version écossaise. La duchesse d'York avait été élevée par ses propres parents dans un amour authentique et simple de Dieu

1. *Ibid.*, p. 18.
2. *Ibid.*, p. 19.

et de l'Empire, une loyauté sans faille à son roi et à son pays, ainsi qu'une foi déraisonnable dans le pouvoir des bonnes manières. Sa mère, Lady Strathmore, lui avait appris elle-même à lire, à écrire et à dessiner. Son éducation ayant été confiée très tôt à des gouvernantes, françaises et allemandes pour la plupart, elle n'avait que très brièvement connu les bancs de l'école et se considérait comme « globalement inculte[1] ». En ce début des années 1930, il semble bien que seule sa belle-mère, la reine Mary, s'intéresse de près à la « scolarité » de Lilibet. Elle exige qu'on lui communique le détail de l'emploi du temps de sa petite-fille, donne pour consigne à Crawfie d'insister sur l'étude de la géographie (particulièrement celle de l'Inde et des provinces de l'Empire) et de l'histoire, ou encore sur la généalogie des grandes dynasties. Le tout au détriment de l'arithmétique – Elizabeth, dit-elle, n'aura jamais à tenir les comptes d'un foyer.

Les après-midi sont consacrés à l'éducation artistique : danse le lundi, leçons de chant chez la comtesse Cavan le mardi, cours de dessin le mercredi, de musique le jeudi. Les deux sœurs aiment chanter, seules ou en duo, elles ont d'ailleurs une jolie voix et chantent juste – un talent hérité de leur mère et de leur grand-mère maternelle, Lady Strathmore. Marion Crawford les décrit comme « bonnes amies » bien que dotées l'une et l'autre de « caractères ardents » et chamailleurs. « Margaret veut toujours ce que j'ai moi », se plaint souvent l'aînée, prompte, selon sa gouvernante, à jouer des poings (notamment du crochet du gauche) lorsque les circonstances l'imposent. Un jour où Elizabeth s'ennuie ferme pendant le cours de Mademoiselle,

1. William Shawcross, *Queen Elizabeth, op. cit.*, p. 39.

son professeur de français, on la voit s'emparer du gros encrier en argent posé sur son bureau et se le renverser sur la tête, le plus calmement du monde, sans dire un mot[1]. Crawfie la dit toutefois « réservée et peu encline à montrer ses sentiments », comme son père. « Une fois que vous aviez sa confiance et son amour vous les aviez pour toujours, commente-t-elle. Mais elle ne les donnait pas facilement[2] ». Pour l'heure, les apparitions « officielles » de la fillette se limitent à d'aimables rôles de figuration dans les grands rendez-vous familiaux, comme le mariage d'oncle George, duc de Kent, avec la princesse Marina de Grèce, en 1934, ou encore celui d'oncle Henry, duc de Gloucester, avec Lady Alice Scott, un an plus tard – elle y sera chaque fois demoiselle d'honneur.

Les jardins de l'hôtel particulier dans lequel Bertie et son épouse ont élu domicile n'offrent que peu d'intimité à la famille. Les fenêtres des résidences avoisinantes disposent en effet toutes d'une vue imprenable sur la pelouse rectangulaire bordée d'allées de gravier. Seules des grilles séparent celle-ci de Hyde Park, grilles contre lesquelles les curieux viennent régulièrement s'agglutiner pour observer les allées et venues d'Elizabeth et Margaret. Lorsqu'elles s'aventurent hors de leur aire de jeux habituelle, escortées par leur gouvernante, les deux sœurs ne sont pas encouragées à s'approcher des autres enfants et se contentent de « sourire timidement » à ceux dont l'apparence ou la mine leur paraissent engageantes. Soucieux de ne pas les voir totalement coupées du reste du monde, Bertie et son épouse leur autorisent un jour une sortie en métro, escortées de

1. Marion Crawford, *The Little Princesses, op. cit.*, p. 21.
2. *Ibid.*, p. 33.

Crawfie, d'un garde du corps et de l'une des dames d'honneur de la duchesse. « Se servir de tasses un peu grossières, confie leur gouvernante, manger les mêmes tartines de pain beurré que les autres gens, boire un thé qu'il aura fallu payer avec de l'argent, c'étaient, pour elles, des plaisirs formidables[1]. »

La maison voisine du 145 Piccadilly appartient aux beaux-parents du prince Jean-Louis de Faucigny-Lucinge[2]. Les filles de ce dernier, lorsqu'elles séjournent à Londres, ont l'habitude de venir jouer avec Elizabeth et Margaret dans Hamilton Gardens, le jardin mitoyen aux deux résidences. Consigne leur est alors donnée de se parler en français. À l'époque, « *speaking French fluently* » est encore considéré comme le signe d'une naissance impeccable. La duchesse d'York s'exprime elle-même avec beaucoup d'aisance (et un excellent accent) dans la langue de Molière – elle avait suivi des cours dès l'âge de six ans, et grâce notamment au précieux enseignement de sa gouvernante, Mlle Madeleine Poignard, la parlait presque aussi parfaitement que l'anglais à l'âge de dix ans[3]. « C'est elle qui a veillé à ce que ses enfants apprennent le français[4] », confirme l'une de ses nièces (la cousine germaine d'Elizabeth), Margaret Rhodes.

1. *Ibid.*, p. 23.

2. Grand aristocrate français, dont le mariage avec Liliane Beaumont d'Erlanger a été célébré à Londres en novembre 1923.

3. Grania Forbes, *My Darling Buffy : The Early Life of the Queen Mother*, Headline Book Publishing, 1999, p. 65.

4. Entretien avec l'auteur.

Naissance d'un mythe

L'état d'esprit des Britanniques a profondément changé depuis la fin de la guerre. Ils attendent désormais de leur famille régnante davantage de romantisme et de spectacle. En 1923, avec les épousailles en grande pompe de Bertie et de Lady Bowes-Lyon en l'abbaye de Westminster, la monarchie avait renoué avec la splendeur des grands mariages royaux conçus comme des fêtes populaires – l'édifice religieux n'en avait plus accueilli sous ses voûtes depuis les noces de Richard II et d'Anne de Bohême, la fille de l'empereur Charles IV, en 1382. Pourtant, un homme paraît vouloir rester sourd aux appels de l'opinion. Toujours célibataire, David, l'héritier, tarde à donner à ses futurs sujets la princesse qu'ils lui réclament. Acclamé aux quatre coins de l'Empire comme une star de cinéma, tout en charisme, énergie et sex-appeal, il est devenu une célébrité à part entière, une vedette des médias dont l'image coruscante contraste singulièrement avec celle, si sage, si rangée, de son frère cadet. Reste que le 6 mai 1935, alors que son père fête son jubilé d'argent (vingt-cinq ans de règne), les cris de joie et les bravos assourdissants qui retentissent au passage de George V prouvent que la Grande-Bretagne se reconnaît dans le modèle de souverain que celui-ci incarne, un souverain entièrement dévoué à sa tâche, exemplaire tant dans l'exercice de ses devoirs que dans la conduite de sa vie privée. Certains Britanniques regardent maintenant du côté du duc et de la duchesse d'York. Le bonheur du couple, visible aux yeux de tous, l'application avec laquelle les deux conjoints remplissent leurs obligations envers la Couronne font en effet l'admiration d'un nombre croissant de leurs compatriotes. « Voilà l'espoir de l'Angleterre ! » lancent les badauds.

Parce qu'elle en a une conscience aiguë, peut-être aussi parce qu'elle sent déjà confusément que le mythe est en marche, la bru de George V décide d'organiser la médiatisation de ses filles – une première dans l'histoire de la famille. En 1923, à l'époque de ses fiançailles avec Bertie, Elizabeth avait été gentiment rappelée à l'ordre par le roi pour avoir donné une (brève) interview à un reporter du *London Evening News*. Elle est maintenant sur son terrain, et ne ressent plus le besoin de rendre de comptes à quiconque. L'Histoire a besoin d'un petit coup de pouce ? Celui-ci va être donné par plusieurs photographes. Marcus Adams, d'abord, un artiste spécialisé dans les portraits chics de jeunes enfants, dont la petite princesse fréquentera régulièrement le studio, sur Dover Street, dans le quartier de Mayfair, jusqu'en 1941. Et surtout Lisa et Jimmy Sheridan, un jeune couple qui, dès 1936, consolide, à coup de belles images, les fondations du mythe élisabéthain. Ambiances estivales, mises en scène idylliques… Tour à tour sérieuse et attentive au côté de son père, le visage enfoui dans le pelage de ses corgis, joueuse avec Caspar le caméléon (l'un de ses animaux de compagnie) ou encore « surprise » au détour d'une petite forêt de seringats dans les jardins du château de Windsor, l'adolescente y est présentée d'une manière « informelle » censée souligner la « normalité » de sa vie de famille et de son éducation. Cette fois, c'est sûr, les clichés officiels ne sont plus ce qu'ils étaient par le passé ; plus question pour eux de célébrer dans un déploiement de fastes et de symboles la grandeur de personnages désincarnés parce que « réduits » à leur fonction. Tout au contraire, les voilà désormais devenus des instruments de communication au service de la célébration d'une forme de « proximité » entre le souverain, ses proches et leurs compatriotes. Dans un seul but : permettre aux Britanniques de s'identifier aux membres de la dynastie.

Chapitre 4
« I will be good »

Il avait failli être emporté une première fois par une septicémie, fin 1928… Le 20 janvier 1936, l'âge (soixante-dix ans) et le chagrin causé par la disparition de sa sœur tendrement aimée, la princesse Victoria, ont finalement raison de George V. Quelques semaines avant sa mort, il avait « passionnément » confié à l'une de ses amies, Blanche Lennox, « prier Dieu pour que jamais mon fils aîné ne se marie et n'ait d'enfant, et pour que rien ne vienne s'interposer entre Bertie, Lilibet et le trône[1] ». Ce formidable serviteur de la Couronne connaissait-il les tourments de David, son successeur ? Voilà des mois que celui-ci flanche et vacille, des mois qu'il répète à ses intimes qu'il ne se sent pas de taille à assumer le sacerdoce de monarque. Dans un compte-rendu détaillé des événements de l'époque, Sir Horace Wilson, l'un des conseillers du Premier Ministre Stanley Baldwin, confirme que, depuis longtemps, le prince de Galles juge lui aussi « préférable que ce soit son frère, le duc d'York, qui succède à [leur père][2] ». Le malentendu s'installe. L'opinion publique, enthousiaste,

1. Mabell, comtesse d'Airlie, *Thatched with Gold*, *op. cit.*, p. 197.
2. Hugo Vickers, *Behind Closed Doors*, *op. cit.*, p. 291.

salue l'avènement du nouvel Edward VIII, le joli garçon de la famille, un type bien, aimable, charismatique et intrépide, sans se douter qu'au fond de lui, usé par des années de voyages incessants et par l'angoisse de son inéluctable destinée, l'homme n'est plus, à l'heure de monter sur le trône, qu'une âme en miettes. On le dit obstiné, capricieux, peu cultivé, égocentrique, profondément immature. Très épris de Wallis Simpson, une Américaine deux fois divorcée, il tente de convaincre son gouvernement de consentir à leur mariage. Sans succès. Dans son dernier livre, *Behind Closed Doors : The Tragic Untold Story of The Duchess of Windsor*, un récit de la triste fin de vie de Wallis, l'historien Hugo Vickers révèle, au travers de multiples témoignages, que cette dernière, contrairement à une légende tenace, n'a jamais été amoureuse de son royal amant.

Fausse *love story*, vraie tragédie ? Une série de lettre inédites, signées de la main même de l'Américaine, trahit une favorite apeurée par « le désordre et le vide grandissant » de sa relation avec un roi « Peter Pan », inquiétant parce que imprévisible et pour lequel elle semble n'éprouver aucun sentiment. En 1936, Mrs Simpson, la femme sans pedigree ni beauté particulière pour laquelle le souverain Edward VIII paraît désormais prêt à tout risquer, n'a décidément rien de la déesse intrigante que tant de biographies au curare se plairont par la suite à dépeindre. Dévoilés par l'auteur britannique Anne Sebba[1], ces courriers, adressés à son deuxième mari, Ernest Simpson, comme autant de bouteilles jetées à la mer, racontent les angoisses et les doutes d'une Pompadour au bord du gouffre et

1. Dans *That Woman : A Life of Wallis Simpson, Duchess of Windsor*, Weidenfeld & Nicolson, 2011.

« terrifiée par la cour ». Wallis est une femme prise au piège, celui dans lequel l'a précipitée sa quête effrénée de sécurité matérielle et de reconnaissance sociale, bien sûr, mais aussi celui tendu par son amant, un souverain malgré lui, qui sait avoir trouvé dans cette idylle politiquement incorrecte le moyen d'échapper à ce fichu destin dont d'autres ont décidé à sa place.

Ignorante des rouages de l'institution monarchique et surtout de la complexité de ses enjeux, Mrs Simpson s'était rêvée en maîtresse de l'ombre, n'avait jamais eu d'autre ambition que celle d'aider son compagnon à « exceller » dans sa tâche… Mais lui veut renoncer, partir. Et tant pis si sa favorite, coupable aux yeux de l'opinion de vouloir voler un roi à son peuple, est désormais la femme la plus haïe de Grande-Bretagne. Victime d'une violente campagne d'intimidation – lettres de menace, jets de projectiles contre les fenêtres de son domicile de Bryanston Court –, celle-ci aurait tenté de le quitter à plusieurs reprises, convaincue, lui dit-elle, « qu'ensemble, vous et moi ne créerions que du désastre ». Las… Psychologiquement instable (« c'est un fou ! » se serait un jour exclamé l'un de ses conseillers) et dévoré de passion, le nouveau souverain mène un combat qui s'apparente moins à une recherche de bonheur personnel qu'à une quête de libération chaotique. Poussé à bout au point de n'être plus en état de décider sereinement de rien, il finit par abdiquer le 10 décembre. Le renoncement d'Edward VIII puis son départ en exil bouleversent les Britanniques, divisent le pays tout en ébranlant durablement le bel édifice monarchique patiemment construit par ses prédécesseurs. Et précipitent brutalement Bertie dans les mâchoires cliquetantes de l'Histoire.

Depuis 1919, celui-ci a gagné la confiance et le

respect des couches populaires du royaume grâce à son travail en tant que président de l'Industrial Welfare Society (la Société pour le bien-être dans l'industrie), organisation à la tête de laquelle il a défendu sans relâche la dignité du travail et « l'amélioration des conditions de vie des ouvriers ». Syndicalistes et patrons ont appris à connaître et à estimer ce jeune prince, passionnément investi dans sa mission au point, écrit le quotidien *Yorkshire Post* en 1928, d'être considéré comme « un leader dans les rangs de l'industrie[1] ». Le duc d'York a en outre créé des camps de vacances réunissant des jeunes garçons issus de tous les milieux, des plus aisés aux plus défavorisés, destinés à promouvoir égalité et camaraderie entre les différentes classes sociales. Mais ces succès n'ont pas suffi à lui donner confiance en lui. Il n'a jamais été associé ni de près ni de loin à l'exercice du métier de roi, et surtout il ne se sent pas à la hauteur de la tâche. Le bégaiement dont il est affligé depuis l'enfance s'annonce déjà comme un lourd handicap dans l'exercice de ses fonctions officielles. En fait, Bertie n'a jamais cessé d'être en guerre, en guerre contre lui-même et contre les souvenirs lancinants de son enfance, coincée entre une nurse sadique qui le maltraitait, des parents incapables de lui exprimer normalement leur affection et toutes sortes de traitements douloureux infligés par des médecins chargés de corriger ses signes extérieurs de faiblesse. En chaque adulte se cache souvent un gamin tragique.

Aussitôt après avoir obtenu confirmation de David qu'il allait abdiquer, « je suis allé voir la reine Mary,

1. John Wheeler-Bennett, *King George VI : His Life and Reign*, Macmillan and Co. Ltd., 1958, p. 168.

écrit-il dans son journal, & […] là je me suis effondré & je me suis mis à sangloter comme un enfant[1] ». Lorsqu'un souverain meurt, les hommes se découvrent, les femmes pleurent. Son successeur prend sa place auréolé de son prestige, dans une ambiance faite tout à la fois de liesse populaire et de recueillement de cathédrale. Le nouveau monarque, lui, n'a pas cette chance. Dans les couloirs de Buckingham et de Downing Street règne une atmosphère de *war room*. Les rues de la capitale, elles, ont vu fleurir en quelques jours de petites affiches chargées de slogans doux-amers favorables à son aîné. « Il y a beaucoup de préjugés contre [le roi], déclare le Premier Ministre Stanley Baldwin à Lady Airlie, la dame d'honneur et confidente de la reine Mary. Il n'a jamais captivé l'imagination des gens comme son frère a pu le faire. J'ai peur que, pendant un an ou deux, les choses ne soient très difficiles pour lui[2]. »

Bertie et son épouse partagent avec lui la conviction que le peuple ne veut pas d'eux. Ils se trompent. Si la plupart des historiens reconnaissent qu'à l'époque personne ne leur aurait pardonné le moindre faux pas, tous s'accordent à dire que la monarchie « tasse de thé » incarnée par le couple répond alors bien mieux aux aspirations des Britanniques que le modèle projeté, un temps, par Edward VIII, le roi nightclubber – aujourd'hui encore, ce dernier est unanimement décrit par l'entourage de la reine Elizabeth II comme un homme « pas du tout fait » pour le sacerdoce de souverain. Mû par l'intuition de ce qu'attendent de lui ses compatriotes, le nouveau chef de la maison

1. *Ibid.*, p. 286.
2. Mabell, comtesse d'Airlie, *Thatched with Gold*, *op. cit.*, p. 202.

Windsor décide de monter sur le trône sous le nom de George VI afin d'inscrire son règne dans la continuité de celui de son père. « Un coup de génie[1] », commente l'un des membres de sa famille. Reste que l'institution sort bel et bien affaiblie de la crise. Les rumeurs les plus folles ont couru, on raconte ainsi qu'au sommet de l'État on aurait songé, un temps, à écarter Bertie de la succession au profit de son frère cadet, le duc de Kent – notamment parce que celui-ci a un fils. Un membre influent du parti conservateur estime que si la Chambre des communes avait été appelée à se prononcer sur l'avenir de la royauté au plus fort de la crise, « il y aurait eu au moins une centaine de votes en faveur de l'établissement d'une république[2] ». En séance, un représentant du parti travailliste appellera un jour ses pairs à « saisir l'opportunité [...] d'instaurer une forme de gouvernement entièrement démocratique, qui en termine une fois pour toutes avec les vieilles institutions monarchiques et leur fonctionnement héréditaire[3] ». George VI a parfaitement conscience des dangers qui le guettent et de l'immense responsabilité qui lui incombe désormais. « Je suis nouveau dans le métier, écrit-il à Stanley Baldwin, mais j'espère qu'on me laissera le temps de réparer ce qui a été fait[4]. »

1. Andrew Duncan, *The Reality of Monarchy*, *op. cit.*, p. 112.
2. John Wheeler-Bennett, *King George VI*, *op. cit.*, p. 299.
3. *Ibid.*
4. *Ibid.*, p. 297.

« Est-ce que tout ça n'est pas terriblement contrariant ? »

Elizabeth a dix ans et demi. Ses parents ont fait en sorte qu'elle ignore tout (ou presque) des événements et de l'angoisse que ceux-ci ont infligée à ses proches. Pour les distraire, Crawfie emmène maintenant la petite princesse et sa sœur prendre deux fois par semaine des leçons de natation au Bath Club de Londres, sous la houlette de Miss Amy Daly – elles finiront par décrocher fièrement l'une et l'autre leur certificat de nageur-sauveteur[1]. Le 10 décembre 1936, jour de l'abdication d'Edward VIII, c'est à la gouvernante que revient la tâche de faire comprendre à ses protégées que leur existence vient de basculer. « Lorsque j'ai annoncé à Margaret et à Lilibet qu'elles allaient maintenant devoir vivre au palais de Buckingham, elles m'ont regardée d'un air horrifié, raconte-t-elle dans ses Mémoires. "Quoi ? s'est exclamée Lilibet, vous voulez dire, pour toujours ?" » Lady Cynthia Asquith, l'une des biographes de leur mère, affirme avoir échangé quelques mots avec les fillettes le lendemain de l'accession au trône de leur père. « Nous devons quitter notre si jolie maison, lui aurait alors dit la cadette. Est-ce que tout ça n'est pas terriblement contrariant ? » Selon elle, Elizabeth aurait été très impressionnée à la vue d'une énorme enveloppe, arrivée le jour même au 145 Piccadilly, libellée à l'attention de « Sa Majesté la Reine ». « Il s'agit bien de maman, n'est-ce pas ? » aurait-elle alors lancé d'une voix tremblante[2].

1. Marion Crawford, *The Little Princesses*, *op. cit.*, p. 38.
2. Lady Cynthia Asquith, *The King's Daughters*, Hutchinson, 1938, p. 97.

Que peut-il bien se passer dans la tête d'une enfant qui se rend brutalement compte que sa vie ne lui appartient plus tout à fait ? L'Histoire veut que la future reine Victoria ait pris la mesure du destin qui l'attendait à l'âge de onze ans seulement – sa mère, la duchesse de Kent, avait en effet jugé préférable de ne pas lui en faire prendre conscience trop tôt. Le 11 mars 1830, la fillette, à l'heure de réviser la généalogie des monarques de Grande-Bretagne, s'était aperçue qu'une page avait été ajoutée à son livre et y avait découvert son nom, juste après celui de ses oncles, George IV et William IV. Elle avait fondu en larmes, incapable de surmonter son angoisse, avant de prononcer ces mots fameux : « *I will be good* » – dont on ne sait trop s'ils faisaient alors référence à sa volonté de se montrer une élève appliquée ou, déjà, de devenir une bonne reine. Comprendre qu'un mur invisible allait la séparer à tout jamais de ses semblables « l'avait rendue très malheureuse[1] », confirmera bien des années plus tard son époux, le prince Albert. Elizabeth Longford, l'une de ses biographes, parlera d'un « tournant traumatisant » dans sa jeune existence. Un peu moins d'un siècle plus tard, il n'y aura chez Elizabeth ni inquiétude visible ni colère. Son entourage la décrit dans un tout autre état d'esprit – en tout cas en apparence –, celui d'une « calme acceptation » de l'inéluctable. « Cela a sans doute été un choc, confie l'une de ses intimes, mais je ne me souviens pas l'avoir entendue, ne serait-ce qu'une seule fois, mentionner le sujet au cours d'une conversation[2]. » Margaret, elle, demande du haut de ses

1. Cité par Elizabeth Longford dans *Victoria R. I.*, Abacus, 2000, p. 35.

2. Entretien avec l'auteur.

six ans si le nouveau statut de *daddy* implique qu'un jour ou l'autre Lilibet devra devenir reine à son tour. « Je suppose que oui », lui répond sa sœur. Elle n'en reparlera plus jamais. « Quand vous êtes enfant, vous vivez surtout dans l'instant, commente une proche. Elle avait certainement présent à l'esprit le fait que c'était là son avenir, avec un soupçon d'appréhension j'imagine, mais ce n'était certainement pas le genre de chose dont nous discutions[1]. »

Ses parents ont déjà passé commande à Zsigmond Strobl, un sculpteur hongrois, d'un buste en marbre à son effigie. Faire ce que l'on attend d'elle, admettre que, comme son grand-père et son père avant elle, elle est devenue l'instrument de quelque chose qui la dépasse… Probablement dictée par des convictions religieuses déjà solidement ancrées, son attitude reflète la sérénité affichée par sa mère. « J'ai du mal à réaliser que nous ayons été appelés à cette tâche immense, et ce qui est curieux c'est que nous n'avons pas peur, écrit la nouvelle reine à l'archevêque de Canterbury. J'ai le sentiment que Dieu nous a rendus capables d'y faire face avec calme[2]. » L'éducation qu'a reçue Lilibet la dispose en outre à ne rien laisser paraître de ce qu'elle éprouve. « La princesse Elizabeth avait été élevée dans le respect d'un certain nombre de principes, témoigne un membre de son entourage, principes qui avaient ancré en elle la conviction qu'on ne doit jamais montrer ses sentiments, en pleurant par exemple. Pleurer, c'était mal. Elle avait donc pris l'habitude de contrôler ses émotions, d'une manière qui pouvait d'ailleurs sembler excessive. Et cela lui

1. Entretien avec l'auteur.
2. William Shawcross, *Queen Elizabeth, op. cit.*, p. 386.

est resté[1]. » Ses intimes ne décèlent chez elle aucun changement de comportement. « Elle avait toujours été une petite fille sérieuse. Il y avait toujours eu chez elle cette intuition extraordinaire du devoir, de l'attitude correcte à adopter[2]. » Pendant longtemps, il ne sera pas fait mention officiellement du statut de la fillette en tant qu'héritière de la Couronne. L'épouse de George VI se trouve en effet encore en âge d'avoir des enfants, et la naissance d'un garçon viendrait automatiquement reléguer Lilibet en deuxième position dans l'ordre d'accession au trône. La reine Mary, qui, de son côté, croit dur comme fer dans les exigences du destin, observe sa petite-fille avec la conviction que celui-ci est bien en train de s'accomplir. Et tant pis si Elizabeth prie maintenant tous les soirs pour que le bon Dieu lui donne un petit frère[3]…

« J'ai trouvé tout cela très très beau... »

De l'aveu même de Marion Crawford, recréer la routine chaleureuse et réconfortante du 145 Piccadilly au palais « prend du temps ». Les deux sœurs et leur gouvernante trouvent les interminables corridors de Buckingham « fatigants » – « les gens, ici, auraient besoin de bicyclettes[4] », fait remarquer Elizabeth. Les fillettes ont intégré leurs nouveaux appartements le 18 février 1937 en fin d'après-midi. L'énorme bâtisse à l'électricité défaillante, inconfortable et mal chauffée,

1. Entretien avec l'auteur.
2. Entretien avec l'auteur.
3. Mabell, comtesse d'Airlie, *Thatched with Gold*, *op. cit.*, p. 205.
4. Marion Crawford, *The Little Princesses, op. cit.*, p. 43.

est parcourue jour et nuit par une impressionnante colonie de souris. Difficile, dans pareil décor, de jouer encore les familles ordinaires. À *Papa* et *Mummie*, il faut maintenant faire la révérence. La jeune héritière du trône ne se déplace plus sans garde du corps, les repas de la nursery sont servis par des valets en livrée. Pris dans la pince des obligations officielles et de leur interminable cortège d'audiences, d'inaugurations, de remises de médailles et de dignitaires à recevoir, George VI et son épouse ont – aussi – moins de temps à consacrer à leurs enfants. Est-ce parce qu'ils sont, par la force des choses, moins présents au quotidien ? Les proches de Lilibet notent que l'emménagement au palais coïncide chez elle avec un sursaut d'autorité mâtinée de sollicitude toute maternelle vis-à-vis de sa cadette. « Je pensais qu'elle lui cédait trop de choses, trop, en tout cas, pour que ce soit vraiment bon pour Margaret, raconte Crawfie. Parfois, elle me disait, sur un drôle de petit ton très responsable : “Je ne sais vraiment pas ce que nous allons faire [d'elle][1].” »

Les curieux venaient autrefois se masser le long des grilles de Hyde Park pour observer « leurs » princesses. Les voilà désormais agglutinés sous les fenêtres de Buckingham, les yeux rivés sur la façade de l'édifice dans l'attente d'une improbable apparition de la future reine et de sa sœur. Amusées, celles-ci prennent l'habitude d'épier leur manège, cachées derrière les rideaux de dentelle. On les voit aussi souvent, perchées sur les hauteurs des jardins, observer l'incessant ballet des voitures de l'autre côté des murs d'enceinte et suivre d'un air attentif les gamins en train de courir dans la rue pour se rendre au parc voisin. Ces derniers ima-

1. *Ibid.*, p. 43.

ginent sans doute le monde d'Elizabeth et Margaret comme un monde d'aventures exaltantes. Mais pour les deux fillettes, la vraie vie, l'imaginaire chatoyant de l'enfance sont ailleurs, dans ces visions ordinaires de gens pressés, de bus qu'on ne leur laissera jamais prendre et de taxis qu'elles n'auront jamais besoin de héler. Drôle de vie ? Choyée, proche de ses parents, éduquée dans le respect de valeurs simples, Elizabeth est pourtant encore une petite fille (presque) comme les autres, dont la « normalité » tranche avec les sacrifices et les brimades endurés par les précédentes générations de la famille régnante, engluées dans le formalisme et les usages empesés de la cour. Une petite fille qui se ronge les ongles, déteste porter des chapeaux. Et reçoit de ses parents un shilling par semaine en guise d'argent de poche.

Autour d'elle, le couronnement se prépare. La date initialement fixée par Edward VIII pour son propre sacre – le 12 mai 1937 – a été maintenue par Bertie. Sous pression, inquiet face à la montée des périls sur le plan international, le nouveau couple régnant doit aussi faire face à de cruelles rumeurs, qui cherchent à jeter le doute sur les capacités physiques et intellectuelles de George VI. On le prétend trop fragile pour supporter la cérémonie, trop handicapé par le bégaiement dont il souffre depuis l'enfance pour assumer correctement sa tâche de souverain. On chuchote même ici et là que Margaret serait retardée mentalement. Mais le jour dit, défiant les incrédules et les fâcheux, le monarque se présente devant l'archevêque de Canterbury fort des convictions authentiques et profondes qu'il a héritées de son père et résolu à vouer le reste de son existence au service de tous les peuples de l'Empire. Pour lui comme pour la reine, « il ne fait aucun doute que le couronnement est un acte porteur d'une grande signification sur le plan spirituel, écrit William Shawcross dans sa biographie de l'épouse de George VI. Tous deux sont des chrétiens fervents, animés d'une foi simple ; l'un et l'autre croient dans le caractère sacré de l'institution monarchique et dans les vœux qu'ils s'apprêtent à prononcer ; ils ont la conviction de faire don d'eux-mêmes sous le regard de Dieu[1] ».

Attentif depuis toujours à la manière dont sont habillées ses filles, Bertie (aussi pointilleux sur le vêtement et l'uniforme que son père) a activement participé au choix de leur tenue – des robes de dentelle à manches ballon ornées de minuscules nœuds dorés, assorties de capes en velours pourpre bordées d'hermine et d'or. Il a aussi fait faire à leur intention de petites couronnes, très légères. Le matin, avant le départ de la famille pour l'abbaye de Westminster, Elizabeth et Margaret viennent souhaiter « bonne chance » à leurs parents. Tout au long du service religieux, interminable pour deux enfants de cet âge, on les voit suivre intensément les différentes étapes du sacre. Lilibet n'aura pas à se plaindre de la conduite de sa cadette – tout juste la verra-t-on lui donner un léger coup de coude, à une ou deux reprises, pour lui intimer de faire moins de bruit avec son recueil de prières. À l'issue de la cérémonie, la fillette consigne avec soin ses souvenirs de l'événement dans un livret fait de feuilles de papier liées par du ruban rose, fabriqué par ses soins. « J'ai trouvé tout cela très très beau, écrit-elle. [...] Les voûtes, tout en haut, étaient baignées par une sorte de brume miraculeuse lorsque Papa a été couronné, c'est en tout cas l'impression que cela m'a fait. Quand maman a

1. William Shawcross, *Queen Elizabeth*, *op. cit.*, p. 400.

été couronnée à son tour et que toutes les pairesses ont coiffé leur coronet, quelle vision merveilleuse que ces bras et ces couronnes s'élevant dans les airs, avant que les bras eux-mêmes ne disparaissent comme par magie[1]. »

La jeune héritière du trône a conscience que régner impose d'avoir le sens du spectacle. Sa conception de l'institution est faite et s'inspire (ou plutôt reproduit) celle de sa grand-mère paternelle. Ce 12 mai 1937, la veuve de George V est entrée dans l'abbaye de Westminster « comme embrasée de diamants, des diamants gros comme des haricots », écrit le bibliothécaire royal Owen Morshead. « Elle avait ceint sa tête argentée du bandeau de son ancienne couronne, auquel on avait ôté les quatre arches qui l'ornaient. Mais ce n'était pas tant la gloire attachée à sa position qui faisait que chacun avait le souffle coupé, c'était surtout la majesté et la grâce qui émanaient de toute sa personne[2]. » Merveilleuse *Queen* Mary… Déterminante dans l'existence de sa petite-fille en raison de l'influence profonde qu'elle exerce très tôt sur la construction de sa personnalité, la veuve de George V s'impose rapidement dans l'esprit de Lilibet comme la figure de référence en matière de « science » monarchique. Imposante et digne, entrée en royauté comme d'autres en religion dès son mariage avec l'héritier de la Couronne, en 1893, elle est celle par qui l'héritage flamboyant des souverains de Grande-Bretagne se transmet peu à peu à la fillette. « Grannie » lui parle de la reine Victoria, du bien-aimé Edward VII, son beau-père, qui appréciait son intelligence et sa discrétion et l'entretenait régulièrement de politique

1. Ben Pimlott, *The Queen, op. cit.*, p. 45-46.
2. William Shawcross, *Queen Elizabeth, op. cit.*, p. 401.

et d'affaires étrangères. Au fil d'anecdotes surgies des temps passés, Lilibet se forge une conception « à l'ancienne » de l'ordinaire des rois, acquiert la conviction qu'on ne peut remettre en cause sans risque les traditions et l'ordre établi, comprend que le service de la monarchie implique le sacrifice d'une certaine forme de bonheur personnel. Peu disposée par tempérament aux effusions bruyantes et aux démonstrations d'affection tapageuses, Mary avait profondément aimé ses enfants sans pour autant parvenir à le leur montrer vraiment. La relation privilégiée qu'elle entretient avec Elizabeth est maintenant riche de tout ce qu'elle n'a jamais su donner à sa propre progéniture. Elle devient pour elle un modèle. Un guide.

Tout les rassemble. Jeune, « May » était souvent décrite comme timide et réservée, plutôt « inhibée » dès qu'il s'agissait de tenir une discussion et, de l'avis général, « éclipsée par la personnalité scintillante et extravertie de sa mère, la duchesse de Teck[1] ». Il est possible qu'elle retrouve chez Lilibet certaines de ses fragilités d'autrefois. Très tôt, celle-ci a en effet tendance à se comparer défavorablement à sa propre mère, une femme dotée d'une personnalité engageante, infiniment spontanée et gaie, et qui excelle dans l'art de la conversation. Réservée, perfectionniste et méthodique, comme sa grand-mère, Lilibet se fie d'instinct au jugement de Grannie, accepte ses remarques, recherche ses conseils. « Quelqu'un d'aussi profondément dévoué à la monarchie que la reine Mary ne pouvait perdre de vue le fait qu'en sa petite-fille favorite grandissait une future souveraine », écrit Lady Airlie, la dame

1. Mabell, comtesse d'Airlie, *Thatched with Gold*, *op. cit.*, p. 38.

d'honneur et confidente de la veuve de George V, dans ses Mémoires[1].

« Il paraît qu'elle avait un peu peur de moi »

L'opinion publique et les médias avaient fait d'elle une vedette de poche, une étoile en devenir. Voilà maintenant la jeune princesse traitée comme une célébrité à part entière. La pompe du sacre, ses cortèges chamarrés, ses défilés impeccables de militaires accourus de tous les pays de l'Empire ont mis en évidence le prestige de l'institution dont elle est désormais l'héritière face aux démonstrations de force bruyantes et aux rassemblements tapageurs organisés par le régime nazi d'Adolf Hitler. Si les Britanniques se rassemblent dès lors comme un seul homme derrière leur famille régnante, ce n'est pas seulement parce que le faste qui l'entoure fait oublier un instant les angoisses de l'époque. En George VI, son épouse et leurs deux filles, ils ont sous les yeux l'image d'« un groupe idéal, écrit l'historien et auteur Dermot Morrah, image qui permet à toutes les familles, qu'elles vivent dans des hôtels particuliers ou d'humbles cottages, de voir les liens qui les soudent confortés par la conviction que la petite unité sociale qu'ils mettent tant de soin à préserver vit et s'épanouit par ailleurs, dans sa forme la plus admirable, au château de Windsor et au palais de Buckingham[2] ».

Tout au long des semaines qui suivent les festivités du couronnement, les souverains et leurs deux enfants sillonnent la Grande-Bretagne à la rencontre de leurs

1. *Ibid.*, p. 205.
2. Dermot Morrah, *The Work of the Queen*, *op. cit.*, p. 44.

sujets. Soigneusement entretenue, l'image de la famille parfaite achève de s'installer dans les esprits. La presse est avide de détails sur le quotidien des deux sœurs, si proches l'une de l'autre, si complices, et curieusement toujours vêtues de la même manière. Les livres à la gloire des fillettes fleurissent sur les rayonnages des librairies. On y apprend qu'Elizabeth étudie le latin mais n'a pas souhaité poursuivre dans l'apprentissage de l'allemand, que « comme tant d'autres représentantes du beau sexe » elle ne fait montre d'« aucun génie particulier pour les mathématiques », mais possède en revanche beaucoup d'autres dons, « bien supérieurs à la moyenne », dans les domaines de la musique, de la danse et du dessin. Certains commentaires laissent d'ailleurs songeur. « Le fait qu'aucun de ces talents ne puisse être développé de manière un tant soit peu poussée fait partie des inconvénients liés à la naissance royale, peut-on lire dans *Princess Elizabeth*, un petit album illustré. Car s'il est bien une chose qu'une reine ne peut se permettre, c'est d'être en quoi que ce soit une spécialiste. Il est tentant de se demander ce qui se passerait si un authentique génie artistique, avec tout ce que celui-ci comporte d'impitoyable dans la domination qu'il exerce en général sur la personnalité de l'individu, venait à se manifester chez une héritière du trône. Cela aurait certainement pour conséquence un désastre politique doublé d'une tragédie personnelle. La princesse Elizabeth, elle, ne revendique rien de plus qu'un bon goût naturel dans le domaine des arts, et une propension à les pratiquer de manière compétente, mais avec modération[1]. »

1. Dermot Morrah, *Princess Elizabeth*, Odhams Press Ltd., 1947, p. 67-69.

Cette littérature pontifiante conforte l'opinion dans l'idée que l'avenir de l'institution monarchique se trouve entre des mains sûres. Après George VI, roi malgré lui dont beaucoup doutent encore qu'il soit « taillé pour le job », voilà que la fillette destinée à lui succéder manifeste des dispositions inouïes à occuper la fonction suprême. La future souveraine fréquente peu d'enfants de son âge à l'exception de ceux des amis de sa mère – pour la plupart de grands aristocrates, choisis pour occuper diverses fonctions officielles au sein de la hiérarchie du palais, comme David Ogilvy, douzième comte d'Airlie, ou encore Cynthia, comtesse Spencer (dont l'une des petites-filles, Diana, épousera le prince Charles bien des années plus tard). Afin de rompre son relatif isolement, Crawfie obtient de George VI et de son épouse la permission de créer une compagnie de guides à Buckingham, au début de l'été 1937. Elizabeth insiste pour que Margaret fasse elle aussi partie de l'aventure, et convainc ses parents d'accepter qu'une unité de « Brownies » (l'équivalent des jeannettes), regroupant des fillettes de sept à dix ans recrutées parmi les enfants des dignitaires et du personnel de la cour, soit associée à la formation. « Le roi et la reine voulaient que leurs filles se sentent autant que possible comme des membres à part entière de la communauté, témoigne leur gouvernante. À quel point il peut être difficile d'y parvenir lorsque vous vivez dans un palais est tout simplement impossible à décrire[1]. » Les premiers meetings voient en effet aspirantes guides et Brownies se présenter vêtues de leurs habits du dimanche et de gants blancs, et escortées d'une armée de nurses toutes plus excitées les unes que les autres à l'idée de se

1. Marion Crawford, *The Little Princesses*, *op. cit.*, p. 49.

retrouver en présence des deux princesses. Lilibet et Margaret auraient pourtant préféré que leurs camarades les considèrent et les traitent comme des égales plutôt que comme des objets de curiosité.

L'héritière du trône intègre la patrouille Kingfisher en tant que « commandant en second » de Patricia Mountbatten, la fille aînée de Louis et Edwina Mountbatten – une cousine germaine de son futur époux, le prince Philip –, qu'elle connaît depuis son plus jeune âge. « Nous nous amusions beaucoup, se souvient la comtesse – aujourd'hui encore l'une des meilleures amies de la souveraine. Ils avaient engagé une excellente capitaine, Miss Violet Synge, qui avait un don certain pour encourager les enfants à entreprendre des choses, à donner le meilleur d'eux-mêmes, ce qui était très bien pour Elizabeth. Nous avions toutes sortes de jeux, nous faisions des feux de camp sur lesquels nous mettions à griller des saucisses piquées sur des bâtons, nous apprenions aussi les gestes de premier secours. Je me souviens qu'il y avait un joueur de cornemuse, originaire des Highlands, qui jouait habituellement pour le roi et la reine. Il venait de temps en temps le faire pour nous et nous dansions des quadrilles écossais. Nous, au début en tout cas, nous ne connaissions pas les pas, il nous a fallu tous les apprendre, au contraire d'Elizabeth, qui, elle, avait déjà eu l'occasion de les pratiquer à de nombreuses reprises, notamment au château de Balmoral. Il paraît que je l'intimidais, qu'elle avait un peu peur de moi, ce qui m'a toujours paru extraordinaire vu que nous n'avons que deux ans de différence. Mais ce que je peux vous dire c'est qu'elle était très efficace, vous lui demandiez quelque chose et aussitôt c'était fait[1]. »

1. Entretien avec l'auteur.

À l'époque, Lilibet et Margaret mènent une existence plus simple, beaucoup plus ordinaire, y compris au vu des critères de l'époque, que les rejetons de la plupart des grandes familles aristocratiques du royaume. « Au début, l'idée même qu'elle puisse un jour devenir reine paraissait vraiment improbable, c'est pour cette raison qu'elle a été élevée ainsi, quasiment normalement pourrait-on dire, en tout cas d'un point de vue psychologique, ajoute l'une de ses intimes. À la maison, Elizabeth s'exprimait très librement, par exemple, George VI et son épouse écoutaient ce qu'elle avait à dire et en tenaient compte. Les deux sœurs ne craignaient pas leurs parents, elles étaient au contraire très proches d'eux[1]. » Le monarque ne cache pas son admiration et sa fierté devant ces princesses si différentes de l'enfant complexé qu'il avait été. Elizabeth et sa cadette ne se quittent jamais, de mémoire d'homme de cour on ne se souvient pas les avoir vues l'une sans l'autre. Lorsqu'elles s'expriment, le « nous » leur vient plus spontanément que le « je ». George VI connaît mieux que quiconque la frustration liée au statut de « second » dans une famille régnante. Sa femme et lui font donc en sorte qu'à aucun moment Margaret ne se sente différente de son aînée. Associée à toutes ses activités – « Attends-moi, Lilibet, attends-moi ! » l'entend-on constamment implorer sa sœur de sa petite voix haut perchée –, la fillette manifeste une intelligence vive et de réels dons artistiques, que ce soit pour les imitations, le chant ou la comédie. « La princesse Margaret était d'un caractère très différent de celui d'Elizabeth, raconte l'une de leurs amies de l'époque, elle était plus ouverte, plus sociable, et surtout décidée

1. Entretien avec l'auteur.

à ne jamais être en reste pour quoi que ce soit. Elle a fait beaucoup de choses plus tôt que la plupart des autres enfants parce que le roi et la reine sentaient ce besoin impérieux qu'elle avait d'être associée à tout[1]. » Coquette, pleine d'imagination et d'humour – « une comique née », dira sa gouvernante –, la « petite dernière » des souverains est une enfant pleine de charme à qui ses proches – notamment son père – ont toutes les difficultés du monde à résister. « Margaret avait une sorte de don pour faire rire les gens, elle n'était jamais réprimandée, personne ne se mettait jamais en colère contre elle parce qu'elle avait le chic de toujours sortir une plaisanterie, une farce au bon moment. C'est ce qui la différenciait de sa sœur, qui était beaucoup plus sérieuse de tempérament. Le roi aimait, aimait, aimait ses enfants, il les aimait énormément, mais il me semblait qu'il traitait Elizabeth plus sérieusement[2]. »

Lilibet s'applique à se conduire en adulte. Comme si elle ressentait le besoin de pallier les absences, devenues plus fréquentes, de leurs parents, la fillette, décrite alors comme « pleine d'égards et de courtoisie pour les autres au point que c'en était tout à fait surprenant pour son âge[3] », entreprend de prendre Margaret sous son aile. « Si tu vois une personne avec un chapeau bizarre, tu ne dois pas la pointer du doigt en riant, l'entend-on dire un jour à sa cadette avant une garden-party. Et tu ne dois pas non plus te dépêcher de traverser la foule pour rejoindre l'endroit où l'on prend le thé. Ça non plus, ça n'est pas poli[4]. » Au cours de l'été 1938, Horace Smith

1. Entretien avec l'auteur.
2. Entretien avec l'auteur.
3. Lisa Sheridan, *From Cabbages…*, *op. cit.*, p. 64.
4. Marion Crawford, *The Little Princesses*, *op. cit.*, p. 53.

est embauché pour donner des leçons d'équitation à l'héritière du trône et à sa sœur deux fois par semaine, au palais de Buckingham. Les fillettes bénéficiaient déjà depuis plusieurs années des conseils d'Owen, le groom des écuries royales de Windsor – considéré par Elizabeth comme « omniscient » –, mais Horace ne juge pas inutile de reprendre l'enseignement « depuis le début ». De la bonne manière de tenir les rênes à celle de régler la longueur d'un étrier, en passant par l'apprentissage du pas, du trot et du galop, et toute une série d'exercices destinés à améliorer la confiance et l'équilibre des deux jeunes cavalières – « comme aller toucher la pointe de leurs pieds avant de se pencher en arrière jusqu'à quasiment s'allonger sur le dos de leur poney[1] »… Smith décrit la rapidité des progrès d'Elizabeth comme « bien supérieure à la moyenne ». Tout aussi intéressée par les soins à apporter aux chevaux qu'au plaisir de l'équitation lui-même, la princesse pose mille questions sur la gestion des écuries, les méthodes d'entraînement et l'alimentation à donner aux animaux, et n'oublie jamais d'apporter des carottes à sa monture une fois la leçon terminée. « Je pense qu'à l'époque les chevaux étaient son centre d'intérêt numéro un. Elle m'a un jour avoué que si elle n'avait pas été qui elle était, elle aurait adoré vivre à la campagne entourée de chevaux et de chiens[2]. »

Le mode de vie de George VI et de ses enfants illustre à la perfection les recommandations de Walter Bagehot, le grand théoricien de l'institution monarchique, pour qui l'exercice du métier de souverain doit s'accompagner de « vertus domestiques » irréprochables. Les

1. Horace Smith, *A Horseman…, op. cit.*, p. 144.
2. *Ibid.*, p. 145.

photographies données à voir aux Britanniques – celles d'une famille paisible et unie, toujours escortée de ses chiens (des corgis et des labradors baptisés Dookie, Flash, Scruffy, Spark ou encore Mimsey) et attachée à son quotidien routinier – ancrent dans les esprits l'image d'une royauté qui réconforte et qui rassure. Mais le temps passe. Il ne fait désormais (quasiment) plus de doute qu'Elizabeth succédera à *Papa*, et pour ses parents comme pour leur entourage se pose maintenant l'épineuse question de sa « formation » d'héritière. Certains la disent plutôt mûre pour son âge, Crawfie, elle, parle d'une préadolescente encore timide et relativement peu sûre d'elle, inquiète au point de se relever plusieurs fois par nuit « pour rectifier l'alignement de ses chaussures ou de ses vêtements ».

La légende veut que, au contact des dignitaires, rois et chefs de gouvernement reçus par son père au palais, la jeune fille développe un goût certain pour la politique et la diplomatie. Initiée depuis de nombreuses années par sa mère à l'art de recevoir et de faire la conversation à de parfaits inconnus, on la voit, à douze ans, s'entretenir avec une aisance et un naturel déconcertants avec l'ambassadeur des États-Unis Joseph Kennedy, lors d'un déjeuner donné à Buckingham. Elle est désormais autorisée à porter des bas de soie, on l'encourage aussi à se montrer et à tenir son rang lors des garden-parties données par le couple régnant. Deux fois par semaine, elle suit par ailleurs au collège d'Eton des cours d'histoire constitutionnelle dispensés par le principal adjoint de l'établissement, Henry Marten. Peu de témoignages et de documents sur l'implication directe de George VI dans l'apprentissage de sa fille sont parvenus jusqu'à nous, mais la gouvernante Marion

Crawford se souvient d'un roi attaché à parler à sa fille aînée comme s'il s'adressait à un égal[1].

La Grande-Bretagne, comme la plupart des démocraties du continent, se dirige inexorablement vers l'affrontement avec l'Allemagne. En 1938, le gouvernement britannique se retrouve profondément divisé par la stratégie d'apaisement prônée par le Premier Ministre Neville Chamberlain – division qui aboutit notamment à la démission du secrétaire d'État aux Affaires étrangères Anthony Eden. George VI a exigé de son Premier Ministre, dont il soutient la politique internationale, d'être tenu informé en tout et de recevoir les comptes-rendus des réunions du cabinet en même temps que Downing Street. Le souverain ne dispose dans les faits d'aucun pouvoir, mais à plusieurs reprises il propose d'aider à trouver une solution diplomatique, d'abord en écrivant directement à Adolf Hitler puis en suggérant la médiation de l'un de ses cousins, le prince Philip de Hesse – autant d'initiatives poliment déclinées par ses ministres. Dans l'esprit d'Elizabeth se grave pour toujours l'exemple, ou plutôt le modèle, d'un monarque profondément attaché à ses prérogatives, décidé à ne jamais être laissé à l'écart des événements, et surtout animé d'une conscience aiguë de ses devoirs et de ses responsabilités, notamment en temps de crise.

« Les meilleurs vœux de bonheur des enfants de France »

Pendant ses déplacements tant à l'intérieur qu'à l'extérieur des frontières de la Grande-Bretagne, le

1. Marion Crawford, *The Little Princesses*, *op. cit.*, p. 52.

couple régnant préfère laisser ses filles « à la maison ». Les longs voyages à l'étranger ne sont pas (pas encore en tout cas) perçus comme des expériences aux vertus éducatives. Avant l'arrivée en France de George VI et de son épouse – une visite dont on espère qu'elle resserrera l'Entente cordiale entre les deux pays face aux menaces qui pèsent sur la paix en Europe –, la presse hexagonale déplore l'absence annoncée d'Elizabeth et de sa sœur. Les deux petites princesses sont en effet devenues un phénomène médiatique dont la portée dépasse de loin les îles Britanniques. « Jamais la politique qui, dans cette époque, est si brutale et si laide, n'eut plus besoin d'être semée de quelques roses », écrit Paul Valéry. La dernière visite d'État de souverains britanniques à Paris – celui de George V et de la reine Mary, en avril 1914 – avait précédé de peu le début de la Première Guerre mondiale, et certains observateurs se demandent si la visite de leurs successeurs dans l'Hexagone n'augure pas fâcheusement de nouveaux lendemains difficiles. Dans son journal intime, dont les extraits sont publiés ici pour la première fois, Marguerite Lebrun, l'épouse du président français Albert Lebrun, rapporte, avec un enthousiasme mêlé d'un soupçon d'appréhension, les mille petits détails à régler avant la venue du couple. « Reçu au jardin, écrit-elle le 7 juin 1938. Mme Lozé m'a montré le service de Sèvres choisi par le roi (habits rouges, chevaux, chiens, chasse – mille francs l'assiette). Le service à thé pour la princesse Margaret est charmant, et la princesse Elizabeth aura un bracelet-montre en platine avec la montre la plus petite du monde, c'est tout à fait joli. Pour la reine, on monte un superbe écran de feu en Beauvais. Le Protocole a demandé aux Françaises d'éviter pour le soir les robes noires, tristes aux lumières. Bravo ! » L'aspect protocolaire de la visite, dit-elle, est calqué sur celui de la première visite royale en République, effectuée plusieurs années auparavant par Carlos de Portugal[1]. « Le roi et la reine apportent 102 malles, écrit-elle le 15. Il faut prévoir une salle rien que pour les centraliser. [...] Le roi ne voulait pas être en uniforme à l'Opéra. Albert a insisté pour le faire revenir sur sa décision. » Les cancans vont leur train dans le grand monde, dit-elle encore. « Toutes les invitations n'étant pas parties [on est alors le 15 juin], les gens disent "le gouvernement est sûr de la guerre". La reine ayant eu un léger refroidissement, ils affirment : "maladie diplomatique, elle ne viendra pas". »

La visite d'État devait initialement débuter le 28 juin... Elle est finalement repoussée à la mi-juillet en raison du décès de Lady Strathmore, la grand-mère maternelle de Lilibet, survenu le 23. Le bruit court alors que George VI se rendra en France escorté non pas de son épouse, mais de sa mère, la reine Mary, et Marguerite Lebrun s'en émeut, décrivant le public comme « désolé et agité » à cette perspective. « La reine Mary est très royale mais froide et raide, écrit-elle. Elle n'aurait aucun succès auprès des Parisiens qu'attire au contraire le sourire de la reine. » Mais celle-ci s'est fait le serment intérieur de toujours assujettir, quoi qu'il arrive, le cours de sa propre existence à celle de son mari. En dépit du deuil qui l'accable, elle ne renonce pas à l'accompagner de l'autre côté du Channel et confie à son couturier favori, Norman Hartnell, le soin de lui confectionner une garde-robe entièrement blanche (le noir a été jugé trop difficile

1. La visite en France de Charles Ier de Portugal, en 1904.

à porter en plein été), inspirée des belles aristocrates en crinoline autrefois peintes par Winterhalter. Marguerite Lebrun, elle, s'inquiète du retard pris par le voyage, de Bagatelle « qui sera défleuri », des tables de l'Élysée et de Versailles qui devaient être « couvertes de roses dont la saison sera passée ». Des asperges, plat favori de George VI, « dont on n'aura plus aucune en juillet ».

Ces dames de la bonne société, de leur côté, se révèlent infiniment curieuses de tout ce qui concerne la reine, dont on dit alors qu'elle change de robe « sept fois par jour » et s'en commande « trois cents par an ». Mais rien ne captive davantage la presse et l'opinion que le choix des cadeaux faits par la France à Elizabeth et Margaret. Aux petites princesses « qu'ils regrettent tant de ne pouvoir acclamer, les Parisiens offriront deux superbes poupées de près d'un mètre de haut, dont tout le trousseau sera exécuté par nos plus grands couturiers, modistes, fourreurs, bottiers, rapporte Marguerite Lebrun. Il sera contenu dans des malles [de la marque] "Innovation". Chaque poupée aura son auto. Cartier fait leurs petits bijoux. Worth m'a montré les robes, et leurs modèles portés par ses mannequins. Tout sera signé, ce qui sera pour le commerce parisien la plus belle des propagandes ». Les journaux s'interrogent sur les « jalousies » que risque de provoquer l'arrivée de ces *French* demoiselles dans la nursery du palais, où « l'emploi de favorites des enfants d'Angleterre est tenu depuis longtemps par deux poupées tendrement aimées et habillées par les princesses ». La capitale offrira à Elizabeth de beaux livres reliés aux armes de la ville et avec son chiffre, à sa cadette une boutique de fleuriste « À la Ville de Paris ». On leur fait aussi préparer un album d'autographes signé des plus grands noms de la littérature, des arts et des sciences, un bel objet en maroquin blanc orné sur sa couverture de leur portrait, dessiné à l'aquarelle, et de quatre cabochons de turquoise. Sur la première page, Marguerite Lebrun a inscrit cette courte dédicace : « Une grand-mère est heureuse d'adresser à L.L. A.A. R.R. la princesse Elisabeth et la princesse Marguerite Rose les meilleurs vœux de bonheur de tous les enfants de France. » Suivent les images des plus belles œuvres détenues par les musées nationaux, des rondes écrites par des compositeurs, des dessins exécutés par les meilleurs peintres de l'époque, des notes rédigées par des académiciens. « Sur un feuillet, écrit un quotidien, M. Georges Goyau, collaborateur assidu du Dictionnaire, rappelle que la première grammaire française fut écrite, au Moyen Âge, pour apprendre notre langue à une princesse d'Angleterre. » Paul Claudel, lui, choisit de leur dédier ces quelques vers :

À la grande, à la plus petite
La France dit : C'est moi, c'est vous.
À la fleur qu'il sollicite
Répond un doigt qui s'y joue :
Je vous aime, Pâquerette,
Je vous aime, Elisabeth,
Je vous aime, Marguerite,
La grande et la plus petite,
Elisabeth et Marguerite
Non pas un peu, mais beaucoup.

Si le témoignage de la Première dame est si précieux, c'est parce qu'il est révélateur du soin apporté par les autorités aux préparatifs du séjour. Paris, qui sait recevoir, a fait aménager de somptueux appartements à l'intention du couple, au ministère des Affaires étrangères. Le lit choisi pour la mère d'Elizabeth avait autrefois appartenu à Marie-Antoinette, celui de George VI à l'empereur Napoléon. « La chambre de la reine est exquise dans ses tons vert pâle, écrit Marguerite Lebrun le 18 juillet, la veille de l'arrivée des souverains dans la capitale. Tout y exalte les enfants, les belles toiles du Louvre, les candélabres, etc. Celle du roi est rouge et toutes les peintures sont des scènes de marine. Les chambres des deux dames d'honneur sont d'un bleu tendre. Les salles de bains, extrêmement luxueuses, contiennent pour la reine une baignoire en mosaïques d'argent et pour le roi en mosaïques d'or. [...] Tout a été remarquablement remis à neuf (aucune réparation depuis 80 ans). L'éclairage est un triomphe : 2 200 pièces ont été nécessaires pour équiper en éclairage indirect les beaux lustres anciens. Certains sont munis de bobèches qui projettent la lumière au plafond et d'ampoules vert pâle qui donnent une teinte très douce. Dans les salons, des toiles de maîtres représentant des membres de la famille royale. Les Beaux-Arts ont fait des emprunts de mobilier, de tapisseries, de peintures, à tous nos musées nationaux, et le résultat est merveilleux. [...] Enfin, l'huissier-chef a été promu suisse : muni d'une hallebarde, il doit frapper trois coups à chaque passage du roi, deux pour la reine... Tous les employés portent la même tenue qu'à l'Élysée, et toutes les femmes de chambre sont en noir avec gants blancs. »

La visite du monarque et de son épouse est un succès, mieux, un triomphe, et scelle pour de bon la *love affair* de l'Hexagone avec la royauté britannique. La presse française ne sait d'ailleurs plus quels adjectifs employer pour montrer toute l'admiration qu'elle a pour la reine, dont la chaleur a réussi, pour un temps, à chasser des esprits les nuages de la guerre qui s'annonce. Au printemps suivant, le couple régnant s'embarque cette fois pour l'Amérique du Nord – un voyage de six semaines au Canada et aux États-Unis. L'imminence d'un conflit mondial ne fait alors plus de doute, et c'est le cœur plein d'angoisse que les souverains entament leur traversée de l'Atlantique à bord du navire *Empress of Australia*. En l'absence de son fils et de sa bru, la reine Mary a promis de distraire Elizabeth et Margaret en organisant toutes sortes de sorties éducatives – notamment des visites de musées, de galeries d'art, de la Tour de Londres et de la Banque d'Angleterre. Le 6 mai 1939, les princesses, accompagnées par leur grand-mère et plusieurs autres membres de la famille royale, se rendent à Southampton afin de dire au revoir à leurs parents. « Le bateau a quitté le quai avec ponctualité, à trois heures – un beau spectacle, depuis la jetée – & nous avons agité des mouchoirs, écrit la veuve de George V dans son journal. Margaret a dit "J'ai mon mouchoir" et Lilibet lui a répondu "pour faire des signes avec, pas pour pleurer", ce que j'ai trouvé charmant[1]. »

1. James Pope-Hennessy, *Queen Mary*, George Allen and Unwin, 1959, p. 594.

Chapitre 5
Philip

En 1927, c'est une famille illustre mais sans le sou qui emménage rue du Mont-Valérien, à Saint-Cloud, près de Paris. Philip a six ans. Une ascendance prestigieuse fait de lui le petit-fils du roi Georges Ier de Grèce, l'arrière-petit-fils du roi Christian IX de Danemark ainsi que l'arrière-arrière-petit-fils du tsar Nicolas Ier de Russie et de la reine Victoria. Il est surtout l'héritier d'une longue histoire, celle de dynasties aux tribulations intimement mêlées, d'hommes et de femmes éternellement malmenés par des vents contraires, dont l'héritage va façonner sa personnalité et conditionner son existence tout entière.

Choisi pour succéder à Frederik VII, un souverain à la vie privée chaotique mort sans descendance légitime, l'arrière-grand-père paternel de Philip – né prince de Schleswig-Holstein-Sonderbourg-Glücksbourg – monte sur le trône de Danemark en 1863 alors que rien (ou presque) ne l'y destinait au départ. La même année, l'aînée de ses filles, Alexandra, épouse le futur roi Edward VII de Grande-Bretagne. William, son deuxième fils, est, lui, plébiscité par la France, le Royaume-Uni et la Russie pour régner sur la Grèce, libérée depuis peu du joug de l'Empire ottoman – il n'a pas encore dix-huit ans.

Marié par amour à la grande-duchesse Olga, quinze ans, une nièce du tsar Alexandre II, le jeune homme entre dans l'Histoire sous le nom de Georges Ier et devient à son tour père de huit enfants, parmi lesquels cinq garçons qu'il élève à la dure. Grand et athlétique, intelligent et doué pour la chose militaire, André, l'avant-dernier, est le joli garçon de la famille. En 1902, alors que l'Europe des rois se trouve réunie à Londres à l'occasion des cérémonies du couronnement d'Edward VII, le voilà qui s'éprend d'Alice Battenberg, dix-sept ans, une arrière-petite-fille de la reine Victoria, sourde de naissance, dont la beauté et l'intelligence font dire à ceux qui l'entourent qu'« aucun trône ne serait trop bien pour elle ». Il l'épouse à Darmstadt en octobre 1903.

L'histoire des grandes figures du Gotha est ainsi faite que, dans l'imbroglio des généalogies, l'essentiel tend souvent à se diluer, à disparaître. Or Alice est elle-même l'héritière d'une saga aux mille rebondissements. Celle de son grand-père, le prince Alexandre, privé de ses droits de succession au grand-duché de Hesse en 1851 pour avoir épousé son grand amour, Julia Hauke, une jeune Polonaise, contre l'avis des siens, mais auquel on a concédé le titre de prince de Battenberg. Celle de son père, le très séduisant prince Louis, un marin, une légende de la Royal Navy – élevé au grade de *First Sea Lord* en 1912 –, de sa mère, la princesse Victoria, orpheline à l'âge de quinze ans après que sa famille eut été en partie décimée par la diphtérie. Et celle de sa tante Ella, la grande-duchesse Élisabeth de Russie, retirée du monde après l'assassinat de son époux en 1905, et dévouée, depuis, au service des malades et des orphelins. Le fait est que lorsque Philip vient au monde, le 10 juin 1921, sur l'île de Corfou, sa parentèle a déjà connu tant de malheurs qu'on ne saurait par où commencer s'il fallait en dresser l'inventaire.

La révolution russe a renversé le trône des tsars. En 1918, le dernier d'entre eux, Nicolas II, son épouse Alix (fille du grand-duc Louis IV de Hesse) et leurs enfants ont été victimes d'une exécution barbare et sommaire à Ekaterinenbourg, Ella et plusieurs de ses proches brûlés vivants dans une mine abandonnée du village de Siniachikha. La Première Guerre mondiale a redessiné la carte de l'Europe, elle a balayé petits royaumes, principautés et grands-duchés de l'Empire allemand, disloqué après sa défaite. George V ne se borne pas à « angliciser » une fois pour toutes la dynastie régnante en proclamant l'avènement de la maison Windsor, il exige aussi des membres de sa famille qu'ils renoncent à leurs « titres, dignités et honneurs » germaniques. Contraint de démissionner de son poste à la tête de la Royal Navy en raison de ses origines, le prince Louis l'est aussi de changer de nom. Il adopte celui de Mountbatten, jugé nettement plus british à l'oreille.

Placée dans une position délicate vis-à-vis des Alliés, jusqu'en 1917, en raison de la neutralité du roi Constantin Ier de Grèce (le successeur de Georges Ier), la famille de Philip s'inquiète maintenant de voir la guerre entre Athènes et les troupes de Mustafa Kemal tourner à l'avantage de ces derniers. Les nationalistes turcs, décidés notamment à reprendre par la force les territoires (Smyrne, la Thrace orientale et plusieurs îles) concédés à Athènes par le traité de Sèvres en 1920, lancent une offensive de grande envergure en août 1922. Leur victoire, deux mois et demi plus tard, marque le début d'une longue période d'angoisse et de troubles pour les proches de Philip, confrontés par ailleurs à l'instabilité politique grandissante de la Grèce.

Constantin Ier est contraint à l'exil, le prince André, le père de Philip, arrêté et jugé, n'échappe à une condamnation à mort que grâce à l'intervention d'un émissaire du gouvernement britannique, dépêché à l'initiative de George V. Le 4 décembre, André, Alice, leurs quatre filles (Margarita, dix-sept ans, Theodora, seize ans, Cécile, onze ans, Sophie, huit ans) et leur fils, âgé alors d'à peine un peu plus d'un an, fuient leur pays à bord du HMS *Calypso*, un navire britannique, en abandonnant leurs biens derrière eux. Le futur époux de la reine Elizabeth arrive sur le continent avec, pour tout trousseau, le cageot d'oranges qui lui tient lieu de berceau. Il est, aux dires mêmes de ses proches, « un survivant[1] ».

Après avoir séjourné quelque temps chez la mère d'Alice, la princesse Victoria, au palais de Kensington, à Londres, sa famille s'installe rue du Mont-Valérien, à Saint-Cloud, où le prince Georges, l'un des frères d'André, et son épouse, la princesse Marie Bonaparte, petite-fille d'un neveu de l'empereur Napoléon Ier et du richissime François Blanc (le fondateur de la Société des bains de mer monégasque), a offert de les héberger. Située sur les terres de la propriété de Marie, la maison est relativement exiguë, ce qui, aux yeux d'André et d'Alice, présente l'avantage de réduire considérablement les frais de domesticité. Philip passe le plus clair de ses jeunes années à voyager. Ses parents, dont le couple se désagrège peu à peu, rongé par le manque d'argent et le chagrin de l'exil, l'envoient séjourner tour à tour chez de riches émigrés grecs, près de Marseille, chez la veuve de Constantin Ier, sur les rivages de la mer Baltique, ou encore chez l'une de ses cousines,

1. Entretien avec l'auteur.

la reine Hélène de Roumanie. À six ans, le garçonnet intègre The Elms, une école américaine installée dans l'ancienne maison de Jules Verne[1], avenue Eugénie, à Saint-Cloud. Ses frais de scolarité sont payés par l'oncle Christophe, l'un des frères du prince André, veuf d'une Américaine fortunée.

L'établissement est alors dirigé par son fondateur, Donald MacJannet, un ancien de la St Albans School de Washington, partisan d'une méthode d'enseignement visant à encourager le développement physique et intellectuel des élèves dans le respect de règles strictes. Début des cours à neuf heures – interrompus, en milieu de matinée, par une rapide collation à base de tartines beurrées –, déjeuner à douze heures quinze, sport et étude surveillée tous les après-midi… Le jour de l'inscription de son fils, la princesse Alice insiste pour que l'enfant, « au lieu d'être bridé et constamment prié de modérer ses ardeurs, soit au contraire encouragé à dépenser son énergie sans limites en pratiquant toutes sortes de sports et en s'imprégnant des valeurs d'effort, de courage et de fair-play typiquement anglo-saxonnes[2] ». Philip, ajoute-t-elle avec une intuition étonnante de l'avenir, doit « développer des traits de caractère anglais car son avenir se jouera sur des terres où l'on parle anglais, peut-être aux États-Unis, et je veux qu'il apprenne [la langue] parfaitement[3] ».

MacJannet se souvient de Philip comme d'un garçonnet « turbulent et doté d'une très forte personnalité

1. Philip Eade, *Young Prince Philip : His Turbulent Early Life*, HarperPress, 2011, p. 52.

2. Cité dans Herbert Jacobs, *Schoolmaster of Kings*, Berkeley, Californie, 1982, p. 58.

3. *Ibid.*, p. 58.

mais toujours remarquablement poli[1] ». Accompagné par sa gouvernante, « il arrivait à pieds tous les matins, la plupart du temps avec une bonne demi-heure d'avance. On le sentait toujours désireux d'aider, de participer, il nettoyait les tableaux noirs, rectifiait l'alignement du mobilier, et citait fréquemment ses sœurs, qui lui avaient dit qu'"on ne crie pas et qu'on ne claque pas les portes". C'est toujours lui qui pensait à donner une chaise aux visiteurs, il ne laissait jamais une femme le servir et apportait lui-même la nourriture depuis la cuisine sans jamais casser ou renverser un seul plat[2] ». Bourré d'énergie, Philip est le premier à se proposer pour organiser la corvée d'arrosage, participer aux travaux de jardinage, au ratissage des feuilles dans les allées du parc. Le jeune prince se passionne pour toutes sortes d'activités sportives, natation, football, base-ball, il a le désir d'exceller dans toutes les disciplines – y compris le ski, qu'il découvre à l'occasion de deux semaines de classe de neige à Chamonix, en 1927.

Dans ses Mémoires, sa cousine Alexandra (qui deviendra par la suite reine de Yougoslavie) brosse le portrait d'un petit garçon espiègle et rieur, sensible à la détresse des autres, généreux, naturellement porté à la compassion mais aussi déterminé et fier, poussé par quelque rage intérieure à ne jamais laisser paraître le moindre signe d'embarras ou de faiblesse. « Il était là avec son pull aux coudes reprisés, son pantalon rapiécé, sûr depuis son plus jeune âge de ce qu'il voulait, de là où il voulait aller. Un après-midi où il pleuvait à torrents, il avait été retenu à l'école parce que son

1. Alexandra de Yougoslavie, *Prince Philip : A Family Portrait*, Hodder and Stoughton, 1959, p. 42.

2. Herbert Jacobs, *Schoolmaster...*, *op. cit.*, p. 59.

professeur s'était aperçu qu'il n'avait pas d'imperméable. Mais il ne s'était pas démonté, il lui avait expliqué qu'il était en train d'économiser pour s'en acheter un, et que la chose serait sûrement réglée la semaine suivante[1]. » Plein d'admiration pour les États-Unis, Philip ne déteste pas prendre de temps en temps l'accent américain. Ses meilleurs amis sont Wellington Jr. et Freeman Koo, les fils de V. K. Wellington Koo, une grande figure de la diplomatie chinoise, qui occupe alors les fonctions d'ambassadeur auprès du gouvernement français. Il passe souvent ses week-ends dans leur résidence parisienne. « Mrs Koo a dit un jour à ma mère : "Nous aimons beaucoup votre fils et nous aimons beaucoup l'avoir ici avec nous, mais nous sommes soulagés lorsqu'il part sans que rien ait été cassé[2]" », avouera-t-il bien des années plus tard. Certains de ses contemporains à The Elms parlent d'un enseignement à la dure – « quand l'un de nous s'était mal conduit, on le punissait en l'obligeant à braver un groupe d'élèves pendant que ceux-ci le fouettaient avec leur ceinture », se remémore Alan F. Reeves, l'un des anciens[3]. Philip, lui, parlera toujours de ses années passées dans l'établissement comme de « trois des plus heureuses » de sa vie.

Les derniers temps de sa scolarité à Saint-Cloud se trouvent toutefois assombris par la dégradation de l'état de santé de sa mère, chez qui se manifestent d'importants troubles du comportement. En proie à un mysticisme ardent, victime d'hallucinations et persuadée

1. Alexandra de Yougoslavie, *Prince Philip, op. cit.*, p. 42.
2. Herbert Jacobs, *Schoolmaster..., op. cit.*, p. 61.
3. Cité dans *Les Entretiens*, la newsletter de la fondation MacJannet, printemps 2010.

d'être dotée de pouvoirs surnaturels, Alice est admise dans un établissement spécialisé, en Allemagne, où on la déclare notamment atteinte de schizophrénie[1]. Elle est finalement internée dans une clinique privée en Suisse. André ferme la maison familiale. Comme terrassé à son tour par le poids de déceptions et de chagrins accumulés depuis trop d'années, il entame une existence faite d'errances entre Paris, les villes d'eaux allemandes et Monte-Carlo. Philip se retrouve seul. Il a alors à peine huit ans. Sa grand-mère maternelle, la princesse Victoria, choisit de le confier à l'un de ses fils, George, marquis de Milford Haven, le plus âgé des frères d'Alice. Doté d'une grande intelligence et auteur de toutes sortes d'inventions – une passion qu'il communiquera à son jeune protégé –, « Georgie », décrit par Philip Eade, l'un des biographes du prince, comme « aventureux », a épousé la comtesse Nadejda Mikhailovna de Torby (dite Nada), une aimable et ravissante excentrique, bonne vivante et dépensière, avec laquelle il a notamment « réuni l'une des plus importantes collections privées de livres pornographiques[2] » au monde. Le couple réside à Lynden Manor, à Holyport, près de Windsor, où Philip croise régulièrement des célébrités de l'époque comme la milliardaire américaine Gloria Vanderbilt. Le monde dans lequel le garçonnet avait grandi et évolué jusqu'alors était peuplé de royautés déboussolées et nostalgiques de leur gloire d'antan. Le mariage de ses sœurs achève de marquer son enfance du sceau brûlant de l'Histoire.

1. Philip Eade, *Young Prince Philip, op. cit.*, p. 58.
2. Philip Eade, *Young Prince Philip, op. cit.*, p. 64.

Sophie épouse le prince Christoph de Hesse en décembre 1930, à Berlin ; Cécile le grand-duc héréditaire George Donatus de Hesse trois mois plus tard, à Darmstadt. En avril 1931, Margarita s'unit au prince Gottfried de Hohenlohe-Langenbourg, un arrière-petit-fils de la reine Victoria, en août Theodora convole, elle, avec le margrave de Bade. Christoph et Sophie sont les premiers à rejoindre les rangs des partisans d'Adolf Hitler, au début des années trente, suivis peu après par Cécile et « Don ». À l'époque, de nombreux aristocrates allemands s'égarent dans la voie du national-socialisme parce qu'ils ne veulent voir dans le nouveau régime que la promesse d'un retour à l'ordre et à la prospérité, la possibilité de sortir du chaos dans lequel les a plongés la défaite de la Grande Guerre. Sous peu, la famille de Philip se retrouvera déchirée par de nouveaux drames et d'insolubles conflits de loyauté. Pour lors, ce dernier se retrouve pensionnaire à Cheam, dans le Surrey, un établissement aux conditions d'hébergement spartiates où l'apprentissage de la discipline autorise le recours aux châtiments corporels. L'école laissera toutefois de bons souvenirs à Philip et l'ancrera dans la conviction qu'une éducation à la dure participe au développement d'adultes autonomes et responsables. Responsable et prévenant, le jeune homme l'est avec tous, et notamment les plus jeunes. Respecté à la fois pour les qualités dont il fait la preuve et toutes celles qu'il s'efforce de cacher, Philip est un garçon doué pour les mathématiques et le sport, énergique, populaire bien que doté d'un caractère un tantinet soupe au lait, en apparence plus à l'aise dans la langue de Molière que dans celle de Shakespeare, et surtout remarquablement peu enclin aux confidences.

Sa grand-mère, la princesse Victoria, à laquelle il est très attaché, comble en partie le vide abyssal laissé par le départ de ses parents (il sera notamment sans aucune nouvelle de sa mère entre 1932 et 1937). Elle fait en sorte qu'il soit toujours accueilli par un proche ou un autre en période de vacances. Le palais de Kensington, où elle réside, n'est pas à proprement parler une maison pour Philip, juste l'endroit où il entrepose ses maigres affaires, un point de chute un peu fixe dans une existence faite d'interminables errances d'un château à un autre. Le jeune garçon sillonne l'Europe entièrement livré à lui-même. Une solitude singulière s'installe en lui ; elle n'est pas à proprement parler un fardeau, jamais il ne se plaint. Comme s'il avait fini par accepter de ne pouvoir vivre autre chose qu'un exil permanent.

Les décisions qui concernent son avenir sont prises par Victoria en concertation avec son père, André, et ses sœurs, mais il est rare qu'on lui demande son avis. À la rentrée 1933, il est envoyé poursuivre ses études à Salem, au sud de l'Allemagne, dans une pension réputée « progressiste » dirigée par Kurt Hahn, un théoricien de l'éducation fasciné par Platon et par les méthodes en vigueur dans les grands collèges anglais. L'influence grandissante du nazisme au sein de l'établissement ainsi que les difficultés d'intégration manifestes de Philip, qui maîtrise mal l'allemand, incitent toutefois sa famille à le rapatrier en Grande-Bretagne au bout de quelques mois. À l'automne 1934, le voilà en route pour l'Écosse, plus exactement pour Gordonstoun, un pensionnat (encore un) dont on dit grand bien, fondé lui aussi par Kurt Hahn. De confession juive, ce dernier a fui son pays pour s'établir sur les rivages du Morayshire avec la ferme intention d'y façonner une nouvelle génération de jeunes hommes accomplis, dont il entend veiller à l'épanouissement physique et moral. Douches froides, exercices physiques à toute heure du jour, travaux de jardinage et d'entretien des bâtiments, apprentissage de la navigation, corvées domestiques… À Gordonstoun, un enfant est supposé apprendre à développer son potentiel, à résister à l'oisiveté et aux tentations, à aiguiser son sens des responsabilités et son esprit de décision ainsi qu'à construire un projet de vie en accord avec ses aspirations profondes. Philip y trouve un environnement qui lui convient et s'y fait une place avec son enthousiasme habituel.

Sans jamais laisser quiconque s'imposer dans son existence comme une figure maternelle ou paternelle de substitution, il en vient à recréer autour de lui une famille bis – Georgie et Nada Mountbatten et leur fils David, ou encore Zia (la sœur de Nada) et son mari, Harold Wernher, décrit par Philip Eade comme « un homme de tempérament énergique et dynamique, avec une patience limitée pour les imbéciles[1] », auprès duquel Philip viendra régulièrement chercher conseil. Les proches du jeune prince admirent sa force de caractère, cet humour mâtiné d'une bonne dose de fatalisme dont il a fait son éternel rempart dans l'adversité. « Il était amusant, espiègle et très attachant, se souvient la comtesse Mountbatten, l'une de ses cousines germaines. J'aimais et j'admirais énormément ma grand-mère, et, un jour où il l'avait mise en colère, il devait avoir onze ou douze ans, je la vois encore lui crier "Monte dans ta chambre !" puis lui courir après dans l'escalier. À

1. Philip Eade, *Young Prince Philip, op. cit.*, p. 79.

l'époque, Philip ne savait jamais trop où il allait être envoyé, il avait beau être accueilli un peu partout chez des proches, il n'y avait aucun endroit au monde qu'il pouvait appeler "ma maison[1]". » « Ma famille s'est séparée, confiera-t-il un jour à l'un de ses biographes, Gyles Brandreth. Ma mère était malade, mes sœurs étaient mariées, mon père dans le sud de la France. Je devais faire avec et c'est tout[2]. »

Après avoir régné sur la Grèce à peine plus d'un an et neuf mois, entre 1922 et 1923, son cousin, Georges II, avait été contraint à l'exil et s'était réfugié en Grande-Bretagne. En 1935, le retour au pouvoir de militaires favorables à la monarchie le rappelle à Athènes. Fin 1936, Philip revient pour la première fois dans son pays natal, aux côtés de son père, pour assister au retour des dépouilles de Constantin Ier et de plusieurs autres membres de sa lignée, et à leur inhumation au palais de Tatoï, à une quinzaine de kilomètres au nord d'Athènes. Il a quinze ans. Sa cousine Alexandra se souvient l'avoir trouvé « captivé par la pompe et le décorum de la royauté comme jamais auparavant », curieux de tout, avide d'en apprendre toujours davantage sur l'histoire et la généalogie des siens. « Pour la première fois, il avait envie de savoir qui était qui. Il posait tant de questions à l'une de nos tantes que celle-ci a dû lui demander d'arrêter[3]. » Une absence notable de descendance chez la plupart des proches du roi Georges II fait alors de Philip un héritier possible, à terme, pour le fragile trône de Grèce. Mais le jeune

1. Entretien avec l'auteur.
2. Cité dans Gyles Brandreth, *Philip and Elizabeth : Portrait of a Marriage*, Century, 2004, p. 67-68.
3. Alexandra de Yougoslavie, *Prince Philip, op. cit.*, p. 54.

homme, lui, considère maintenant la Grande-Bretagne comme son seul vrai port d'attache et, soutenu par une partie de ses proches, ambitionne désormais de faire carrière dans la Royal Air Force. Les désastres qui s'abattent sur les siens dans les mois qui suivent ne font d'ailleurs que le conforter dans le besoin qu'il éprouve de s'inventer une nouvelle vie et d'en devenir le seul maître. En novembre 1937, sa sœur Cécile, son époux et leurs deux fils aînés disparaissent dans un tragique accident d'avion. Cinq mois plus tard, Georgie Mountbatten, l'un des mentors du jeune prince, meurt d'un cancer. Philip, s'il est ravagé par le chagrin, met un point d'honneur à le cacher à ses camarades de Gordonstoun.

Peu de témoignages ont d'ailleurs jamais fait état de la sensibilité de Philip, tant ce dernier s'est appliqué, tout au long de son existence, à ne rien en montrer. Quelques lignes écrites par Kurt Hahn en 1947, peu avant l'annonce de ses fiançailles avec la princesse Elizabeth, sont pourtant là pour témoigner d'une personnalité méconnue, celle d'un adolescent qui « ressentait les émotions de joie et de tristesse aussi profondément l'une que l'autre. Tout dans son allure, sa manière de bouger, trahissait ce qu'il éprouvait. Y compris lorsqu'il s'agissait de l'une de ces déceptions sans importance qui font l'ordinaire du quotidien d'un écolier. Il avait hérité de sa famille danoise une capacité à tourner en dérision les petits incidents de la vie. On entendait son rire résonner partout[1] ». Mais dans la nasse de ses tourments affectifs se forge peu à peu un masque de dureté apparente, une façade de désinvolture érigée entre lui et le reste du monde comme un mécanisme

1. Cité *ibid.*, p. 50-51.

de défense. Par pudeur, par fierté, il aura d'ailleurs toujours une réticence infinie à évoquer ses premières années, l'absence de ses parents, son sentiment d'abandon, les multiples influences qui se sont exercées sur lui et, sans doute aussi, ses brûlants questionnements d'enfant – « Je me demandais qui j'étais[1] », lâchera-t-il un jour sans s'étendre plus avant sur le sujet. À dix-huit ans, lorsqu'il quitte Gordonstoun, il est devenu un jeune homme athlétique, blond comme un ange et doué d'un charme de tous les diables. Sûr de ne pouvoir compter que sur lui-même, profondément attaché à son indépendance. Et déterminé à faire quelque chose de son existence coûte que coûte.

La rumeur a longtemps couru d'une première rencontre « secrète » entre Elizabeth et Philip, en tout cas restée inconnue des chroniqueurs royaux et des historiens, comme si la légende de ce couple – le roc sur lequel repose le règne d'Elizabeth II, disent certains – ne pouvait s'accommoder de commencements ordinaires. De toute évidence, il n'en est rien. William Shawcross, le biographe officiel de Queen Mum, confirme que les deux jeunes gens se sont croisés une première fois au mariage du duc de Kent, l'un des oncles paternels de la jeune princesse, en 1934, et à plusieurs reprises, « lors de réunions de famille », au cours des années qui ont suivi[2]. Mais « le fait est que ni Philip ni Lilibet ne se souvient d'une rencontre qui aurait eu lieu avant celle de Dartmouth, [en 1939] », écrit la reine Alexandra de Yougoslavie à la fin des *fifties* dans une biographie consacrée à son cousin.

Probablement influencé par son oncle, Louis Mount-

1. Cité par Graham Turner dans *Elizabeth…*, *op. cit.*, p. 27.
2. William Shawcross, *Queen Elizabeth, op. cit.*, p. 484.

batten, le prince a finalement renoncé à devenir pilote et passé avec succès l'examen d'entrée au Collège royal naval de Dartmouth, dont il est devenu rapidement l'un des meilleurs éléments. Le 22 juillet 1939, il est prévu que George VI (un ancien élève de l'établissement), son épouse et leurs deux filles effectuent une visite sur le campus. En raison de l'épidémie d'oreillons qui sévit alors dans les rangs des cadets, on juge préférable de ne pas trop mêler Elizabeth et Margaret aux cérémonies, et le prince est choisi pour leur tenir compagnie. Marion Crawford se souvient d'un « garçon blond comme un Viking, avec un visage un peu anguleux et des yeux d'un bleu perçant », « plutôt brusque de manières ». « Nous avons mangé des crackers au gingembre et bu de la limonade, et puis il a lancé : "Allons sur les terrains de tennis, on s'amusera à sauter par-dessus les filets." [...] Je le trouvais frimeur mais les fillettes, elles, étaient très impressionnées[1]. » À en croire Crawfie, « Lilibet ne l'a pas quitté une seconde des yeux » ; le jeune homme, lui, gardera de cette journée le souvenir d'une adolescente « timide » à laquelle il était difficile de « tirer un mot[2] ». À l'heure du départ des souverains, les cadets improvisent une escorte au yacht royal *Victoria and Albert* à bord de toutes sortes de menues embarcations. Philip est celui qui se montre le plus imprudent. On le voit suivre le navire à la rame jusqu'en haute mer – l'équipage, inquiet, finira par lui intimer l'ordre de rebrousser chemin. Les yeux rivés à une paire de jumelles, Elizabeth ne perd pas une miette de la scène. Ce garçon est un phénomène, il n'a rien de commun avec ceux dont elle a pu faire la connaissance

1. Marion Crawford, *The Little Princesses, op. cit.*, p. 59.
2. Alexandra de Yougoslavie, *Prince Philip, op. cit.*, p. 65.

jusqu'alors. Elle est fascinée par lui, et son admiration se changera bientôt en des sentiments profonds qui vont bouleverser sa vie entière. « Je crois qu'elle est tombée amoureuse de lui la première fois qu'il est venu au château de Windsor », confiera quelques années plus tard la reine Mary à sa dame d'honneur et confidente Lady Airlie[1].

Les années de guerre

Un roi galvanise-t-il d'autant plus spontanément les émotions de son peuple qu'il s'est construit dans la douleur ? Quelques heures après l'entrée en guerre de la Grande-Bretagne contre l'Allemagne nazie, le 3 septembre 1939, ils sont plusieurs dizaines de millions, à travers tout le Commonwealth, à écouter le message solennel de leur souverain, rivés à leur poste de radio. Lui, le discret, l'ex-numéro deux, s'impose en quelques minutes comme un symbole vibrant de courage et de résistance. Étrange scénario que celui qui met désormais face à face, à plusieurs milliers de kilomètres de distance, un tyran passé maître dans l'art de la harangue et un monarque en proie depuis l'enfance à de terribles difficultés d'élocution…

Londres, Harley Street, 1926. L'homme qui vient d'entrer a, gravée sur le visage, la lassitude des abonnés aux courses sans victoire. Dehors, la pluie s'est mise à tomber furieusement. Bertie se tient bien droit, les yeux plantés dans ceux de Lionel Logue, un type plutôt grand au physique d'acteur dont on lui dit qu'il

1. Mabell, comtesse d'Airlie, *Thatched with Gold, op. cit.*, p. 227.

accomplit des miracles. Guérir ? Voilà longtemps qu'il n'y croit plus. Le bégaiement qui s'est emparé de lui à l'âge de huit ans est comme une tenaille qui, à toute heure du jour et de la nuit, lui serre les entrailles et la gorge. Logue voit tout, sa tête de noyé, le ravinement de ses joues, les tics qui agitent sa mâchoire. « Bien fait, avec de bonnes épaules, mais une taille molle », écrira le thérapeute dans son journal, quelqu'un de « mince et réservé », avec des traits fatigués « et tous les symptômes de l'individu chez qui des problèmes chroniques d'élocution ont commencé à imprimer leur marque »[1]. Le père d'Elizabeth vient de trouver chez cet Australien sans pedigree ni diplôme celui qui, enfin, va le délivrer du silence[2].

Se battre ou s'enfuir… Lassé par trop d'expériences malheureuses au contact de « spécialistes » impuissants, il n'a pourtant accepté de rencontrer Logue qu'à contrecœur. « Courage, Bertie, un dernier essai », a dû supplier son épouse. En un peu plus de deux mois, il se rend chez le thérapeute à quatre-vingt-deux reprises et s'y plie à toutes sortes d'exercices déroutants. Convaincu que son handicap réside en partie dans un diaphragme paresseux et « un défaut de contrôle du plexus solaire[3] », Logue l'entraîne à chanter des voyelles à tue-tête face à une fenêtre grande ouverte, et lui enseigne les techniques du gargarisme à l'eau chaude et du roulé-boulé oratoire – l'art de pirouetter sur soi-même en déclamant des vers imprononçables. John Wheeler-Bennett, le biographe

1. Mark Logue et Peter Conradi, *The King's Speech*, Quercus, 2010, p. 67-68.

2. Plus d'un demi-siècle après sa mort, Lionel Logue a accédé à une notoriété planétaire grâce au film *Le Discours d'un roi.*

3. Mark Logue et Peter Conradi, *The King's Speech*, *op. cit.*, p. 67.

officiel de George VI, décrira plus tard Lionel comme un homme « simple » animé d'une confiance absolue dans son pouvoir de guérison, pouvoir dont il a pris conscience en soignant des vétérans de la Première Guerre mondiale frappés d'aphasie.

Le thérapeute fait d'ailleurs vite des merveilles. Son illustre patient parvient à se convaincre qu'il n'est pas « différent », et le voilà maintenant qui maîtrise son bégaiement et la peur qui l'étreint chaque fois qu'il doit s'exprimer en public. Logue prend en main les discours-clés du début du règne et s'impose comme le répétiteur attitré de Bertie, dont il simplifie les allocutions afin d'en rendre la lecture plus aisée. Aidé d'un technicien de la BBC, il apprend au monarque à canaliser son angoisse viscérale des micros. Le nouveau George VI prend dès lors sa tâche à bras-le-corps. « Un soldat héroïque », écrit Logue dans ses carnets.

Pour Elizabeth et Margaret, la guerre est un changement brutal. Les deux sœurs n'avaient jusqu'alors connu que peu de séparations d'avec leurs parents. « Nous quatre », cette précieuse cellule familiale que le couple régnant avait toujours veillé à protéger, se retrouve maintenant ballottée par les événements. « C'est comme si nous avions soudainement perdu toute forme de stabilité[1] », commente Marion Crawford. Fin septembre, les souverains quittent le château de Balmoral et regagnent Londres. Les fillettes, elles, s'installent pour un temps à Birkhall, un petit manoir situé sur les terres du domaine, en compagnie de leurs gouvernantes et de leur cousine germaine, Margaret Elphinstone (qui prendra le nom de Rhodes après son mariage, en 1950).

1. Marion Crawford, *The Little Princesses, op. cit.*, p. 60.

« Nous avions avec nous l'une des dames d'honneur de la reine, un gentleman de la Maison royale et une gouvernante française, Georgina Guérin », se souvient cette dernière. Georgina n'est autre que la fille de Mlle Lang (dite « Madé »), la *French governess* auprès de laquelle l'épouse de George VI avait elle-même appris le français lorsqu'elle était enfant. « Un personnage impressionnant, une femme grande, solidement bâtie. Elle a fini par quitter son poste pour rentrer dans l'Hexagone et rejoindre la Résistance. Il paraît qu'elle démolissait les Allemands comme rien. Je la trouvais assez effrayante, en ce qui me concerne[1] », ajoute Margaret Elphinstone. Pour soulager Crawfie et encourager les deux sœurs à se perfectionner dans la langue de Molière, une autre Française, Mme Montaudon-Smith, est engagée après son départ. « Elle aimait beaucoup les chansons et apprenait [aux princesses] des duos, qu'elles chantaient ensemble de manière très charmante. Elles les répétaient pour ensuite faire la surprise à Papa et Mummie, en prévision du jour où ils seraient à nouveau réunis[2]. » Les chambres sont sans chauffage, Marion Crawford se souvient de l'eau changée en glace dans les carafes, des vêtements raidis par le gel. Afin de passer le temps, elle organise des après-midi couture tous les jeudis, dans la salle de classe de Birkhall. Les fillettes font gentiment circuler thé et gâteaux parmi les dames présentes – pour la plupart des femmes de fermiers ou d'employés du domaine – et passent des disques sur un vieux gramophone. Margaret a son favori : *Che Gelida Mamina*, interprété par le ténor italien Beniamino Gigli.

1. Entretien avec l'auteur.
2. Marion Crawford, *The Little Princesses, op. cit.*, p. 63.

La guerre exacerbe toutes sortes de peurs, de fols espoirs et de sentiments patriotiques autour d'Elizabeth et de sa sœur, dont la jeunesse et l'innocence deviennent le trésor du royaume et en viennent rapidement à symboliser tout ce pour quoi le pays se bat. Pour des raisons de sécurité, les déplacements des jeunes princesses s'entourent désormais du plus grand secret. Elles passent les fêtes de Noël au château de Sandringham, dans le Norfolk, puis sont installées à Royal Lodge, dans le Berkshire. À la mi-mai 1940, peu après le début de la bataille de France (l'invasion des Pays-Bas, de la Belgique, du Luxembourg et de l'Hexagone par l'armée allemande), décision est prise de les mettre à l'abri au château de Windsor. « Nous étions censées y passer le week-end, racontera Margaret à l'historien Ben Pimlott. Nous y sommes finalement restées cinq ans[1]. » Derrière les hauts murs de la forteresse millénaire, la vie s'organise. Lilibet et sa cadette prennent leurs repas en compagnie de leurs gouvernantes et de jeunes officiers des grenadiers de la Garde stationnés au château, dans la grande salle à manger d'État éclairée par une simple ampoule électrique accrochée au plafond[2]. « Comme quoi la nature humaine est de celles qui s'adaptent à tout, poursuit Margaret Rhodes. La guerre était quasiment devenue, pour nous, quelque chose de… normal. Nous n'étions pas plus surprises que ça lorsque des avions passaient au-dessus de nos têtes et lâchaient des bombes. Nous avions toujours nos jeux de gamines, nos parties de cache-cache, nos fous rires, comme si rien n'avait changé. Le conflit était comme une sorte

1. Ben Pimlott, *The Queen, op. cit.*, p. 57.
2. *Ibid.*

d'arrière-plan auquel nous ne prêtions pas vraiment attention[1]. »

Les premiers temps, les souverains, qui passent leurs journées à Londres, s'efforcent de rentrer tous les soirs à Windsor. « Le roi et la reine retrouvaient leurs enfants en fin de journée, ils étaient là pour les embrasser avant qu'elles aillent se mettre au lit[2]. » La nuit, l'approche d'avions ennemis est signalée par des alarmes stridentes. Elizabeth et Margaret rejoignent alors leurs parents dans les abris aménagés à l'intérieur du château, dont on a encore renforcé les murailles à l'aide de sacs de sable et de blocs de béton – en prévision des alertes, la reine s'est fait faire une robe de chambre spéciale par Norman Hartnell, son couturier favori. Bientôt, les événements contraignent le couple à ne plus rentrer que le week-end. « Ce qui était formidable, c'était qu'ils arrivaient quand même l'un et l'autre à rendre la vie amusante et agréable à leurs filles, tout particulièrement la reine, qui n'arrêtait pas d'organiser pour elles des petites fêtes, raconte encore Margaret Rhodes. Par la suite, de jeunes officiers des régiments en poste au château ont commencé à être invités eux aussi, et nous dansions[3]. » En l'absence de sa mère, Lilibet s'installe dans le rôle de la maîtresse de maison. Sa timidité naturelle se dissipe peu à peu dans l'exercice de menues tâches quotidiennes comme l'organisation des plans de table et du service pendant les repas. Le gouvernement britannique mesure vite tout le parti qu'il peut tirer de cette situation nouvelle, qui voit les deux princesses privées de leurs parents et

1. Entretien avec l'auteur.
2. Entretien avec l'auteur.
3. Entretien avec l'auteur.

« isolées » à la campagne « comme » des centaines de milliers d'autres enfants, envoyés loin des villes afin de les protéger des bombardements. Alors que le palais avait toujours soigneusement tenu la jeune héritière du trône à l'écart des pressions médiatiques, celle-ci se retrouve pour la première fois poussée sur le devant de la scène en octobre 1940, et invitée à s'adresser, sur les ondes de la BBC, à tous les petits réfugiés que la guerre a coupés de leur famille. La courte allocution – dont le texte, écrit à l'avance, inclut quelques phrases plus personnelles ajoutées par Lilibet –, est diffusée simultanément en Grande-Bretagne, aux États-Unis (où on espère qu'elle contribuera à ébranler l'isolationnisme de l'opinion) et au Canada.

« Vous êtes des milliers, dans ce pays, à avoir dû quitter vos maisons et à vous retrouver séparés de vos pères et de vos mères. Ma sœur Margaret Rose et moi-même, nous compatissons car nous savons, par expérience, combien il est dur d'être loin de ceux que nous aimons plus que tout au monde. [...] Nous, les enfants qui sommes encore au pays, nous pensons à nos amis et connaissances qui ont traversé les mers et parcouru des milliers de kilomètres pour trouver un accueil bienveillant au Canada, en Australie, en Nouvelle-Zélande, en Afrique du Sud et aux États-Unis. Ma sœur et moi nous avons l'impression de déjà bien connaître ces pays. Nos parents nous ont parlé si souvent de leurs visites dans différentes parties du monde qu'il ne nous est pas difficile de nous imaginer la vie que vous y menez, tout ce que vous y voyez, et les aventures que vous y vivez. » L'adolescente articule chaque mot avec soin, tempérant sa voix aigrelette par un débit lent et posé qu'on sent mille fois répété. « Avant de terminer, je peux vous dire sincèrement à tous que nous, les enfants qui sommes restés au pays, nous sommes pleins de gaieté et de courage. Nous essayons de faire tout ce que nous pouvons pour aider nos valeureux marins, soldats et pilotes, et nous nous efforçons aussi d'assumer notre propre part du danger et de la tristesse de la guerre. Chacun de nous sait que tout se terminera bien. Car Dieu veillera sur nous et nous donnera la victoire et la paix. Et lorsque la paix sera revenue, souvenez-vous qu'il nous appartiendra à nous, les enfants d'aujourd'hui, de faire du monde de demain un monde meilleur et plus heureux. »

L'adolescente a pris sa mission très à cœur. Tous ceux qui la côtoient à l'époque la décrivent comme « très sérieuse, peut-être même un peu trop pour son âge », et dotée d'une conscience aiguë de ce que le monde des adultes attend d'elle. « Quand vous comprenez très tôt ce que l'avenir vous réserve, vous grandissez forcément plus vite que les autres[1] », commente un membre de son entourage. Lilibet applique en fait à la lettre les conseils de sa mère, qui, dans ses lettres, lui rappelle d'être « bonne et attentive aux autres, de ne pas s'emporter et de toujours tenir parole[2] ». Crawfie la décrit comme raisonnable et sage au point de ne jamais vouloir s'amuser aux dépens de qui que ce soit – « lorsqu'il s'agissait de faire quelque chose d'un peu espiègle, Margaret et moi devions toujours la pousser[3] ». Les princesses ont été équipées de casques et de masques à gaz et la jeune héritière du trône montre l'exemple à son entourage en portant ce dernier « tous les jours, comme requis, et en nettoyant l'oculaire chaque soir

1. Entretien avec l'auteur.
2. William Shawcross, *Queen Elizabeth, op. cit.*, p. 336.
3. Marion Crawford, *The Little Princesses, op. cit.*, p. 75.

avec soin[1] ». Mis à contribution, le photographe Cecil Beaton travaille à donner d'Elizabeth, de Margaret et de leurs parents l'image réconfortante d'une cellule familiale ordinaire, confrontée – bien que de manière relative – aux difficultés du quotidien. Les articles sur les deux sœurs fleurissent désormais dans la presse. Afin d'exhorter la population à toujours plus de courage, de solidarité et d'efforts, Lilibet et sa cadette y sont montrées tricotant pour les soldats, inspectant un avion bombardier ou encore exposant leurs poupées pour récolter des fonds. Les journaux rapportent que la future reine verse plus de la moitié de son argent de poche (cinq shillings par semaine) à des œuvres de charité[2]. Une journée « Princesse Elizabeth », dédiée à des collectes au profit d'associations humanitaires, est par ailleurs créée avec l'accord du palais. Le gouvernement est souvent à l'origine de ces articles de propagande. Le ministère de l'Information utilise en effet l'image exemplaire des deux princesses pour prouver l'impuissance d'un « vulgaire dictateur[3] » comme Adolf Hitler à venir à bout de l'optimisme et de la détermination des Britanniques. Le bombardement du palais de Buckingham, en septembre 1940, conforte ces derniers dans l'idée que leurs souverains sont exposés aux mêmes périls qu'eux. Tout au long de la guerre, de jeunes militaires se succèdent au château de Windsor pour assurer la protection des filles de George VI. Lorsque l'un d'entre eux est tué au front, Elizabeth, dit-on, est toujours la première à adresser une lettre de condoléances à ses parents.

1. *Ibid.*, p. 76.
2. Ben Pimlott, *The Queen, op. cit.*, p. 66.
3. *Ibid.*, p. 58.

Soucieuse de divertir ses protégées, la gouvernante décide, à partir de l'hiver 1941, de monter de petits spectacles costumés. Quelques jours avant Noël, le premier, *The Christmas Child*, une pièce inspirée de la Nativité, est donné dans le hall St George du château en présence du couple régnant. Elizabeth y tient le rôle d'un roi mage, Margaret celui du nouveau-né. Le roi et la reine se déclarent stupéfiés par la performance... Dès lors, les aventures théâtrales de Lilibet et de sa cadette se professionnalisent. Hubert Tanner, un ancien comédien devenu directeur de l'école réservée aux enfants du personnel du domaine de Windsor Great Park, est sollicité pour écrire les textes, superviser les répétitions et prendre en charge la direction des « acteurs ». On décide que les productions auront désormais lieu sur la scène du salon Waterloo – installée là sous le règne de Victoria. Après *Cendrillon* (avec Margaret dans le rôle principal), en 1941, viendra *La Belle au bois dormant* (dans laquelle Elizabeth chantera plusieurs solos), en 1942. Suivront *Aladin*, l'année suivante, puis, en guise de final, une création originale intitulée *Old Mother Red Riding Boots*, un spectacle de danses et de mimes inspiré de l'époque victorienne. George VI assiste régulièrement aux répétitions, ne déteste pas de temps à autre pousser lui-même un refrain ou monter sur scène coiffé d'une perruque pendant que son épouse, armée d'un dé à coudre, s'affaire à raccourcir une manche ou redresser un ourlet. Certains visiteurs, ébahis, parleront d'une « atmosphère de conte de fées[1] ».

Lilibet a été nommée colonel en chef des grenadiers de la Garde au début de l'année 1942 et prend ce rôle très à cœur – première manifestation de l'engagement

1. Lisa Sheridan, *From Cabbages...*, *op. cit.*, p. 112.

INTERVAL MUSIC

1. Savoy Christmas Medley .. .. *Somers*
2. The Charm of the Valse .. .. *Winter*
3. Christmas Tunes .. .. .. *Somers*
4. Savoy Scottish Medley .. .. *Somers*
5. Selection—"Snow White" .. *Churchill*

By Appointment

Oxley & Son (Windsor) Ltd.
4 High Street
Windsor

WATERLOO CHAMBER
WINDSOR CASTLE

A Christmas Pantomime

"Old Mother Red Riding Boots"

December 21st, 22nd and 23rd, 1944

DEVISED BY

Princess Elizabeth, Princess Margaret and Hubert Tannar

THE "SALON ORCHESTRA" OF THE ROYAL HORSE GUARDS (THE BLUES)

(By permission of Col. R. E. S. Gooch)

Under the Direction of Capt. A. J. Thornburrow

Stage Manager : Stanley A. Williams

Price 1/-

Old Mother Red Riding Boots

CHARACTERS

Lady Christina Sherwood............PRINCESS ELIZABETH
The Honourable Lucinda Fairfax .... PRINCESS MARGARET
Mother Hubbard........................CYRIL WOODS
Sammy Suction.......................HUBERT TANNAR
Broker's Man .... FREDERICK SMITH
Sir Marmaduke Montmorency............ANNE CRICHTON
Dona Salamanca del Castellianos........ MARY MORSHEAD
Fairy .... DORIS MARSHALL
Betty Blossom .... VIOLET HELPS
Fairflint (*the Horse*) { ....DAVID PRESCOTT
.... CYRIL STURGES

CHORUS

BETTY ASHTON, EILEEN BUCKLAND, SHEILA COLLINGS, VIOLET HELPS, DORIS MARSHALL, ROSE PEARCE, PHYLLIS PRATLEY, SYLVIA PULLIN, SYBIL STURGES

RONALD ALDRIDGE, JACK ELLIOTT, JUNIOR FINLAYSON, LEONARD HELPS, DENNIS NUTLEY, ERNEST PEARCE, DENNIS QUADLING, KENNETH RICHARDSON, DONALD SIDDLE

BALLET

PRINCESS ELIZABETH, PRINCESS MARGARET, LOUISE COCKCRAFT, ANNE CRICHTON, MARY MORSHEAD, PHOEBE MORSHEAD, JOAN PARKER, DAWN SIMPSON, ANNE VERNEY, CAROLA VERNEY, KARLA WHETHERALL

SCENERY designed and made by
VINCENT KORDA and F. BELLAN
Sound Reproduction by R. H. WOOD of B.B.C.
COSTUMES by L. and H. NATHAN
WIGS by NATHANWIGS
COSTUMES—For 1890 Ballet by MISS W. FELLOWES,
Dance and Ballet by MISS VACANI
Wall Decorations designed and painted by CLAUDE WHATHAM
assisted by the Students of the Wycombe Technical Institute

ACT I

Outside Ye Olde Wishinge Welle Inn

OPENING CHORUS .. .. "Here We Are Again"
CHORUS .. .. ..
SONG AND DANCE (*Lucinda*) .. "Sing a Song of To-morrow To-day"
DUET AND DANCE .. .. "It's Foolish, but it's Fun"
CHORUS (*Christina, Lucinda and Chorus*) .. .. "Swinging on a Star"
FINALE, ACT I (*Christina, Lucinda and Chorus*) .. .. "The Yeomen of England"

INTERLUDE

BALLET

Place : AT THE SEASIDE
Time : THE 1890's
Characters :

THE THREE BELLES
THE THREE BEAUX
THE LITTLE GIRL
THE LITTLE BOY
THE NURSE
THE SAILOR
THE PHOTOGRAPHER

ACT II

The Glade of the Crystal Stream

SCENA (*The Tinies*) .. .. "Easter Bunnies"
DUET AND DANCE (*Christina and Monty*) .. .. .. "Shepherdess and Beau Brocade"
DUET (*Christina and Lucinda*).. "Sur le Pont d'Avignon"
FINALE, ACT II .. .. "Sing a Song of To-morrow To-day"

ACT III—Scene 1

On the Road to Ascot

SONG (*Sammy*).. .. .. "My Motter"

ACT III—Scene 2

SONG (*Mother Hubbard and Chorus*) "The Quack Quack Song"
TRIO (*Christina, Lucinda and Mother Hubbard*) .. .. "Get your Guitar"

GRAND FINALE

FINALE .. .. .. "Red, White and Blue Christmas"

"GOD SAVE THE KING"

passionné qui sera toujours le sien pour ses armées. Son enthousiasme n'échappe pas à son père, qui note le sérieux et l'application avec lesquels elle passe le régiment en revue, dans la cour de Windsor, le 21 avril, jour de son seizième anniversaire. Elle remplit peu après son premier engagement officiel en solo (une journée au sein d'un bataillon blindé des grenadiers), prend la présidence de l'hôpital pour enfants Reine-Elizabeth de Hackney ainsi que celle de la Société nationale de prévention de la cruauté envers les enfants. Au printemps 1942, les deux sœurs accompagnent le couple régnant à Denham, dans le comté de Buckinghamshire, pour y visiter le plateau de tournage de *In Which We Serve*, un film de Noel Coward inspiré des exploits de Louis Mountbatten aux commandes du navire de guerre HMS *Kelly*, coulé par les Allemands quelques mois plus tôt. « Un groupe de curieux les attendait à l'entrée des studios, raconte un témoin. La princesse Elizabeth disait à sa cadette : "Tu dois saluer, Margaret, salue les gens." Sur le moment, j'ai trouvé ça un peu autoritaire[1]. » Interrompues un temps par le déclenchement du conflit, les réunions des guides reprennent sur les terres du château. Le maître d'équitation Horace Smith, lui, fait cadeau à Lilibet d'une petite carriole attelée à un poney gris dans laquelle elle prend l'habitude, tous les jours ou presque, d'emmener sa sœur et leur ribambelle de corgis en promenade dans Windsor Great Park. La passion de la fillette pour les chevaux s'exprime désormais sur des terrains plus professionnels. Lors de la première édition du « Windsor Horse and Dog Show[2] », on la voit remporter haut la main, sous les

1. Entretien avec l'auteur.

2. Geoffrey Cross et le comte Robert Orssich créent la manifestation à Windsor, en 1943, au profit de l'effort de guerre. La

yeux de George VI et de son épouse, l'une des épreuves individuelles du concours de conduite d'attelage avec son poney fell noir Linnel Gypsy – elle s'y imposera de même l'année suivante, cette fois à bord d'un ancien phaéton de la reine Victoria. Dans ses Mémoires, Horace Smith se souvient d'un monarque particulièrement attentif à ce que son aînée soit toujours jugée de manière impartiale, sans le moindre favoritisme. Le souverain demande par ailleurs à ce qu'Elizabeth apprenne à monter en amazone – Smith raconte que, là encore, celle-ci se révèle « une élève particulièrement douée ».

Côté scolarité, la jeune héritière poursuit maintenant un apprentissage intensif du français. Toujours soucieuse de les encourager à s'exprimer dans la langue de Molière, la reine invente à l'intention de ses filles une série de jeux à vocation pédagogique – l'un d'eux consiste, à partir de l'observation d'une photo, à identifier tous les objets commençant par une même lettre de l'alphabet[1]. À sa demande, Antoinette de Bellaigue, une aristocrate d'origine belge, est recrutée pour leur dispenser des cours de littérature et d'histoire en français. « J'espérais apporter aux princesses *une formation générale,* raconte-t-elle. Pendant nos conversations, j'essayais de leur apporter toutes sortes de connaissances sur d'autres pays, leur manière de penser, leurs coutumes. [...] Sir Henry Marten me disait de ne pas m'inquiéter si, de temps en temps, les princesses oubliaient des dates ou des événements, mais plutôt de

---

première édition inclut des concours canins. Un lurcher ayant, cette année-là, volé une patte de poulet dans l'assiette du roi George VI, les chiens seront ensuite bannis du show – c'est toujours le cas aujourd'hui.

1. Lisa Sheridan, *From Cabbages..., op. cit.*, p. 105.

toujours garder à l'esprit que l'instruction doit être là pour aider un élève à apprendre à évaluer les différentes facettes d'une même question en utilisant ses propres capacités de jugement. La reine Elizabeth II a depuis toujours un vrai bon jugement. Elle a l'instinct de ce qui est bien. Elle était d'ailleurs toujours elle-même, *très naturelle*. Il y a dans son caractère un mélange de sens du devoir, très fort, et de *joie de vivre*[1]. »

« Je suis incapable de vous montrer toute la gratitude qui est la mienne »

Cette bonne humeur a-t-elle quelque chose à voir avec les visites que Philip effectue maintenant de plus en plus régulièrement au château ? Publiée en 2009, la biographie officielle de l'épouse de George VI, écrite par William Shawcross, vient éclairer d'une lumière nouvelle les débuts d'une idylle par ailleurs assez peu documentés, ou tout au moins sujets à des interprétations très différentes les unes des autres. Sorti avec les honneurs du Collège naval de Dartmouth – où il a reçu le prix du meilleur cadet de sa promotion –, le cousin du roi de Grèce s'est brillamment distingué dans la Royal Navy dès le début de la guerre, d'abord en tant qu'aspirant à bord du HMS *Ramillies*, dans l'océan Indien, puis sur le HMS *Valiant*, à partir de janvier 1941, où son intelligence et son courage pendant la bataille du cap Matapan lui ont valu de nombreux éloges. « Philip est venu ici pour le week-end, écrit George VI à la grand-mère du prince en octobre de la

1. Elizabeth Longford, *Elizabeth R*, Hodder and Stoughton Ltd., 1984, p. 116.

même année. C'est un charmant jeune homme, & je suis heureux qu'il reste dans ma Marine[1]. » William Shawcross raconte que, en 1943, il est à plusieurs reprises invité par le clan Windsor à venir séjourner dans leur forteresse du Berkshire. Après avoir assisté au traditionnel spectacle de fin d'année donné par Lilibet et Margaret et passé le week-end en leur compagnie, il est convié à fêter Noël avec les souverains et leurs filles. « Ce fut très joyeux, avec un film, des dîners et des danses au son du gramophone[2] », confie Elizabeth à Marion Crawford. Quelques mois plus tard, dans un courrier envoyé à la reine, Philip avoue quant à lui se sentir comblé par la générosité de leur accueil, par le plaisir qu'il éprouve à « goûter aux joies d'une vie de famille, en ayant le sentiment d'être le bienvenu pour les partager… Malheureusement je ne sais pas mettre les mots qu'il faut sur tout cela, et je suis incapable de vous montrer toute la gratitude qui est la mienne[3] ». Depuis peu, Lilibet et lui entretiennent une correspondance assidue. « À l'époque, la plupart des jeunes filles écrivaient à [un militaire] posté en mer ou sur le front, commente Crawfie. Je pense qu'au début elle aimait le fait de pouvoir dire qu'elle aussi, il lui arrivait d'envoyer un colis ou d'écrire une lettre à un homme qui se battait pour son pays. »

George VI apprécie le cousin du roi Georges II de Grèce – « il est intelligent, écrit-il à sa mère, la reine Mary, a un vrai sens de l'humour et un regard juste

1. Cité par Hugo Vickers, *Alice, Princess Andrew of Greece*, Penguin Books, 2001, p. 318.

2. Lettre datée du 1er janvier, conservée aux archives royales du château de Windsor, citée par William Shawcross, *Queen Elizabeth, op. cit.*, p. 578.

3. *Ibid.*

sur les choses ». Mais il s'interroge en secret – les Britanniques ne préféreraient-ils pas que leur future reine épouse l'un des leurs ? Et surtout, il juge son aînée trop jeune pour former des projets de mariage. « Elle n'a encore jamais rencontré de garçons de son âge[1] », poursuit-il. « C'est vrai qu'elle n'avait aucune expérience dans le domaine des sentiments, confirme un membre de l'entourage de la souveraine, et ses parents se demandaient simplement si ce qu'elle éprouvait pour Philip allait durer[2]. » Queen Mary, elle, décèle dans l'attitude générale et la personnalité de sa petite-fille certains des traits de caractère de la reine Victoria. Une fois éprise du prince Albert de Saxe-Cobourg-Gotha, la première impératrice des Indes lui avait voué sa vie entière, et la veuve de George V pressent qu'il en sera de même pour Elizabeth, dont elle devine l'intensité des inclinations. Certains diront par la suite qu'il lui arrivait d'exprimer des « doutes » sur cette union ? Lady Airlie, sa dame d'honneur, affirme au contraire que la princesse trouva dès le départ une alliée de poids en Grannie. « [La reine Mary] aimait bien le prince Philip, qu'elle connaissait depuis que, tout petit, il avait fait sa première visite en Angleterre avec ses parents, le prince et la princesse André de Grèce, alors en exil à Saint-Cloud[3]. » La mère de George VI était depuis restée en contact avec le jeune homme – lorsqu'il était à Gordonstoun, ce dernier passait en effet souvent ses vacances à Coppins, chez son fils et sa belle-fille, le

1. Lettre datée du 17 mars 1944, conservée aux archives royales du château de Windsor, citée par William Shawcross, *Queen Elizabeth, op. cit.*, p. 579.
2. Entretien avec l'auteur.
3. Mabell, comtesse d'Airlie, *Thatched with Gold, op. cit.*, p. 226.

duc et la duchesse de Kent. Elle le trouve d'ailleurs plutôt joli garçon et doué de « beaucoup de bon sens ». Tout au long du conflit, elle mettra beaucoup d'application et d'énergie à lui tricoter des écharpes et des pull-overs de laine – une manière comme une autre de lui témoigner son soutien.

La guerre touche à sa fin. En cinq ans, Lilibet a beaucoup changé, elle est devenue une ravissante jeune femme dont le caractère s'est considérablement affirmé, prête à prendre de nouvelles responsabilités. Au printemps 1944, au lendemain de son dix-huitième anniversaire, la voilà nommée conseiller d'État – nomination qui la conduira à remplir quelques-unes des obligations officielles de George VI lorsque celui-ci partira effectuer une tournée des théâtres d'opérations en Italie, fin juillet. Mais sa plus grande fierté est ailleurs. En dépit des réticences du monarque, elle intègre, à tout juste dix-neuf ans, le service territorial auxiliaire, la branche féminine de l'armée britannique. Durant quelques semaines, l'héritière du trône apprend à démonter et remonter des moteurs de camion, à conduire toutes sortes de véhicules militaires et à partager le quotidien des autres volontaires au mess, installé à Camberley, dans le Surrey. Début mai 1945, la victoire des Alliés ne fait plus aucun doute et la famille royale est réclamée à Londres. Le 8, jour de la capitulation de l'Allemagne nazie, une foule immense se rassemble devant les grilles du palais. En fin de journée, le couple régnant et ses filles apparaissent au balcon sous les acclamations de centaines de milliers de badauds en liesse. Pressées de participer elles aussi aux réjouissances, Lilibet et Margaret obtiennent de leurs parents l'autorisation d'aller, pendant quelques heures, se mêler à eux.

La vie retrouve bientôt un peu de sa douceur d'antan. Cet été-là, Elizabeth apprend à chasser le cerf aux côtés de son père, sur le domaine du château de Balmoral. À Buckingham, elle dispose désormais de sa suite personnelle, composée d'une chambre décorée dans des tons de rose et de beige, d'un petit salon meublé sans ostentation et d'une salle de bains, à l'étage de la nursery. Le choix de sa toute nouvelle garde-robe, confectionnée par Norman Hartnell, révèle sa prédilection pour les tons pastel, les tissages de laine un peu épais et les soies. À en croire Marion Crawford, George VI discute maintenant quotidiennement des affaires de l'État avec sa fille, dont les journées s'organisent prioritairement autour de ses devoirs de future reine. Le Premier Ministre Winston Churchill, raconte-t-elle encore, consacre lui aussi un peu de son précieux temps à l'héritière, chaque fois qu'il se trouve au palais.

Celle-ci ne manque pas d'amis et accepte volontiers les invitations chez l'un ou chez l'autre. Toujours un peu inquiets à l'idée de recevoir chez eux « la fille du roi », ses hôtes s'enquièrent généralement de ses goûts à l'avance – pour s'entendre invariablement répéter la même phrase : « Ne vous en faites pas, avec elle, il n'y a jamais le moindre problème ». C'est effectivement une personnalité joyeuse, une altesse sans chichis ni tapage que décrit Frances Campbell-Preston, une ancienne dame d'honneur de Queen Mum, dans son livre de souvenirs. « P. E. [La princesse Eizabeth] est d'un naturel absolu – d'une grande dignité pendant que vous faites les présentations, etc., et là elle enchaîne avec une petite plaisanterie ou une remarque qui a le don de vous mettre à l'aise, et vous vous retrouvez à parler avec elle plus naturellement encore que si vous étiez dans n'importe quel autre dîner en ville. » La jeune femme a hérité de son père, réputé l'un des meilleurs danseurs de valse du monde, ainsi que de sa mère (infatigable dans ce domaine), un goût prononcé pour les bals. « Reg a commencé à danser avec elle, et à partir de là elle ne s'est plus arrêtée, à l'exception de très courtes pauses lors desquelles on l'a vue manger avec entrain, et ce jusqu'à près de deux heures et demie du matin. L'orchestre [...] a joué des quadrilles, *The Palais Glide*, *Boomps a Daisy*, *The Lambeth Walk*, et encore mieux, une conga, et ce plusieurs fois. P. E. a tout de suite pris la direction des opérations, son partenaire a accroché ses deux mains autour de sa taille, tout le monde s'est mis en rang derrière eux et elle nous a entraînés, nous avons traversé des pièces, contourné l'ascenseur pour rejoindre le hall, dessiné un arc comme dans une ronde qu'est ensuite venue traverser la queue de la farandole, et là, hop ! nous sommes repartis[1]. » D'autres récits brossent le portrait d'une princesse toujours désireuse de « faire en sorte que chacun passe une très bonne soirée », d'une future souveraine invariablement d'humeur festive mais prompte à reprendre ses distances face à un excès de familiarité, et parlent de « gardes en uniforme faisant la queue pour la faire danser ». « Je suis sûr que son influence sera énorme, commente un témoin. Une influence pour rendre les choses meilleures[2]. »

1. Frances Campbell-Preston, *The Rich Spoils of Time,* The Dovecote Press, 2006, p. 217.
2. *Ibid.*, p. 219.

Chapitre 6

Duchesse d'Édimbourg

Les possibles prétendants à la main d'Elizabeth – tels Hugh Fitzroy, comte d'Euston, l'héritier du dixième duc de Grafton, ou encore le duc de Rutland, de jeunes aristocrates que les pipelettes et les rubriques mondaines des journaux ont longtemps présentés à tort comme « favoris » – se sont tous fiancés les uns après les autres. La jeune fille, elle, n'a jamais eu de sentiments que pour Philip. Le prince est rentré de Tokyo, où il a passé les derniers mois du conflit, en janvier 1946. Promu au grade de premier lieutenant en 1942, il a participé à des opérations en Méditerranée avant de rejoindre la flotte britannique du Pacifique, engagée aux côtés de la Royal Navy dans la guerre contre le Japon. Les combats dans lesquels il s'est distingué, l'assurance que lui confère la certitude de ne devoir son ascension dans la hiérarchie de la Royal Navy qu'à ses seuls mérites lui ont donné une confiance nouvelle en l'avenir. Éternel sans domicile fixe, il s'invite de temps à autre au palais mais passe la plupart de ses permissions à Coppins, chez la duchesse de Kent (Marina, née princesse de Grèce et de Danemark, l'une de ses cousines germaines), ainsi qu'à Londres, chez Louis Mountbatten et son épouse Edwina. Le majordome de ces derniers, John Dean – qui quittera par la suite leur service pour devenir le valet attitré du jeune prince – évoque ses manières pleines d'égards, le souci qu'il a de causer le moins de dérangement possible, autant de dispositions qui le rendent populaire auprès des domestiques[1]. À l'exception d'une voiture MG, il semble ne posséder rien d'autre qu'une maigre garde-robe battue par les années, « moins bien fournie encore que celle d'un employé de banque[2] ». De son père, le prince André, mort couvert de dettes en décembre 1944 à l'hôtel Métropole de Monte-Carlo, il a hérité une chevalière (qu'il ne quittera plus), des livres, une poignée d'effets personnels parmi lesquels quelques costumes qu'il a fait ajuster à sa taille, un blaireau de rasage à manche d'ivoire, une toute petite somme en liquide et un service en argent mis de côté pour lui par sa mère, la princesse Alice. « Juste le nécessaire pour un modeste ménage, si jamais tu devais épouser une femme sans fortune, ou pour le carré d'un capitaine[3] », lui écrit-elle. Pour subsister, Philip doit se contenter en tout et pour tout de sa paie d'officier de marine. Les veilles de week-end le voient fréquemment appeler la résidence des Mountbatten, sur Chester Street, en quête d'un lit pour la nuit. John Dean raconte qu'il débarque la plupart du temps avec peu d'affaires, à l'exception d'un rasoir et d'une photo d'Elizabeth protégée par un cadre en cuir élimé.

Voilà déjà plusieurs années que Louis Mountbatten milite auprès de George VI pour obtenir la naturalisa-

1. John Dean, *H. R. H. Prince Philip, Duke of Edinburgh : A Portrait By His Valet*, Robert Hale, s. d., p. 35.
2. *Ibid*, p. 36.
3. Lettre du 9 septembre 1945, citée dans Hugo Vickers, *Alice, Princess Andrew of Greece, op. cit.*

tion britannique de son neveu. Si les proches du jeune prince (y compris sa mère) y sont tous favorables, c'est parce qu'ils sont convaincus que ce serait là un atout pour sa carrière militaire. Plusieurs d'entre eux y voient aussi une première étape vers un possible mariage avec Lilibet. Dès le mois de juillet 1945, raconte l'historien Hugo Vickers dans sa formidable biographie de la princesse Alice, oncle Louis se montre d'ailleurs « si confiant » qu'il entame « des recherches sur le titre de prince consort », porté autrefois par l'époux de la reine Victoria. Si les membres de la famille de Philip sont tous d'accord pour laisser sa *love story* « entre les mains de la Providence[1] », sans chercher à en accélérer le cours, les courriers qu'ils échangent montrent toutefois clairement à quel point le sujet les occupe. Ce qui nourrira par la suite des rumeurs d'intrigues et de mariage arrangé – toutes sans le moindre fondement.

Athlétique, plein d'énergie et d'humour, Philip aurait déjà, dit-on, fait tourner bien des têtes et chavirer bien des cœurs. On lui connaît de nombreux flirts et quelques romances, dont une avec Cobina Wright, une ravissante Américaine en contrat avec la 20th Century Fox, en 1939, et Osla Benning, une Canadienne, dont il a été le boyfriend entre 1939 et 1943[2]. Mais depuis, c'est Elizabeth qui occupe toutes ses pensées. « Elle était jolie, amusante, intelligente, dynamique et instruite, témoigne aujourd'hui une amie de la famille. Voilà pourquoi il est tombé amoureux d'elle[3]. » Crawfie raconte qu'il vient maintenant régulièrement dîner avec

1. Hugo Vickers, *Alice, op. cit.*, p. 320.
2. Philip Eade, *Young Prince Philip, op. cit.*, p. 158-159.
3. Entretien avec l'auteur.

l'héritière du trône et sa cadette, Margaret, envers laquelle il se conduit comme un grand frère affectueux et turbulent. Depuis qu'il l'a emmenée voir la comédie musicale *Oklahoma !* au théâtre royal Drury Lane, à Covent Garden, on dit aussi que Lilibet la romantique fait souvent tourner sur son gramophone le disque de *People Will Say We're in Love* – le tube du spectacle. Au cours de l'été 1946, Philip est invité par le couple régnant à venir passer un mois de vacances au château de Balmoral. C'est là que les deux jeunes gens parlent pour la première fois sérieusement de leur avenir et prennent la décision de s'engager l'un envers l'autre – une décision qui demeurera secrète encore pendant plusieurs mois. Peu après avoir quitté l'Écosse, le prince révèle la force de ses sentiments à sa future belle-mère dans une lettre pleine de gratitude et d'enthousiasme. « Je suis sûr de ne pas mériter toutes ces belles choses qui me sont arrivées, écrit-il. J'ai été épargné pendant la guerre, j'ai assisté à la victoire, j'ai ensuite eu la chance de pouvoir me reposer et me réadapter, je suis tombé amoureux de tout mon être, sans réserve, et tout cela fait que mes problèmes, et même ceux du monde en général, me paraissent insignifiants[1]. »

Les gazettes s'enflamment, l'opinion, durement éprouvée par les restrictions d'après guerre, manifeste déjà tous les symptômes d'une sévère *royal wedding fever*, au point qu'en septembre le palais prend l'initiative de publier un communiqué démentant tout projet de fiançailles entre Elizabeth et Philip. À la cour, certains ne cachent plus leur inquiétude. Dans cet univers ultrapolicé, façonné par des siècles de traditions et de conceptions d'un autre âge, le tempérament, l'allure

1. William Shawcross, *Queen Elizabeth, op. cit.*, p. 625.

décontractée (il n'est pas rare de le voir arpenter les corridors de Buckingham en manches de chemise) – et peut-être aussi le physique de jeune premier – du prince suscitent en effet des réactions plus que mitigées. Bien que son pedigree d'altesse sans royaume fasse de lui un candidat idéal à la position (souvent ingrate) de consort, sa situation personnelle alarmante – une absence de fortune et de vie de famille stable – incite les moins indulgents à penser que le cousin du roi de Grèce n'a pas les moyens de viser si « haut ». Dans une Angleterre mise à genoux par la Seconde Guerre mondiale, beaucoup lui reprochent également à mots plus ou moins couverts ses origines germaniques[1]. Parce qu'il n'est pas issu des prestigieux collèges de Harrow ou Eton, pouponnières patentées d'aristocrates bien sous tous rapports, parce qu'il n'est passé ni par Oxford ni par Cambridge, le prétendant n'est pas considéré comme « l'un des nôtres » par les piliers de la haute société du royaume. Son parcours scolaire, compilation d'établissements mal connus, comme The Elms, ou soupçonnés de dispenser un enseignement dangereusement progressiste, comme Gordonstoun, en font un électron libre – pis encore, un perturbateur potentiel. La reine Mary, raconte Lady Airlie, « m'a confié un jour que l'un des membres de la famille régnante lui avait dit que la seule chose qu'on pouvait reprocher à Philip était d'avoir fréquenté une curieuse école prônant des théories d'égalité sociale, où on apprenait aux garçons à frayer avec le tout-venant. Restait à savoir, avait-il poursuivi, si les effets d'une telle éducation allaient

1. Oubliant au passage la domination de la maison de Hanovre sur le royaume de Grande-Bretagne de l'accession au trône de George Ier, en 1714, jusqu'à la mort de la reine Victoria, en 1901.

se révéler utiles ou pernicieux pour un gendre de roi. “Utile, lui avait-elle répondu. Le monde a changé depuis que vous et moi y sommes nés, et il s’apprête à changer encore bien davantage[1].” »

George VI et son épouse, eux, restent convaincus que leur aînée est trop jeune pour se marier. « Ils veulent qu’elle apprenne à connaître le monde un peu mieux avant de s’engager, et qu’elle rencontre d’autres hommes, confie la reine Mary à Lady Airlie. Après tout, elle n’a que dix-neuf ans et c’est un âge où l’on est facilement impressionnable[2]. » La dame d’honneur, de son côté, laisse entendre que la relation d’infinie complicité qui unit la princesse à son père explique en partie la réticence du souverain. « L’affection qu’il avait pour elle était touchante, reconnaît-elle. Je me demandais parfois s’il n’était pas tout simplement terrifié[3] » à l’idée de la voir partir si tôt loin de lui. George VI est-il résolu à éprouver la force des sentiments qui unissent le couple ? Si Philip et Elizabeth se considèrent déjà comme fiancés l’un à l’autre, le monarque, lui, ne l’entend pas de cette oreille. Il fait savoir aux intéressés qu’ils devront attendre, avant de rendre publique leur idylle, la fin du voyage officiel de quatre mois que la famille régnante doit entreprendre en Afrique du Sud, début 1947. On raconte que des discussions quelque peu houleuses opposent alors la princesse à ses parents. « Il y a quelque chose de très tenace, chez elle, de très déterminé – comme chez son père, prévient la reine Mary. Elle ne donne pas son cœur facilement, mais

1. Mabell, comtesse d’Airlie, *Thatched with Gold, op. cit.*, p. 230.
2. *Ibid*, p. 227.
3. *Ibid*, p. 225.

lorsqu'elle le fait, c'est pour toujours[1]. » Le 30 janvier, veille du départ, Lilibet, confiante, annonce à Lady Airlie qu'« une grande fête » devrait être donnée à son retour. Peu avant, un dîner a réuni les souverains, leurs filles et Philip chez Louis et Edwina Mountbatten, dans leur hôtel particulier de Chester Street. John Dean se souvient que « les fiançailles royales étaient clairement dans l'air ce soir-là ».

« On ne peut que prier qu'elle ait pris la bonne décision »

George VI, son épouse et leurs enfants quittent Portsmouth à bord du HMS *Vanguard* le 1er février et parviennent à destination dix-sept jours plus tard. « Quand j'ai vu pour la première fois la montagne de la Table[2], écrit Elizabeth à sa grand-mère, j'ai eu du mal à croire que quelque chose puisse être aussi beau. J'imaginais bien sûr que ce serait bien, mais pas à ce point. Le *Vanguard* est arrivé au port de belle manière, il n'y avait pas de vent, ce qui ne le rendait pas difficile à manœuvrer. Mais la chaleur était tout simplement écrasante. Au cours de la journée, la température a atteint 39 degrés à l'ombre et 45 degrés au soleil[3]. » La visite – un vrai succès populaire – se déroule à bord d'un majestueux train blanc qui, de Durban à Simonstown, de Bloemfontein à Salisbury, permet à la famille de sillonner le pays à la découverte de ses habitants et de

1. *Ibid*, p. 228.
2. Massif montagneux qui surplombe la ville du Cap.
3. Extrait d'une lettre conservée aux Archives royales, et présentée au président sud-africain Jacob Zuma lors de sa visite d'État au Royaume-Uni en 2010.

ses plus belles provinces. Un voyage au long cours qui est aussi celui de toutes les « premières ».

Il est en effet sans précédent qu'un roi traverse ainsi les mers accompagné des siens. C'est aussi la première fois qu'un héritier du trône fête son vingt et unième anniversaire dans un pays du Commonwealth. Le 21 avril, Elizabeth passe des troupes en revue et reçoit les clés de la ville du Cap. Le soir, lors d'un bal donné à Government House, le Premier ministre Jan Smuts lui offre un somptueux collier composé de vingt et un diamants. Mais on retient surtout de cette journée le discours qu'elle prononce à l'adresse de tous les ressortissants de l'Empire. Celui-ci a été écrit par Sir Alan Lascelles, le secrétaire particulier de George VI. Point d'orgue du voyage, il offre pour la première fois à la princesse l'opportunité de s'engager solennellement vis-à-vis de ses futurs sujets. « Je déclare devant vous que ma vie entière, qu'elle soit longue ou brève, sera vouée à votre service et à celui du grand Commonwealth impérial auquel nous appartenons. Mais je n'aurai pas la force de mener à bien cette résolution si vous ne vous joignez pas à moi pour y parvenir, ce à quoi je vous invite aujourd'hui. Je sais que le soutien que vous m'apporterez sera sans faille. Dieu bénisse tous ceux qui, parmi vous, voudront le partager. » Avec une certaine gravité qui, dans le fond, lui ressemble (elle confiera avoir pleuré d'émotion en prenant connaissance du texte), Elizabeth exprime l'engagement de toutes ses forces, de tout son être, dans la mission qui l'attend. Ses mots marquent durablement les esprits. La reine Mary, bouleversée, pleure elle aussi en écoutant sa petite-fille depuis son domicile londonien de Marlborough House. À plusieurs milliers de kilomètres de là, à Copenhague, une autre princesse entend son allocution. La jeune Margrethe n'a que sept ans, elle ignore encore qu'un jour elle succédera à son père, Frederik IX de Danemark, mais les paroles de Lilibet résonnent étrangement en elle, comme prémonitoires de son propre destin. En janvier 2012, à l'occasion des célébrations du quarantième anniversaire de son avènement (le 14 janvier 1972), Margrethe II admettra avoir toujours considéré le discours du Cap comme « un exemple », ses serments comme l'expression de l'essence même du métier de roi[1].

Dans les lettres qu'elle envoie à sa gouvernante, Marion Crawford, la fille de George VI se révèle par ailleurs préoccupée par les mauvaises nouvelles qui arrivent quotidiennement de Londres. Le pays est sorti victorieux mais exsangue de la Seconde Guerre mondiale, et seule une aide financière importante des États-Unis lui a permis d'éviter la faillite. Élu triomphalement en 1945, le gouvernement travailliste de Clement Attlee a mis en place un ambitieux programme de réformes instituant l'État providence, mais la population se trouve toujours sous le coup de restrictions dramatiques de biens de première nécessité, comme le charbon – pénurie dramatique alors que s'abat sur la Grande-Bretagne l'un des hivers les plus rigoureux de son histoire. Beaucoup voyaient encore une enfant en Elizabeth ? Ce *royal tour*, le premier d'une très longue série, révèle à l'entourage des souverains à quel point sa personnalité s'est affirmée, épanouie. « Elle manifeste une étonnante sollicitude envers les autres, écrit Alan Lascelles ; pareille absence d'égoïsme ne fait pas partie

1. Propos tenus par la reine Margrethe II dans le cadre de l'émission *Meet the Queen*, diffusée sur la chaîne américaine CNN, le 14 janvier 2012.

des traits de caractère que l'on rencontre habituellement dans cette famille[1]. » Le secrétaire particulier du monarque loue les nombreuses qualités d'une princesse « devenue extrêmement professionnelle », qui comprend « le fardeau que cela peut représenter pour le personnel lorsqu'il n'est pas prêté un peu d'attention à l'heure qui tourne. Elle a ainsi mis au point une technique admirable, qui consiste à passer derrière sa mère et à lui donner de petits coups dans le tendon d'Achille avec la pointe de son ombrelle lorsque du temps est gaspillé dans des conversations inutiles. Et en cas de nécessité – c'est-à-dire assez régulièrement –, il lui arrive de rappeler gentiment son père à l'ordre[2] ». Le couple régnant se rend compte que son aînée est en train de prendre son indépendance. L'éloignement n'a en rien entamé sa détermination à épouser l'homme qu'elle s'est choisi. Les deux jeunes gens s'écrivent tous les jours ou presque et tout indique que la séparation qu'on leur impose ne fait que renforcer leurs sentiments mutuels. Il est désormais clair qu'au terme de ces quatre mois passés loin l'un de l'autre, rien ni personne ne pourra plus s'opposer à leur mariage.

Le 9 juillet, le roi et la reine font part officiellement, et « avec le plus grand plaisir », des fiançailles de « leur fille tendrement aimée la princesse Elizabeth et du lieutenant Philip Mountbatten ». Le jour même, juste après déjeuner, le couple rend visite à la reine Mary – « l'air radieux[3] », confie celle-ci à son journal. Le prince a obtenu sa naturalisation britannique – renonçant, ce faisant, à ses titres grecs – en février.

1. Ben Pimlott, *The Queen, op. cit.*, p. 119.
2. William Shawcross, *Queen Elizabeth, op. cit.*, p. 622.
3. James Pope-Hennessy, *Queen Mary, op. cit.*, p. 615.

À l'annulaire de Lilibet brille maintenant une bague en platine et diamants offerte par son futur époux, et Grannie décide de lui faire don d'une grande partie de la précieuse collection de bijoux qu'elle avait elle-même reçue en cadeau à l'occasion de ses noces, en 1893. Les deux jeunes gens sont tout à leur bonheur. Mais en coulisses, les esprits s'échauffent. Le magazine français *Point de vue*[1] se fait ainsi l'écho de conversations glanées ici et là lors d'une garden-party donnée par les souverains. Dont ces propos d'un jeune député travailliste, surpris à commenter les fiançailles de Lilibet de manière assez peu amène : « Au fond, le journal *Daily Worker* n'a pas tout à fait tort. Ce Mountbatten est peut-être un brave garçon et il s'est bien battu dans la Marine. [...] Il n'empêche que c'est un Battenberg, c'est-à-dire un Allemand, et, ce qui est beaucoup plus grave, c'est le cousin du roi de Grèce, ce bon roi qui est en train d'emprisonner les socialistes et les démocrates. On ne nous sortira pas de l'idée que les réactionnaires de la cour sont pour quelque chose dans le mariage. »

Justement, non. La cour, cet ensemble indistinct de dignitaires aux titres moyenâgeux, de représentants des grandes familles du royaume et de fonctionnaires issus des meilleures écoles, défenseurs autoproclamés du prestige de la Couronne, se méfie de ce jeune homme dont personne ne parvient encore à cerner la personnalité. Soupçonné par les uns d'être poussé par on ne sait trop quelles motivations cachées, par les autres d'être la pièce maîtresse du jeu de l'oncle Louis, auquel on prête le rêve fou de voir un jour régner la maison Mountbatten sur la Grande-Bretagne.

1. Numéro 122 daté du 17 juillet 1947.

L'entourage de l'oncle de Philip évoque, lui, les réticences d'un palais arc-bouté sur des conceptions et des a priori dépassés, inquiet des ambitions de Louis, un homme à la forte personnalité « soupçonné » de nourrir des opinions « gauchisantes ». Exemplaire pendant la guerre, ce dernier a été élevé au rang d'amiral avant d'être fait pair du royaume, vicomte Mountbatten de Birmanie et chevalier de l'ordre de la Jarretière (le plus prestigieux de tous les ordres de chevalerie britanniques) en 1946, puis vice-roi et gouverneur général des Indes en mars 1947, avec la lourde tâche de préparer l'indépendance du pays. « Mon père avait fait ses preuves, commente sa fille aînée, la comtesse Mountbatten, il avait connu tous les succès, toutes les réussites et continuait de faire des choses formidables, et pourtant il semblait que personne ne voulait vraiment le reconnaître. Il avait une vraie compréhension des êtres, une approche résolument moderne des choses, il était plein de bon sens. Mais les gens avaient peur qu'à travers son neveu il exerce on ne sait trop quelle influence sur la princesse Elizabeth. Or mon père avait une énorme admiration pour elle. S'il était heureux de ce mariage, c'est parce qu'il savait qu'elle avait trouvé en Philip l'homme sur lequel elle pourrait toujours compter, l'homme dont elle allait avoir besoin tout au long de cette vie difficile qui l'attendait[1]. »

Le caractère de l'élu, direct, impatient, souvent rude même, lui vaut quelques inimitiés dans ces cercles royaux où la rondeur des manières est de mise. Le soutien autrefois apporté par plusieurs de ses beaux-frères à Adolf Hitler ne passe en outre

1. Entretien avec l'auteur.

décidément pas auprès de la vieille garde, dont le sentiment antiallemand a été exacerbé par les deux guerres mondiales – on dit David Bowes-Lyon, le frère de la reine, particulièrement disert sur le sujet. En 1947, le nouveau secrétaire particulier d'Elizabeth, John Colville, ancien secrétaire particulier adjoint des Premiers Ministres Neville Chamberlain, Winston Churchill et Clement Attlee, décrit l'hostilité dont le cousin du roi de Grèce est victime. « Lord Salisbury, Eldon et Stanley pensent qu'il n'est pas un gentleman, écrit-il, et dans un sens, ils ont raison. Ils prétendent aussi voir en lui une fibre teutonique[1]. » D'autres lui trouvent mauvais caractère et doutent de sa capacité à demeurer fidèle à Lilibet. « Vous imaginez l'émotion que font naître en moi ces fiançailles, écrit de son côté la reine à Alan Lascelles, le secrétaire particulier de George VI. C'est ce qui avait toujours été au premier rang de mes espoirs et de mes projets pour ma fille, qui a un si lourd fardeau à porter, et on ne peut que prier qu'elle ait pris la bonne décision. Je pense que c'est le cas – mais il n'a pas encore fait ses preuves[2]. »

Dans l'opinion, en revanche, l'événement est reçu avec l'allégresse et la joie spontanée toujours de mise à l'annonce des mariages royaux – ce, bien qu'une minorité de Britanniques déplore, là encore, l'origine étrangère du promis. Des milliers de présents affluent du monde entier, parmi lesquels des centaines de paires de bas en nylon et soie, une paire de jarretières en soie et dentelle, des bibles, des écharpes, des pantoufles

1. Extrait des carnets (non publiés) de John Colville, cité par Ben Pimlott dans *The Queen, op. cit.*, p. 104.

2. William Shawcross, *Queen Elizabeth, op. cit.*, p. 626.

tricotées main, des pipes, un épluche-pommes de terre, un panier en raphia, plus de châles, de dessus-de-lit, de sets de table, de couvertures et de pièces de vaisselle et d'argenterie qu'il ne serait humainement possible d'en utiliser en une seule vie, du mobilier, des sacs, des coupons de tissu, des chèques, des rouges à lèvres, des rhododendrons envoyés par Edmond de Rothschild, un diamant non taillé, des portemanteaux, une dinde expédiée depuis les États-Unis, une broche à l'effigie de Jeanne d'Arc, un fer à repasser, une étoffe de coton tissée par le Mahatma Gandhi. Sans compter toute une série de présents impossibles à acheminer par voie de poste, comme une loge de chasse offerte par les autorités du Kenya, ou encore *Astrakhan*, le premier cheval de course jamais possédé par Elizabeth, cadeau de l'Agha Khan[1]. De l'autre côté de la Manche, le gouvernement de la République s'active, lui aussi, bien décidé à ne pas être en reste. « Le choix du cadeau de mariage que la France offrira à Elizabeth d'Angleterre a provoqué des remous dans les milieux politiques et diplomatiques, écrit le journal *Samedi soir* dans son édition du 18 octobre 1947. Le protocole, toujours très classique, avait proposé par la voix de son chef, M. Dumaine, un vase de Sèvres. Quelque chose comme un cadeau passe-partout. Mais Mme Vincent Auriol n'a pas voulu que l'héritière de Grande-Bretagne reçût une potiche. Appuyée par son mari, elle a pu faire admettre au protocole et au Quai d'Orsay qu'un service de table serait mieux accueilli par la future mariée. Il fallait trouver un modèle… Michèle Auriol s'est souvenue qu'au cours d'une exposition,

1. Liste des cadeaux de mariage publiée par le palais de St James.

l'été précédent, elle était tombée en admiration devant les assiettes décorées par Raymond Subes. Raymond Subes est un ferronnier d'art qui travaille généralement sur les paquebots et les buildings. Mais c'est aussi un amateur de Sèvres, qui possède dans son atelier de la rue Las Cases plus de cent pièces rares de la célèbre manufacture. C'est donc à lui qu'a été confié le soin de dessiner les assiettes. Il a travaillé pendant deux mois sur huit projets – Michèle Auriol vient de choisir. » L'ensemble est décrit comme « décoré de volutes dorées surmontées du chiffre de la princesse Elizabeth sur un fond blanc cerclé d'un large liseré bleu finement nervuré d'or[1] ». Le 14 novembre, la princesse adresse en personne – et en français – ses remerciements au chef de l'État :

> Monsieur le Président,
>
> Je tiens à vous faire savoir combien j'ai été ravie de recevoir le merveilleux service de Sèvres qui m'a été envoyé de votre part ainsi que de celle du peuple de France à l'occasion de mon prochain mariage.
>
> Le dessin en est admirable ; c'est un réel chef-d'œuvre, digne de la plus haute tradition artistique française.
>
> En vous remerciant pour votre généreux cadeau, je voudrais ajouter qu'il sera parmi ceux que le lieutenant Mountbatten et moi aurons plaisir à employer fréquemment.
>
> Cela nous rappellera le bon vouloir qui nous a été témoigné par le peuple de France ainsi que son désir, fort touchant, de prendre part à notre bonheur.
>
> Je me réjouis par avance à l'idée d'aller un jour, quand l'opportunité se présentera, visiter la France et apprendre

1. Archives nationales, archives de la présidence de la République sous Vincent Auriol, 4AG 552AP/59.

à connaître ses habitants dont l'amitié est un bienfait des plus appréciés par mon pays.

Avec mes très sincères remerciements, veuillez agréer, Monsieur le Président, l'expression de mes sentiments très distingués et les meilleurs.

Elizabeth[1]

Le 20 novembre, l'héritière du trône, radieuse, entame au bras de son père sa longue et lente marche vers l'autel de l'abbaye de Westminster. La création de sa robe nuptiale a été confiée à Norman Hartnell, qui a conçu pour elle une merveille romantique en satin de soie, dotée d'une traîne de 4,60 mètres de long brodée de 10 000 perles et de cristaux assemblés en motifs floraux – des roses d'York, des fleurs d'oranger, de jasmin et de seringat, et des épis de blé – inspirés par *Le Printemps* de Botticelli. Le voile est retenu par une tiare de diamants prêtée par sa mère. À son cou brillent deux colliers de perles (celui de la reine Anne et celui de la reine Caroline) offerts par ses parents, à ses oreilles l'un des présents de sa grand-mère, la reine Mary : une paire de boucles en perles et diamants ayant autrefois appartenu à l'une des filles du roi George III. Les deux jeunes gens ont été faits chevaliers de l'ordre de la Jarretière à quelques jours d'intervalle (Lilibet la première, de manière qu'elle puisse, là comme ailleurs, se prévaloir d'une forme de préséance sur son époux), Philip, lui, se voit gratifier des titres de duc d'Édimbourg, comte de Merioneth et baron Greenwich. Ni ses sœurs, ni les proches d'origine ou de nationalité allemande du clan Windsor n'ont été invités. Malgré quelques imprévus de dernière minute – le bouquet,

1. *Ibid.*

qu'un temps on a bien cru perdu, a finalement été retrouvé in extremis dans une loge de gardien – la journée est une réussite, vécue comme une grande et belle fête de famille par le monarque (très ému) et les siens. Comme une parenthèse de bonheur bienvenue par l'ensemble de la population. Et décrite comme « un flash de couleur sur la route difficile qui est la nôtre » par Winston Churchill. Pour la première fois depuis le commencement de la guerre, l'ensemble des personnels de la Maison royale ainsi que les militaires de la cavalerie royale chargés d'escorter le carrosse des mariés ont pu ressortir leurs uniformes tout de rouge, de noir brillant et d'or. « L'image symbolique d'un cortège nuptial qui chemine parmi les ruines d'une cité à peine remise de ses souffrances se confond avec celle d'une intime union entre un peuple appauvri par ses sacrifices, éprouvé par ses deuils, et une cour où l'appareil luxueux de la grandeur se tempère d'une modestie et d'une décence opportunes, écrit Raymond Millet dans le numéro spécial que *France illustration* consacre au mariage. Cet accord, qui est l'œuvre des siècles, est dû sans doute aux citoyens autant qu'à la Couronne. »

Bien loin de ces considérations grandiloquentes, c'est un jeune couple fou de bonheur qui entame sa lune de miel à Broadlands, la résidence des Mountbatten, dans le comté du Hampshire – les jeunes mariés iront ensuite la poursuivre à Birkhall, près du château de Balmoral, en Écosse. Ces quelques semaines passées loin les uns des autres donneront lieu à de touchants échanges de correspondance entre George VI, la souveraine et les nouveaux époux, comme en témoignent les lettres publiées par William Shawcross dans sa biographie officielle de Queen Mum. « Je vois que tu es sublimement heureuse avec Philip, ce qui est bien, mais ne nous oublie pas[1] », écrit le monarque à sa fille. « Nous nous comportons comme si nous nous appartenions l'un l'autre depuis des années ! s'enthousiasme de son côté Elizabeth. Philip est un ange – il est si gentil et si plein d'attentions, vivre avec lui et l'avoir à mes côtés en permanence est tout simplement parfait[2]. » « Nous l'aimons déjà comme un fils », lui répond sa mère. De tous les courriers, celui adressé à la reine par son gendre demeure sans doute le plus émouvant. « Lilibet est la seule "chose" en ce monde qui soit absolument vraie à mes yeux et mon ambition est de nous fondre tous les deux dans une nouvelle existence commune, qui nous permettra de résister à tous les chocs dont nous serons la cible mais sera aussi une influence positive, une source de bien… [La] chérir ? Je ne suis pas sûr que le mot soit suffisant pour exprimer ce qui est en moi. […] C'est avec beaucoup d'humilité que je remercie Dieu pour Lilibet, et pour le couple que nous formons[3]. »

They Say It's Wonderful…

La mariée est heureuse. Follement heureuse, même. La voilà amoureuse, à l'aube d'une vie nouvelle que, pour la première fois, elle se sent libre de prendre en main. On lui prête une conception traditionnelle de la vie conjugale, une tendance à considérer Philip comme l'élément dominant de son couple. Mais dans le fond,

1. William Shawcross, *Queen Elizabeth, op. cit.*, p. 629.
2. *Ibid.*, p. 630.
3. *Ibid.*, p. 631.

ils se complètent parfaitement. Le duc et la duchesse d'Édimbourg s'entendent bien, à la fois physiquement et intellectuellement. Le caractère naturellement calme et posé de la princesse contraste avec celui, passablement bouillant, de son époux. Sa vision relativement figée et conservatrice de la marche du monde tempère le besoin que celui-ci éprouve en permanence de changer les règles et les usages les mieux établis. Elizabeth a grandi dans un univers ultraprotégé, ignore tout des coups que peut asséner l'existence. Au contact de Philip, elle apprend peu à peu à porter un regard différent sur les êtres et les choses qui l'entourent, acquiert davantage d'assurance et de maturité. Attentionné, aimant et toujours plein d'égards pour elle, le prince est un homme impatient et qui s'emporte vite, il est aussi celui qui sait la bousculer, voire la remettre à sa place quand il le faut. Il leur arrive d'échanger des mots un peu vifs, mais dans le fond on leur connaît peu de vrais sujets de bisbille. Lilibet n'est pas (en tout cas pas encore) une femme disposée à tenir tête à son conjoint.

Buckingham n'a rien d'un nid douillet pour jeunes mariés… C'est pourtant là que tous deux vont résider pendant plus d'un an. Clarence House, le charmant petit hôtel particulier avec entrée sur le Mall qui leur a été attribué, à quelques centaines de mètres du palais, a vu son dernier occupant – le duc de Connaught, l'un des fils de la reine Victoria – disparaître en 1942, et l'état de délabrement de l'édifice (endommagé par ailleurs par les bombardements allemands) laisse penser que nul n'y a entrepris de travaux depuis plusieurs dizaines d'années. Elizabeth et son époux sont invités par le couple régnant à s'installer au palais tant que les travaux de rénovation de leur *home sweet home* ne seront pas terminés. John Dean, le valet du duc d'Édimbourg, évoque des premiers temps difficiles, compliqués encore par l'« ambiance glaciale » des lieux. Philip a été gratifié d'un job de bureau à l'Amirauté. Tous les jours, à seize heures trente, Lilibet se poste à sa fenêtre, pressée de voir sa silhouette familière franchir les grilles de la cour principale[1]. La proximité de ses parents n'incite pas la jeune femme à affirmer son indépendance vis-à-vis d'eux : une possible réticence à rompre pour de bon avec une enfance et une adolescence vécues comme une suite ininterrompue de tranquilles bonheurs en famille la pousse – ainsi qu'elle l'a toujours fait – à chercher en tout l'avis et l'approbation de sa mère. Elle « descendait constamment voir la reine pour lui demander "Dois-je faire ceci ?" ou "Es-tu d'accord avec cela ?" », se souvient Crawfie[2].

Au début de l'année 1948, John Colville, le secrétaire particulier de la princesse, convainc le Foreign Office qu'une visite officielle à Paris de la princesse et de son époux aurait un effet hautement bénéfique sur les relations entre la France et la Grande-Bretagne. George VI donne son accord au projet, salué par une Lilibet enthousiaste. À en croire l'historien Ben Pimlott, seul Philip paraît réticent – « il supportait mal que Colville fasse des choses qui le concernaient lui directement, sans lui demander son opinion. Il y a eu des discussions un peu vives et puis il a fini par donner son accord ». Le voyage a officiellement pour but une inauguration en fanfare de l'exposition « Huit siècles de vie britannique » à Paris, au musée Galliera. Officieusement, on espère surtout, de part et d'autre du Channel, qu'il aidera à

1. Marion Crawford, *The Little Princesses, op. cit.*, p. 123.
2. *Ibid.*

dissiper les tensions apparues entre les deux puissances alliées depuis la fin du conflit. Le 29 mars, le président Vincent Auriol adresse au roi, ainsi qu'il est d'usage, une lettre d'invitation en bonne et due forme :

> Sire,
>
> Au moment où tant de circonstances manifestent avec éclat l'intime et utile amitié qui unit l'Empire britannique et la France, il me serait particulièrement agréable, ainsi qu'au gouvernement et au peuple français, d'en ajouter une en invitant Son Altesse Royale la princesse Elizabeth et Son Altesse Royale le duc d'Édimbourg à se rendre prochainement dans mon pays.
>
> Je serais heureux que Votre Majesté voulût bien demander à son Auguste Fille qu'elle acceptât de venir dans notre capitale, le 14 mai prochain, pour inaugurer l'exposition de la « Vie anglaise à Paris » à laquelle Votre Majesté a daigné prêter quelques objets de ses collections.
>
> Cette visite serait pour le peuple de France une occasion nouvelle d'exprimer dans toute sa fraîcheur cette vieille affection qui l'attache à la nation britannique.
>
> Ce serait pour moi une joie profonde que d'accueillir pour leur premier voyage à Paris Son Altesse Royale la princesse Elizabeth et son auguste époux.
>
> Je saisis cette occasion pour offrir à Votre Majesté les assurances de ma haute estime et de ma constante amitié[1].

Le 13 avril, George VI l'informe en retour que sa fille et son gendre acceptent son invitation « avec le plus grand plaisir », ajoutant que le couple est « ravi à la perspective de se retrouver parmi le chaleureux peuple de France, qui a déjà, en tant d'occasions par

1. Archives nationales, archives de la présidence de la République sous Vincent Auriol, 4AG 552AP/72.

le passé, fait la preuve de son hospitalité en recevant les membres de sa maison royale »[1].

À l'époque, un certain nombre de dignitaires hexagonaux hésitent à prendre trop au sérieux la visite de la princesse, qui n'a encore jamais rempli d'obligations officielles en solo hors des frontières du royaume, et vont jusqu'à évoquer, avec une pointe de condescendance, « la visite d'une jeune femme désirant voir les magasins ». L'image d'Elizabeth dans la population française est encore floue, à sa manière c'est une vedette, bien sûr, elle a l'aura internationale d'une star de cinéma, mais elle ne règne pas, ne prend aucune décision. Se souvient-on même seulement avoir jamais entendu le son de sa voix ?…

La capitale ne se fait pourtant pas prier pour mettre les petits plats dans les grands. Le cadeau offert par la Ville de Paris est un sac de daim blanc doté d'un nécessaire en argent rehaussé d'émeraudes et de saphirs, petit chef-d'œuvre d'orfèvrerie, qui se sépare facilement du sac pour le bal ou le spectacle. Aucun détail n'a été négligé : « Sur le couvercle sont incrustées en or les armoiries de Paris, et, au revers, gravée sur l'argent, une reproduction de l'hôtel de Lauzun. À l'intérieur, côté couvercle, sont reproduits le Louvre et l'Arc de Triomphe. Entre les deux petits poudriers, fermés par des couvercles sur lesquels sont gravés l'Opéra et la place Vendôme, est placé un peigne en écaille blonde. Un tube de rouge et un fume-cigarette, décorés l'un de l'obélisque, l'autre de la tour Eiffel, complètent ce nécessaire. Le sac, portant le chiffre de la princesse, surmonté de la couronne ducale, est lui-même enfermé dans un écrin en marocain bleu, frappé des armoiries

1. *Ibid.*

de la famille royale. » Le directeur général des Arts et des Lettres fait par ailleurs savoir qu'il souhaite voir fonctionner les fontaines du palais de Chaillot à l'occasion du passage de la princesse, le 16 mai, vers 15 heures 30. La direction des travaux de la Ville de Paris obtempère, et le jeu des eaux a lieu de 15 heures 15 à 17 heures 15, pour un montant de 18 000 francs de l'heure.

On a par ailleurs organisé à l'intention du couple une représentation de gala à l'Opéra Garnier ainsi que plusieurs réceptions à la résidence de l'ambassadeur de Grande-Bretagne, rue du Faubourg-Saint-Honoré, où les deux époux résideront pendant toute la durée de leur séjour. Difficile de ne pas s'attarder quelque peu sur l'histoire de ce lieu remarquable. En 1803, Pauline, princesse Borghèse, la sœur cadette de Napoléon Ier, jette son dévolu sur ce qui est alors l'hôtel des ducs de Chârost, une élégante propriété de style XVIIIe située dans l'ouest de Paris. Elle fait tendre ses murs, ses plafonds et ses alcôves de soie, de satin, de gourgouran, de taffetas, de velours galonné et de percale, les habille de jaune, d'orange, de tourbillons de carmélite, de violet et de pistache. Dans les salons fleurissent des cheminées de marbre, des tapis de la Savonnerie, des bas-reliefs à l'antique et des bouquets de mobilier en bois rechampi blanc et or. Le souvenir de la jeune femme est toujours étrangement présent dans cette vaste demeure entre cour et jardin, comme accroché aux girandoles à figures de vestales, aux lustres à trente lumières, aux consoles en bois citron incrusté d'amarante portées par des jarrets de chevaux, aux damas de soie rouge, aux candélabres posés comme des danseuses sur des socles en marbre griotte. Les splendeurs du décor d'origine ont peu à peu disparu au gré des rénovations entreprises par les administrations successives. De Pauline ne subsistent qu'une petite collection de chaises Empire, de précieux bronzes, la psyché qui ornait autrefois son boudoir rose ou encore le lit en bois doré ceint d'épaisses soieries et surmonté d'un aigle autrefois installé dans sa chambre à coucher. Mais une étrange magie demeure, celle d'un bâtiment dressé au cœur de l'une des artères les plus courues et les plus fréquentées de la capitale, où se sont écrites quelques-unes des pages les plus intenses de l'ère moderne. Acquise en 1814 par le duc de Wellington pour la somme de 863 000 francs payable en plusieurs fois (une première, le siège des représentations diplomatiques étrangères étant en effet traditionnellement loué au gouvernement français), la résidence n'a en effet jamais cessé, depuis, d'être le point d'ancrage immobile d'un monde en perpétuel bouillonnement. Elle sert de refuge à plusieurs de ses voisins pendant la révolution de 1848, des combats ont lieu dans ses jardins durant la Commune, en 1871. Le compositeur Hector Berlioz s'y marie en 1833, les parents de Winston Churchill en 1874. Après la reine Victoria, qui s'y rendra pour la première fois en août 1955, le roi Edward VII dormira dans le fameux lit à baldaquin de Pauline en 1903 et en 1907. Au lendemain de la Seconde Guerre mondiale, l'ambassadeur Sir Alfred Duff Cooper et son épouse contribuent au renouveau de la vie artistique et mondaine parisienne en y conviant les artistes et les intellectuels les plus fameux de l'époque, comme Jean Cocteau, Colette, André Malraux, Paul Éluard ou encore Louise de Vilmorin[1].

1. Informations tirées de Tim Knox et Francis Hammond, *La Résidence de l'ambassadeur de Grande-Bretagne à Paris*, Flammarion, 2011.

À peine Elizabeth s'est-elle acquittée de ses premières obligations en terre hexagonale que les sceptiques et autres raidis du système sont bien obligés de se rallier à l'opinion générale : l'héritière de George VI fait un tabac. La curiosité des Parisiens est immense, ils sont des milliers à l'attendre à chacune des étapes de son séjour dans la capitale, comme cette visite tant attendue à Galliera lors de laquelle la princesse prononce sa toute première allocution dans la langue de Molière. « Il faut que nous puissions mettre en commun les dons et les vertus qui sont notre héritage le plus cher, dit-elle. La France et la Grande-Bretagne se doivent de prendre la direction de ce mouvement car leur richesse est incomparable dès lors qu'elle se mesure en idées, en sagesse et en expérience. » Elle « a conquis tous les cœurs dès le premier jour, parce que la qualité de son accent français et le contenu de son discours, retransmis depuis les marches du musée, ont stupéfié ceux qui s'attendaient à une allocution terne et à un accent anglais prononcé, raconte John Colville. Rien n'enchante les Français davantage que des étrangers qui parlent couramment leur langue, particulièrement si l'orateur se trouve être une jolie fille, doublée d'une princesse. Avec ce calme qui a toujours été l'une de ses caractéristiques, elle ne s'est laissé troubler, pendant qu'elle parlait, ni par les clics incessants des appareils photos, ni par les bruyantes sonneries de cloches toutes proches[1] ». Le programme est chargé. Sous une chaleur étouffante, et alors que Philip manifeste tous les symptômes d'une intoxication alimentaire dont personne ne parvient à trouver la

1. John Colville, *The Fringes of Power : 10 Downing Street Diaries (1939-1955)*, Norton, 1986, p. 624-625.

cause, le couple est reçu par Vincent Auriol à l'Élysée (Elizabeth est alors faite grand-croix de la Légion d'honneur par le chef de l'État) et par le Conseil de Paris à l'hôtel de Lauzun, visite Versailles et déjeune au Grand Trianon de briochines bohémiennes, de truites saumonées à la vénitienne, de jambons glacés Windsor et d'une mousse Coppélia, arrosés de vins, château-d'yquem 1927 et clos-des-cortons Faiveley 1934, et de champagne Pommery brut 1929 – tout le linge de table, brodé aux initiales E et P entrelacées de roses, a été tissé spécialement pour l'occasion. Hommage au Soldat inconnu à l'Arc de Triomphe, descente de la Seine en bateau, courses à Longchamp, service religieux à l'église anglaise de la rue d'Aguesseau... Le duc et la duchesse d'Édimbourg iront aussi déjeuner au restaurant des Charmettes, à Barbizon, et visiter les châteaux de Fontainebleau et de Vaux-le-Vicomte – « la maison la plus parfaite que j'aie jamais vue », dira la princesse[1]. Les foules se pressent si nombreuses sur leur passage que, à l'entrée et au sortir de Paris, les voitures du cortège auront souvent du mal à se frayer un chemin. « Comment est-il possible que le peuple français ait guillotiné un roi ? » interrogera Elizabeth, étonnée et ravie par tant d'enthousiasme.

Le 16 mai au soir – un dimanche –, les deux jeunes gens tentent de profiter de quelques heures de détente dans la capitale, mais leurs plans se trouvent rapidement contrariés par la presse, décidée à pister les moindres de leurs faits et gestes. Sa première « vraie » sortie parisienne, c'est à La Tour d'Argent que la princesse a choisi de la réserver. Les services de sécurité ont bien tenté tout l'après-midi de faire diversion en laissant

1. John Colville, *The Fringes of Power, op. cit.*, p. 625.

croire qu'elle pourrait se rendre chez Maxim's, mais rien n'y a fait. Philip enrage lorsqu'il s'aperçoit qu'un trou a été percé dans l'une des tables de la salle du restaurant (entièrement réservée pour eux) pour y installer une caméra. « L'une des pires soirées que j'aie jamais passées », commentera plus tard John Colville[1]. Elizabeth porte une robe bleu électrique Norman Hartnell et une courte veste en renard blanc, son époux un smoking rehaussé d'un œillet pourpre. Avant le dîner, sous la conduite du maître d'hôtel principal, la princesse visite les caves de l'établissement. Au menu : consommé madrilène, filet de sole grillé Frédéric, caneton Tour d'Argent, pommes soufflées, cuisses grillées, salade Roger, soufflé Altesse, accompagnés d'un porto Retour des Indes 1840, d'un clos-vougeot blanc 1942, d'un château-cheval-blanc 1942 en magnum, d'un château-d'yquem et d'une grande fine champagne réserve Café Anglais 1798[2]. On savait que la princesse avait exprimé le désir de poursuivre la nuit dans un cabaret de Paname… À 23 heures 25, la Daimler noire du couple s'arrête devant un night-club de la rue Pierre-Charron, dont l'entrée a été décorée aux couleurs franco-britanniques. Une centaine d'invités triés sur le volet attend « les Édimbourg » depuis déjà plus d'une heure – parmi eux, les ambassadeurs d'Égypte et d'Argentine, la princesse de Faucigny-Lucinge, des barons accompagnés de leur baronne, des comtesses, des ducs et des vicomtes. Au son de l'orchestre d'Henri Salvador et des tubes du moment – comme *They Say It's Wonderful* et *No Can Do*, que l'on dit alors être ses préférés –, la jeune femme danse des slows et

1. Cité par Elizabeth Longford, *Elizabeth R, op. cit.*, p. 153.
2. *France illustration*, numéro hors série.

des valses lentes. À sa demande, dix mannequins lui présentent ensuite les tendances de la mode *made in Paris* – cinq dans des robes blanches de Jacques Fath, cinq autres dans des tenues plus colorées de chez Lucien Lelong. Accompagnée par les Compagnons de la Chanson, Édith Piaf, tout en velours noir, entonne enfin *La Vie en rose* – dont un couplet en anglais – et quelques titres de son répertoire avant d'aller s'asseoir à la table de la princesse – avec laquelle elle s'entretiendra un long moment.

« Ma visite à Paris est la première que je fasse dans un pays étranger, avait déclaré Elizabeth sur les marches du musée Galliera. C'est la première fois, en effet, que je quitte le sol britannique et je suis particulièrement heureuse que ce soit pour venir en France. » Ce voyage outre-Manche n'a pas seulement permis à la princesse de marquer les esprits, il a aussi scellé l'attachement profond et durable qui va dès lors lier Lilibet à l'Hexagone. Le 18 mai, la future reine quitte la capitale fatiguée mais comblée (elle est tout de même parvenue à s'échapper une poignée d'heures pour faire l'emplette d'un flacon de parfum et de bas de soie), et surtout consciente du devoir accompli. Tout au long de ces quatre jours, bien que régulièrement incommodée par la chaleur, elle a su cacher son secret au reste du monde. À vingt et un ans, elle attend son premier enfant.

Leur couple – comme tous les couples du monde – connaîtra à l'avenir des hauts et des bas, mais s'il est une chose qui ne se démentira jamais, c'est bien la loyauté de Philip vis-à-vis de son épouse, et l'attention qu'il lui témoigne. Son valet, John Dean, décrit un homme perpétuellement soucieux du bien-être de sa femme, attentif à la protéger contre la tentation « d'en faire plus qu'elle ne devrait[1] ». Il la soutient et la seconde dans ses engagements officiels, l'aide à peaufiner ses discours et à placer sa voix, naturellement haut perchée. Le jour de leur anniversaire de mariage, il aime lui offrir de larges bouquets de fleurs blanches composés de roses, de muguet, de lys et d'œillets. Dean parle de jeunes gens qui, lorsque leurs obligations ne les appellent pas au-dehors, « n'aiment rien tant que rester seuls, à lire ou à écouter la radio, devant leur cheminée » – la princesse, dit-il, se sépare rarement du petit poste rouge sans fil dont son époux lui a fait cadeau[2]. Tous deux se couchent tôt, apprécient une nourriture simple, n'ont pas de goût pour les desserts ni pour les sucreries en général et boivent très peu d'alcool, même si Philip s'autorise de temps en temps un verre de vin blanc à dîner. Chaque après-midi à seize heures trente, Elizabeth nourrit ses chiens – on lui fait alors monter un plateau spécial sur lequel les cuisines ont disposé « des cuillers et des fourchettes en argent, une assiette de biscuits, une assiette de viande découpée en petits morceaux, une assiette de légumes et un pot de jus de viande[3] ». Pour eux, le bonheur s'apparente à une quête permanente de plaisirs domestiques simples. Leur entourage les dit très amoureux.

Dernières années d'insouciance

Ni l'un ni l'autre ne fait mystère du bonheur qu'il éprouve à l'idée de devenir parent – fille ou garçon,

1. John Dean, *H.R.H. Prince Philip, op. cit.,* p. 103.
2. *Ibid.,* p. 104.
3. *Ibid.,* p. 100.

Lilibet ne paraît d'ailleurs pas avoir de préférence. Rompant avec la tradition, George VI fait savoir que le *Home Secretary* (ministre de l'Intérieur) Mr Chuter Ede ne sera pas convoqué pour « assister » à la naissance. Quelques jours avant le terme, la sage-femme, sœur Helen Rowe, et la nurse engagée pour s'occuper du bébé, Helen Lightbody, emménagent au palais. Le 14 novembre à 21 heures 14, la princesse y met au monde un fils, Charles Philip Arthur George. Charles est un prénom qui, jusqu'ici, n'a pas porté chance aux rois d'Angleterre, mais il a aux yeux du couple – surtout à ceux de Philip – l'avantage d'interrompre la longue série des George, William et Edward qui, depuis le XVIIIe siècle, se sont succédé sur le trône de Grande-Bretagne. On téléphone l'heureuse nouvelle à Margaret, absente de Londres. Les souverains et la reine Mary viennent, eux, rendre visite à la maman et au nourrisson le soir même – la reine embrassera son gendre, George VI, lui préférera lui serrer la main[1]. En l'espace de vingt-quatre heures, quelque quatre mille télégrammes arrivent à Buckingham, envoyés des cinq continents. Jusqu'au baptême, prévu le 15 décembre, Philip réduit le nombre de ses déplacements en dehors de la capitale afin de passer le plus de temps possible avec sa femme et son fils. Les proches d'Elizabeth confirment n'avoir jamais vu celle-ci plus heureuse ou plus belle[2].

Des documents de l'époque conservés aux Archives nationales témoignent du soin apporté par le président français Vincent Auriol et son épouse au choix des cadeaux adressés au petit prince. À la Manufac-

1. *Ibid.,* p. 107.
2. *Ibid.,* p. 109.

ture nationale de Sèvres sont exécutées quatre pièces uniques « en porcelaine blanche décorée de filets, de fleurettes et d'anses en plein or » sous l'autorité du directeur artistique M. Baudry et de M. Gensoli, chef du département de la décoration : une écuelle, forme Boizot, et sa soucoupe, un bol à bouillon, forme unie, et sa soucoupe, une écuelle à potage et une assiette à déjeuner forme Brimborion. Près de 48 000 francs sont en outre versés à l'administration du Mobilier national et des manufactures nationales des Gobelins et de Beauvais pour l'exécution d'une couverture de lit d'enfant. Raymond Subes (décidément incontournable) a été choisi pour concevoir le dessin de la « broderie de fil d'or sur satin blanc formant un motif d'entrelacs avec initiales au centre ». L'écrin contenant la couverture, lui, a été exécuté au Mobilier national. « Il est en acajou avec un décor de clous dorés au chiffre de Son Altesse Royale le prince d'Angleterre, à la manière des coffres de voyage du XVIIIe siècle, et garni à l'intérieur d'un léger tissu de soie de nuance crème[1] ». Elizabeth fait savoir qu'elle souhaite recevoir « ce témoignage d'amitié » en personne. Le 11 mars 1949 au matin, l'ambassadeur de France à Londres lui remet les présents lors d'une audience. Trois jours plus tard, elle envoie ce petit mot de remerciements à la Première dame :

> Chère Madame,
>
> Je ne peux pas exagérer le plaisir que me fait le cadeau que vous et votre mari avez donné à mon fils. Quand j'ai ouvert la belle boîte bleue, j'ai été tout à fait ravie de

1. Archives nationales, archives de la présidence de la République sous Vincent Auriol, 4AG 552AP/79.

voir ce magnifique service de Sèvres embelli de dessins si charmants pour un enfant. Je suis certaine que mon fils en sera très content quand il sera en âge de s'en servir, et je vous assure que ses parents l'ont reçu avec la plus vive joie. Je vous envoie mes remerciements les plus sincères, ainsi que mes meilleurs souvenirs.

Elizabeth[1]

Les jeunes mariés emménagent dans leur nouvelle résidence de Clarence House en juin 1949. L'un et l'autre ont activement pris part aux travaux de rénovation et de décoration de l'hôtel particulier. John Dean donne dans ses Mémoires une idée assez précise des nouveaux arrangements domestiques du couple. « La chambre de la princesse et celle du duc communiquaient, et leurs coiffeuses respectives étaient placées à proximité de la porte, afin qu'ils puissent bavarder ensemble tout en se préparant. [...] La chambre à coucher de la princesse Elizabeth était rose et bleu, avec un très beau lit double surmonté de tentures tombant d'un ciel de lit en forme de couronne. La chambre du duc, elle, était lambrissée de bois clair, avec un ameublement, des rideaux et des coussins choisis dans des tons de rouge. Elle était dotée d'une énorme penderie intégrée au mur, qui, en s'ouvrant, révélait de magnifiques miroirs. Sa salle de bains, qui jouxtait immédiatement la pièce, était entièrement bleue et décorée de photographies des navires sur lesquels il avait servi. Il avait fait installer un petit réfrigérateur dans un cabinet placé dans son bureau, qui lui permettait d'avoir de la glace ou des boissons fraîches à toute heure sans avoir besoin d'appeler un

1. *Ibid.*

domestique[1]. » Pour la première fois de son existence, Philip a une maison. Doté d'un sens pratique suraigu et grand amateur de gadgets, le gendre de George VI entreprend d'équiper son foyer des dernières nouveautés en matière d'électroménager. Il court les salons spécialisés, fait installer la télévision dans le living-room réservé au personnel et des machines à laver dernier cri dans la buanderie. Il aime voir des fleurs dans chaque pièce, s'intéresse à tout ce qui touche de près ou de loin à l'organisation de la maisonnée, poursuit John Dean. « Chaque soir, le menu du lendemain était transmis par le cuisinier. Lorsque des changements y étaient apportés, c'était toujours par le duc et non par son épouse[2]. » Le valet insiste aussi sur la considération dont Elizabeth, fidèle à sa réputation en la matière, fait preuve à l'égard de son personnel. « Quand quelqu'un était malade, elle insistait pour qu'il bénéficie du meilleur suivi médical possible, et lorsqu'un membre du staff quittait son service, elle exigeait de savoir pourquoi[3]. » Si elle laisse à son mari le soin de régenter au quotidien la maisonnée, la princesse conserve toutefois ce goût des tâches domestiques qu'elle manifestait déjà dans l'enfance. « Un soir, raconte l'une de ses intimes, nous sommes allés dîner tous les trois chez un peintre, assez célèbre à l'époque, qui connaissait bien la famille régnante. C'était un très bon cuisinier, et Philip adore cuisiner lui aussi. Elizabeth m'a dit : "Laissons-les à leurs fourneaux et allons voir la chambre, je suis sûre que le lit n'a pas été fait depuis une semaine." Je la

1. John Dean, *H.R.H. Prince Philip, op. cit.*, p. 112-113.
2. *Ibid.*, p. 113.
3. *Ibid.*, p. 115.

revois encore en train de faire un peu de ménage, de remettre les choses en ordre dans la pièce. Elle aime ça, c'est une évidence[1]. »

La santé déclinante du monarque – gros fumeur – a, ces derniers temps, contraint le couple à assumer un nombre croissant d'obligations officielles. Mais Philip se considère toujours avant tout comme un membre actif de la Royal Navy et n'entend pas renoncer à sa carrière pour un job de « consort » à plein temps. En octobre 1949, il est posté en tant que commandant en second sur le HMS *Chequers*, un destroyer basé à Malte. Lilibet l'y rejoint un mois plus tard. Sur place, les époux s'installent villa Gardamangia, une résidence louée par Louis et Edwina Mountbatten à Pieta. Les conditions sur place n'ont pas été jugées optimum pour un enfant en bas âge, et la princesse a dû laisser Charles à ses nurses, les très dévouées Helen Lightbody et Mabel Anderson, ainsi qu'à la garde des souverains – qui l'adorent. Les longues absences de ses parents ancrent alors une forme de solitude chez le garçonnet (qu'il exprimera bien des années plus tard). Et scellent pour toujours ses liens d'affection et de complicité extraordinaires avec sa grand-mère.

À plusieurs milliers de kilomètres des cocons familiers de Buckingham et Clarence House, l'héritière du trône, elle, se glisse avec un bonheur fou dans le quotidien sans pressions ni subtilités de protocole d'une vraie femme de marin. Dîners dansants à l'hôtel Phoenicia, après-midi au polo ou chez le coiffeur, escapades en bateau à la découverte des criques des environs, organisation de *tea parties* pour les épouses des officiers, petites courses en voiture, parties de pique-nique sur la

1. Entretien avec l'auteur.

plage… Bien que son séjour sur place se ponctue, de temps à autre, de brefs retours à Londres (elle tiendra notamment à être aux côtés de son fils le jour de son premier anniversaire), la princesse connaît à l'époque – c'est en tout cas ce qu'expriment unanimement ses proches – « les heures les plus heureuses et les plus libres de son existence ».

Le 15 août 1950, en fin de matinée, elle donne naissance, dans son hôtel particulier du Mall, à une fille, Anne Elizabeth Alice Louise. Son mari a tenu à être là pour l'arrivée du bébé, mais doit repartir début septembre pour l'île de Malte, où il vient d'obtenir son premier commandement sur la frégate HMS *Magpie*. Elle décide de l'y retrouver pour les fêtes. John Dean se souvient d'une jeune femme décidée à suivre avec attention la carrière de son mari, intéressée aussi bien par le fonctionnement du navire que par l'organisation de la vie à bord – « sa première visite, à laquelle personne ne s'attendait, raconte-t-il, a causé un certain embarras en raison de la présence autour d'elle de marins à moitié dévêtus à cause de la chaleur[1] ». Charles et sa sœur, de leur côté, ont passé Noël au château de Sandringham, avec leurs grands-parents. Lilibet n'est pas encore reine, mais elle fait déjà l'expérience d'une vie tiraillée entre le nécessaire accomplissement de ses devoirs, la réussite de son couple et son amour pour ses enfants. En juin, le Premier Ministre Clement Attlee a donné son accord pour que les minutes des réunions du cabinet, à l'exception de leurs annexes confidentielles, lui soient communiquées. Nul ne le sait encore, mais l'Histoire va bientôt la rattraper.

Les époux rentrent en Grande-Bretagne en juil-

1. John Dean, *H.R.H. Prince Philip, op. cit.*, p. 124.

let 1951. John Dean range les uniformes blancs de Philip, qui, confie-t-il, a quitté Malte à regret. George VI est maintenant affligé d'une mauvaise toux persistante et paraît de plus en plus fatigué. « Les inquiétudes et les crises incessantes que nous devons affronter me dépriment[1] », écrit-il à l'un de ses amis. À la mi-septembre, ses médecins lui découvrent une tumeur maligne qui nécessite l'ablation du poumon gauche. À aucun moment le mot cancer n'est prononcé en présence du roi – lui-même ignorera jusqu'au bout être atteint par la maladie –, mais ses proches, eux, sont informés de la gravité de sa condition. Il était prévu de longue date que le couple régnant effectue une visite d'État de dix jours aux États-Unis et au Canada… Début octobre, le duc et la duchesse d'Édimbourg s'envolent à sa place pour le Nouveau Continent. Ils ont d'ores et déjà accepté de représenter une fois encore les souverains lors d'une tournée de plusieurs mois des pays du Commonwealth, qui doit avoir lieu au début de l'année 1952.

Noël sera calme, plus calme, même, qu'à l'accoutumée. Les photos de famille prises à l'époque trahissent tout ce que les bulletins rédigés par les médecins du monarque ne disent pas, à savoir l'immense lassitude d'un homme usé prématurément, qui a sans doute trop sacrifié à sa tâche et qui, désormais, emploie ses dernières forces à tenter de donner le change. George VI n'a plus que quelques jours à vivre. Le 30 janvier, veille du départ d'Elizabeth et de son époux pour les Tropiques, le clan au complet assiste à une représen-

1. Cité par Sarah Bradford, *Elizabeth*, *op. cit.*, p. 161. Le monarque fait allusion à la situation internationale, particulièrement tendue depuis l'éclatement de la guerre de Corée, en 1950.

tation de la comédie musicale *South Pacific* au théâtre royal Drury Lane. Le lendemain, le monarque insiste pour accompagner sa fille et son gendre à l'aéroport de Heathrow. « Avant le décollage, aux alentours de midi, le roi, la reine, la princesse Margaret, les Gloucester et les Mountbatten sont montés à bord de l'avion, raconte John Dean. Le couple régnant a serré la main de chacun d'entre nous et nous a souhaité un excellent voyage. J'ai entendu le roi dire à [l'habilleuse d'Elisabeth] : "Prenez soin de la princesse pour moi, Bobo." Celle-ci m'a dit plus tard qu'elle n'avait jamais vu le souverain aussi bouleversé à l'idée de se séparer de sa fille[1]. »

1. John Dean, *H.R.H. Prince Philip, op. cit.*, p. 144.

Chapitre 7
Reine

L'œil rivé à sa petite caméra portative, Elizabeth filme l'approche d'un troupeau d'éléphants. « Comme je regrette que papa ne soit pas là ! » s'exclame-t-elle. Voilà trois heures au moins que la princesse, captivée, n'a plus quitté son poste d'observation de Treetops, une cabane en bois au confort sommaire construite sur la cime d'un figuier de belle taille, au cœur du parc national d'Aberdare, au Kenya. Philip, amusé, l'écoute commenter un duel d'antilopes à longues cornes, s'inquiéter du sort de l'animal vaincu, puis s'extasier sur la fière allure d'un groupe de rhinocéros venu prendre possession du point d'eau en contrebas. Afrique, nuit du 5 au 6 février 1952. À plusieurs milliers de kilomètres de là, un drame se joue qui va changer le cours de l'Histoire. Après avoir dîné, en compagnie d'une douzaine de convives, dans son château de Sandringham, le roi George VI, fatigué par une longue journée de chasse, se retire vers vingt-deux heures trente dans ses appartements du rez-de-chaussée, laissant son épouse conduire seule leurs invités jusqu'à la salle de bal où doit être donnée une séance de cinéma. Aux alentours de minuit, un garde posté dans les jardins le surprend en train d'essayer d'arranger un loquet défectueux sur l'une des fenêtres de sa chambre. Il sera le dernier à le voir vivant. À sept heures trente le lendemain matin, Jimmy MacDonald, le second valet du souverain, frappe à la porte de sa suite les bras chargés d'un plateau sur lequel il a disposé, comme tous les jours, une petite théière en argent, une tasse en porcelaine blanche ornée du chiffre GR en lettres d'or surmontées d'une couronne, et deux fines tartines de pain complet beurré. Sans attendre de réponse, il entre dans la chambre, pose le plateau à proximité du lit et se dirige vers la salle d'eau afin d'y faire couler un bain. Au bout d'une vingtaine de minutes, n'entendant aucun bruit et pensant son maître toujours endormi, il retourne aux cuisines chercher un thé chaud. À son retour, un silence étrange règne toujours dans la pièce plongée dans une semi-pénombre. Jimmy s'approche de George VI. Et le découvre mort. Choqué et tremblant de tous ses membres, il se précipite dans le corridor. On réveille alors à la hâte l'écuyer en service, le capitaine Sir Harold Campbell. Quelques minutes plus tard, celui-ci se fait annoncer auprès de la reine et lui annonce la terrible nouvelle. Le monarque s'est éteint paisiblement, dans son sommeil. Impossible de déterminer à quel moment s'est produit l'arrêt cardiaque[1] qui l'a emporté. Nul ne saura donc jamais avec précision quand Elizabeth II lui a succédé. Elle est montée à Treetops princesse, en est descendue reine de Grande-Bretagne et d'Irlande du Nord. Mais pour l'heure elle est encore à l'autre bout du monde et ignore que son existence a basculé.

1. Les médecins ont conclu à une thrombose coronaire.

« Que va-t-il se passer lorsque nous serons à la maison ? »

Après avoir rempli une multitude d'obligations officielles (visite de la maternité de Pumwani, garden-party à la résidence du gouverneur, visite à l'hôtel de ville…), les deux époux avaient sillonné en voiture les immensités sauvages du parc national, où, d'après le consul général de France à Nairobi, A. Beaudouin, ils avaient pu « rencontrer et photographier à loisir le lion Sosiani, allongé près du gnou qu'il avait abattu à l'aube[1] ». Le 2 février au matin, le couple s'était retiré à Sagana Lodge, à quelques kilomètres de Nyeri, un bungalow confortable et pittoresque (cadeau de mariage du gouvernement kenyan) érigé dans un jardin abondamment fleuri en lisière de la forêt Aberdare, sur les contreforts du mont Kenya. Dans une note adressée au ministre des Affaires étrangères de l'époque, Robert Schuman, A. Beaudouin parle de la « joie presque enfantine » manifestée par la fille de George VI à l'idée de passer quelques jours dans cet endroit paradisiaque, en compagnie de son mari : « Elle se promena à cheval, pêcha la truite dans la rivière Sagana qui borde [la propriété], projeta quelques aménagements mineurs de la disposition du jardin. Et rêva, dit-on, d'amener bientôt là son père et ses enfants. » Lady Pamela Hicks, la fille cadette de Lord Mountbatten, cousine germaine de Philip, l'accompagne en tant que dame d'honneur. « Lorsque nous avons quitté l'Angleterre,

1. Note de A. Beaudouin adressée au ministre des Affaires étrangères Robert Schuman le 14 février 1952. Archives du ministère des Affaires étrangères.

personne n'imaginait une seule seconde que le roi était sur le point de mourir, confie-t-elle. S'il y avait eu le moindre doute, jamais la princesse ne serait partie[1]. » Les récits parvenus jusqu'à nous décrivent une jeune femme en jean et petit chemisier de fine cotonnade, « en grande forme » après sa nuit à Treetops et parlant avec animation de ce qu'elle y a vu. « La première chose qu'elle a faite lorsque nous sommes rentrés à Sagana Lodge a d'ailleurs été d'écrire à son père pour lui raconter les événements de la nuit, se souvient Pamela Hicks. Sachant combien lui-même aurait aimé pareille aventure, elle lui conseillait de faire le voyage dès qu'il le pourrait[2]. »

Ce 6 février, Elizabeth passe la matinée à pêcher dans la rivière qui traverse les terres de la propriété en compagnie de son époux. La partie privée du voyage s'achève, il leur faudra bientôt reprendre le cours de leurs activités protocolaires – après une inspection de troupes à Nanyuki, le couple est attendu à Mombasa d'où, après une série d'engagements officiels, il doit embarquer pour l'Australie. Il est environ treize heures trente lorsque le secrétaire particulier d'Elizabeth, le major Martin Charteris, termine son déjeuner à l'hôtel Outspan, situé à quelques kilomètres de là. On le prévient qu'il est attendu près de la cabine téléphonique de l'établissement. Là, un reporter de l'*East African Standard* lui fait part du décès de George VI – son bureau de Nairobi l'a appris par une dépêche de l'agence Reuters. Il est alors onze heures trente en Grande-Bretagne. Pourquoi la nouvelle n'est-elle pas parvenue plus tôt à l'entourage de la souveraine ?

1. Entretien avec l'auteur.
2. Entretien avec l'auteur.

Sir Edward Ford, le secrétaire particulier adjoint du monarque défunt, soutiendra la thèse selon laquelle le télégramme envoyé par le palais n'est tout simplement jamais parvenu jusqu'à ses destinataires – l'employé du télégraphe aurait confondu les quelques mots du message codé, Hyde Park Corner, avec l'adresse à laquelle l'envoyer[1]. D'autres croient savoir que, le gouverneur général du Kenya Sir Philip Mitchell étant déjà en route pour Mombasa pour accueillir le couple, les missives codées en provenance de Buckingham se sont entassées à son QG où, la machine à déchiffrer ayant été emportée par le staff, personne n'a été en mesure de les comprendre. « Nous avons été les derniers à savoir », confirme Pamela Hicks.

Martin Charteris contacte aussitôt Michael Parker, le secrétaire particulier du duc d'Édimbourg, resté à Sagana Lodge. « Il semble que le père du boss soit décédé, pouvez-vous trouver le moyen de le vérifier ? Avez-vous un poste de radio ? » Elizabeth, elle, est sortie de la chambre où elle vient de prendre un peu de repos. Elle est allée trouver son habilleuse afin de la tenir au courant de ses projets pour le lendemain matin (une balade à cheval avec Philip) et s'est retirée au salon pour y écrire son courrier. Aux dires des quelques personnes présentes, Michael Parker emploie « des ruses de Sioux » pour s'emparer du transistor sans éveiller ses soupçons. Sur l'antenne de la BBC, une musique funèbre a remplacé les programmes habituels. Au bout de quelques minutes, un flash vient confirmer la mort du souverain. Parker rappelle alors Martin Charteris, prévient l'officier de Scotland Yard en charge de la sécurité du couple royal, et va réveiller

1. Sarah Bradford, *Elizabeth*, *op. cit.*, p. 166.

Philip, endormi sur le canapé où il s'était assis pour lire le journal. Lorsqu'il apprend la disparition de son beau-père, le premier réflexe du prince aurait été, à en croire un témoin, d'empoigner le quotidien ouvert sur ses genoux et de s'en servir pour cacher quelques secondes son visage. « Ce sera un choc terrible », murmure-t-il d'une voix à peine audible. Selon sa cousine, la reine Alexandra de Yougoslavie, le jeune homme demande alors qu'on lui fournisse davantage d'informations sur les événements de la nuit. Il entraîne Elizabeth au jardin pendant qu'un peu partout dans la résidence les téléphones commencent à sonner. Une heure plus tard, de retour dans leur chambre, Philip lui annonce la terrible nouvelle. Il est près de quinze heures. Le premier choc passé, les pensées de la jeune femme vont aussitôt à sa mère et à sa sœur, Margaret. Elle veut les appeler, leur écrire. Son époux l'incite gentiment à retourner plutôt dans le parc pour y faire quelques pas. « J'ai appris un peu plus tard par la famille que la reine a préféré ne pas parler pendant un moment, de peur de fondre en larmes[1] », confie Alexandra. Les proches des deux jeunes gens se sont rassemblés devant les grandes baies vitrées qui donnent sur le jardin. « Nous les avons regardés marcher côte à côte, pendant de longues minutes, raconte Pamela Hicks. J'étais bouleversée, je savais combien elle adorait son père et je la plaignais de tout mon cœur. Lorsqu'elle est rentrée, je me suis avancée vers elle et sans réfléchir, je l'ai prise dans mes bras. Là j'ai réalisé tout à coup que ce n'était plus la princesse que j'étais en train d'étreindre, mais la reine, et j'ai plongé dans une profonde révérence[2]. »

1. Alexandra de Yougoslavie, *Prince Philip, op. cit.*, p. 138.
2. Entretien avec l'auteur.

La jeune femme est pâle, ses traits sont tirés, mais à l'heure d'embrasser ce destin qu'elle n'a pas choisi elle paraît parfaitement maîtresse d'elle-même. Le calme impressionnant dont elle fait preuve offre un contraste saisissant avec les angoisses terribles dont son propre père avait été la proie en 1936, lors de son avènement. Dans l'histoire de la monarchie britannique moderne, on ne connaît pas, en effet, d'exemple de souverain monté sur le trône avec autant de désarroi et d'anxiété que George VI. Après l'abdication de son frère aîné, il s'en était allé pleurer sur l'épaule de sa mère, la reine Mary, avant de confier sa détresse à Lord Mountbatten. « Je n'ai jamais rien souhaité de tout cela. Je ne suis pas préparé. Je n'ai jamais vu un seul papier du gouvernement de ma vie. Je ne suis qu'un officier de marine, et ce métier est le seul que je connaisse[1]. » Elizabeth, elle, n'éprouve ni panique ni tentation de rébellion – rien de tout cela n'est dans son caractère. Elle n'a pas d'appétit particulier pour les honneurs, a grandi dans une forme d'acceptation sage et sereine des devoirs qui l'attendent. Le ton du règne est donné… « Je suis très jeune, écrivait déjà la reine Victoria dans son journal le 20 juin 1837, et peut-être que dans beaucoup de domaines – bien que sans doute pas dans tous – je manque d'expérience. Mais je suis sûre que très peu de gens ont plus de bonne volonté et de désir sincère de faire ce qui est bien et juste que moi[2]. »

Le petit groupe d'amis et de conseillers qui entoure Elizabeth s'interroge, lui, sur les procédures à suivre, la conduite à tenir. Il s'inquiète pour la jeune femme,

1. John Wheeler-Bennett, *King George VI, op. cit.*, p. 294.
2. Christopher Hibbert, *Queen Victoria in Her Letters and Journals*, Sutton Publishing, 2000, p. 23.

dont le monde attend qu'elle fasse passer son chagrin après les nouvelles responsabilités qui lui incombent. Celle-ci le sait, et à aucun moment elle ne se laisse aller à l'indécision ou à l'abattement. Elle est déjà sous contrôle. « Sa première réaction a été de penser aux autres, ce qui est assez typique d'elle, poursuit Pamela Hicks. Elle nous a dit quelque chose comme : "Je suis désolée, nous sommes obligés de rentrer à la maison, j'ai gâché le séjour de tout le monde[1]." » Son premier geste est de prendre place au petit bureau installé dans un coin du salon et d'y rédiger de courtes lettres à l'adresse des autorités australiennes et néo-zélandaises pour leur exprimer ses regrets de devoir ajourner sa visite. Martin Charteris lui demande sous quel nom elle souhaite régner. « Oh, mais le mien, répond-elle. Pourquoi en prendre un autre ? »

Pendant que Philip organise leur retour, des télégrammes arrivent de Londres, demandant l'autorisation de procéder à la première session du Conseil d'accession proclamant l'avènement de la nouvelle souveraine. Un étrange silence s'est abattu sur Sagana Lodge. Le staff s'affaire à rassembler les bagages. Bobo MacDonald prévient son adjointe, qui attendait leur petit groupe à Mombasa, de préparer les vêtements de deuil dans lesquels Elizabeth II devra faire ses premiers pas sur le sol de Grande-Bretagne. Il est prévu qu'elle et son entourage gagnent Nanyuki en voiture, pour ensuite rejoindre en avion Entebbe, en Ouganda, où les attendra l'appareil qui les ramènera en Angleterre. Avant de partir, la reine prend le temps de remettre une photo dédicacée ou un menu présent à chacun des membres

1. Entretien avec l'auteur.

du personnel de la résidence – son chauffeur, très ému, se jette à ses pieds pour les embrasser. « Dans cette famille, on sait garder son sang-froid, commente l'un des témoins de la scène. Il n'était pas question qu'elle fuie Sagana Lodge comme une voleuse. Il y a des formes à respecter. D'ailleurs, il est possible que cela l'ait aidée[1]. » Des milliers de Kenyans, prévenus on ne sait comment, se sont massés le long des routes dans un silence respectueux. Beaucoup s'inclinent au passage du cortège. Par égard pour la jeune femme, les représentants de la presse présents devant les grilles du petit terrain d'aviation de Nanyuki ont accepté de ne prendre aucune photo. Elizabeth se retourne brièvement en haut de la passerelle et trouve la force de saluer et de sourire avant d'entrer dans l'appareil. Au cours du vol vers l'Ouganda, « la reine se lèvera à une ou deux reprises, raconte John Dean. Lorsqu'elle retournera à son siège, on aurait dit qu'elle avait pleuré[2] ». Au cours du voyage, on lui remet le message d'allégeance rédigé par son Premier Ministre, Winston Churchill, au nom de son gouvernement. Celui-ci se termine par ces mots : « Le cabinet, en toute chose, attend les ordres de Votre Majesté. »

À Entebbe, une tempête tropicale éclate peu après l'atterrissage, rendant impossible tout départ pour Londres – « en tout cas avec une reine à bord », décrète le pilote. Sir Andrew Cohen, le gouverneur de l'Ouganda, est venu accueillir la souveraine à l'aéroport. « Un homme d'une très grande timidité, raconte un témoin. Malgré les circonstances, le drame qui était en train de se jouer, elle a été obligée de lui faire la

1. Entretien avec l'auteur.
2. John Dean, *H.R.H. Prince Philip, op. cit.*, p. 149.

conversation. Je ne sais pas lequel des deux a le plus souffert[1]. » Pendant le vol de retour, qui doit durer vingt-quatre heures, Elizabeth et son époux parviennent à s'isoler du reste de leur suite – une petite cabine a été spécialement aménagée pour eux à l'arrière de l'appareil. Derniers moments d'intimité vraie. Leurs proches sont unanimes : ils ne s'attendaient pas à être « appelés » si tôt. George VI n'ayant que cinquante-six ans, les deux conjoints avaient espéré pouvoir encore profiter d'une vie de couple et de famille normale pendant au moins une vingtaine d'années. Mais désormais tout va changer. Aller simple pour l'inconnu, instants historiques, effrayants, où le monarque comprend qu'il vient d'échanger sa liberté contre une position nantie d'un prestige et d'une solitude inouïs dont seule la mort viendra le relever… « À un moment, elle m'a fait appeler, se souvient Martin Charteris, et m'a demandé : "Que va-t-il se passer lorsque nous serons à la maison ?" J'ai alors réalisé qu'elle n'en avait pas la moindre idée[2]. »

L'avion roule maintenant sur le tarmac. Il est accueilli par un groupe de dignitaires alignés sur la piste et vêtus de noir – parmi eux, le Premier Ministre Winston Churchill et plusieurs membres de son cabinet, ainsi que Clement Attlee, le leader de l'opposition. Le palais a envoyé ses voitures. Penchée par-dessus l'épaule de sa dame d'honneur, Elizabeth observe la scène par le hublot. « Oh, je vois qu'ils ont fait venir les corbillards… », murmure-t-elle. Le duc de Gloucester, ainsi que Lord Mountbatten et son épouse, Edwina, montent à bord de l'appareil. Quelques minutes plus tard, la

1. Entretien avec l'auteur.
2. Ben Pimlott, *The Queen, op. cit.*, p. 179.

souveraine se présente en haut de la passerelle, frêle silhouette en robe et manteau de deuil. Le quotidien *The Times* dresse aussitôt le parallèle avec la reine Victoria, tirée de son sommeil une nuit de juin 1837 par l'archevêque de Canterbury et Lord Conyngham, venus lui annoncer son avènement. « Nous revoilà ici face à l'image familière, transposée à l'époque moderne, de la jeune femme timide dans sa robe de chambre, debout devant la figure agenouillée de l'archevêque Howley, accouru dès l'aube pour saluer sa reine[1]. » Le temps des larmes est déjà terminé. Churchill, « incapable de parler, comme si les mots lui manquaient[2] », est le premier à serrer la main d'Elizabeth II. La veille, à l'annonce de la disparition de George VI, le chef du gouvernement a pleuré comme s'il perdait un proche, un ami cher. Il a le sentiment de ne pas bien connaître son héritière – « une enfant », dit-il en privé. Nul ne le sait encore, mais la relation entre le vieux lion et la souveraine sera l'un des piliers sur lesquels se construira le nouveau règne.

La reine Mary a quitté sa résidence de Marlborough House et attend Elizabeth à Buckingham. « Sa vieille Grannie et dévoué sujet, a-t-elle décidé, doit être la première à lui baiser la main[3]. » En voyant arriver sa petite-fille, raconte John Dean, elle se serait exclamée : « Lilibet, tes jupes sont beaucoup trop courtes pour des vêtements de deuil[4] ! » Le soir même, au terme d'un hommage vibrant rendu au défunt George VI sur les ondes de la BBC, Winston Churchill salue, avec

1. *The Times.*
2. John Dean, *H.R.H. Prince Philip, op. cit.*, p. 150.
3. Cité par Sarah Bradford, *Elizabeth*, *op. cit.*, p. 168.
4. John Dean, *H.R.H. Prince Philip, op. cit.*, p. 150.

le lyrisme dont il est coutumier, l'ère nouvelle qui s'ouvre pour la monarchie. « Les règnes de nos reines ont tous été fameux. Quelques-unes des périodes les plus importantes de notre histoire se sont déroulées à l'ombre de leur sceptre. Aujourd'hui, alors que la deuxième reine Elizabeth accède au trône dans sa vingt-sixième année, nous ne pouvons nous empêcher de penser à [Elizabeth Ire] la figure magnifique qui, il y a près de quatre cents ans, a dirigé mais aussi incarné et inspiré la grandeur et le génie de l'âge élisabéthain. » Le 8 février, à dix heures du matin, la souveraine prononce sa déclaration d'accession devant les cent soixante-quinze membres de son Conseil privé réunis autour d'elle au palais de St James. « Mon cœur est si plein d'émotions que je ne peux vous en dire davantage aujourd'hui, sinon que je travaillerai toujours, comme mon père l'a fait tout au long de son règne, à soutenir un mode de gouvernement constitutionnel et à faire progresser le bonheur et la prospérité de mes peuples, établis un peu partout à travers le monde. Je sais que, dans ma détermination à suivre son lumineux exemple de service et de dévouement, je trouverai l'inspiration dans la loyauté et l'affection de tous ceux dont j'ai été appelée à devenir la reine, et dans les conseils de leurs parlements élus. Je prie Dieu de bien vouloir m'aider à m'acquitter dignement de la lourde tâche qui me revient, si tôt dans mon existence. »

Elizabeth souhaitait une cérémonie simple et brève – celle-ci ne dura pas plus de vingt minutes. À onze heures, la première proclamation solennelle du monarque dans la ville de Londres a lieu depuis le balcon de brique rouge de Friary Court, au palais de St James. Entouré de trois rois d'armes (*Kings of Arms*), de six hérauts, trois poursuivants (*Pursuivants*) et sergents d'armes (*Sergeants-at-Arms*) portant leur masse, Sir George Bellew, le *Garter King of Arms*[1], officialise l'avènement de « la reine Elizabeth II par la grâce de Dieu, reine du Royaume-Uni et de ses autres royaumes et territoires, chef du Commonwealth et défenseur de la foi, à qui ses vassaux déclarent toute confiance et constante obéissance avec une affection sincère et humble, en implorant Dieu, par qui rois et reines règnent, d'accorder à la princesse royale Elizabeth II de longues et heureuses années de règne ». À seize heures trente, celle-ci arrive enfin au château de Sandringham, où l'attendent sa mère et sa sœur, la princesse Margaret, ainsi que ses deux enfants, Charles et Anne. À la demande de Queen Mum – c'est ainsi que la veuve de George VI sera appelée désormais –, le corps du souverain défunt, une fois embaumé, a été replacé dans son lit afin de permettre à sa fille de venir se recueillir. Pâle, les traits tirés, la jeune femme confie à sa mère qu'elle ne se sent ni la force ni le courage de poser les yeux une dernière fois sur le visage d'un père qu'elle a tant aimé. La dépouille est alors placée dans son cercueil, façonné dans le bois d'un chêne du domaine – le même arbre que celui qui avait déjà été utilisé pour le cercueil de George V.

Vu de France...

La mort d'un souverain n'a aucune conséquence directe sur la conduite des affaires du pays. Le Pre-

1. À la tête du collège des Armoiries (*College of Arms*) de Grande-Bretagne, il est le principal conseiller de la reine pour toutes les questions d'héraldique.

mier ministre reste en place, la fin d'un règne ne change rien à la donne politique ou diplomatique du moment. Seule la relation des Britanniques à la figure du monarque, sur laquelle se projettent toujours tant de rêves et d'émotions très personnelles, s'en trouve profondément bouleversée. En ce mois de février 1952, l'homme de la rue vit la disparition de George VI, le roi courageux, honnête et timide, comme s'il pleurait un membre de sa famille. Un sentiment que ne paraissent toutefois pas partager les « élites ». Depuis 1937, la Grande-Bretagne a connu une guerre mondiale et évité de peu la faillite, elle a vu son prestige et son influence remis en cause par le délitement de l'Empire (illustré par l'accession à l'indépendance de l'Inde, en 1947) et l'irrésistible montée en puissance des États-Unis… « Sans doute le groupe infiniment restreint de la très haute société a-t-il pu se complaire, dans des confidences que l'on eût pu souhaiter plus réservées, à minimiser la perte subie par le pays : par eux-mêmes ou par leurs proches, les membres de cette coterie avaient pu approcher le souverain d'assez près pour apprécier les limites de son intelligence, la médiocrité de son goût en matière artistique et la très faible mesure dans laquelle il parvenait à cet ascendant indéfinissable que l'on attend d'un [monarque][1] », écrit l'ambassadeur de France à Londres, René Massigli, au ministre des Affaires étrangères Maurice Schuman, le 22 février. Ils ont pu railler « sa taille plutôt petite, son air timide, sa difficulté d'élocution », poursuit-il, tout comme « la coutume qu'il avait adoptée de rehausser d'un fond de teint sa pâleur naturelle », sa perte du titre d'empereur des Indes ou encore le fait que « dans les quinze années

1. Archives du ministère des Affaires étrangères.

qu'il fut sur le trône, son pays, de premier créancier du monde, devint le principal débiteur[1] ». En France, certains hauts responsables conservent eux aussi une image en demi-teinte de George VI depuis sa visite officielle à Paris, en 1938. Lors d'une revue militaire organisée en son honneur à Versailles, ils se souviennent que, en dépit des nombreux efforts déployés par le président Albert Lebrun pour lui faire admirer le spectacle, la seule réflexion du roi avait été par trois fois : « Que de poussière ! » Le soir du banquet donné à l'Élysée, les convives avaient trouvé le monarque tendu, entièrement préoccupé du discours qu'il avait à lire au dessert. « Le fait est qu'il a l'élocution lente et de la difficulté à prononcer certaines lettres, écrit Marguerite Lebrun, l'épouse du chef de l'État, dans son journal. Alors, pour ne pas bégayer, il s'arrête. Impression bien pénible pour les auditeurs et aussi pour la reine, dont je voyais battre la paupière[2]. »

Pourtant, commente l'ambassadeur René Massigli, « si la grandeur d'un roi peut se mesurer au parallélisme entre les qualités qu'il possède et celles qui, à une époque donnée, sont nécessaires à un pays, George VI fut un grand roi, et peut-être même un très grand roi ». Courage physique et moral, sens du devoir… « Ceux qui l'ont approché sont unanimes à faire l'éloge de sa conscience professionnelle, du sens très aigu qu'il avait de ses responsabilités à l'égard de son pays, de son constant désir de faire de son mieux pour ses sujets. » Qu'en sera-t-il de sa fille ? Que sait-on alors de son caractère, des influences qui s'exercent sur elle, des dispositions qu'elle a pour le « job » ? Dans

1. *Ibid.*
2. Marguerite Lebrun, carnets non publiés.

un document confidentiel adressé au ministre Robert Schuman le 8 mars 1952, l'ambassadeur de France en Grande-Bretagne livre une série de commentaires révélateurs des sentiments contrastés qu'inspirent alors l'image et la personnalité d'une jeune reine dont personne ne parvient vraiment à percer le mystère. « Les critiques systématiques, et la presse communiste en particulier, ont pu dire et écrire que, n'ayant étudié dans aucune université, elle n'a atteint qu'un degré de culture rudimentaire : c'est faire peu de cas de la qualité des précepteurs qui lui ont été donnés et des professeurs qui furent spécialement chargés de l'initier aux grands sujets historiques ou économiques. Elle n'est cependant pas une "intellectuelle", et si d'aventure elle devait avoir la réputation de l'être, ses compatriotes ne porteraient pas cette qualité à son crédit. Ils lui savent gré, au contraire, de s'intéresser aux enfants et aux chevaux de course[1]. »

Tout en précisant qu'elle « parle très convenablement le français et, dit-on, assez bien l'allemand », et que la guerre a « élargi les horizons de la future souveraine en la mettant en contact avec des milieux divers », René Massigli relève que « son tempérament personnel, où se retrouvent de nombreux traits de caractère de la reine Mary, sa grand-mère, ne semble pas avoir été de nature à faciliter l'évolution que certains pouvaient espérer vers un comportement plus aisé avec ses semblables. Tous les bruits que rapportent d'elle les gens de la cour la montrent comme très consciente de ses responsabilités, prenant son "métier" très au sérieux, mais aussi profondément imbue de la dignité royale. Véridique ou non, l'anecdote suivante est significative

1. Archives du ministère des Affaires étrangères.

du climat qui régnait au sein de la famille royale : la princesse Margaret, excédée un jour du ton autoritaire adopté par sa sœur, lui aurait riposté : “Occupe-toi de ton empire, mais laisse-moi tranquille[1] !” » Il va de soi, poursuit-il, que ce qu'il interprète alors comme une « raideur hautaine, si inattendue chez une toute jeune femme, n'est connu que de son entourage et de quelques personnalités du monde de la politique ayant eu l'occasion de l'aborder d'assez près. Le grand public, lui, la voit sourire (sans savoir qu'elle s'ennuie), caresser la joue des enfants, inaugurer des ventes de charité, des expositions ou des monuments, répondre par des insignifiances aimables à des insignifiances respectueuses et même remettre des étendards aux régiments de la Garde, c'est-à-dire faire son métier, et le faire bien[2] ». La politique ? Une opinion couramment répandue dans les milieux « avertis » prétend qu'elle ne s'y intéresse guère, mais que, compte tenu de ses nombreux traits communs avec la reine Mary, il est possible qu'elle se sente plus proche des conservateurs que des travaillistes. Vu son inexpérience et son jeune âge, on la soupçonne d'être malléable, influençable même. Les observateurs s'intéressent donc à son entourage, passent au chinois amis proches, membres de la famille et autres conseillers en essayant de jauger, pour chacun, son degré d'influence et de pouvoir.

L'ambassadeur Massigli utilise ses talents de conteur pour dresser un tableau des forces en présence. « L'esprit d'avant guerre (d'avant la guerre de 1914) est encore représenté, à côté de la reine Mary, par son frère, le comte d'Athlone, véritable incarnation du vieux général

1. *Ibid.*
2. Archives du ministère des Affaires étrangères.

anglais impeccable dans sa courtoisie légèrement surannée et la distinction de son maintien ; par la femme de celui-ci, SAR la princesse Alice, fille du duc d'Albany frère d'Edward VII ; par le marquis de Carisbrooke, frère de la reine d'Espagne, fils d'une sœur d'Edward VII, et par sa femme ; enfin par la vieille princesse Marie-Louise, fille d'une sœur d'Edward VII et d'un prince de Schleswig-Holstein. C'est là une vieille garde qui ne songerait pas à se rendre et ne paraît toujours pas près de mourir. Mais à l'exception de la reine Mary, dont l'indépendance de parole est assurée à la fois par son statut et par des moyens financiers considérables, aucun des autres ne peut prétendre à une influence quelconque, la minceur de leur personnalité et de leur fortune – j'ai eu l'occasion de remarquer que le comte d'Athlone n'a pas les moyens d'avoir une voiture – n'ayant d'égale que l'importance qu'ils attachent à être traités à la Cour conformément à leur rang. […] Ce ne sont certes pas le duc et la duchesse de Gloucester, ni la princesse royale [Mary, la tante paternelle d'Elizabeth] qui tenteront de dominer le palais ! D'un intellect nettement au-dessous de la moyenne, le duc de Gloucester ne manifeste quelque activité que dans le domaine des solennités protocolaires ; sa femme, sœur du duc de Buccleugh, est d'un naturel fort aimable, mais sa timidité est pour elle un sérieux handicap. Il en est de même de la princesse royale qui, veuve depuis cinq ans, mène une existence assez retirée. La duchesse de Kent, que la maigreur de ses moyens financiers contraint à vivre à la campagne, est d'un autre temps. À sa beauté réputée elle joint une intelligence vive, des dons artistiques certains et un goût en matière de toilette suffisamment reconnu pour qu'elle soit devenue l'arbitre des élégances féminines de la cour. Cousine germaine du duc d'Édimbourg, elle peut prétendre à son appui, et l'aidera certainement dans les efforts qu'il pourrait déployer en vue de rajeunir et d'égayer l'esprit et les manières du palais[1]. »

Considéré comme le chef de file de ce que Massigli surnomme « la vieille garde » : Alan Lascelles, l'ancien secrétaire particulier de George VI, qui remplit désormais le même rôle auprès de la jeune souveraine – les experts jugent d'ailleurs révélateur que l'un des tout premiers gestes officiels d'Elizabeth II ait été de le maintenir dans ses fonctions. Le quotidien *The Times* le décrit comme « distingué, bien de sa personne », doté d'une personnalité mâtinée d'autorité et de discrétion naturelles, d'une voix « claire et musicale », en somme de toutes les qualités nécessaires pour figurer dignement à la cour. Il était entré au service des rois de Grande-Bretagne en 1920, année où il avait été nommé secrétaire particulier adjoint du futur George V. Être conservateur était pour lui un devoir, une sorte d'attitude romanesque et fière – « la seule qui tînt compte loyalement de l'Angleterre véritable[2] », comme l'écrit André Maurois dans sa biographie de Benjamin Disraeli, l'un des Premiers Ministres de la reine Victoria. Témoin privilégié de l'Histoire, il avait suivi, impuissant, l'enchaînement des événements qui avaient conduit à l'abdication d'Edward VIII, en 1936, horrifié à l'idée qu'un monarque puisse choisir de réinventer son destin en renonçant au trône par amour. On parle de lui comme de l'homme le mieux informé du royaume en matière de politique intérieure. Les experts prévoient déjà que

1. Archives du ministère des Affaires étrangères.
2. André Maurois, *Disraeli*, Gallimard, 1927.

son influence sera déterminante. Mais ne l'emportera pas sur « celle du mari ».

Preuve que, dans les milieux qui « comptent », on s'intéresse déjà de très près au rôle du prince Philip aux côtés de son épouse, l'ambassadeur de France, dans son rapport du 8 mars, s'attarde sur la personnalité du jeune homme et « l'amour violent » que lui voue la nouvelle reine. Un « bon marin », dit-il, « grand sportif », « d'une intelligence très ouverte, comme l'a montré le discours qu'il a prononcé à l'université d'Édimbourg sur le rôle des sciences dans la vie moderne, d'une aimable simplicité facilement teintée de cordialité "à l'américaine". Sous une apparence physique toute danoise, il bénéficie de l'agilité d'esprit et de langue que peut donner une longue fréquentation des milieux helléniques[1] ». René Massigli prédit – à tort – qu'il n'aura pas longtemps à attendre avant d'être fait prince consort par sa femme (un honneur dont le prince Albert, l'époux de la reine Victoria, est alors le seul à avoir bénéficié dans toute l'histoire de la monarchie britannique), affirme même que le bruit court qu'il pourrait être « reconnu comme roi consort ». « À l'ascendant qu'il peut prendre grâce à ses qualités intellectuelles et au sens qu'il pourra acquérir des affaires publiques (en assistant, par exemple, aux débats de la Chambre des communes, comme il l'a fait récemment), le duc unit le pouvoir qu'un "athlète au visage d'ange" peut exercer sur une Elizabeth qui ne paraît pas atteinte de la frigidité parfois prêtée à la première reine de ce nom[2]. » Mais entre la princesse Margaret (« un premier rôle, vive, menue, jolie, aimant le plaisir, très liée avec la duchesse de Kent »), et la

1. Archives du ministère des Affaires étrangères.
2. *Ibid.*

reine mère, dont on ne sait encore trop à quel degré d'effacement elle voudra bien consentir, Massigli est d'avis que c'est surtout avec des femmes qu'il va maintenant falloir compter.

« Tout cela n'aurait jamais dû se produire »

La monarchie britannique est la plus ancienne de toutes les monarchies européennes actuelles, après le trône de Danemark. Elizabeth II est l'héritière d'une lignée fondée par des figures lointaines aux noms pleins de poésie et de mystère comme Offa de Mercie, au VIIIe siècle, ou encore Egbert de Wessex, époux de Redburga, et leur fils Aethelwulf, au siècle suivant, dont les successeurs ont régné quasiment sans interruption jusqu'à aujourd'hui – si l'on excepte la brève révolution cromwellienne entre 1649 et 1660. Une formidable longévité doublée d'une conception « modérée » de l'institution : les souverains d'Angleterre puis de Grande-Bretagne (à partir de la signature de l'Acte d'union de 1707 qui entérinait l'association des royaumes d'Angleterre et d'Écosse) n'ont en effet jamais été des monarques absolus.

Outre-Manche, la royauté se conçoit comme l'exercice d'une fonction noble encadrée par une série de règles et de lois. Au fil des siècles, de nombreuses réformes s'accompagnant d'un renforcement progressif des pouvoirs du Parlement ont conduit à une limitation considérable des prérogatives des souverains. Jusqu'à l'accession de George Ier, en 1714, il est admis que les rois, dans les faits, ont gouverné le pays – « il ou elle conservait en particulier le droit de nommer et de défaire les ministres, et de déterminer la politique générale », écrit l'expert constitutionnel Vernon Bogdanor dans son essai *The Monarchy and the Constitution*. Mais à partir de 1717, poursuit-il, George Ier commence à bouder les réunions du cabinet et ouvre la voie à l'officialisation de la fonction de Premier Ministre en laissant au plus « haut gradé » des membres de son gouvernement le soin d'arbitrer les débats. Puisque le souverain prend une part de moins en moins active à l'établissement des politiques à conduire, on en déduit qu'il ne peut plus être tenu responsable ni de leur application ni de leurs conséquences. Voilà posée l'une des pierres angulaires du système actuel : celui de la monarchie constitutionnelle.

La formation de partis politiques organisés, le développement d'une presse de plus en plus puissante, l'extension progressive du droit de vote à des couches toujours plus nombreuses de la société et la signature du Reform Act de 1832 (une série de mesures visant à assainir le système électoral en vigueur) font à leur tour évoluer considérablement l'institution. C'est toutefois au cours du règne de Victoria que naît la conception de la royauté telle que nous la connaissons aujourd'hui. La Couronne perd son pouvoir, mais elle y gagne paradoxalement un prestige et une autorité qu'on ne lui avait plus connus depuis longtemps. « Le souverain commence à être perçu comme étant au-dessus de la mêlée politicienne, son influence ne sert plus des objectifs partisans mais s'exerce de manière indépendante et neutre », analyse Vernon Bogdanor. Cela exige de lui une application sans faille, une assiduité de bon élève dans le suivi et l'étude du travail du gouvernement. Dans ce domaine, Victoria livre l'exemple d'une reine irréprochable, dotée d'une conscience professionnelle aiguë. Inspirée par l'exemple de son époux, le prince

Albert (un bosseur, lui aussi), elle fait vœu de ne signer aucun document sans l'avoir lu avec attention au préalable[1]. En 1916, quatorze ans après sa mort, la création d'un secrétariat attaché au cabinet permet de faciliter l'accès du monarque à l'ensemble des papiers officiels produits quotidiennement par l'ensemble des ministères.

À l'heure de son avènement, Elizabeth II n'ignore rien des responsabilités qui sont les siennes désormais. Churchill se trompe lorsqu'il prend sa souveraine pour une enfant. Elle « a bien conscience que rien de tout cela n'aurait jamais dû se produire, que George VI n'aurait pas dû devenir roi, qu'elle-même, si l'ordre des choses avait été respecté, n'aurait jamais dû monter sur le trône, témoigne un membre de son entourage. Elle avait compris, très jeune, que son père n'avait pas la santé qu'il fallait pour assumer pareille tâche, elle l'a vu peiner, s'épuiser très vite, elle a pris conscience très tôt de la charge de travail énorme que cela représentait. Et tout cela a été très formateur pour elle[2] ». Elizabeth est beaucoup mieux préparée à son nouveau rôle que ne l'était *Papa*. Sa période d'apprentissage a été brève, mais elle a déjà montré un goût certain pour le métier. Tout dans son caractère, ses qualités personnelles, ses convictions intimes, l'y dispose bien mieux que lui.

Va-t-elle s'inspirer de l'exemple de l'un de ses prédécesseurs ? Après la disparition de Victoria, en janvier 1901, son héritier, Edward VII, s'était démarqué avec force du règne de sa mère en refusant de

1. Vernon Bogdanor, *The Monarchy and the Constitution*, Clarendon Press, 1995, p. 35.
2. Entretien avec l'auteur.

régner sous le nom d'Albert Ier comme elle l'aurait souhaité, et en redonnant à la monarchie la pompe et l'apparat dont elle l'avait privés depuis des années. Plus effacé, nettement moins à l'aise que son père dans les grands raouts rouge et or qui sont la spécialité de la royauté britannique mais animé d'un sens particulièrement aigu de ses devoirs, George V, son successeur, avait ensuite achevé d'installer l'institution dans son cocon de fastes et de cérémonies à grand spectacle, amorcé une rupture avec l'aristocratie en cautionnant une réduction significative du pouvoir et de l'influence de la Chambre des lords et initié l'un des plus gros coups de communication jamais tenté dans l'histoire des monarchies modernes en changeant le nom de sa famille (Saxe-Cobourg-Gotha) pour lui donner celui de Windsor. Dans un monde où les maisons impériales et royales s'écroulaient les unes après les autres, anéanties pour n'avoir su anticiper ni les aspirations démocratiques des opinions européennes ni l'avènement du nouveau monde précipité par la Grande Guerre, son clan, sauvé par une forme d'intuition politique doublée d'une relative absence de pouvoir, avait préservé sa couronne en choisissant d'incarner un double idéal familial et moral. George V avait eu l'image du père et de l'époux exemplaires. Marié à une fille de comte écossais, père de deux adorables fillettes, travailleur et très croyant, son fils, George VI, avait à son tour repris le flambeau du souverain zéro défaut. Portée à la fois par l'amour et le respect infini qu'elle lui vouait, intimement convaincue de la justesse des valeurs et des principes qu'il avait défendus tout au long de son règne, et probablement aussi réticente par nature au changement, Elizabeth choisit de l'imiter. Son père lui a laissé un trône stable et populaire… Suivre son exemple lui paraît la meilleure manière de pérenniser son héritage.

« Elle aura besoin de votre protection et de votre amour »

Une partie de la presse mais aussi la Fédération nationale des instituts des femmes (les très influents *Women's Institutes*) se demandent s'il est raisonnable qu'une jeune maman accède à d'aussi lourdes responsabilités. Lilibet, elle, n'entend pas s'assujettir à des considérations de cet ordre. Tout au long des semaines qui suivent son avènement, un flot ininterrompu de lettres arrive au palais, qui révèle la sympathie et la compassion des Britanniques. « La somme de courrier était inouïe, se souvient l'une de ses dames d'honneur. Les femmes, particulièrement celles issues de milieux populaires, s'identifiaient à elle, beaucoup lui disaient : "Je suis comme vous, moi aussi j'ai vingt-cinq ans, je suis mariée à un marin, j'ai des enfants en bas âge. Je sais par quoi vous passez, et je partage votre douleur." » La voilà chef de famille. Il est prévu que sa mère et sa sœur, la princesse Margaret, quittent Buckingham – devenu la résidence officielle de la souveraine et de Philip – pour emménager à Clarence House. Submergée par le chagrin, Queen Mum ressent tout aussi difficilement la perspective de devoir abandonner les appartements qu'elle partageait avec son époux que la perte d'influence et d'autorité à laquelle la condamne le veuvage. Un jour, raconte William Shawcross, « elle a fondu en larmes devant [sa fille] pendant qu'elle parlait avec elle de son inéluctable déménagement – et lui a écrit tout de suite après pour lui présenter ses excuses[1] ». La reine mère suggère à Elizabeth de s'installer quelque temps dans la Suite belge, située au rez-de-chaussée du palais, avec le duc d'Édimbourg, le temps pour elle de déménager ses affaires « sans avoir à le faire dans une épouvantable hâte. Je pourrai être assez autonome à l'étage, y compris pour les repas, etc., c'est à peine si vous remarquerez que je suis là[2] ». Les châteaux de Sandringham et de Balmoral sont désormais la propriété de la souveraine ; là-bas, comme au château de Windsor, l'épouse du roi défunt ne sera plus qu'une invitée. La monarchie est souvent ingrate à l'égard de celles et ceux qui l'ont loyalement servie ? La comtesse d'Airlie se souvient de la détresse de la reine Mary, confrontée elle aussi, après la mort de George V, en 1936, à une existence en quête de direction et de sens. « Oh, Mabell, lui avait-elle écrit, si seulement vous saviez à quel point cela a été dur ; combien il m'a fallu lutter contre moi-même. Pendant toutes ces années, j'avais été celle à qui le roi disait tout en premier. Cela me manque tellement. »

Elizabeth se sait privilégiée : elle a des enfants en bas âge, un métier prestigieux et prenant, et nul ne comprend mieux qu'elle ce que la disparition de son père peut avoir de terrible pour sa mère et sa sœur, brutalement reléguées à des seconds rôles et hantées par le vide abyssal de vies à réinventer. La veuve de George VI fait savoir qu'elle souhaite désormais être appelée *Queen Elizabeth the Queen Mother*, tout en qualifiant, en privé, le titre de reine mère d'« horrible[3] ». Le 18 janvier, elle s'adresse en ces termes à

1. William Shawcross, *Queen Elizabeth, op. cit.*, p. 662.
2. *Ibid.*
3. *Ibid.*, p. 661.

l'ensemble des nations du Commonwealth : « Tout au long de notre existence de mari et femme, nous avons essayé, le roi et moi, de remplir avec tout notre cœur et toutes nos forces la grande tâche de service qui nous incombait. Mon seul souhait, aujourd'hui, est de pouvoir poursuivre le travail que nous avons cherché à mener à bien ensemble. Je vous confie notre chère fille : apportez-lui votre loyauté et votre dévouement. Tout en étant comblée par son mari et ses enfants, elle aura besoin de votre protection et de votre amour dans cette fonction à la fois prestigieuse et solitaire à laquelle elle a été appelée. »

Les proches de Philip le décrivent à l'époque comme « un volcan auquel on aurait mis un bouchon[1] ». Aucun d'entre eux ne croit sérieusement que le bouillant officier de marine acceptera de se changer en prince potiche, de renoncer à ses rêves et à ses aspirations personnels pour se fondre dans l'ombre d'Elizabeth. Compréhensive, Queen Mum insiste pour que son gendre soit associé aux préparatifs du couronnement, dont la date a été fixée au 2 juin 1953 – il est aussitôt fait président du comité d'organisation. Mais les relations entre le duc d'Édimbourg et sa belle-mère vont rapidement se compliquer. Avec l'accession au trône d'une femme se pose en effet, de manière inévitable, la question du nom de sa maison et de ses descendants. Les Windsor ont-ils clos le dernier chapitre de leur histoire avec la disparition de George VI ? Le 18 février, la reine Mary convoque John Colville, le secrétaire particulier de Winston Churchill, à Marlborough House et, horrifiée, l'informe que le prince Ernst August de Hanovre

1. Alexandra de Yougoslavie, *Prince Philip, op. cit.*, p. 140.

rentre de Broadlands, où il a entendu « Lord Mountbatten déclarer devant une petite assemblée d'invités que le règne de la maison Mountbatten a commencé. La pauvre femme, qui n'avait pas dormi de la nuit, raconte Colville, a été soulagée lorsque je lui ai dit douter que le cabinet puisse accepter pareil changement[1] ». La veuve de George V n'imagine pas une seule seconde que le bel édifice dynastique construit par son époux puisse être remis en cause, et Queen Mum, avec laquelle elle entretient une correspondance affectueuse et régulière, partage cet avis. Aussitôt informé, le Premier Ministre – lui-même un ardent détracteur de l'oncle de Philip – consulte ses ministres et obtient le soutien unanime du cabinet au maintien de la maison Windsor. Le prince, lui, proteste et se plaint, avec une amertume compréhensible, d'être le seul homme de Grande-Bretagne « à qui on ne permet pas de transmettre son nom à ses enfants ». Il propose alors le patronyme d'Édimbourg, pensant avoir trouvé là un compromis raisonnable. Mais « à l'époque, confie une parente de la souveraine, Elizabeth n'a pas encore acquis l'assurance nécessaire pour pouvoir résister aux pressions, elle a du mal à dire les choses à son mari. La reine mère et le Premier Ministre sont là qui lui répètent, "nous avons l'expérience, nous sommes là pour vous aider". Et puis surtout, personne, à la cour, ne souhaite que Philip l'influence en quoi que ce soit[2] ». Sa Majesté a-t-elle vraiment d'autre choix que celui de suivre en toute chose le « conseil » de son gouvernement ? En avril, il est officiellement confirmé que la souveraine et ses descendants continueront de porter le nom de

1. John Colville, *The Fringes of Power, op. cit.*, p. 641.
2. Entretien avec l'auteur.

Windsor. Le duc d'Édimbourg vit cette décision comme un camouflet[1].

Sa déception est à la hauteur des attentes et des espérances qu'il avait placées dans sa vie de père. Et vient durcir encore les relations, déjà passablement conflictuelles, qu'il entretient avec les dignitaires de Buckingham. « Je me souviens qu'un peu après l'emménagement d'Elizabeth et Philip, l'une des personnes à leur service était tombée sur un employé du palais qui lui avait lancé : "Dites-donc vous autres, vous n'allez tout de même pas causer des difficultés, hein[2] ?" » témoigne l'un de ses proches. Si le prince irrite le personnel en place, c'est aussi en raison de son empressement à bousculer, à rationaliser, à mettre en ordre de marche la lourde machine de la *Royal Household*. Il y dénonce bien des privilèges, y piétine bien des egos. « Il a tout de suite cherché à moderniser le fonctionnement de la cour, poursuit cet autre. Je me rappelle une tradition à laquelle il a fait mettre un terme, celle du porto commandé tous les jours à la même heure au nom d'une princesse qui était morte depuis des années. Eh bien, croyez-le ou non, mais ils l'ont détesté pour ça[3]. » On raconte, aujourd'hui encore, que « certains ont tenté de minimiser sa position, de le rabaisser, en essayant par exemple d'imposer qu'il marche plusieurs rangs derrière sa femme dans les manifestations officielles. Tous les

1. En février 1960, quelques jours avant la naissance du prince Andrew, leur troisième enfant, Elizabeth II clora en partie cet épisode douloureux en décidant que ses descendants – à l'exception de ceux qui bénéficient du prédicat d'altesse royale et du titre de prince ou de princesse – porteront dorénavant le nom de Mountbatten-Windsor.

2. Entretien avec l'auteur.

3. Entretien avec l'auteur.

deux ont dû batailler pour qu'il soit respecté[1] ». En septembre, Elizabeth II décrète que son époux bénéficie désormais, et en toute occasion, d'une préséance sur le reste du monde – juste après elle. Fin 1953, à sa demande, le *Regency Act*[2] de 1937 est également modifié pour permettre au duc d'Édimbourg d'assurer la régence du royaume si elle venait à disparaître avant que le prince Charles ait atteint sa majorité.

« OK, les filles, allons-y ! »

La reine Mary s'éteint le 24 mars, à l'âge de quatre-vingt-cinq ans. « La souveraine impeccabilité qui émanait de sa personne, son intransigeance en matière morale comme de modes, le sens aigu qu'elle avait des devoirs incombant à son rang, en avaient fait une sorte de symbole vivant d'une certaine Angleterre[3] », écrit l'ambassadeur de France au Royaume-Uni René Massigli. De fait, la mort de cette grande figure au style édouardien est perçue par beaucoup comme symbolique de la fin d'une certaine conception de la monarchie et de l'avènement d'une ère nouvelle. La veuve de George V a clairement indiqué, dans son testament, que sa disparition ne doit en rien perturber les préparatifs du sacre de sa petite-fille. Le souvenir des sombres

1. Entretien avec l'auteur.

2. Texte précisant les conditions de désignation d'un régent ou d'une régente si le monarque en exercice venait à disparaître ou à se retrouver dans l'incapacité d'exercer sa fonction avant que son héritier direct ait atteint sa majorité.

3. Note adressée au ministre des Affaires étrangères Georges Bidault, en date du 15 avril 1953, conservée aux archives du ministère des Affaires étrangères.

années d'après guerre s'estompe, la Grande-Bretagne est toujours soumise au rationnement mais la voilà de nouveau engagée sur la voie de la prospérité et d'un renouveau qui trouve son incarnation dans la fraîcheur et la beauté d'Elizabeth II. L'historien Peter Hennessy, spécialiste des années cinquante, parle d'un pays à l'optimisme retrouvé, décidé à consacrer toutes ses forces à l'accomplissement du progrès économique et social, et souligne la dimension morale de la cérémonie. Certains intellectuels de l'époque voient en effet dans l'accomplissement de ce rituel ancien « une série d'affirmations des valeurs nécessaires à une société bonne et bien gouvernée ». L'une de ses composantes essentielles, poursuit-il, réside dans « la promesse de la reine de respecter les standards moraux de la société. [...] Dans son assurance de toujours faire preuve de clémence, de charité, de justice et d'affection protectrice, elle reconnaît le pouvoir de ces valeurs et s'y soumet[1] ». « Le couronnement a été comme la résurrection du phénix, confiera la princesse Margaret. Tout renaissait des cendres. Vous aviez cette ravissante, magnifique jeune lady, et c'était comme si rien ne pouvait plus empêcher les choses d'aller de mieux en mieux[2]. »

Placé à la tête de la commission en charge du bon déroulement des festivités, Philip se consacre à sa tâche avec énergie et perfectionnisme. Il a longuement étudié l'histoire du sacre et l'évolution de ses traditions et s'efforce d'en évaluer à l'avance les aspects « pratiques ». Un matin, à l'heure du laitier, on le voit ainsi s'avancer sur le balcon du palais de Buckingham,

1. Cité dans Peter Hennessy, *Having It So Good*, *op. cit.*, p. 236-237.

2. Ben Pimlott, *The Queen*, *op. cit.*, p. 193.

puis scruter le ciel pendant de longues minutes avec de curieuses gesticulations du cou, comme s'il portait un poids sur la tête. « Lorsque les experts se sont réunis pour décider du trajet qui allait être emprunté par le défilé aérien, ainsi que de l'altitude à laquelle allaient voler les appareils, raconte Alexandra de Yougoslavie, il était prêt, et leur a montré qu'en aucun cas la reine ne pourrait lever la tête à la verticale tout en gardant sa couronne en place[1]. » Les autorités politiques et religieuses du royaume se montrent, dans un premier temps, hostiles à une retransmission de la cérémonie par la BBC. Winston Churchill, qui ne connaît pas grand-chose à la télévision, s'oppose à ce qu'on aveugle la souveraine avec « des lumières vives » et brûlantes[2]. Elizabeth II elle-même n'y est pas favorable au départ – on la dit quelque peu méfiante vis-à-vis du nouveau média. Certains redoutent que les Britanniques, rivés à leur petit écran, se pressent moins nombreux que d'habitude dans les rues de Londres. Le clergé, lui, craint qu'une fois rassemblé dans le confort de son *home sweet home*, autour de tasses de café et d'assiettes de sandwiches, le public ne perde de vue la dimension divine de la célébration. Mais deux millions de foyers sont déjà équipés d'un poste, et face au déluge de protestations émises par le public, la presse et le Parlement, décision est finalement prise – sur recommandation de la reine – d'autoriser les caméras à l'intérieur de l'abbaye. « Le mystère de l'institution est sa vie même, n'exposons pas sa magie à la lumière du jour », recommandait Walter Bagehot… Elizabeth

1. Alexandra de Yougoslavie, *Prince Philip*, *op. cit.*, p. 142-143.

2. Peter Hennessy, *Having It So Good, op. cit.*, p. 243.

obtient que l'onction sacrée de ses mains, de sa poitrine et de son front par l'archevêque de Canterbury ne soit pas visible par les téléspectateurs.

De manière assez symbolique, la jeune femme insiste auprès du couturier Norman Hartnell pour que la ligne générale de sa robe, qu'elle souhaite de satin blanc, soit identique à celle de sa robe nuptiale. Elle lui suggère aussi l'ajout de broderies de couleur figurant les emblèmes des provinces du Royaume-Uni et de ses autres royaumes du Commonwealth. Après plusieurs semaines de réflexion et de travail, le croquis final lui est présenté au château de Sandringham, un après-midi du mois de novembre 1952. Le créateur a conçu ces broderies comme autant de joyaux. L'Angleterre a sa rose Tudor, faite de soie rose, de perles, d'argent, d'or et de diamants roses, l'Écosse son chardon en soie mauve et améthystes, l'Irlande son trèfle en soie verte, diamants et fil d'argent, le pays de Galles son poireau en soies blanche et verte incrustées de diamants. S'y ajoutent la feuille d'érable canadienne (en soie brodée d'or et de cristal), le mimosa doré australien, la fougère néo-zélandaise, la protea sud-africaine, les fleurs de lotus d'Inde et de Ceylan[1]. Une fois l'ensemble des dessins approuvé par la souveraine, c'est à sa *première* d'origine française, Madame Isabelle – une Parisienne –, que Norman Hartnell confie la confection du précieux vêtement. Afin d'assurer à la jupe un tombé et un mouvement harmonieux, celle-ci choisit de doubler le satin de taffetas crème, renforcé par trois épaisseurs de crinoline en crin de cheval. Sur le côté gauche de la robe est discrètement

1. Norman Hartnell, *Silver and Gold*, Evans Brothers Ltd., 1955, p. 125-126.

brodé un minuscule trèfle à quatre feuilles en guise de porte-bonheur[1].

Au palais, on se rend compte, non sans une certaine inquiétude, que les dernières gouttes du chrême utilisé pour le sacre de la reine Victoria (et celui de ses successeurs) ont disparu, pendant la guerre, dans le bombardement du doyenné de Westminster. Une partie des ingrédients – myrrhe, fleur d'oranger, cannelle, musc… – est connue, mais les dernières personnes à avoir fabriqué l'onguent ont, depuis longtemps déjà, emporté le secret de sa composition dans la tombe. Une fiole contenant un peu plus de cent dix grammes de l'inestimable préparation est finalement retrouvée dans une petite maison de campagne du Kent – où l'avait conservée, en souvenir, l'un des responsables du laboratoire qui avait autrefois procédé à son élaboration[2].

Les répétitions à Westminster commencent le 14 mai, soit un peu plus de deux semaines avant la cérémonie, et s'enchaînent dès lors à un rythme quotidien. Elizabeth trouve le temps d'assister à trois ou quatre d'entre elles, mais pour l'essentiel, sa préparation se déroule au palais. Sur le sol de la salle de bal de Buckingham a été installée, à grand renfort d'adhésifs, toute une série de repères évoquant la configuration de l'intérieur de l'abbaye. Des pièces de drap accrochées aux épaules à la manière d'une traîne, la souveraine s'applique à reproduire les gestes que l'on attendra d'elle le jour J. Comme son père, en 1937, elle s'entraîne également à porter la couronne de St Edward, un spectaculaire bijou fait de deux kilos vingt-trois de pierres incomparables et d'or.

1. *Ibid.*, p. 129.
2. Alexandra de Yougoslavie, *Prince Philip, op. cit.*, p. 144.

Le 2 juin 1953, une foule innombrable, accourue des quatre coins du royaume, prend possession de la capitale. Ils sont des milliers à avoir campé sur les trottoirs, parfois pendant deux jours et deux nuits, afin de s'assurer les meilleures places. « Ce n'est plus seulement d'attachement qu'on doit parler, écrit l'ambassadeur de France René Massigli, mais bien de passion, d'une passion faite d'affection attendrie pour la personne si pleine d'attraits de la jeune reine, de respect pour les principes qu'elle incarne et, plus encore que de respect, de la conviction absolue que ces principes sont éminemment et exclusivement propres à assurer le bien-être et la grandeur de l'Angleterre[1]. » Le spectacle est partout, dans les rues pavoisées, l'océan de périscopes en carton dressés vers le ciel au passage du cortège, la splendeur du carrosse d'or qui emmène Elizabeth vers Westminster – une masse de quatre tonnes, puissante, baroque, longue de plus de sept mètres pour trois mètres soixante de haut, tirée par huit chevaux. Il est aussi à l'intérieur de l'abbaye, où les invités (hauts responsables du gouvernement, pairs et pairesses nimbés de velours rouge, d'hermine et de diamants…) ont été conviés à se présenter bien avant huit heures trente, avant que ne débutent les traditionnelles processions.

Les premiers des proches de Sa Majesté arrivent à 8 heures 50, quelque quatre-vingts membres de dynasties royales et dignitaires étrangers à partir de neuf heures. Le ministre des Affaires Étrangères Georges Bidault est là pour représenter la France, le prince Pierre (le

1. Extrait d'un compte-rendu adressé à Georges Bidault par l'ambassadeur de France au Royaume-Uni René Massigli, en date du 18 juin 1953, archives du ministère des Affaires étrangères.

père de Rainier III), la principauté de Monaco. « C'est comme si une boîte à bijoux s'était ouverte et que de précieux joyaux d'une myriade de couleurs s'étaient répandus sur le velours des tapis, raconte Norman Hartnell. Un prince à la silhouette gracile porte une tunique à col montant jaune parcourue d'orange et un collier de chien en émeraudes et diamants. Son turban est fait d'une splendide soie mandarine, drapée de manière exquise et maintenue par des rubis. Une altesse impériale venue d'Orient brille dans une étoffe violet et argent, d'étranges plumes s'échappent en volutes de son couvre-chef pourpre et améthyste. Gloire bleu de paon pour cet autre prince, dans un brocart de lapis-lazuli et de malachite et des ornements de saphirs et d'émeraudes[1]. » Viennent ensuite les chefs d'État « sous la protection » de Sa Majesté, la reine Salote de Tonga, en satin couleur fraise[2], les sultans de Lahej, de Perak, de Brunei, de Kelantan, de Johore, de Zanzibar et de Selangor, suivis, à 10 heures 14, par les princes et les princesses de sang – les princes et les ducs de Gloucester et de Kent. Enfin, à 10 heures 32, entrent la princesse Margaret, entourée de six hérauts, et la reine mère, escortée par la duchesse de Northumberland et par six dames d'honneur.

« Le Couronnement est un rite, écrit Geoffrey Dennis. L'un des plus importants et des plus étranges de l'Église d'Angleterre, un rite qui ressemble à la fois à une ordination, à une consécration, à un sacrement de mariage par lequel l'Église crée cette *mixa persona* unique en son genre, mi-laïque, mi-prêtre, et la voue à entretenir à tout jamais, avec elle comme avec l'État,

1. Norman Hartnell, *Silver and Gold, op. cit.*, p. 133.
2. *Ibid.*

une relation noble et singulière ; un rite qui consacre le contrat politique entre le monarque et son peuple, et grâce au mystère chrétien fait de ce contrat un contrat sacramentel entre lui et son Dieu. […] Pour la plus ancienne religion d'Angleterre, [le Couronnement] est un rite magique qui fait d'un homme un dieu[1]. » La plus jeune souveraine du monde marque un temps d'arrêt avant de pénétrer sous les voûtes de Westminster, elle vérifie l'ajustement de sa traîne, se retourne vers ses six « demoiselles d'honneur » et leur lance en souriant « All right, girls[2] ». Précédée par ses chapelains, par les dignitaires des Églises libres et de l'Église d'Écosse, par les poursuivants d'armes, les représentants des ordres de chevalerie de l'Empire britannique, de St Michel et St George, du Bain, du Chardon et de la Jarretière, par les étendards de ses royaumes, par les Premiers ministres des États membres du Commonwealth, les archevêques d'York et de Canterbury, son époux, le duc d'Édimbourg, ainsi que par les joyaux du sacre (les épées, le sceptre, la couronne de St Edward et l'orbe), Elizabeth fait son entrée dans l'abbaye au son du très solennel *I was glad when they said unto me, We will go into the House of the Lord*. Elle rejoint l'espace qui fait face au maître-autel, où ont été disposés le trône, la « chaise d'État » et la « chaise du roi Edward » – l'humble trône de bois sur lequel, depuis 1308, tous les souverains d'Angleterre (à l'exception de Mary Ire, au XVIe siècle, et Mary II, au XVIIe siècle) et de Grande-Bretagne ont reçu la suprême onction.

L'archevêque de Canterbury, le lord chancelier (grand

1. Geoffrey Dennis, *Coronation Commentary*, William Heinemann Ltd., 1937, p. 301.

2. Pourrait se traduire par « OK, les filles, allons-y ».

officier d'État en charge de la Justice), le lord grand chambellan, le lord haut connétable et le comte maréchal (ou *Earl Marshal*, organisateur en chef des cérémonies royales) se tournent alors successivement vers l'ouest, le nord, l'est et le sud pour « présenter » et faire acclamer Sa Majesté aux cris de « Dieu sauve la reine Elizabeth ». Depuis la chaise d'État, la jeune femme prononce le serment du couronnement, en promettant de gouverner les peuples du Royaume-Uni de Grande-Bretagne et d'Irlande du Nord, du Canada, d'Australie, de la Nouvelle-Zélande, de l'Union d'Afrique du Sud, du Pakistan, de Ceylan et de ses autres territoires en accord avec leurs lois et coutumes respectives ; de rendre ses jugements selon la loi et la justice ; et de maintenir au Royaume-Uni la religion protestante réformée et l'établissement de l'Église d'Angleterre. Elle se sépare ensuite de sa cape de velours et d'hermine, ainsi que de son diadème, et revêt symboliquement un vêtement blanc (une robe de lin immaculé dessinée elle aussi par Norman Hartnell) avant de se diriger vers la chaise du roi Edward. Quatre chevaliers de la Jarretière dressent au-dessus d'elle un dais de soie et d'or. À l'aide d'une « cuiller » en argent doré datant du XIIe siècle, dans laquelle il a versé quelques gouttes de chrême, l'archevêque trace une croix sur sa tête, sa poitrine et la paume de ses deux mains en prononçant ces mots : « Comme Salomon a été sacré roi par le prêtre Zadok et le prophète Nathan, sois sacrée, bénie et consacrée reine des peuples que le Seigneur ton Dieu t'a donnés à diriger et à gouverner. »

Elizabeth II revêt ensuite la *Supertunica* (ou dalmatique), une longue tunique de tissu d'or à manches amples, fermée par une ceinture, autrefois conçue pour George V d'après l'uniforme de cérémonie d'un consul romain. L'archevêque lui remet l'épée de l'Offrande, sertie de plus de trois mille pierres précieuses, les armilles, une paire de bracelets d'or sertis de fermoirs en forme de roses Tudor, symboles des liens qui l'unissent à ses peuples, l'orbe, symbole de la souveraineté chrétienne sur terre, et l'anneau, insigne de la dignité royale. Puis on couvre ses épaules d'un troisième vêtement, une longue cape en fil d'or, avant d'enfiler à sa main droite le gant, symbole de retenue dans le prélèvement de l'impôt, et de placer entre ses mains deux sceptres, le premier emblème du pouvoir royal et de la justice, le second gage d'équité et de clémence. Par trois fois, l'assemblée crie *God Save the Queen !* après que l'archevêque a posé la couronne de St Edward sur son front. Lentement, Sa Majesté est conduite jusqu'au trône, où princes et pairs du royaume vont maintenant se succéder pour lui présenter leurs hommages et lui promettre éternelle allégeance. Le premier à se présenter devant elle n'est autre que son époux, le duc d'Édimbourg, qui, à genoux, les mains jointes entre les siennes, fait serment de devenir son vassal avant de l'embrasser sur la joue. La célébration touche à sa fin. Dans une chapelle attenante, la jeune souveraine ôte sa couronne pour coiffer la couronne d'État impériale, plus légère, et revêtir le manteau du couronnement en velours bordé d'hermine et brodé d'or. Le retour au palais de Buckingham s'effectuera en glorieux équipage, dans une procession de détachements militaires venus de tout le Commonwealth, au milieu d'une liesse indescriptible. À travers tout le royaume, ils sont plus de vingt-sept millions à s'être rassemblés, en famille, devant leur petit écran, pour suivre les festivités. Une première communion de masse qui inaugure l'ère du *royal show* et change à tout jamais la perception de la figure révérée du monarque. « Personne n'oubliera l'humilité et l'intensité de son visage lorsque sa tête et ses mains fragiles furent successivement chargées des attributs de la royauté, commente l'ambassadeur de France. Il n'est pas jusqu'à l'organisation même de la cérémonie [...] qui n'ait accentué le caractère humain de la jeune reine, par opposition aux figures hiératiques et figées des plus purs spécimens de la vieille aristocratie anglaise qui l'entouraient : entre les glaives, les crosses, les chapes et les hermines, elle apparaissait si petite et, malgré sa robe d'or, si semblable à la jeune femme de partout et de toujours qu'aucun Anglais, quels que fussent ses sentiments démocratiques et sa méfiance, ne pouvait la sentir lointaine et s'empêcher de la plaindre et de l'aimer. Après avoir conquis des esprits, la Couronne venait de conquérir des cœurs[1]. »

1. Extrait du compte-rendu de Georges Bidault cité *supra*.

Chapitre 8

« Magnifique ! Magnifique ! Magnifique ! »

On ne peut retracer la longue histoire d'affection et d'admiration réciproques qui unit Elizabeth II à l'Hexagone sans évoquer la francophilie, souvent méconnue, de plusieurs des souverains qui l'ont précédée. Dès 1830, année de son accession au trône, le roi William IV avait tenté (sans succès) de faire changer le prénom de son héritière, la princesse Victoria, au prétexte que celui-ci sonnait décidément trop *frenchy*. Est-ce justement parce que la jeune femme trouve délicieuse la consonance *made in France* de son nom de baptême ? En 1843, six ans après son avènement, c'est à l'Hexagone qu'elle réserve son tout premier voyage à l'étranger aux côtés de son époux, le prince Albert. À l'époque, le roi Louis-Philippe et sa famille la reçoivent au château d'Eu, en Normandie. Enthousiasmée par la gaieté et l'élégance de la cour, la souveraine se surprend à apprécier « ce cercle de famille composé de personnes de même rang que le mien, avec lesquelles je peux entretenir des relations d'égal à égal & empreintes d'une certaine familiarité[1] ». Douze ans plus tard, en août 1855, le couple britannique se rend à Paris, à l'invitation, cette fois, de Napoléon III. Aucun souverain

1. Elizabeth Longford, *Victoria R. I., op. cit.*, p. 189.

anglais n'avait plus franchi les portes de la capitale depuis le couronnement d'Henry VI, sacré roi de France en la cathédrale Notre-Dame, à l'âge de dix ans, le 16 décembre 1431. Sa Majesté décrit la ville comme « la plus joyeuse qu'il se puisse imaginer[1] ». De la finesse de la cuisine aux mille petites attentions dont la comblent l'empereur et son épouse, en passant par la magnificence des appartements qu'on lui a attribués au château de Saint-Cloud, entièrement redécorés pour l'occasion, tout n'est pour elle que ravissement. À Versailles, le 25 août, dans la splendeur de la galerie des Glaces tendue de guirlandes de fleurs et illuminée par plusieurs milliers de torches se reflétant à l'infini dans les miroirs, Napoléon III ouvre le bal du siècle au bras d'une reine éblouie. Elle ignore encore que, dans quelques années, l'Hexagone deviendra pour elle comme un second *home sweet home*.

En 1882 – elle est alors âgée de près de soixante-trois ans et veuve depuis un peu plus de vingt ans –, Victoria accepte l'invitation de Charles Henfrey (un homme d'affaires anglais qui a fait fortune dans les chemins de fer) à séjourner pendant un mois, de la mi-mars à la mi-avril, dans son chalet des Rosiers, une villa située à Menton, en bord de mer. Sa Majesté vit ces vacances de printemps comme une réjouissante aventure et passe le plus clair de ses heures de loisir à arpenter la campagne dans une modeste carriole tirée par un poney, accompagnée de la plus jeune de ses filles, la princesse Beatrice, et de ses dames d'honneur. Suivent des villégiatures à Aix-les-Bains, en 1885, à Biarritz, en 1889, ainsi qu'à Grasse, en mars 1891. À Hyères, l'année suivante, elle descend à l'hôtel Costebelle et

1. *Ibid.*, p. 273.

profite de son séjour pour visiter les communes de La Crau, Carqueiranne, Sauvebonne, L'Almanarre, Giens, Pradet, La Garde ou encore Les Bormettes[1]. Le 15 mars 1895, elle arrive à Nice, conquérante – elle est alors le premier souverain britannique régnant à y résider.

Des régiments en uniforme se sont rangés sur la place de la gare, une foule joyeuse a envahi les rues de la vieille ville dans l'espoir d'apercevoir la légendaire Lady Balmoral – son pseudonyme de voyage. La reine a réservé au Grand Hôtel de Cimiez (qui lui a consenti, après d'âpres négociations, un tarif basse saison de 40 000 francs pour six semaines) et y débarque en somptueux équipage. « Celui-ci se composait d'une première dame d'honneur assistée de six habilleuses, raconte Xavier Paoli, le haut fonctionnaire en charge de la sécurité de Victoria ; d'un chef français, M. Ferry, avec trois ou quatre seconds et un bataillon entier de garçons de cuisine sous ses ordres ; d'un cocher, d'un piqueur et d'une douzaine de grooms et autres garçons d'écurie, car la reine ne partait jamais à l'étranger sans ses chevaux », ainsi que d'« une petite troupe de domestiques indiens, qui préféraient former un groupe à part des autres », « des hommes qui avaient fière allure, vêtus de larges turbans et de magnifiques vêtements de cashmere aux couleurs éblouissantes, qui se conduisaient comme des gardes du corps vigilants et silencieux[2] ». Sa Majesté a quitté l'Angleterre avec le mobilier de sa chambre, son cadre de lit en acajou, son miroir vénitien favori et une table en palissandre couverte de photographies de famille[3]. Sous le soleil de la

1. Michael Nelson, *Queen Victoria and the Discovery of The Riviera*, Tauris, 2001, p. 76.
2. *Ibid.*, p. 81.
3. *Ibid.*

Méditerranée, elle se sent maintenant comme chez elle. Rapidement, les Niçois et les habitants des villages voisins se prennent d'affection pour cette « touriste » à nulle autre pareille, petite dame en noir à la silhouette replète inséparable de son modeste attelage (une voiture tirée par un âne prénommé Jacquot) et friande de contacts avec la population – certaines auberges cultivent aujourd'hui encore le souvenir de ses haltes dans l'arrière-pays, comme Au Thé de la Reine, dans le village médiéval de Falicon[1]. Victoria prend plaisir à découvrir les coutumes locales, elle se fait expliquer l'histoire des communes qu'elle traverse, assiste à des meetings de la Société de poésie niçoise, au traditionnel festin des Cougourdons organisé à Cimiez pour célébrer l'arrivée du printemps, ou encore à la bataille des fleurs, sur la Promenade des Anglais. Le soir, elle termine sa journée en écoutant de la musique ou des lectures. Les artistes les plus fameux de l'époque insistent pour se produire devant elle – la comédienne Sarah Bernhardt viendra ainsi déclamer quelques passages de *Jean Marie*, un drame d'André Theuriet[2]. À son journal intime, Sa Majesté confie son affection pour « ce beau pays, que j'admire et que j'aime tant[3] ».

Convaincus que les villégiatures de Victoria dans la région attireront rapidement à Nice une clientèle prestigieuse et fortunée, des promoteurs parisiens décident de faire construire en haut du boulevard de Cimiez un hôtel monumental, l'Excelsior Regina, doté d'une aile royale de soixante-dix pièces conçue pour héberger dans les meilleures conditions possibles la souveraine

1. Source : « La reine Victoria à Nice » (fiche patrimoine consultable sur le site internet de la ville, www.nice.fr).
2. Michael Nelson, *Queen Victoria, op. cit.*, p. 113.
3. *Ibid.*, p. 106.

et sa suite. Parc à la végétation luxuriante foisonnant de mosaïques de fleurs, de palmiers, de cactus et de statues, ascenseur électrique, chapelle anglicane, jardin d'hiver[1]... Pour plaire à la première impératrice des Indes, il n'est fait l'économie d'aucun luxe. Après être descendue une dernière fois au Grand Hôtel de Cimiez, en 1896, celle-ci est accueillie à l'Excelsior le 12 mars 1897 avec les honneurs civils et militaires – séduite, elle y demeurera jusqu'au 28 avril. Le palace l'accueillera à nouveau en 1898 et au printemps 1899, pour son ultime séjour sur la Riviera. « La matinée fut une nouvelle fois belle et ne fit qu'ajouter à la tristesse que j'éprouvais à l'idée de partir, écrit-elle le 2 mai. J'aime chaque année un peu plus mon cher Cimiez. »

Les autorités notent, non sans une certaine perplexité, que si Victoria et son fils aîné sont de vrais inconditionnels de l'Hexagone, tous deux prennent soin de ne jamais s'y trouver au même moment dans la même ville. Le futur Edward VII avait fait pour la première fois le voyage de Paris en 1855, à l'âge de quatorze ans, avec ses parents. Subjugué par les fastes de la cour de Napoléon III et par les décolletés vertigineux des dames d'honneur de l'impératrice Eugénie, il s'était alors pris de passion pour la France et n'avait regagné Londres qu'à contrecœur, enivré de promesses, la tête pleine de rêves d'actrices légères, de cocottes voluptueuses et de demi-mondaines. Rien d'étonnant, donc, à ce qu'on le surprenne de retour dans la capitale dès juin 1862, puis en novembre, date à laquelle Eugénie le présente à tout ce que son entourage compte d'aimables comtesses et de duchesses à la grâce engageante. Il a bientôt pour

1. Source : « Quand la reine Victoria séjournait à Cimiez », par Rocca Roger, paru dans le journal *Nice-Matin* le 15 mars 2009.

maîtresse la très jolie Hortense Schneider, comédienne et cantatrice célèbre à qui talent et beauté attirent les hommages empressés des plus grands princes du monde, mais aussi la princesse Jeanne-Marguerite Seillière de Sagan, une femme mariée à qui il rend discrètement visite dans son château de Mello, au sud de Paris[1].

Le prince, que l'on décrit volontiers comme « un play-boy, un Lovelace, un don Juan[2] », inspire Marcel Proust, il est reçu dans toutes les grandes maisons où s'épanouit la fleur de la haute société du Second Empire, chez la comtesse Elizabeth de Greffulhe, rue d'Astorg, dans l'hôtel particulier d'Hélène Standish, avenue d'Iéna, ou encore chez le duc et la duchesse de la Trémoille, à Rambouillet[3]. Ses séjours flamboyants sont autant de prétextes délicieux pour des soupers fins au Jockey Club et des cinq-à-sept brûlants avec la grande Sarah Bernhardt – à qui il confiera que son rêve aurait été de devenir acteur[4] –, Liane de Pougy ou encore Jeanne Granier, de la Comédie-Française. L'héritier du plus illustre trône d'Europe fréquente également avec assiduité le Moulin-Rouge, dès son ouverture, en 1889, tout comme Maxim's, Le Chat Noir, et autres cabarets coquins à la mode. Au début des années 1870, il entreprend des séjours réguliers dans le sud de la France sous le nom de baron Renfrew – l'un de ses titres écossais. Escapades au casino de Monte-Carlo, régates entre Monaco et Marseille à bord de son yacht, le *Britannia*, participations au Carnaval de Nice, où on le verra apparaître costumé et masqué…

1. Stanley Weintraub, *The Importance of Being Edward*, John Murray Ltd., 2000, p. 148.
2. *Ibid.*, p. 208.
3. *Ibid.*
4. *Ibid.*, p. 253.

Dans ses Mémoires, Xavier Paoli (encore lui) le décrit comme « le roi de la Côte d'Azur, où, en matière de festivités, plus rien ne se décide sans son accord. Il a fait de Cannes son quartier général [c'est là qu'il rencontrera notamment Alice Keppel, le dernier grand amour de sa vie] et du Cercle nautique sa résidence favorite ; mais son royaume de plaisir s'étend bien au-delà de Nice, jusqu'à Menton ; et toutes ces stations de tourisme hivernal rivalisent les unes avec les autres pour avoir l'honneur de recevoir ses visites[1] ». Après avoir succédé à sa mère, en 1901, le nouvel Edward VII interrompra ses séjours sur les rivages de la Méditerranée – « on y croise décidément trop de princes[2] », dira-t-il – pour mettre le cap sur la côte atlantique. Chaque année ou presque, et ce jusqu'à sa mort, en 1910, il quittera l'Angleterre au début du mois de mars pour aller passer deux mois à l'étranger. Dont une semaine à Paris – où on le verra régulièrement arpenter (quasi) incognito les Grands Boulevards –, et trois semaines à Biarritz, avec sa maîtresse Alice Keppel.

Si les fréquents séjours outre-Manche du futur souverain ont toujours été pour lui une échappatoire, le moyen de fuir l'ennui et les rigueurs de sa condition royale, ils ont également fait de lui un francophile ardent, convaincu de la nécessité d'une entente cordiale entre l'Hexagone et le Royaume-Uni pour assurer la paix et la stabilité en Europe. Les nombreux contacts noués au fil des années avec des hommes politiques de tout bord lui permettent, dès son accession au trône, de contribuer activement à un rapprochement entre les deux pays, en froid depuis la crise de Fachoda, au Soudan, en 1898.

1. Michael Nelson, *Queen Victoria, op. cit.*, p. 45.
2. *Ibid.*, p. 47.

Lorsque le ministre des Affaires étrangères Théophile Delcassé envoie un émissaire, Paul Cambon, négocier avec le gouvernement britannique une série d'accords territoriaux portant sur le Maroc, l'Égypte, Madagascar, Siam et Terre-Neuve, le monarque soutient l'initiative et, conscient des réticences de l'opinion française, sensible aux thèses du très influent parti colonial, demande à être reçu par le président Émile Loubet. Il insiste pour que son voyage soit entouré de la pompe et du cérémonial des visites d'État. Le 1er mai 1903, il est accueilli par des foules méfiantes, voire franchement hostiles, mais sa bonhomie, sa bonne volonté évidente et son affection sincère pour l'Hexagone finissent par avoir raison des sceptiques et des esprits chagrins. « Je ne connais pas deux pays dans le monde dont la prospérité mutuelle dépende plus l'un de l'autre, déclare-t-il lors d'un discours très remarqué à l'ambassade de Grande-Bretagne. Il a pu y avoir des malentendus et des dissensions dans le passé, mais tout cela est, je le sais, heureusement fini et oublié. » Le soir du banquet donné à l'Élysée, Edward VII rappelle sa passion pour la capitale – « j'ai connu Paris dans mon enfance, déclare-t-il, et j'y suis revenu souvent ; j'ai toujours admiré la beauté de cette ville unique et l'esprit de ses habitants[1] » – avant d'évoquer l'amitié entre les deux nations et son désir de la voir grandir encore. « Vive le roi ! » crieront les badauds sur son passage, le jour de son départ. « Il peut sembler étrange, commente l'écrivain André Maurois dans la biographie qu'il consacre au monarque, que le voyage d'un seul homme ait le pouvoir de transformer, en moins d'une semaine, les sentiments d'un peuple. »

1. André Maurois, *Édouard VII et son temps*, Éditions de France, 1933, p. 191.

Le 8 avril 1904, une série d'accords est signée entre les deux pays, qui règle leurs différends territoriaux – les Britanniques reconnaissant notamment les droits de la France au Maroc, et les Français ceux du Royaume-Uni en Égypte. La pierre fondatrice de l'Entente cordiale est posée. À la suite d'Émile Loubet, invité à Londres en juillet 1903, les présidents Armand Fallières et Raymond Poincaré franchissent à leur tour le Channel en 1908 et 1913. George V, lui, se fait acclamer à Paris en 1914 et y revient quatre ans plus tard, peu de temps après la signature de l'armistice marquant la fin de la Grande guerre. Gaston Doumergue en 1927, George VI en 1938 et Albert Lebrun en 1939 feront eux aussi le voyage de l'amitié, avant que le début de la Seconde Guerre mondiale mette de nouveau à mal les relations entre les deux nations, ébranlées par la défaite de 1940 et les épisodes douloureux de Dunkerque et de Mers el-Kébir. Le traité de Dunkerque, traité d'alliance et d'assistance mutuelle destiné à renforcer la coopération économique entre l'Hexagone et la Grande-Bretagne ainsi qu'à mettre en place une stratégie commune de défense en cas de nouvelle agression de l'Allemagne, est finalement signé le 4 mars 1947.

« Mais pourquoi Mme de Gaulle était-elle toujours en noir ? »

« Parce que le passé demeurait pour elle vivant, la reine Mary était attachée à ses souvenirs français, écrit René Massigli au ministre des Affaires étrangères Georges Bidault, le 15 avril 1953, peu après le décès de la grand-mère d'Elizabeth II. Elle n'a jamais perdu la mémoire des séjours que, jeune fille puis jeune femme, elle avait fait dans notre capitale, dans l'île-de-France ou sur la Côte d'Azur ; elle avait gardé très présent le souvenir des hommes d'État qu'elle avait connus. La première fois que j'ai eu l'honneur d'être reçu par elle, elle me parla de Raymond Poincaré, pour lequel elle partageait les sentiments d'amitié sincère qui étaient ceux de George V, et je n'ai pas besoin de rappeler quel accueil chaleureux elle avait réservé à monsieur le Président de la République [Vincent Auriol] en 1950[1]. » Dans sa lettre, l'ambassadeur de France à Londres rappelle le manque d'expérience de la nouvelle souveraine, qui « ne connaît pas l'Europe » et n'a encore eu que relativement peu de contacts avec l'étranger. Il déplore la perte du « guide très précieux » qu'était pour elle sa grand-mère dans le domaine des relations internationales – une sorte d'« International Who's Who », dit-il, qui « connaissait la terre entière ». Oubliant un peu vite l'attachement que Queen Mum, la mère de la reine, nourrit déjà depuis plusieurs années pour la France et ses beautés d'outre-Channel.

Elizabeth Bowes-Lyon avait découvert Paris en mai 1921 grâce à l'invitation de l'une de ses amies, Diamond Hardinge, dont le père avait été posté dans la capitale quelques mois plus tôt en tant qu'ambassadeur du Royaume-Uni[2]. La délicieuse lady sacrifie alors bien sûr aux visites touristiques d'usage – celles du Louvre, de la Malmaison, l'ancien petit palais de l'impératrice Joséphine, ou encore de la cathédrale de Chartres –, mais elle goûte aussi aux joies moins académiques de la vie parisienne et sort dîner et danser dans les clubs à la mode. Dans ses courriers à Bertie, le fils du roi

1. Archives du ministère des Affaires étrangères.
2. William Shawcross, *Queen Elizabeth*, *op. cit.*, p. 130.

George V et de la reine Mary, son futur fiancé, elle vante la formidable gaieté des nuits de Paname et « les gens incroyables[1] » qu'on y rencontre. Trois ans plus tard, c'est en jeune mariée (et devenue duchesse d'York) qu'elle retrouve avec délices la Ville lumière. Le couple a décidé de faire étape à Paris pendant trois jours avant d'embarquer à Marseille pour une tournée africaine qui doit l'amener au Kenya, en Ouganda et au Soudan. Après-midi shopping, *tea parties* au Ritz, place Vendôme, balade au château de Versailles, soirée au Casino de Paris (« où, pour la première fois de mon existence, raconte-t-elle, j'ai vu des femmes très peu vêtues, & je ne sais trop pourquoi, mais cela ne m'a pas paru le moins du monde indécent[2] ») ainsi que dans des night-clubs un peu plus « risqués » encore comme Les Néants – « où, dit-elle, nous avons bu à même un cercueil, entourés de squelettes & conversé sur un mode badinage très vulgaire avec un homme qui portait un os énorme[3] »... L'Hexagone devient l'une des destinations favorites de la nouvelle recrue du clan Windsor.

En 1955, trois ans après la disparition de son époux, elle confie à Sir Alan Lascelles, l'ancien secrétaire particulier de George VI, qu'elle rêve de voir les châteaux de la Loire et « d'aller en France sans être assujettie à un emploi du temps ou un programme défini à l'avance[4] ». En 1959, elle est de retour dans la capitale pour visiter un salon floral international, inaugurer l'exposition « Le Siècle de l'élégance en

1. *Ibid.*
2. *Ibid.*, p. 222.
3. *Ibid.*
4. *Ibid.*, p. 823.

Angleterre » au musée des Arts décoratifs, et déjeuner avec le général de Gaulle, alors président de la République. Un premier voyage privé est prévu en 1962, puis repoussé en raison du brusque refroidissement des relations franco-britanniques provoqué par le veto de Paris à l'entrée du Royaume-Uni dans la Communauté économique européenne. Il a finalement lieu au printemps 1963. Ralph Anstruther, le trésorier de Queen Mum – qui a grandi en France et parle à la perfection la langue de Molière –, a chargé l'un de ses amis, le vicomte Charles de Noailles, mécène, collectionneur et grand amateur de jardins, de mettre sur pied leur folle équipée. Escortée par un groupe d'amis fidèles et de membres de son personnel – au total une quinzaine de personnes –, la mère d'Elizabeth II visite Chambord, Cheverny, Chenonceaux, Azay-le-Rideau, elle se rend à Chinon et à l'abbaye de Fontevrault, fait étape au château d'Ussé pour y prendre le thé avec le duc et la duchesse de Blacas, et termine son périple par un grand tour du château de Fontainebleau. Enthousiasmée, elle prend dès lors l'habitude de passer chaque année une semaine en France, le plus souvent au printemps, à la découverte de ses régions et de ses grandes familles, de son patrimoine et de ses spécialités gastronomiques. Viendront la Provence (Aix, Nîmes, Avignon et leurs environs) en 1965, la Camargue, la Bourgogne, puis la Normandie et la Bretagne en 1967. « Nous nous arrêtions dans les cimetières militaires britanniques, raconte sa nièce, Margaret Rhodes. Nous sommes allés voir la tapisserie de Bayeux, je me rappelle aussi un déjeuner où nous avons fait connaissance avec le rédacteur en chef d'un grand quotidien français – celui-ci, sans que nous comprenions très bien pourquoi, s'était lancé dans de curieuses remarques à propos du pot de chambre du général Montgomery. Je me souviens également l'avoir accompagnée au Mont-Saint-Michel, c'était tout à fait merveilleux, la reine mère n'arrêtait pas de répéter : "Magnifique ! Magnifique ! Magnifique[1] !" »

Suivront des voyages à Bordeaux, en Dordogne, dans le Languedoc, en Lorraine, en Champagne, en Franche-Comté et dans la Sarthe. Au début des années soixante-dix, le vicomte de Noailles, dont la santé décline, passe le flambeau à l'un de ses amis, le prince Jean-Louis de Faucigny-Lucinge. « J'avais connu la souveraine comme duchesse d'York, il y avait longtemps, et j'avais même eu l'honneur de danser avec elle, encore Lady Elizabeth Bowes-Lyon, à Oxford, écrit celui-ci dans ses Mémoires[2]. Le second fils du roi George V et sa femme habitaient alors une maison à Piccadilly, voisine de celle de mes beaux-parents. [...] Je retrouvai une reine mère aussi charmante que la jeune femme avec qui j'avais dansé un demi-siècle plus tôt. » L'organisation des « expéditions » de Queen Mum en terre française n'est jamais une mince affaire. « Trouver de jolies résidences capables de l'héberger n'était en soi pas très difficile, raconte Isabelle de Ravenel, la fille du prince. Là où cela se compliquait, en revanche, c'est qu'il fallait que les propriétaires acceptent le remue-ménage terrible qu'une visite de la reine mère impliquait en termes de sécurité et d'intendance. Au printemps, beaucoup de gens n'ont pas encore ouvert leurs maisons, la souveraine était habituée à être entourée d'un staff assez important et très peu de familles estimaient avoir suffisamment de domestiques. Rien de tout cela n'avait un caractère offi-

1. Entretien avec l'auteur.

2. Jean-Louis de Faucigny-Lucinge, *Un gentilhomme cosmopolite*, Perrin, 1990, p. 223.

ciel, l'organisation se faisait sur des bases exclusivement amicales, mais elle prenait beaucoup de temps. Il fallait tout prévoir des mois à l'avance[1]. »

Si les questions logistiques s'apparentent souvent à un casse-tête, l'accueil, lui, est, à la demande expresse de Queen Mum, sans chichis et plutôt bon enfant. « On la recevait très simplement, poursuit Isabelle de Ravenel. Nous nous retrouvions régulièrement assis dehors, entourés de mobilier arrangé sur des tréteaux. Mais c'était exactement ce qu'elle souhaitait, "ce sont mes vacances", disait-elle. Le problème était que, lorsqu'elle arrivait quelque part, il fallait toujours que tel ou tel dignitaire britannique soit là pour l'accueillir. Elle n'aimait pas beaucoup cela, mais les Français n'y pouvaient rien, c'était le protocole qui l'imposait[2]. » Pleine de charme et d'humour, attentive à tous, cette invitée décidément pas comme les autres fait l'unanimité chez ses hôtes. « Elle aimait tout, c'est très rare quelqu'un comme ça, se souvient encore la fille de Jean-Louis de Faucigny-Lucinge. Elle aimait nos vins, nos villages, en fait elle aimait la France, elle se comportait exactement comme quelqu'un qui revenait chaque année dans son pays. Très gaie, elle se donnait beaucoup de mal pour parler aux gens qui nous recevaient, elle s'y connaissait très très bien en fleurs et en arbres, elle discutait beaucoup de plantes et de jardinage. Ses hôtes avaient forcément déjà séjourné en Angleterre, elle leur faisait tout de suite sentir qu'ils partageaient des souvenirs communs, qu'ils n'étaient pas des inconnus les uns pour les autres[3]. » Dans ses

1. Entretien avec l'auteur.
2. Entretien avec l'auteur.
3. Entretien avec l'auteur.

conversations, beaucoup de références à la Seconde Guerre mondiale, à de Gaulle. « Queen Mum adorait le général parce qu'il incarnait pour elle, exactement comme Winston Churchill, la grandeur du patriotisme, raconte un témoin. Mais elle ne comprenait pas toujours la société française dans sa complexité. Elle n'arrivait pas à comprendre de quel milieu venait Yvonne, l'ancienne Première dame, par exemple. Elle demandait : "Mais pourquoi Mme de Gaulle était-elle toujours en noir ?" Le général appartenait à l'Histoire, mais son épouse, elle, était identifiable à ses yeux plutôt par sa classe sociale. » La mère d'Elizabeth II est restée en contact avec les anciens cadets de la France libre, ces jeunes qui avaient gagné la Grande-Bretagne dès l'été 1940 pour rallier le général, et se joint régulièrement aux manifestations qu'ils organisent. Elle tire surtout une très grande fierté de s'être adressée à la radio, dans leur langue, aux femmes de France, le 14 juin 1940, jour de l'entrée des troupes allemandes dans Paris, pour leur exprimer sa solidarité et son soutien[1]. « Elle aimait rappeler ce discours, parlait souvent de l'alliance entre le Royaume-Uni et l'Hexagone contre l'Allemagne nazie. Il arrivait que nous croisions, dans les villages, le chemin de Françaises qui lui disaient

1. « Je voudrais, ce soir, [leur] dire les sentiments d'affection et d'admiration que leurs souffrances et leur courage éveillent en nos cœurs, avait-elle dit. Pour moi qui ai toujours tant aimé la France, je souffre aujourd'hui comme vous. » Après avoir confié qu'en 1938, lors de son séjour à Paris aux côtés du roi George VI, elle avait « senti le cœur des femmes de France battre tout près » du sien, elle avait salué leur esprit d'abnégation et de sacrifice. « Nous savons qu'elles donneraient de grand cœur tout ce qu'elles ont, et leur vie même, pour assurer le salut de la patrie. Une nation qui a, pour la défendre, de tels hommes, et pour l'aimer de telles femmes, doit tôt ou tard forcer la victoire. »

l'avoir écoutée ce jour-là. Quand elles la voyaient elles se précipitaient sur elle et elle adorait ça[1]. »

La légende des aventures hexagonales de cette majesté à la vitalité débordante se nourrit d'anecdotes souvent difficiles à vérifier mais incroyablement romanesques – une nuit, alors qu'elle séjournait dans la région d'Épernay, elle aurait, dit-on, fait réveiller le personnel pour qu'on lui apporte du champagne rosé, dont l'envie lui aurait été inspirée par le clair de lune. Mille autres histoires réjouissantes circulent, comme celle de cette femme de chambre, employée d'une grande famille installée dans le sud de la France, qui aurait déclaré tout haut trouver « la reine mère bien plus commode que Madame[2] ». Un soir, en réponse à un jeune homme venu sonner du cor de chasse sous sa fenêtre, on la verra sortir un harmonica et se mettre à jouer *La Marseillaise*. En Bourgogne, en 1976, elle veillera en personne sur un gendarme de son escorte, victime de multiples fractures après une chute de moto – la souveraine « et la duchesse de Magenta [qui l'accueille alors dans son château de Sully] ont étendu sur lui un manteau et une couverture, raconte William Shawcross dans sa biographie de Queen Mum, et elles ont attendu quarante-cinq minutes en cueillant des violettes et des primevères sur le bord de la route, tout en "gardant un œil vigilant sur le capitaine" jusqu'à ce que l'ambulance arrive[3] ».

« C'était quelqu'un d'extraordinaire, témoigne Véronique de Mac-Mahon, la fille du duc et de la duchesse de Magenta. Comme une grand-mère formidable. Elle riait tout le temps, elle était drôle, vous n'imaginez pas

1. Entretien avec l'auteur.
2. William Shawcross, *Queen Elizabeth*, *op. cit.*, p. 826.
3. *Ibid.*, p. 827.

ce qu'on s'est amusés. Elle adorait faire le ban bourguignon, son séjour parmi nous a été incroyablement gai[1]. » Georges Nazaret, chef de l'Hostellerie du Vieux-Moulin, à Bouilland, près de Beaune, se souvient de sa visite, « très discrète. Le personnel avait été prévenu, bien sûr, mais il fallait que tout soit fait le plus naturellement possible, de telle sorte qu'elle n'ait pas l'impression que nous l'attendions. Elle inspirait naturellement le respect, j'ai trouvé qu'il y avait chez elle beaucoup de simplicité, beaucoup de dignité. Elle était très aimable. Comment vous dire... On l'accueillait, mais au fond c'est presque elle qui nous accueillait. Le déjeuner a duré un peu plus de deux heures. Le menu se composait de pâtés en croûte individuels, des petits pâtés pantin de pigeonneau accompagnés d'une sauce périgourdine à base de fond de veau, de truffe et de foie gras ; d'une queue de lotte à la royale (piquée d'ail, cuite au four avec une petite goutte de vermouth, recouverte de tomates et de champignons émincés et de tranches très fines de citron formant une couronne), que nous avions inventée exprès pour l'occasion. Le dessert était un soufflé au kummel. En partant, la reine mère a distribué des cadeaux : une cravate bleu marine pour les hommes, une écharpe pour les femmes. Mais elle n'a pas laissé un gros pourboire. Je sais que, cette année-là, elle avait beaucoup apprécié les produits de la région. Pendant des années, toutes les deux semaines environ, la pâtisserie chocolaterie Bazeron, rue Carnot, à Beaune, lui a fait envoyer une boîte de Roseaux du lac, des chocolats qui étaient leur spécialité et qu'elle avait trouvés délicieux[2]. »

Dans les années quatre-vingt, Bertrand du Vignaud

1. Entretien avec l'auteur.
2. Entretien avec l'auteur.

de Villefort, petit-neveu du peintre Toulouse-Lautrec, historien de l'art aujourd'hui président pour l'Europe du World Monuments Fund, prend la relève de Jean-Louis de Faucigny-Lucinge. « Je suis originaire d'Albi. Jean-Louis de Lucinge m'a fait venir et m'a dit : "La reine mère veut visiter votre région, je ne connais personne qui la connaisse comme vous." Je me souviens que lorsque je l'ai reçue la première fois, le maire de la ville ne s'est pas déplacé pour la saluer en prétextant un stage d'informatique. J'étais horriblement embarrassé et je sais que cela l'avait beaucoup choquée, elle aussi. Alors qu'elle avait beaucoup apprécié Dominique Baudis, qui nous avait reçus au Capitole à Toulouse – elle l'avait trouvé beau. En dépit de son grand âge, il y avait toujours chez elle une infinie féminité, elle avait gardé un œil pour les hommes séduisants. J'aimais beaucoup sa personnalité, nous nous sommes tout de suite très bien entendus[1]. » Au cours des années qui suivent, Bertrand du Vignaud de Villefort emmènera Queen Mum sillonner plusieurs régions de France, en particulier la Bretagne et la Savoie. « Un jour, raconte-t-il, nous avons été reçus par Karl Lagerfeld dans son château de Penhoët, à Grand-Champ, près de Vannes. Il avait vu les choses en grand, fait venir de Paris des pyramides de fleurs, ouvert les grandes eaux du parc. Je me souviens que la reine mère était restée accrochée à mon bras en jetant des "C'est Marly !", "C'est Versailles !". » La veuve de George VI est curieuse de tout, elle veut découvrir les châteaux, les églises. « Les thèmes religieux revenaient fréquemment dans nos conversations. Elle disait souvent : "Vous les catholiques et nous les anglicans, nous sommes si proches

1. Entretien avec l'auteur.

les uns des autres." Elle posait beaucoup de questions sur le catholicisme en France, la fréquentation des églises, ce que nous pensions du divorce, quel était le réel pouvoir de l'Église catholique dans l'Hexagone. Et puis, elle avait une vision toujours juste, toujours fine des choses qu'elle voyait. Elle me disait avec une certaine ironie affectueuse : "Ici, en France, monsieur le maire a toujours un gros ventre et une grosse écharpe tricolore." Ou alors : "Chez vous, en France, les deux personnages qui comptent le plus sont monsieur le curé et monsieur le maire[1]." » La reine mère évoque souvent sa visite d'État à Paris, en 1938 – « elle en était très fière », confie-t-il. À mesure que les années passent, les « excursions » outre-Manche se font toujours plus compliquées à organiser, les destinations de plus en plus difficiles à trouver. Au début des *nineties*, Elizabeth II, soucieuse de la santé de sa mère – qui a alors plus de quatre-vingt-dix ans –, finit, dit-on, par encourager discrètement son entourage à y mettre un terme.

« Comme si elle entrait à son premier bal »

Hiver 1957. La République se prépare à accueillir la première visite d'État d'Elizabeth II en France, prévue pour le mois d'avril, dans une effervescence digne des grands soirs. À l'Élysée, où on a pris soin de s'enquérir des goûts et des habitudes de la souveraine et de son conjoint, on reçoit maintenant de toute part des mémos qui fourmillent de détails sur les préférences royales. Pour le petit-déjeuner, précise l'un d'eux, le couple prend « d'habitude des œufs avec du bacon, ou des

1. Entretien avec l'auteur.

saucisses, ou des champignons, etc., des croissants et du pain grillé avec de la marmelade d'orange ou du miel et des fruits crus. La reine boit du thé de Chine Twining, le prince Philippe du café au lait[1] ». Que ce soit pour le déjeuner ou le dîner, Sa Majesté « préfère, à table, être assise sur une chaise plutôt que dans un fauteuil. Elle a un petit appétit et mange à peu près n'importe quoi, à l'exception du caviar, des huîtres et des coquillages en général (crabe, etc.). Elle préfère la cuisine simple. Elle aime les champagne cocktails, mais, aux repas, préfère les autres vins. Elle boit habituellement des vins du Rhin et de la Moselle et aimerait sans doute nos vins d'Alsace qu'elle ne connaît guère. Le prince Philippe a des goûts plus divers : il témoigne, dit-on, en gastronomie, de plus d'esprit d'aventure que son auguste épouse. Il a pour le bourgogne une prédilection particulière. Il aime la fine champagne et le whisky Vat 69[2] ».

Le choix des présents personnels amuse et préoccupe à la fois : on parle, pour Elizabeth, de remplacer une montre Cartier perdue – un bijou qui lui avait été offert lorsque Albert Lebrun s'était rendu à Londres, avant la guerre. « Elle tenait énormément à cet objet et le plus grand plaisir que le président [René Coty] pourrait lui faire serait de lui en donner une réplique exacte[3]. » Pour les enfants, on laisse entendre que la souveraine préférerait « des objets durables qui seraient plus tard d'agréables souvenirs. On suggérerait, par exemple, une

1. Note en date du 5 février 1957 adressée au général Cressaty, palais de l'Élysée, conservée aux Archives nationales, archives de la présidence de la République sous René Coty.

2. *Ibid.*

3. *Ibid.*

petite broche ou un bracelet pour la princesse Anne, et une paire de boutons de manchette pour le prince Charles ». Un « familier » de la cour laisse entendre par ailleurs que « parmi les choses qui feraient plaisir [côté cadeaux officiels] on pourrait mentionner un miroir XVIIIe, qui garnirait un espace vide dans l'un des escaliers d'honneur du palais », et que « le prince Philippe, lui, apprécierait vivement un animal ou un oiseau de Sèvres[1] ». Les services concernés, eux, sont prévenus que la souveraine « trouve épuisant de rouler vite lorsqu'il lui faut répondre aux salutations d'un grand nombre de gens » et que, « en cas de foules denses et continues », une vitesse de vingt kilomètres par heure devra être observée. L'auteur de la note ajoute qu'il serait en outre souhaitable que les motards qui escorteront la voiture de Sa Majesté évitent de se placer de chaque côté du véhicule. Les membres de la famille royale, ajoute-t-il, jugent là encore « fatigant » de les avoir trop près[2].

Le couple résidera à l'Élysée. Deux mois ont été nécessaires à 263 ouvriers, peintres et décorateurs pour préparer les appartements du premier étage, dont les fenêtres ouvrent sur les jardins. La chambre de la reine est tendue de damas vert pâle et son lit à baldaquin (dressé de draps brodés de jours Venise et de roses) drapé de soie ivoire. Il a fallu, au dernier moment, rallonger le lit Louis XVI tendu de turquoise et de jaune destiné au prince Philip. La salle de bains, qui avait été construite pour l'impératrice Eugénie au

1. *Ibid.*
2. Note adressée à M. le ministre Dufresne de La Chauvinière, chef du protocole, conservée aux Archives nationales, archives de la présidence de la République sous René Coty.

XIXe siècle a, elle, été laissée en l'état, avec ses petites glaces peintes polychromes encastrées dans des boiseries dorées. Le conseil municipal de Paris a prévu d'offrir à la souveraine une écritoire en or et en lapis-lazuli, la chambre de commerce une montre de platine (copie du bijou égaré cité plus haut), la Batellerie française une médaille d'or reproduisant le sceau ancien de la corporation des marchands d'eau, la Fédération des parfumeurs français un parfum « unique » dans un flacon de Baccarat. La régie Renault une Dauphine couleur bleu pastel. « Branle-bas de combat général dans toutes les corporations de l'élégance », annonce, de son côté, le magazine *Point de vue*[1]. Les Parisiennes dévalisent les boutiques de chapeaux, on dit les posticheurs débordés par les commandes de faux chignons – la coiffure emblématique du soir. Jaquettes et habits s'arrachent chez les loueurs. Une jeune modéliste, Françoise Marque, a créé des pochettes spéciales pour saluer la souveraine, imprimées de couronnes et de bonnets phrygiens en référence à l'Entente cordiale. En hommage à Sa Majesté, ces dames ont fait leurs emplettes chez les grands couturiers. Le quotidien *Le Figaro*[2] annonce la comtesse de Brantes dans une robe de satin orion bleu glacier avec manteau cape en organdi de soie bleu azur griffés Jean Patou, la vicomtesse de Ribes dans un modèle en organza rouge indien de chez Jean Dessès. La capitale, elle aussi, a revêtu ses habits de fête. Des portraits d'Elizabeth et Philip ont été disposés dans toutes les vitrines, deux mille huit cents projecteurs ont été installés pour compléter l'éclairage des monuments. Deux mille douzaines

1. Numéro 461, 12 avril 1957.
2. Numéro 3915, 8 avril 1957.

d'œillets fleurissent la rue de la Chaussée-d'Antin, cent mille bouquets ont été agencés le long des artères qu'empruntera le cortège. Au Louvre, un escalier a été percé spécialement sous la voûte Sully afin de faciliter le service dans la salle des Cariatides, où sera donné un grand dîner le 10 avril.

Ces mille petits détails peuvent paraître anecdotiques, mais ils sont révélateurs des fastes dont le gouvernement souhaite entourer la visite royale – restée dans l'Histoire comme « le » voyage fondateur de l'Elizabethmania dans l'Hexagone. Avant le banquet d'État, prévu le 8 avril à l'Élysée, la présidence a fait préparer par son argentier, Clément Lefur, ses quatre services de table les plus somptueux, et par sa lingère, Blanche David, la célèbre nappe étoile créée par la maison Noël[1]. En prévision du déjeuner donné le lendemain dans la galerie des Glaces du château de Versailles, on a dressé l'inventaire des plus beaux services de table de la République. Une liste[2] adressée à Édouard Dufresne de La Chauvinière, le chef du protocole du Quai d'Orsay, le 26 février, recommande les cent assiettes de Sèvres d'époque XIXe du ministère de l'Éducation nationale – décor marli bleu orné d'un entrelacs et de feuillage doré avec, au centre, une minerve dorée encadrée des initiales R.F. –, les cent assiettes datant de 1841 du service dit « des châteaux de France », propriété du ministère de l'Agriculture, dont il est précisé qu'elles ont déjà servi à Versailles en 1938, et les cent assiettes provenant du service de Louis-Philippe à Trianon, conservées au ministère des Finances, qui, assure-t-on, conviendront parfaitement

1. *France-Soir*, supplément du numéro 3952, 9 avril 1957.
2. Conservée aux Archives nationales, archives de la présidence de la République sous René Coty.

pour le dessert. L'argenterie Napoléon III des Finances a été réquisitionnée – dont cinquante sets de couverts à entremets en argent doré, cinquante sets de couverts à poisson, quatre-vingt-dix sets de couverts en argent, vingt-cinq tasses à café, cinquante cuillers à café et dix surtouts en vermeil.

Journaux et magazines annoncent « une rencontre historique » avec le peuple de France. « Le passé, le voisinage, les grandes heures rivales, les grandes heures communes, de si faibles distances, de si puissants contrastes, l'éclat vivant d'une couronne qui chez nous n'est qu'objet de musée, tout cela tisse des liens dont le public ne saurait se défaire, commente le directeur du *Figaro*, Pierre Brisson, en une du quotidien le 8 avril. Nous avons dans nos murs le ménage le plus connu que l'univers puisse offrir en spectacle ; le plus connu de la terre, le plus secret du monde. [...] Et l'on se demande si cette grande part d'inconnu ne laisse pas dans le sillage du couple royal un rêve qui devient sa raison d'être. » À Orly, René Coty vient accueillir la reine en jaquette et haut-de-forme. Sous un ciel de printemps qualifié par les médias de « miraculeux », le cortège entre dans Paris par la porte d'Orléans, où l'on marque deux minutes d'arrêt le temps de décapoter la voiture. Aux Invalides, celle-ci est prise en charge par cent cinquante gardes républicains à cheval, et c'est maintenant un impressionnant cortège qui chemine à petite allure, le long des principales avenues de la capitale, pour rejoindre le siège de la présidence, rue du Faubourg-Saint-Honoré. Il est prévu qu'un peu avant seize heures la souveraine dépose une gerbe sur la tombe du Soldat inconnu ? Depuis les premières heures de la matinée, ils sont des centaines de milliers à s'être massés sur les trottoirs, aux balcons, aux fenêtres des mansardes et jusque sur les toits des immeubles, pour la voir passer. Le soir, la voilà à l'Opéra pour assister à un spectacle de ballet, *Le Chevalier et la Damoiselle* – l'histoire d'une jeune fille qu'un sortilège transforme toutes les nuits en biche. Vêtue d'une robe en satin neige brodée de fleurs des champs en nacre et fil d'or, coiffée de la tiare de la grande-duchesse Vladimir de Russie et des émeraudes Cambridge[1], et parée du collier d'émeraudes et de diamants *Ladies of India*, Elizabeth monte le grand escalier au son des trompettes d'*Aïda*, sonnées par les cuivres de la Garde. À l'entracte, elle apparaît au balcon du palais Garnier, accueillie par les vivats de quelque cinquante mille Parisiens rassemblés sur la place. « Je suis stupéfait », commente Philip[2].

Tout au long des trois jours suivants, engagements officiels et réjouissances se succèdent à un rythme soutenu. Après une réception à l'Hôtel de Ville, direction le château de Versailles. Visite du grand appartement de la reine, puis rapide changement de tenue dans la chambre de Marie-Antoinette (la presse relève que Sa Majesté troque un tailleur bleu marine pour une robe de satin bleu pâle) avant d'aller déjeuner dans la galerie des Glaces, où cent vingt-cinq maîtres d'hôtel en livrée ont été recrutés pour servir aux invités cardinal des mers armoricaine, cœur de charolais Montpensier, croustade de mousserons et suprême de bécasse Grand Siècle sur des assiettes estimées à cent mille francs pièce. Après cinq ans de travaux, on a fait rouvrir le théâtre de Gabriel – qui servait de resserre depuis qu'un beau

1. Provenant d'un lot de quarante émeraudes remporté par la grand-mère de la reine Mary, la duchesse de Cambridge, lors d'une loterie, au tout début du XIXe siècle.

2. Numéro 419 de *Paris-Match*, 20 avril 1957.

soir d'août 1855 Napoléon III y avait donné à souper à la reine Victoria – et organisé une représentation du tableau de la « Fête des fleurs », extrait des *Indes galantes* de Rameau. La reine se dirige ensuite vers le Grand Trianon. Sa courte promenade dans les jardins donne lieu à un échange avec le chef de l'État :

« Est-ce que les orangers donnent des fruits ?

– Non, madame, pour ne pas les épuiser nous sommes obligés d'enlever les fleurs.

– Mon Dieu, monsieur, que cela est triste, et pour eux et pour nous. »

En fin de journée, Elizabeth dîne seule avec Philip – probablement leur unique moment d'intimité vraie en quatre jours –, avant d'embarquer à bord de la vedette Borde Fretigny dans une robe de dentelle d'argent rehaussée de diamants, les épaules couvertes d'une cape de renard blanc. La République lui a préparé un spectacle grandiose, en quelque huit kilomètres c'est toute l'histoire de France qui se déploie en tableaux vivants et chamarrés sous ses yeux. Grognards de l'Empire au pont de Solferino, mousquetaires et cavaliers de la maison du roi devant le palais du Louvre, « apparition » d'Henri IV à la pointe du Vert-Galant, concert des Petits Chanteurs à la croix de bois, jeux d'eau et de lumière, tableaux folkloriques des provinces françaises à hauteur des ponts Sully et Marie, feu d'artifice géant tiré sur le pont Alexandre III, reconstitution d'un marché aux quatre-vingt mille fleurs… Les dames de la haute société ont profité de l'événement pour recevoir leurs amis, à tous les balcons des messieurs en habit et des élégantes en robe du soir se bousculent. *Paris-Match*[1] relève que la princesse Bibesco attend quarante invités

1. Numéro 419, 20 avril 1957.

sur ses terrasses de l'île Saint-Louis. Si Paris est un théâtre, alors ce spectacle est le plus grand qu'on y a jamais donné. « *It's too lovely* », répète la souveraine, qui en oublie son français. Viendront, les 11 et 12 avril, des engagements officiels consacrés aux arts, à la politique, au sport, à l'atome et au jardinage. Plantation d'un cerisier pleureur dans le jardin de l'ambassade de Grande-Bretagne, pose de la première pierre de l'église écossaise, rue Bayard, déjeuner au château de La Celle-Saint-Cloud avec le ministre des Affaires étrangères français Christian Pineau et son homologue britannique Selwyn Lloyd, visite aux Anglais du Standard Athletic Club, à Meudon… Avant de se rendre à l'usine Renault de Flins, la jeune femme fait étape au haras de Jardy, propriété de Marcel Boussac, l'empereur du textile devenu l'un des plus grands éleveurs de chevaux de course de l'Hexagone, pour y admirer trois pur-sang, *Alcyion*, *Estranameur* et *Galcador*, vainqueur du derby d'Epsom sept ans plus tôt.

Les dernières heures parisiennes du couple régnant seront pour le Louvre. Les photos prises ce soir-là sont celles d'un temps révolu ; on y voit une immense table de banquet piquetée d'orchidées et de précieuse vaisselle, dressée dans une salle des Cariatides baignant dans la lumière des chandeliers. Un paravent de velours bleu a été installé dans le dos de la reine pour la protéger des courants d'air, les tableaux qui décorent les lieux ont été choisis avec soin – on y voit *La Dentellière* de Vermeer, ou encore le *Portrait d'Hélène Fourment*, de Rubens, qui a été préféré à *La Joconde* de Léonard de Vinci, jugée trop triste. La haute société, chauffée à blanc, a réussi à faire inviter trois mille de ses membres. À l'intérieur du musée la cohue est indescriptible. « Ceux qui avaient pu recevoir une parole, un mot, un sourire, raconte un témoin, la regardaient partir radieux, immobiles, rêveurs, perdus dans l'océan de la curiosité[1]. » La presse détaille la passion de la souveraine pour les œillets roses – fleur dont Philip lui faisait envoyer des brassées entières à chacune de ses escales, lorsqu'il était en poste à Malte. Elle relève que, comme Vincent Auriol en 1948[2], René Coty n'a cessé de la complimenter abondamment sur sa parfaite maîtrise du français. La légende d'Elizabeth est en marche : Jean Farran, dans *Paris-Match*[3], emporté par l'enthousiasme et l'admiration que font naître en lui ces heures toutes royales, évoque « ses petits cheveux fous qui frisottent et qui ont dû attendrir les ambassadeurs et les ministres, comme ils attendrirent les dieux eux-mêmes sur la nuque d'Iphigénie ». « Yeux trop éloquents, yeux de jeune fille, écrit-il. Tout est jeune fille chez cette mère de deux enfants qui a passé la trentaine. Son corps petit, gracile, son comportement qui serait emprunté si elle n'avait cette grâce héréditaire qui s'appelle la majesté. Car elle était intimidée – suprême attention – au milieu de ces Français ironiques. On la sentait hésiter, s'inquiéter, comme si elle entrait à son premier bal. » Les observateurs notent que la souveraine, « amoureuse », est toujours en train de chercher Philip du regard, comme si le fait de le savoir près d'elle lui donnait la confiance dont on la sent quelque peu manquer encore. Ils expliquent que celui-ci « apporte dans le jeu du couple la part d'aisance, de fantaisie même

1. Jean Farran dans le numéro 419 de *Paris-Match*, 20 avril 1957.

2. « Quand Votre Altesse parle français, elle a beaucoup moins d'accent que moi ! » lui aurait-il dit.

3. Numéro 419, 20 avril 1957.

incompatible avec la grandeur royale » de son épouse. Le dernier jour – consacré à une série de rendez-vous officiels dans le Nord –, le duc d'Édimbourg sera d'ailleurs acclamé par les ouvriers des filatures Prouvost de Roubaix.

« Ce sont mes vacances »

En 1965, Sa Majesté laisse entendre au général de Gaulle, venu assister à Londres aux funérailles de Winston Churchill, qu'elle aimerait entreprendre une tournée des haras de l'Hexagone. Royal par excellence, le sport hippique a déjà attiré à maintes reprises les souverains britanniques de l'autre côté de la Manche. « Le 2 mai 1903, Edward VII assiste aux cinq courses données à Longchamp, raconte l'historien et grand spécialiste de la discipline Guy Thibault. En 1905, il visite le haras de Jardy, on le retrouve aussi à l'hippodrome de Saint-Cloud, nouvellement créé. Son successeur, George V, fait, lui, sensation à Auteuil le 23 avril 1914. En son honneur, on a donné aux courses du jour des noms de demeures royales – York Cottage, Balmoral, Windsor Castle, Buckingham Palace et Sandringham – et baptisé l'une d'entre elles St George, son saint patron. Ceci portera apparemment chance au monarque, qui pariera sur l'un des vainqueurs. "J'ai connu l'un des plus grands plaisirs de ma vie", dira-t-il[1]. » Au milieu des *sixties*, Elizabeth II envoie chaque année en France une ou deux juments à la saillie. « En 1965, un cheval français, *Sea Bird*, a gagné à Epsom et remporté le Prix de l'Arc de Triomphe, à Longchamp, poursuit

1. Entretien avec l'auteur.

Guy Thibault. Ses victoires font rêver les éleveurs du monde entier. C'est probablement l'une des raisons qui pousseront la reine à venir visiter nos haras. » En mai 1967, cette dernière arrive en Normandie accompagnée de Sir Michael Adeane, son secrétaire particulier, de Richard Shelley, le directeur de ses haras, ainsi que de Lord Porchester, l'un de ses meilleurs amis (éleveur lui aussi, à qui elle confiera la direction de ses écuries de course à partir de 1969). En trois jours, elle a notamment prévu de visiter le haras national du Pin, le haras du Mesnil, propriété de Mme Couturié, le haras de la Verrerie, dirigé par François et Élie de Brignac, celui de Marcel Boussac, à Fresnay-le-Buffard, celui de la Tuilerie, chez Jean de Castilla, ainsi que Meautry, le haras du baron Guy de Rothschild, près de Deauville. Elle établit son quartier général au château de Sassy, à moins de dix kilomètres d'Argentan, chez le duc d'Audiffret-Pasquier qui, en guise de cadeau de bienvenue, a fait relier à ses couleurs un répertoire des étalons de pur-sang, ainsi que les collections du magazine *Courses et Élevage* pour les années 1966 et 1967[1]. Son voyage n'a aucun caractère officiel, mais le président de la République lui fait porter une gerbe de roses. La souveraine lui envoie un télex de remerciements – stoppé net, à Alençon, par une télégraphiste qui croit d'abord à un canular avant de laisser repartir le message après plus ample informé.

Routes barrées, véhicules blindés discrètement déployés ici et là… Toutes les mesures de sécurité ont été prises. Le duc d'Audiffret-Pasquier fait office de chauffeur au volant de son Alfa Romeo vert foncé. Elizabeth est en congé et entend bien en profiter. « Elle

1. *Courses et Élevage*, juillet-août 1967.

devait initialement passer une heure chez nous, se souvient Henry Blanc, alors sous-directeur du haras du Pin. Elle est finalement restée une demi-journée. Elle a fait le tour des écuries, nous lui avons retracé l'historique du haras. Elle s'intéressait à tout, y compris aux percherons que nous lui montrions, elle voulait tout voir, même les trotteurs[1]. » Le journal *Ouest-France* décrit le défilé des « vedettes » de la maison sur les pavés de la cour d'honneur, la belle prestation de *Quidam*, un animal de selle « bien assagi », celle de *Titanic*, le percheron pommelé, d'*Hermès-D* ou encore de *Patara*. « La reine a le coup d'œil inquisiteur, l'appréciation nette, raconte le quotidien. Elle sourira à la présentation du vétéran *Furioso*, né en Angleterre voilà vingt-huit ans, puis demandera à revoir *Franc-Luron*, pur-sang anglais qui piaffe et semble faire les honneurs de sa carrure svelte à une souveraine et grande dame du cheval. »

Celle-ci bénéficie, chez elle comme dans l'Hexagone, d'une formidable réputation en tant qu'éleveur. On sait qu'elle établit elle-même les croisements de ses vingt-quatre poulinières. Peu après la fin de la Seconde Guerre mondiale, rappelle la presse spécialisée, elle n'a pas hésité, « alors que les couleurs françaises s'adjugeaient toutes les grandes épreuves britanniques, à retenir les services des meilleurs étalons français ». La rumeur prétend qu'elle cache un peu partout les exemplaires de *Sporting Life*, son magazine favori – dans les tiroirs de son bureau, où il lui arriverait d'aller les feuilleter discrètement entre deux audiences, et jusque sur ses genoux, dans les réunions qui s'éternisent. En 1954 et 1957, elle est arrivée en tête du classement des propriétaires gagnants en Grande-Bretagne, puis a terminé

1. Entretien avec l'auteur.

respectivement deuxième et troisième du palmarès des éleveurs en 1957 et 1958. « La reine est un excellent expert, confirme Henry Blanc, c'est quelqu'un qui a l'œil, qui connaît les origines des races, la généalogie et le pedigree des chevaux. D'ailleurs, lorsqu'elle nous a rendu visite, nous avons senti qu'elle aimait parler technique, elle posait beaucoup de questions sur notre métier, sur l'administration des haras. Du coup, elle n'a pas vraiment respecté le programme. Par exemple, elle a voulu traverser le château, qui était aussi la résidence du directeur, pour voir la vue qu'on avait de l'autre côté, sur les herbages, ce qui n'était pas du tout prévu. Avant son départ, elle nous a offert sa photo dédicacée. Nous, nous lui avons fait cadeau de trois livres, que nous avions fait relier de cuir et graver à son ex-libris : un album sur les haras nationaux, sorti chez Draeger, et le livre de Maurice O'Neill, *Chevaux de France*, la meilleure somme existant sur le sujet à l'époque[1]. » Le séjour de Sa Majesté a beau être privé, les médias locaux et nationaux rivalisent d'imagination et d'audace pour tenter de l'approcher au plus près. « Léon Zitrone a essayé d'entrer sur le domaine, en prétextant notamment un coup de fil très important à donner, mais nous ne l'avons pas laissé faire. »

Bien qu'on ait entouré l'événement du moins de publicité possible, la nouvelle de la présence de la souveraine se répand comme une traînée de poudre, les habitants se postent sur le bord des routes, certains lancent des « Vive la duchesse ! » au passage de sa voiture – « Après tout, je suis aussi duc de Normandie[2] », commente sobrement Elizabeth. Le dimanche 28 mai, une petite foule de curieux

1. Entretien avec l'auteur.
2. Ben Pimlott, *The Queen, op. cit.*, p. 359.

s'est massée devant l'entrée du restaurant Au Caneton, à Orbec, l'un des établissements gastronomiques les plus réputés de la région, où elle a prévu de déjeuner. Elle est accueillie par des applaudissements et des « Vive la reine ! » enthousiastes. Au menu – mis au point à l'avance : terrine de foie de volaille royale, caneton « Ma Pomme » (la spécialité du chef, Joseph Ruaux), salade, fromages locaux (camembert, livarot et pavé de pont-l'évêque) et petits fours, le tout accompagné de château-canon 1957 et d'un calvados hors d'âge du pays d'Auge. L'addition, d'un montant de 699 francs, sera réglée sans discussion quelque deux semaines plus tard par l'ambassade de Grande-Bretagne. Le séjour de Sa Majesté connaîtra par ailleurs son lot d'imprévus et de petites contrariétés. Les « anciens » aiment rappeler sa visite chez telle famille d'éleveurs où, se souvient l'un d'eux, « on s'est fait tirer l'oreille pour la recevoir. Il a fallu insister… L'un des chevaux de la maison avait en effet été mal jugé en Angleterre, ou par un juge anglais, on ne sait plus très bien, ce qui expliquait la mauvaise humeur de ses hôtes. La reine leur a finalement acheté une saillie. Mais il est possible qu'elle l'ait payée un peu plus cher que le tarif normal[1] ». À Saint-Pair-du-Mont, la souveraine examinait un étalon lorsque la pluie s'est mise à tomber. « Elle a sorti son parapluie, et là la propriétaire, Mme Stern, a crié : “Rangez ça, vous allez faire peur à mon cheval !” C'est une histoire qui a fait la joie du métier pendant des années[2]. »

Au haras du Mesnil, Sa Majesté est accueillie par Mme Jean Couturié – une légende de la profession, ancienne figure de la Résistance devenue la première

1. Entretien avec l'auteur.
2. Entretien avec l'auteur.

femme éleveur de France. « Ma mère a appris sa venue par un coup de fil du palais de Buckingham, début janvier 1967, raconte la comtesse Bertrand de Tarragon. Elle avait fait une mauvaise chute quelque temps auparavant, et son interlocuteur lui a demandé : “La reine sait que vous vous êtes cassé la jambe, serez-vous suffisamment rétablie pour la recevoir en mai ?” Elle a d'abord cru à une plaisanterie. Puis elle a eu rendez-vous à l'ambassade, à Paris, où on lui a donné quelques instructions très simples : ni crustacés, ni coquillages ; s'exprimer en anglais ; et surtout, pas de politique[1]. » À l'époque, Elizabeth II compte une jument en pension au haras, *Near Miss* – celle-ci y a été saillie par *Right Royal V*, deuxième du Prix de l'Arc de Triomphe et vainqueur à Ascot dans la course George VI and Queen Elizabeth Stake, en 1961. « Nous avons eu la visite des services de police britanniques le matin même, poursuit le comte. Ils ont tout passé au crible, tiré les chasses d'eau, inspecté les armoires. Et démonté un appareil photo que personne, ensuite, n'est jamais parvenu à remonter. Un bataillon de gendarmes mobiles avait pris position dès sept heures trente du matin autour de la propriété. Tous étaient bien cachés, on ne les voyait pas, j'avais fait le tour de leurs positions à cheval. Léon Zitrone, qui avait essayé de se poster discrètement à l'entrée de la grande allée qui mène au château, avait été prié de quitter les lieux. Il était furieux, mais la souveraine avait bien précisé qu'elle ne voulait voir personne – “ce sont mes vacances[2]”, avait-elle insisté. »

Une fois n'est pas coutume, Sa Majesté se présente

1. Entretien avec l'auteur.
2. Entretien avec l'auteur.

chez ses hôtes légèrement en retard sur l'horaire prévu. Le bruit court que des journalistes, vexés d'être tenus à l'écart, ont tenté de monter une « embuscade » avec la complicité d'agriculteurs des environs, chargés de bloquer la route principale avec des ballots de paille – averties, les autorités auraient modifié l'itinéraire du cortège au dernier moment. « Dès l'arrivée de la reine, raconte la comtesse Bertrand de Tarragon, ma mère lui a fait cadeau d'un carré Hermès – elle a alors tout de suite ôté son chapeau pour le passer. Puis elle a souhaité que ce soit maman qui lui fasse faire le tour du domaine en voiture, et s'est assise à côté d'elle, très simplement, à l'avant du véhicule, sur le siège passager[1]. » On a bien sûr choisi, ce jour-là, de lui présenter les « stars » du haras, *Tiepoletto*, *Right Royal V* et son demi-frère, *Neptunus* – « qui a rué, se souvient un témoin. Ses sabots sont passés au ras du visage de la souveraine, mais celle-ci n'a pas bougé un cil ». Vient ensuite le tour de *Near Miss*. « Le licol de la jument était un peu usé, poursuit la comtesse. Avant sa visite, nous nous étions demandé s'il ne fallait pas le changer pour le remplacer par un neuf, et puis nous avons eu peur que cela la vexe. Lorsqu'elle l'a vu, elle s'est tournée vers Lord Porchester et lui a dit : "Quand on envoie une jument à l'étranger, on pourrait au moins le faire avec un licol présentable[2]." »

Elizabeth avait expressément demandé que le déjeuner donné au château se tienne en présence des enfants de la famille. « Elle n'a pas pris une deuxième fois du dessert, la politesse voulait donc que toutes les personnes présentes autour de la table fassent de même. Mais le

1. Entretien avec l'auteur.
2. Entretien avec l'auteur.

plus jeune de mes neveux, qui devait avoir neuf ans à l'époque, n'a pas pu résister en voyant repasser le plat et s'est resservi. "Les enfants sont partout les mêmes, a dit la reine en riant, je vous en prie, laissez-le faire." On nous avait bien précisé : surtout, pas de politique, mais c'est elle qui a abordé le sujet la première. Elle nous a longuement parlé de Winston Churchill, de ce qu'elle avait ressenti en descendant la passerelle de l'avion qui la ramenait du Kenya, après la mort de son père. Elle nous a confié qu'elle devait tout à son Premier Ministre, que c'était lui qui lui avait tout appris. Et cela l'a beaucoup amusée lorsque mon mari lui a révélé qu'il était le descendant de l'un des frères de Jeanne d'Arc[1]. » Dans la conversation, il fut bien sûr beaucoup question de chevaux. « Notamment de son étalon *Aureole*, vainqueur à Ascot en 1954. La souveraine est finalement restée parmi nous jusqu'à dix-sept heures. Nous lui avions réservé une chambre avec salle de bains, à l'étage, pour qu'elle puisse se rafraîchir. En montant l'escalier, elle est passée devant quelques gravures que nous avons et nous a dit : « Je me sens exactement comme à la maison, j'ai les mêmes chez moi, à Windsor[2]. »

1. Entretien avec l'auteur.
2. Entretien avec l'auteur.

Chapitre 9

La France

En 1957, sa jeunesse, sa beauté et sa relative inexpérience avaient réveillé la fibre protectrice de René Coty – « Madame, il fait froid, aujourd'hui, vous devriez prendre un manteau », lui avait-il glissé un jour à l'oreille. Mais de tous les hôtes de l'Élysée qu'elle a rencontrés, c'est probablement pour Charles de Gaulle, venu en visite d'État à Londres, en avril 1960, que Sa Majesté a eu le plus d'égards. Dans la suite qu'elle lui a réservée au palais, une sélection de ses livres préférés (en français, car elle sait son anglais médiocre), et le lit que George VI avait fait faire aux dimensions du grand homme durant son exil en Grande-Bretagne, pendant la Seconde Guerre mondiale. Elizabeth II n'a jamais oublié la haute estime dans laquelle son père tenait le chef de la France libre. Le gouvernement britannique, lui, souhaite amadouer l'inflexible général, opposé à l'entrée du Royaume-Uni dans le Marché commun. Apparition au balcon de Buckingham sous les applaudissements et les vivats d'une foule en délire, croix de Lorraine glacée au dessert, feu d'artifice géant et soirée de gala à l'Opéra royal de Covent Garden, décoré pour l'occasion de 25 000 œillets roses… Impressionné par le faste et la qualité de l'accueil qui lui a été réservé, le président l'est aussi par l'intelligence et la personnalité de la jeune souveraine. « Dans les entretiens, officiels ou privés, que j'ai avec [elle] à Buckingham, où elle nous a, ma femme et moi, installés, il m'est donné de constater qu'elle est informée de tout, que les jugements qu'elle porte sur les gens et sur les événements sont aussi nets que réfléchis, qu'aucune personne n'est plus qu'elle-même pénétrée des soucis que comporte notre époque bouleversée », écrit-il dans ses Mémoires[1]. La grandiloquence et les accents lyriques de son invité rappellent irrésistiblement à Elizabeth ceux de son cher Winston Churchill, et c'est tout naturellement qu'elle se tourne vers lui – comme elle l'aurait fait avec son ancien Premier Ministre – pour chercher conseil. « Comme elle me demande ce que je pense de son propre rôle face à tant d'incertitudes, poursuit le président français, je lui réponds : “À la place où Dieu vous a mise, soyez qui vous êtes, Madame ! Je veux dire quelqu'un par rapport à qui, en vertu de la légitimité, tout s'ordonne dans votre royaume, en qui votre peuple voit la patrie et qui, par sa présence et par sa dignité, l'aide à l'unité nationale[2].” »

Relations forcément courtoises, jamais simples… Sa Majesté aurait, en soixante ans de rencontres avec les puissants du monde entier, porté un regard parfois mitigé sur ses pairs du continent. Tout en s'appliquant, *of course*, à ne jamais rien en montrer. « Nous étions très angoissés de la voir descendre de l'avion[3] », reconnaîtra la Première dame Claude Pompidou bien après la visite officielle de la reine dans l'Hexagone,

1. Charles de Gaulle, *Mémoires d'espoir*, p. 185.
2. *Ibid.*, p. 185.
3. Voir *élisabeth II et sept présidents*, un film documentaire de Kent Barker et Christian Bidault, 2006.

en mai 1972. Le séjour vient pourtant couronner une embellie notable dans les rapports franco-britanniques, qui trouve son illustration dans la complicité à la fois personnelle et politique entretenue par Georges Pompidou et le Premier Ministre Edward Heath. Ce dernier est parvenu à convaincre le président de la sincérité de l'« européanisme » du Royaume-Uni, et l'entente entre les deux hommes s'est révélée déterminante dans les négociations qui ont abouti à la signature, le 22 janvier, du traité d'adhésion de la Grande-Bretagne au Marché commun. Le déplacement d'Elizabeth II marque en outre une rupture significative avec la tradition qui veut qu'un monarque n'effectue jamais plusieurs fois un voyage d'État dans un même pays étranger au cours de son règne. Dîner d'été au palais de Trianon, cérémonie à l'Arc de Triomphe, réceptions à l'Hôtel de Ville de Paris et à l'ambassade d'Australie, spectacle équestre au Champ-de-Mars donné par le Cadre noir de Saumur et la Garde républicaine, excursion aux arènes d'Arles, au palais des Papes d'Avignon et au château de Lagoy, dîner privé à Baumanière, visite des Baux-de-Provence et de l'Aérospatiale à Marignane, courses à Longchamp, visite de Rouen et cérémonie au cimetière militaire britannique de Saint-Sever… L'ambiance est sympathique, détendue ; reste que, cette année-là, on frise l'« incident » diplomatique lorsque Georges Pompidou, croyant bien faire, prend son invitée par le bras pour l'aider à gravir les marches de l'Élysée. « Touche pas à ma reine ! » s'enflamment les tabloïds outre-Manche. Entre *Elle* et eux, jamais de place, donc, pour la spontanéité, les gestes d'amitié ou les sujets de conversation personnels ? Pas sûr. « Même si on ne se dit rien de spécial, il y a une sorte de communication qui se crée[1] », admettra Claude Pompidou. En février 1974, la souveraine adresse au couple une invitation à se rendre en Grande-Bretagne du 24 au 28 mai 1975, mais la disparition prématurée du chef de l'État, le 2 avril 1974, repousse *sine die* tout projet de voyage de l'autre côté du Channel. À en croire l'un de ses anciens conseillers, la souveraine serait, par la suite, demeurée en contact épistolaire avec l'ex-Première dame de France – toutes deux se reverront notamment en juillet 1996, lors d'une soirée donnée à Downing Street pour le quatre-vingtième anniversaire d'Edward Heath.

En juin 1974, Valéry Giscard d'Estaing, fraîchement élu, fait envoyer à Elizabeth II un énorme bouquet de roses après la victoire de sa jument, *Highclere*, dans le Prix de Diane, à Chantilly. Deux ans plus tard, le nouveau président (en jaquette, s'il vous plaît) arrive en visite officielle à Londres alors que la capitale étouffe depuis plusieurs jours sous des températures caniculaires – la souveraine, compatissante, proposera de lui ouvrir la piscine du palais. À l'époque, on prête à la reine un « européanisme » convaincu, qui ne l'empêche pas d'avoir une vision critique des principaux dirigeants en fonctions – on raconte ainsi qu'elle aurait été agacée par la manie qu'avait le chancelier allemand Helmut Schmidt de répandre des cendres de cigarette un peu partout chaque fois qu'il était reçu au palais. Elle a en tout cas en commun avec VGE une passion pour les chiens. Ce dernier quitte l'Angleterre avec, dans ses valises, l'adorable et turbulent Sandringham Samba, l'un des petits de Pipitt, sa chienne labrador noire – « Il est très gentil,

1. *Élisabeth II et sept présidents,* film cité.

l'a prévenu Sa Majesté, il aime faire plaisir à son maître ». Avant son retour en France, le chef de l'État est averti que l'animal n'a pas l'habitude de la ville, et que dans l'avion, lors du voyage de retour, il faudra penser à l'équiper d'un casque ou autre dispositif antibruit. Samba deviendra pour lui le plus fidèle des compagnons (il a d'ailleurs aujourd'hui pour chien l'un de ses descendants, Typhon).

Signe que la souveraine apprécie particulièrement ses séjours dans l'Hexagone, elle émet dès 1979 le souhait d'y effectuer un nouveau voyage privé, cette fois pour découvrir les châteaux de la Loire et la Bourgogne – son époux, le prince Philip, a déjà, cette année-là, participé à la chasse présidentielle organisée au château de Chambord les 26 et 27 janvier[1]. Une série de notes adressées au président français entre août et septembre fait état de ses desiderata : elle aimerait voir Chambord et Chenonceaux en priorité ; lors du dîner donné en son honneur à l'Élysée, elle serait également heureuse de pouvoir rencontrer « une sélection assez large de personnalités qui jouent un rôle dans la vie française » – des représentants du monde des lettres, des arts, de l'industrie et de la politique – sans que l'événement revête pour autant un caractère officiel. La République lui fournira-t-elle un véhicule ? Si oui, elle est prête à l'accepter et souhaite que Mme Giscard d'Estaing, qui l'accompagnera tout

1. Archives nationales, archives de la présidence de la République sous Valéry Giscard d'Estaing / 5AG 3 3467. Étaient également invités : Georges Rallis, ministre des Affaires étrangères de Grèce, Roger Frey, président du Conseil constitutionnel, Michel Poniatowski, Maurice Herzog, Geoffroy de Courcel, Élie de Rothschild, Hubert d'Ornano, Antoine Veil, Louis Amédée de Moustier et le duc de Chevreuse.

au long de la première journée de son voyage, soit dans la même voiture qu'elle[1].

Son séjour intervient alors que les relations entre Paris et Londres connaissent un regain de tension. Depuis son arrivée au pouvoir, en mai, le gouvernement conservateur de Margaret Thatcher a en effet lancé une vigoureuse offensive contre certains aspects du Marché commun (principalement des questions de budget et de politique agricole) qui, estime-t-il, pénalisent injustement la Grande-Bretagne. La France se trouve plus ou moins montrée du doigt comme l'un des principaux obstacles à la résolution de ces « inégalités ». Bisbilles ou pas, le 24 octobre, à 11 heures 40, Elizabeth II est accueillie à l'aéroport militaire de Tours par Anne-Aymone Giscard d'Estaing, ainsi que par l'ambassadeur du Royaume-Uni en France, Sir Reginald Hibbert, et le préfet d'Indre-et-Loire, Christian Leroy. Le déplacement a beau être privé, il est minuté comme une visite d'État. Arrivée à Chambord à midi trente, drinks dans la salle des Soleils un quart d'heure plus tard, déjeuner à treize heures dans la salle des Chasses de François Ier, où l'attendent une quinzaine de personnes parmi lesquelles le duc et la duchesse de Luynes, l'ancien ambassadeur de France au Royaume-Uni Geoffroy de Courcel et son épouse, et les propriétaires du château voisin de Cheverny, M. et Mme de Sigalas. La visite du château, guidée par Geoffroy Chancerelle de Roquancourt-Keravel, sous-préfet de Vendôme et administrateur du domaine de Chambord, se déroule de quatorze heures à quatorze heures trente. « Elle était très intéressée par tout ce qu'elle voyait et posait beaucoup de questions, sur

1. Archives nationales, archives de la présidence de la République sous Valéry Giscard d'Estaing / 5AG 3 3372.

l'architecture des lieux notamment, raconte ce dernier. J'ai le souvenir de quelqu'un de très simple, d'une femme de grande qualité. À la fin de la visite, elle s'est tournée vers moi et m'a demandé "ce qui ferait plaisir à Chambord". J'ai répondu : "Que vous nous envoyiez la musique des Horse Guards, Madame." Le concert a été donné en juillet 1981 et a rencontré beaucoup de succès[1]. »

Après une courte halte à Chenonceaux, où elle admirera le décor de la fameuse chambre des Cinq-Reines, la souveraine est de retour à Paris à 17 heures 55. Direction la résidence de l'ambassadeur de Grande-Bretagne, rue du Faubourg-Saint-Honoré, où des appartements ont été mis à sa disposition pour la nuit, avant le dîner, donné dans le salon Napoléon III de l'Élysée – y assistent notamment le duc et la duchesse d'Audiffret-Pasquier, Marc Bohan, le directeur artistique de la maison Christian Dior, M. et Mme André Bettencourt, le prince et la bégum Aga Khan, M. et Mme Gaston Defferre (alors maire de Marseille), M. et Mme Louis de Funès, Jean-Luc Lagardère et son épouse, Simone Veil et son époux, M. et Mme Jean François-Poncet, le prince et la princesse Napoléon, l'écrivain Michel Tournier, le P-DG de Peugeot-Citroën Jean-Paul Parayre, Alain Peyrefitte, le comédien – et expert en chevaux – Jean Rochefort, la danseuse étoile Ghislaine Thesmar et son conjoint, le chorégraphe Pierre Lacotte ou encore Roger Thérond, le directeur de *Paris-Match*[2].

La seconde partie du séjour, le 25, est consacrée à la Bourgogne, où Elizabeth II est attendue aux hospices

1. Entretien avec l'auteur.
2. Archives nationales, archives de la présidence de la République sous Valéry Giscard d'Estaing / 5AG 3 3372.

de Beaune, aux châteaux de Sully et d'Époisses, ainsi qu'à la basilique de Vézelay. La souveraine, évitant l'autoroute, raconte l'Agence France-Presse, se rend à Beaune par la RN 74 qui longe le vignoble. Une foule de plusieurs centaines de personnes massées devant l'hôtel. Dieu lui fait une ovation à son arrivée, peu avant midi. La visite dure trois quarts d'heure, poursuit l'AFP, « la reine ayant admiré notamment la grande Salle des pauvres, conservée dans son état primitif, la Salle du roi et, dans celle du musée, les tapisseries flamandes et le retable du *Jugement dernier* par Roger Van der Weyden, un chef-d'œuvre de l'école flamande daté de 1445 ». Parmi la cohorte des reporters qui suivent Sa Majesté, commente de son côté *Le Courrier de Saône-et-Loire*, « on remarque aisément notre éminent confrère Léon Zitrone d'Antenne 2, jovialement cabotin, qui au petit trot (point trop n'en faut vu sa corpulence) colle avec un royal plaisir à l'information mondaine par-dessus le dos de ses négligeables collègues de la presse écrite ». L'inimitable Zitrone, qui tient enfin là sa revanche après ses multiples déboires de 1967, est en effet, cette année-là, le seul journaliste autorisé à opérer à l'intérieur et à l'extérieur des hospices. L'établissement fait cadeau à Elizabeth d'une caisse de douze bouteilles de Bourgogne (moitié meursault blanc, moitié beaune rouge). Après avoir apposé sa signature sur le livre d'or, la reine reprend la route pour le château de Sully (lieu de naissance du maréchal de Mac-Mahon, le troisième président de la République française), où elle est attendue pour déjeuner par l'une des amies de sa mère, la duchesse de Magenta – veuve de Maurice de Mac-Mahon, duc de Magenta, héros de la Résistance lorsqu'il faisait partie du réseau Alliance, dirigé par Marie-Madeleine Fourcade en liaison avec les services de renseignement britanniques. « Le château, à l'époque, était très peu modernisé, raconte un témoin. La chambre qui lui avait été réservée était celle de la duchesse parce qu'elle était la seule pièce à bénéficier des commodités suffisantes, mais il avait tout de même fallu faire aménager d'urgence une salle de bains. Le repas lui-même s'est révélé assez haut en couleur. L'un des problèmes majeurs qui se posaient à l'époque était la question irlandaise. Un jeune homme qui était là passait son temps à mettre le sujet sur la table, vous imaginez notre embarras. Mais la reine prenait ça avec beaucoup de recul et de décontraction[1]. »

Valéry Giscard d'Estaing a demandé à l'épouse de son ministre des Affaires étrangères, Jean François-Poncet, de faire office d'accompagnatrice. « Elle me parlait dans un français impeccable, se souvient cette dernière. Dans la voiture, elle me posait des questions sur ma vie, mon métier, mes enfants, et également sur le président. Je me rappelle qu'à un moment elle s'est tournée vers moi en souriant et m'a dit : "Cela vous ennuie, madame, de porter un chapeau. Je vois que vous n'en avez pas l'habitude." En fait, elle parlait tout le temps, de toute évidence elle voulait… savoir. Moi, je prenais garde à ne jamais lui poser de questions – c'est la consigne que j'avais – et je m'efforçais de formuler des réponses aussi précises et concises que possible pour ne pas monopoliser la parole. Elle, en retour, me parlait aussi de sa vie, de ses enfants. Elle s'inquiétait notamment pour l'un de ses fils cadets, à qui elle désespérait de pouvoir donner une éducation normale. "Je demande à ce qu'il voyage en seconde, disait-elle, mais il n'y a rien à faire. Je ne peux pas

1. Entretien avec l'auteur.

l'élever comme un enfant comme les autres." Elle me racontait aussi qu'en dépit de l'heure tardive à laquelle elle allait rentrer à Londres ce soir-là, il lui faudrait encore travailler sur ses télégrammes et autres documents officiels de la journée[1]. »

L'étape suivante se trouve être le château d'Époisses, un magnifique domaine dont les origines remontent au VIe siècle, sous la régence de la reine Brunehaut, la grand-mère du jeune roi Thierry II de Bourgogne. Cette ancienne résidence royale, devenue maison seigneuriale au XIIe siècle, est la propriété de la famille de Guitaut depuis le XVIIe siècle – « une famille raffinée, facile, spontanée, se souvient encore Marie-Thérèse François-Poncet, vraiment ce que l'aristocratie française sait faire de mieux[2] ». Quelques heures avant l'arrivée de la souveraine, la demeure a été investie par la police, les pièces passées au détecteur de mines. En début d'après-midi, le bruit se répand que des éleveurs, menacés par la levée de l'embargo sur le mouton néo-zélandais, ont décidé de profiter de la visite de Sa Majesté pour manifester et exprimer leur mécontentement. Le préfet de la Côte-d'Or songe alors à faire annuler la visite, au grand dam de la reine qui, informée de la situation, refuse de modifier ses projets. « Nous étions tous là pour l'accueillir, raconte Béatrix de Guitaut. Moi, j'étais venue de Londres avec une provision de bouteilles de Malvern, puisqu'on m'avait précisé que le thé ne pouvait être préparé qu'avec cette eau – nous avions organisé un thé à la française plutôt qu'à l'anglaise, et fait livrer des gâteaux. La reine parlait en français, elle faisait tout

1. Entretien avec l'auteur.
2. Entretien avec l'auteur.

pour nous mettre à l'aise. Elle posait des questions sur nos vacances d'été, elle voulait savoir si nous les passions ensemble, si nous avions des chiens, elle posait aussi beaucoup de questions sur les enfants. On sentait qu'elle s'intéressait aussi à Époisses en tant que maison de famille, qu'à l'occasion de ce voyage elle avait tenu à séjourner chez des personnes privées. Elle a, de toute évidence, de l'intérêt pour le style de vie, le quotidien des grandes familles aristocratiques françaises. Moi, j'avais vingt-cinq ans et j'étais très impressionnée. Je la trouvais charmante, authentique, décontractée, simple, mais surtout très humaine[1]. »

Elizabeth II exprime le souhait de faire le tour des terrasses avant de repartir. À l'extérieur du château, des paysans en colère ont allumé des bûchers en enflammant de vieux pneus, de la paille et du charbon, certains brandissent même des pancartes qui en appellent à Jeanne d'Arc. « On n'en veut pas à la reine, assure l'un d'eux à la correspondante du journal local, mais des moutons on en a, et des agneaux aussi. Faut que ça se sache, faut qu'elle le voie. » Une fumée noire et âcre s'est répandue un peu partout – « tout le monde toussait », se souvient Marie-Thérèse François-Poncet. Imperturbable, la reine effectue sa promenade tranquillement tout en écoutant avec attention les anecdotes sur l'histoire du château contées par l'une de ses hôtes. « Cela sent bien mauvais », commente-t-elle sobrement. « À Époisses, la souveraine a eu un petit cadeau et un mot gentil pour tous, poursuit Mme François-Poncet. Lorsque nous sommes remontées en voiture, elle m'a glissé en souriant : "Cette aristocratie française est vraiment particulière." Je lui ai répondu : "Mais, Madame,

1. Entretien avec l'auteur.

nous avons tout de même eu une révolution[1] !" » La journée s'achève par une découverte de la basilique de Vézelay. « La visite en compagnie de l'archiprêtre a commencé à s'éterniser, alors elle s'est tournée vers ce dernier et lui a dit : "Je resterais bien là des heures à vous écouter tant ce que vous dites est passionnant, mais je crois que, derrière moi, on s'impatiente un peu." À chaque village que nous traversions sur le chemin de l'aéroport, elle allumait les lumières à l'intérieur de la voiture et saluait les gens qui s'étaient rassemblés sur le pas de leur porte pour la regarder passer. "Ils attendent ma venue, disait-elle, c'est la moindre des choses." Nous sommes arrivées à Auxerre vers vingt-deux heures, vingt-deux heures trente. Une foule de gens avait pris place au pied de l'avion, maires, préfet… Il pleuvait à torrents, mais elle a eu un petit mot pour chacun, comme si, au moment précis où elle lui adressait la parole, son interlocuteur était ce qu'il y avait de plus important à ses yeux. Elle ne donnait pas le moindre signe de fatigue. J'ai gardé de cette journée une immense admiration pour elle. J'ai rencontré beaucoup de Premières dames au cours de mon existence, mais jamais avec une présence aussi forte. Le Premier Ministre britannique James Callaghan avait d'ailleurs confié à mon mari qu'il ne prenait jamais aucune décision concernant une nomination sans lui demander son avis. "Elle est de loin la personne dont le jugement est le plus sûr[2]", disait-il. »

1. Entretien avec l'auteur.
2. Entretien avec l'auteur.

« Elle est fascinée par l'animal politique »

Demeuré quatorze ans au pouvoir, François Mitterrand demeure, aujourd'hui encore, le chef de l'État français qui aura été le plus régulièrement en contact avec Elizabeth II et ses proches. Une série de documents conservée aux Archives nationales permet de dresser la liste des rencontres à caractère plus ou moins privé entre l'hôte de l'Élysée et les membres de la famille régnante : le prince Charles est reçu en audience le 9 juin 1981, un peu plus d'un mois et demi avant son mariage avec Lady Diana Spencer (il se trouve alors à Paris pour assister à un gala de bienfaisance), puis à nouveau le 17 décembre 1989, le 2 mars 1992 (rencontre au cours de laquelle les deux hommes discutent des relations entre la France et la Grande-Bretagne, de la culture en tant que ciment de l'Europe ainsi que des beautés de la Bourgogne), et le 16 mars 1994. Queen Mum et le prince Philip seront, quant à eux, reçus rue du Faubourg-Saint-Honoré respectivement en mai 1982 et en octobre 1988[1]. En novembre suivant, le prince et la princesse de Galles seront à leur tour accueillis en visite officielle à Paris.

Peu après son élection, en mai 1981, François Mitterrand confie son estime sincère pour le Royaume-Uni et les Britanniques à un journaliste de la BBC : « D'abord, il y a un terreau – celui du souvenir personnel, celui du souvenir historique, c'est-à-dire hérité par des générations précédentes, explique-t-il à Olivier Todd. Et cela dans un milieu où on avait beaucoup

1. Archives nationales, archives de la présidence de la République sous François Mitterrand / 5AG 4 370.

d'admiration pour l'Angleterre, considérée naturellement comme… après la Grèce, comme la mère de la démocratie et comme le pays de plus haute civilisation, non seulement de civilisation industrielle mais de plus grand raffinement dans les mœurs. J'ai vécu dans une famille où l'on avait ce respect, cet amour de l'Angleterre, et j'ai pu moi-même ajouter, par mon expérience, des éléments d'admiration. Puisque je me suis trouvé à Londres en 1943, au mois de décembre, et pendant les mois de janvier et février 44, au moment de l'un des blitz, de l'une des plus fortes offensives allemandes par bombardement de la ville de Londres et d'autres villes. Et j'ai pu voir ce que c'était que les Anglais. Et je veux dire que cela est inséparable de toute idée que je puis en avoir aujourd'hui – un phénomène de respect[1]. » Le président souhaite à l'époque éviter d'éventuelles réactions hostiles à la coalition de gauche qu'il dirige (coalition qui a permis l'entrée de ministres communistes au gouvernement), notamment chez ses alliés anglo-saxons, et fait en sorte d'établir une relation personnelle de confiance avec les dirigeants concernés. Dans un entretien accordé à Charles Hargrove, le correspondant du quotidien *The Times*, en septembre 1981, il se décrit comme « fermement persuadé de la nécessité historique de rapports amicaux et cordiaux avec la Grande-Bretagne ». « Il n'est alors pas encore sûr de sa relation avec Helmut Schmidt, un ami de Giscard, confirme Hubert Védrine, qui fut son conseiller diplomatique jusqu'en 1988 avant de devenir porte-parole puis secrétaire général de l'Élysée. Donc il fait des efforts. Il assiste au mariage de Charles et

1. Extrait d'une interview accordée à Olivier Todd le 8 septembre 1981.

Diana, par exemple, alors que rien ne l'y oblige. Pour lui, c'est un geste en direction des Britanniques[1]. »

Les relations entre l'Hexagone et son voisin d'outre-Manche ont connu des développements décisifs au cours des années précédentes – 1972 a vu naître le Conseil franco-britannique à l'initiative de Georges Pompidou et du Premier Ministre Edward Heath (sa vocation : renforcer les liens en favorisant le dialogue entre des personnalités et des experts des deux pays) ; en juin 1976, Valéry Giscard d'Estaing et James Callaghan ont adopté le principe d'un sommet bilatéral annuel pour discuter des problèmes d'intérêt commun, notamment ceux découlant de leur appartenance à la Communauté européenne. Même si la réussite de la visite d'État outre-Manche de François Mitterrand, en octobre 1984, se trouve en partie occultée par l'« affaire » de Kensington Palace Gardens – la découverte d'une charge d'explosifs dans les jardins de l'ambassade de France à Londres, placée là par un officier de sécurité décidé à « tester » l'efficacité des services de police de Sa Majesté –, Margaret Thatcher n'oublie pas que le nouveau patron de l'Élysée a été l'un des premiers dirigeants occidentaux à la soutenir ouvertement dans la guerre des Malouines, en 1982. Très vite, on constate d'ailleurs, de part et d'autre, l'« excellente qualité[2] » des rapports personnels entre le président et l'*Iron Lady*. Nettement mieux disposée envers lui qu'elle ne l'était envers son prédécesseur (la rumeur prétend qu'elle voyait en VGE un « poseur »[3]),

1. Entretien avec l'auteur.
2. Archives nationales, archives de la présidence de la République sous François Mitterrand / 5AG 4 370.
3. *The Times*, 10 septembre 1981.

la dame de Downing Street se dit aussi, dit-on, satisfaite « de voir la France rompre avec une habitude en vertu de laquelle les relations privilégiées entre Paris et Bonn la conduisaient à considérer les autres pays européens comme des seconds rôles, notamment au sein de la Communauté ». Certains observateurs décriront sa relation avec le chef de l'État de « très complexe, un mélange de respect, de considération et de désaccords sur à peu près tout ». Celui-ci en dira d'ailleurs quelques mots révélateurs dans les colonnes du *Times* : « L'avantage de Mrs Thatcher, que je combattrais si j'étais anglais, est qu'elle s'exprime carrément. J'ai moi-même pris le parti de dire ce que je pense. Il est donc facile entre nous de dire oui ou non. Il n'y a pas, avec elle, de langage souterrain. »

L'Entente cordiale reprend de la vigueur ? Elle trouvera une autre illustration, moins immédiatement visible peut-être mais tout aussi concrète, dans l'estime et la sympathie que le président et la reine Elizabeth II vont développer l'un pour l'autre. « Elle le trouvait formidable, c'est vrai, témoigne Hubert Védrine. Au fil de leurs rencontres, la souveraine se rend compte que François Mitterrand est un personnage différent des autres. Elle est fascinée par l'animal politique, intéressée par son parcours, et lui trouve ça piquant. Il ne faut pas oublier non plus la passion qui était la sienne pour l'enracinement, la mémoire, la généalogie, dans lesquels il voyait une manière de lutter contre la mort, la dispersion et l'oubli. Il ne pouvait pas ne pas être impressionné par la descendante d'une telle lignée[1]. » Dans un courrier en date du 14 mars 1991 adressé à Jean-Louis Bianco, secrétaire général de la présidence de

1. Entretien avec l'auteur.

la République, l'ambassadeur du Royaume-Uni Sir Ewen Fergusson évoque la possibilité d'une nouvelle visite officielle de la reine dans l'Hexagone. « Qu'Elizabeth II s'y rende ainsi pour la troisième fois au cours de son règne – un fait absolument sans précédent – dénoterait la chaleur des sentiments que nourrit Sa Majesté à l'égard de la France, et serait un puissant symbole dans l'opinion de l'intimité et de la profondeur des relations entre [les deux pays[1]] », écrit-il. Le 30 avril, Jean-Louis Bianco lui fait part de l'accord de principe de François Mitterrand. La visite est programmée pour la fin du printemps 1992 – du 9 au 11 juin.

L'arrivée au pouvoir de John Major, en novembre 1990, s'est traduite depuis par un engagement quelque peu accru de la Grande-Bretagne dans la construction européenne. Chacune des visites de la souveraine en France semble d'ailleurs coïncider avec une étape décisive dans ce domaine – c'était en effet déjà le cas sous Georges Pompidou, en 1972, année de l'adhésion de plusieurs pays (dont le Royaume-Uni) à la CEE. Le traité de Maastricht, constitutif de l'Union, est signé le 7 février 1992. Le 12 mai, Elizabeth II accomplit un geste important en se rendant à Strasbourg devant le Parlement et le Conseil de l'Europe. « Invitée de longue date à effectuer cette visite, elle en avait toujours été dissuadée par Mrs Thatcher, relève, dans une note adressée à François Mitterrand, son conseiller diplomatique, Pierre Morel. Dans un discours remarqué, [elle] s'est prononcée pour un élargissement de la Communauté européenne et a apporté son appui à la construction d'une Union européenne, se félicitant

1. Archives nationales, archives de la présidence de la République sous François Mitterrand / 5AG 4 373.

de “l’équilibre nécessaire” retrouvé à Maastricht[1]. » Le programme de son nouveau séjour dans l’Hexagone, en juin, prévoit la remontée des Champs-Élysées en voiture découverte entourée de la grande escorte motocycliste et de la Garde républicaine à cheval, un hommage au Soldat inconnu à l’Arc de Triomphe, un déjeuner en petit comité à l’Élysée, ainsi que le traditionnel dîner d’État suivi d’une visite de la pyramide du Louvre et de quelques salles du musée. La reine doit aussi découvrir le parc de la Villette, assister à une présentation de danses écossaises, inaugurer l’exposition Henry Moore à Bagatelle, parcourir les salles Manet du musée d’Orsay et se rendre au château de Blois, pour enfin terminer son voyage par une excursion à Bordeaux – où elle donnera notamment une réception à bord du yacht *Britannia*. Sa Majesté ayant déjà reçu la grand-croix de la Légion d’honneur, et François Mitterrand ayant lui-même déjà été fait chevalier grand-croix de l’ordre du Bain à titre honoraire lors d’un déplacement officiel à Londres en 1984, il ne sera procédé à aucun nouvel échange de décorations. Toutefois, Elizabeth II a décidé de conférer à son hôte la chaîne royale de l’ordre de Victoria. Institué en 1902 par Edward VII, celui-ci constitue « la marque prééminente de l’estime et de l’affection du souverain à l’endroit des personnes qu’il aura souhaité honorer spécialement », et seuls quatre présidents de la République en ont bénéficié depuis sa création – le dernier étant le général de Gaulle en 1960. Soucieux de souligner lui aussi toute l’importance qu’il accorde à l’événement, le président demande à ce que l’avion de son illustre invitée soit escorté, à son arrivée dans l’espace aérien français comme au retour,

1. *Ibid.*

par des chasseurs de l'armée de l'air – témoignage de considération ultime qui n'est accordé que rarement[1].

« Lors de son arrivée à Orly, la souveraine a fait à François Mitterrand, venu l'accueillir, un sourire auquel ce grand amateur de femmes ne pouvait rester insensible[2] », raconte l'ancien correspondant à Paris du quotidien *The Times*, Charles Hargrove. Le président voit en elle « une vraie reine », celle-ci, de son côté, admire son intelligence. La passion qu'il manifeste dans l'exercice du pouvoir fait écho à sa propre conception de son rôle de chef d'État. « En privé, Mitterrand pouvait en outre se révéler plein de charme, témoigne une grande figure du parti conservateur britannique, il n'avait pas son pareil pour instaurer un climat d'intimité, de complicité avec les gens. C'était aussi un formidable conteur, ce qu'elle appréciait beaucoup[3]. » « Je me souviens de la soirée sur le yacht *Britannia*, à Bordeaux, témoigne de son côté Hubert Védrine. Il n'y avait qu'à les regarder parler ensemble. Elle, notamment. On ne pouvait s'empêcher de se dire qu'elle aimait la compagnie de François Mitterrand, qu'elle avait du plaisir à discuter avec lui. La dernière fois qu'ils se sont rencontrés, c'était lors d'un sommet, très peu de temps avant qu'il quitte l'Élysée. Elle savait qu'il était déjà très malade et qu'elle ne le reverrait plus. Ce jour-là, elle était tellement pressée de lui montrer son affection qu'elle a presque couru pour aller jusqu'à lui. Ça avait frappé tout le monde[4]. »

1. *Ibid.*
2. Charles Hargrove, *Elizabeth II*, Perrin, 2004.
3. Entretien avec l'auteur.
4. Entretien avec l'auteur.

« Le Tout-Puissant, dans Sa sagesse infinie,
n'a pas cru bon de créer les Français
à l'image des Anglais »

Dans les cercles feutrés de la haute diplomatie, Elizabeth II est souvent perçue comme « un *soft power*, une influence immatérielle, c'est-à-dire qu'on ne sait trop de quelle manière elle s'exerce, mais elle est là, elle compte, elle apporte de toute évidence quelque chose[1] ». L'ancien ministre des Affaires étrangères Hervé de Charette qualifie pour sa part la souveraine d'« incroyable professionnelle, une femme qui a du métier. Aujourd'hui, la visite d'État se perd, c'est une tradition qui a pris un coup de vieux partout, mais pas chez elle. Je n'irais pas jusqu'à dire que les présidents et autres chefs de gouvernement font la queue pour lui rendre visite, mais il est certain qu'être reçu par la reine est un honneur. Reste que nos styles respectifs demeurent très différents. Les Britanniques aiment tout ce qui est solennel, ce qui, par exemple, n'était pas du tout le cas de Jacques Chirac[2] ».

Dans une lettre écrite le 5 août 1995, le successeur de François Mitterrand est convié par Sa Majesté à effectuer outre-Manche l'un des tout premiers déplacements officiels de son septennat.

> Votre Excellence,
>
> Ce serait un grand plaisir pour moi si Votre Excellence se rendait ici en visite d'État, du mardi 14 mai au vendredi 17 mai 1996. Le prince Philip et moi-même serions ravis

1. Entretien avec l'auteur.
2. Entretien avec l'auteur.

de vous accueillir, Madame Chirac et vous-même, en tant qu'invités, au palais de Buckingham. Nous sommes sûrs que votre visite renforcera encore les relations amicales et proches qui existent si heureusement entre nos deux pays. Je profite de cette opportunité pour vous adresser mes vœux de bonne santé et adresser mes vœux de bonheur au peuple de la République française.

Votre amie sincère,
Elizabeth R[1]

Considéré par la presse anglaise comme « singulier, parfois irritant et marqué par ses contradictions », l'Hexagone semble alors – aussi – être, de tous les pays du vieux continent, celui qui l'intrigue et l'intéresse le plus. Les chiffres de l'époque révèlent que dix millions de Britanniques, mus par « un attrait indéniable » pour la *french touch* en matière de culture et de savoir-vivre, se rendent chaque année de l'autre côté du Channel – ils sont quelque soixante mille à y avoir acheté une résidence. « La France est loin, naturellement, d'avoir une image idyllique mais elle ne laisse jamais indifférent, commente le service de presse de l'ambassade dans une note adressée à l'Élysée. Si l'irritation domine le plus souvent, c'est parce que les médias sont intrigués, parfois séduits par notre quête de "grandeur" et notre volonté de jouer un rôle moteur en Europe (critiquant alors leur propre gouvernement pour manque d'ambition). [...] S'il n'y a pas eu, au cours des derniers mois, de véritable campagne antifrançaise (la reprise des essais nucléaires n'a pas alimenté, à l'automne, des attaques systématiques et quotidiennes contre notre pays), toutes les occasions sont bonnes à prendre pour flatter la fibre

1. Archives nationales, archives de la présidence de la République sous Jacques Chirac / 5AG 5 / 01E1.

nationaliste des lecteurs [de la presse populaire] ou les faire rire à nos dépens. Dernier exemple en date, lors de l'affaire de la vache folle, cette plaisanterie du quotidien *The Sun* : depuis qu'il y a des cas déclarés de BSE en France, on a demandé aux Français de redoubler d'hygiène. Résultat : ils prendront un bain non plus une mais deux fois par an[1]. » La presse dite de qualité préfère quant à elle s'intéresser à l'évolution des stratégies économique et diplomatique de l'Hexagone et à leurs éventuelles répercussions sur la vie de la Grande-Bretagne. Jacques Chirac sera hébergé dans la Suite belge de Buckingham, il ira certes prendre le thé à Clarence House avec Queen Mum et soutenir l'action de la fondation humanitaire du prince Charles dans des quartiers déshérités de Glasgow, en Écosse, mais son voyage doit surtout permettre d'affirmer la position de Paris en matière de politique européenne et de concertation bilatérale. Il doit ainsi, notamment, prononcer un discours devant les deux chambres réunies du Parlement, à Westminster, s'entretenir avec le Premier Ministre John Major et rencontrer le leader de l'opposition travailliste Tony Blair.

Le faste dont la Couronne entoure les visites officielles est l'un des puissants outils de communication dont se sert le royaume pour manifester son amitié et sa considération envers une autre nation. La consultation des archives de l'Élysée datées du début de l'année 1996 laisse pourtant apparaître un président français passablement agacé par les mille obligations protocolaires dont s'accompagnera son séjour, peu enthousiaste à l'idée de parcourir les rues de Londres

1. Archives nationales, archives de la présidence de la République sous Jacques Chirac / 5AG 5 / 01E1.

en carrosse et de porter l'habit – de mise lors des banquets donnés au palais –, et fermement décidé à limiter le nombre de réceptions qui seront organisées de part et d'autre. « Lors du déjeuner de bienvenue, nous étions environ une vingtaine de personnes au sein de la délégation, les Britanniques étaient quant à eux une petite cinquantaine, raconte Hervé de Charette. Ils étaient tous en jaquette, Jacques Chirac, lui, avait décidé que nous serions tous en veston. Cela n'a pas du tout dérangé la reine, au contraire même. J'étais assis à côté d'elle. Elle m'a parlé en français pendant tout le repas. Elle posait beaucoup de questions, assez familières d'ailleurs, plutôt sympathiques. Personnellement, je garde le souvenir d'une femme délicieuse, qui s'intéresse à ses hôtes[1]. »

Cette nouvelle célébration de l'Entente cordiale se traduit par un échange de cadeaux dont la liste a été soigneusement consignée par les services du protocole. Elizabeth II remet au chef de l'État le collier de chevalier grand-croix de l'ordre du Bain, deux plats XVIIIe en porcelaine de Worcester et deux photographies dédicacées dans leur cadre en argent ; à son épouse, Bernadette, une pendulette de voyage gravée à son chiffre ainsi qu'à celui du prince Philip. En retour, le couple a choisi pour la souveraine une paire de vases Médicis en faïence d'Apt, décor émaillé jaune clair de fleurs en relief se détachant sur un fond nougatine, datant de 1800 ; pour le duc d'Édimbourg le fameux *Traité de vénerie* d'Yauville (ancien commandant de la vénerie du roi Louis XVI), un ouvrage consacré à la chasse au cerf offert ici dans sa première édition, publiée à Paris par l'Imprimerie royale en 1788 ; et pour

1. Entretien avec l'auteur.

le prince Charles un *Cyrano de Bergerac* d'Edmond Rostand publié par Magnier en 1899 sur vélin de cuve. À titre personnel, la Première dame fait cadeau à la souveraine d'un foulard Hermès, à la reine mère d'un châle en cachemire et soie[1]. Afin de souligner un peu plus encore toute l'importance qu'elle accorde à ses bonnes relations avec le Royaume-Uni, la République a sorti ses plus beaux atours en prévision du dîner officiel qui sera donné à l'ambassade de France en présence de Sa Majesté. Quatre argentiers de l'Élysée ont convoyé jusqu'à Londres les collections d'arts de la table (vaisselle, orfèvrerie, cristallerie) du palais présidentiel – un fait exceptionnel, car c'est la première fois que celles-ci quittent la rue du Faubourg-Saint-Honoré. Plusieurs tapisseries des Gobelins ont été acheminées par camion spécial. Le souper (foie gras des Landes à la gelée de sauternes, selle d'agneau rôtie Renaissance, étuvée d'asperges aux artichauts, fromages et craquelin glacé aux noisettes arrosés de château-d'yquem 1982, château-léoville-las-cases 1975 et Dom Pérignon 1988) sera quant à lui accompagné par l'orchestre à cordes de la Garde républicaine[2]. « L'Histoire, les rivalités, la succession des guerres et des alliances, ont tissé entre nos deux peuples les liens les plus forts qui se puissent imaginer, déclare le président lors du traditionnel banquet organisé le premier soir, à Buckingham. Des liens faits d'un peu de méfiance parfois, mais toujours de beaucoup d'estime. Nos relations au long des siècles, la compétition à laquelle nos deux pays se sont longtemps livrés, ont nourri leur puissance et assuré leur

1. Archives nationales, archives de la présidence de la République sous Jacques Chirac / 5AG 5 / 01E1.
2. *Ibid.*

rayonnement. Ce faisant, elles façonnaient le monde. Ces liens singuliers, leur poids dans l'Histoire, Sir Winston Churchill en donnait une interprétation toute personnelle. Je le cite : "Le Tout-Puissant, dans Sa sagesse infinie, n'a pas cru bon de créer les Français à l'image des Anglais." Je compléterai ce trait en ajoutant que si cela avait été le cas, la face de la Terre en aurait été, à n'en pas douter, profondément changée. » L'humour de son invité plaît à la souveraine, le contact entre les deux couples sera chaleureux, amical. Huit ans plus tard, lorsqu'ils seront conviés une nouvelle fois outre-Manche, les époux Chirac seront reçus au château de Windsor – un honneur dont un seul président au monde, l'Américain Ronald Reagan, peut alors se vanter d'avoir été gratifié avant eux.

Au printemps 2008, ce sera au tour de Nicolas Sarkozy, en visite d'État, et de son épouse Carla d'être hébergés dans la forteresse du Berkshire. Le président fera un compte rendu amusé de son séjour : « Le lendemain [du banquet], au réveil, raconte-t-il, on frappe à notre porte, j'ignore qui est là quand j'entends "It's the Queen ! It's the Queen[1] !"... »

1. « Le sketch de Nicolas Sarkozy », publié par Éric Mandonnet le 5 octobre 2010 sur lexpress.fr.

Chapitre 10

« Ils s'adorent, et c'est tout »

« Enfants, Elizabeth et moi nous passions beaucoup de temps à jouer au Monopoly et à chanter des chansons de votre pays. Nous en connaissions plusieurs par cœur. *Au clair de la lune*, bien sûr, et puis cette autre dont j'ai oublié le titre et qui disait : "Oh, qu'elle est belle ma Bretagne, /Sous son ciel gris il faut la voir, /Elle est plus belle que l'Espagne qui ne s'éveille que le soir, /Elle est plus belle que Venise, /Qui mire son front dans les eaux[1]"... » Margaret Rhodes fredonne quelques notes puis les laisse s'évanouir dans un petit rire étouffé. « Sa mère, la reine mère, était incroyable, elle avait une mémoire des chansons absolument extraordinaire et, à la fin de sa vie, chantait encore celles qu'elle avait apprises dans sa jeunesse – je vous parle des années 1910-1912 – sans jamais buter sur les paroles. Aujourd'hui encore, la souveraine se souvient très bien de tous ces refrains. Elle me dit avoir maintenant tendance à oublier des petites choses, mais je vous assure qu'elle se rappelle beaucoup mieux que moi la guerre, par exemple, et tout ce que nous avons partagé pendant ces années-là. Elle a vraiment

1. *Venise et Bretagne*, interprétée par Tino Rossi au début des années trente. Musique : Ernest Dassier ; paroles : Étienne Bardou.

une excellente mémoire, exactement comme sa mère, ce qui lui a toujours été très utile, très précieux dans son métier. On lui présente quelqu'un, imaginons que ce soit un officier et qu'elle ait déjà eu l'occasion de le rencontrer il y a dix ou quinze ans. Peu importe le temps qui s'est écoulé, elle se souviendra très bien de lui, des circonstances dans lesquelles a eu lieu leur première entrevue, ce qu'il faisait à l'époque, etc. Elle est inouïe, pour ça. »

Dans son salon lumineux et *cosy*, encombré de fauteuils et de sofas fleuris, Margaret Rhodes a disposé un peu partout des photographies et des portraits de Queen Mum, sa tante, dont elle a été l'une des *Women of the Bedchamber* (une « femme de la chambre à coucher », à la fois dame d'honneur et dame de compagnie) de 1990 jusqu'à la mort de l'épouse de George VI, le 30 mars 2002. À quatre-vingt-cinq ans, la cousine germaine de la reine Elizabeth II n'a rien perdu de l'énergie, de la vivacité d'esprit et de manières qui caractérisent les femmes d'Écosse – et particulièrement celles de la famille Bowes-Lyon. Née The Honourable Margaret Buller-Fullerton-Elphinstone et fille de The Lady Mary Frances Bowes-Lyon, elle a le regard bleu perçant de sa tante, l'ovale de son visage, son teint d'ivoire, ses expressions changeantes comme un ciel d'automne. Cette femme de qualité sans apprêt particulier, dont l'intérieur et l'apparence vestimentaire – pull, pantalon de velours et chaussures « raisonnables » – paraissent si éloignés des clichés associés aux familles régnantes et à leur entourage, est sans doute, parmi celles et ceux qui ont le privilège de pouvoir se dire réellement proches de la souveraine, l'une de ses seules vraies intimes.

Il y a chez elle, dans sa simplicité sans affectation, le mélange indescriptible de chaleur et de distance qu'elle impose dès la première poignée de main, un je-ne-sais-quoi qui évoque de manière irrésistible la personnalité de sa cousine. Mrs Rhodes parle d'elle avec le naturel et la bonne humeur que lui autorise une affection de toujours. « Lorsque son père est devenu roi, il a cessé pour moi d'être oncle Bertie, en tout cas je ne l'ai plus jamais appelé ainsi. Pour nous tous, sa famille, il n'était plus question de lui adresser la parole autrement qu'en commençant nos phrases par "Sir". Mais elle, non. Quand Elizabeth est montée sur le trône, elle m'a encouragée à continuer à l'appeler Lilibet. C'est très agréable, bien sûr, cela me permet de me sentir totalement à l'aise en sa compagnie, de parler de tout. J'espère d'ailleurs qu'il lui est tout aussi agréable d'avoir une cousine qu'elle connaît, comme moi, depuis toujours, et avec laquelle elle peut, disons… baisser un peu la garde, se détendre. J'ignore si c'est vraiment le cas, mais je l'espère. » Face à la figure chargée d'Histoire, pas même un soupçon de timidité ? « Je crois n'avoir jamais changé d'attitude, en tout cas je ne me souviens pas en avoir éprouvé le besoin, sans doute parce qu'elle-même est très naturelle, très simple d'abord. Vous l'entendez parfois raconter aux gens des histoires très drôles, y compris sur sa propre famille, c'est une hôtesse formidable. Du coup… On en arriverait presque à oublier de temps en temps l'aspect protocolaire des choses. Bien sûr, je lui fais toujours la révérence en début et en fin de journée, mais jamais entre les deux. Et s'il m'arrive de lui baiser la main, c'est uniquement lorsque des circonstances un peu… solennelles l'imposent. »

Margaret Rhodes évoque leur enfance à toutes deux, un temps qui n'est plus, celui de ces manoirs où l'on se rendait visite entre grandes familles, domaines immenses plantés de domestiques en livrée « où les invités séjournaient parfois plusieurs semaines d'affilée. Une vie qui n'avait rien à voir avec celle que nous connaissons aujourd'hui, rien du tout ». Petite, Elizabeth passait beaucoup de temps au château de Glamis, une dentelle compliquée de pierre fauve et de tourelles dressées vers le ciel, réputée hantée par mille fantômes – le berceau des comtes de Strathmore et Kinghorne, la famille de sa mère. « Ses parents et elle s'y rendaient régulièrement pour des parties de chasse ou tout simplement pour y passer quelques jours, l'été. Elle voyait ainsi régulièrement ses oncles et tantes. » Elle se souvient aussi de la reine Mary, la veuve du roi George V, « une figure incroyablement édouardienne », venue un jour en visite au château. « Je devais avoir huit ou neuf ans. Mes parents m'avaient donné assez fermement toute une série d'instructions : je devais d'abord l'embrasser sur la joue, puis lui baiser la main, puis faire une révérence. Bien sûr, une fois en sa présence, j'ai tout enchaîné dans le désordre. J'ai fait ma révérence au mauvais moment, et je lui ai donné un violent coup de tête sous le menton. Mais elle a été très gentille, très indulgente. C'était pourtant quelqu'un de très à cheval sur les formes ». Si la reine Mary a eu une influence considérable sur sa petite-fille, Mrs Rhodes insiste aussi sur celle, profonde et durable, exercée sur Elizabeth par sa famille écossaise. « Notre grand-mère [Cecilia, née Cavendish-Bentinck, arrière-petite-fille du Premier Ministre britannique William Cavendish-Bentinck], était la fille d'un *clergyman*. Elle a élevé ses enfants dans le respect de la religion, et en leur inculquant dès le plus jeune âge une conscience aiguë de leurs devoirs vis-à-vis de leurs semblables. Ce sont des principes et des valeurs que nos parents nous ont transmis à leur tour. »

Lorsqu'elle évoque la personnalité de feu Queen Mum, sa tante, elle ouvre les bras en souriant comme pour mieux rendre compte de cette manière si particulière qu'avait la veuve de George VI d'embrasser le monde autour d'elle. Débordante d'énergie et de vitalité, les deux pieds fermement ancrés dans son époque, Margaret Rhodes n'en demeure pas moins la tête et le cœur arrimés à un indéfinissable ailleurs. Fille du seizième baron Elphinstone, descendant d'une longue lignée de valeureux Écossais longtemps engagés dans d'âpres bras de fer avec l'Angleterre, elle a grandi dans un environnement fait de nurses plus ou moins arrangeantes, de gouvernantes françaises et de majordomes. Enfant, elle a reçu l'éducation que l'on réservait autrefois aux jeunes filles de sa condition – « il se trouve que personne ne m'a jamais demandé de passer un examen » –, mais n'est jamais vraiment allée à l'école et le regrette. De son père – un ancien diplomate qui, après avoir été en poste à la cour du dernier tsar Nicolas II, choisit de renoncer à une carrière prometteuse pour partir traquer l'ours et le tigre dans quelques-unes des contrées les plus hostiles et les plus reculées de la planète – elle a hérité une passion pour la chasse (elle a tué son premier cerf à l'âge de quinze ans), doublée d'un tempérament aventureux qui l'a notamment poussée à s'engager dans les services secrets britanniques pendant la Seconde Guerre mondiale. Veuve depuis trente ans, elle réside à The Garden House, un joli cottage niché dans Windsor Great Park, un domaine de plus de 1 940 hectares qui fut autrefois l'un des terrains de chasse favoris des rois d'Angleterre, patchwork de petites forêts traversées par des routes sinueuses et piquetées de prairies verdoyantes.

Margaret raconte qu'Elizabeth II lui a proposé de s'établir ici, à proximité des siens et notamment de Royal Lodge, qui fut longtemps la résidence de week-end de Queen Mum, après que son mari, Denys, eut contracté un cancer du poumon incurable en 1980. « Nous habitions alors du côté de Dartmoor, dans le Devon, et nous souhaitions nous rapprocher de Londres, mais nous n'avions pas beaucoup de moyens. Un matin, nous nous trouvions alors en vacances à Balmoral, la reine et moi sommes parties faire du cheval. Soudain elle s'est tournée vers moi et m'a dit : "Est-ce que vivre en banlieue vous conviendrait ?" C'était sa manière à elle de nous proposer cette maison. La reine est une femme attentive aux autres. Elle est toujours là à s'inquiéter pour quelqu'un, pour la fille de l'un de ses employés qui aura quitté l'école trop tôt ou pour tel autre membre de son personnel à qui on n'aura pas trouvé de place de garage. Elle a le souci des gens qui travaillent pour elle, de ce qui leur arrive. Elle est immensément généreuse. Nous avons beaucoup de chance de l'avoir[1]. »

Considérée par la princesse Anne comme l'une des seules personnes, à l'exception de son mari et de ses enfants, avec laquelle Elizabeth II « peut enfin être elle-même et se détendre vraiment[2] », la comtesse Mountbatten, la fille aînée du dernier vice-roi des Indes, décrit de son côté la souveraine comme « exactement » le genre de femme que « tout le monde rêve

1. Entretien avec l'auteur.

2. Cité dans Brian Hoey, *Her Majesty : Fifty Regal Years*, HarperCollins Publishers, 2001, p. 91.

d'avoir pour meilleure amie. Elle voit tout, raconte-t-elle, elle fait attention à vous, rien de ce qui vous touche de près ne lui échappe. En 1995, dans le cadre des commémorations du cinquantième anniversaire de la capitulation allemande, j'ai défilé aux côtés des femmes qui, comme moi, ont été décorées de l'étoile de Birmanie[1] après la Seconde Guerre mondiale. En 1979, j'avais été gravement blessée dans un attentat de l'Armée républicaine irlandaise, attentat qui a coûté la vie à mon père, à la mère de mon mari et à l'un de mes fils. Pour pouvoir participer au défilé, j'ai dû m'équiper de chaussures spéciales. La reine et les membres de sa famille assistaient aux festivités depuis une estrade. Elle et moi nous nous sommes appelées le soir même, et elle m'a immédiatement posé la question : "Mais comment vous sentiez-vous, à devoir marcher ainsi ?" Je lui ai raconté que j'avais pris la précaution de me munir de chaussures adéquates. "Oui, j'ai vu ça", m'a-t-elle tout de suite répondu[2] ».

La comtesse – une cousine du prince Philip, arrière-arrière petite-fille de la reine Victoria et descendante des grands-ducs de Hesse – vit dans un petit manoir planté dans un écrin de verdure et de glycines odorantes à Mersham, dans le Kent. Sur l'un des coussins du salon il est écrit en lettres brodées que « le bonheur est d'être mariée à son meilleur ami ». « Êtes-vous mariée ? demande-t-elle en le montrant du doigt. *Good.* » Son affection pour la reine est visible, mais le respect qu'elle a pour elle la retient d'en faire étalage. Voilà pourquoi

1. Décoration militaire décernée aux Britanniques et autres ressortissants du Commonwealth qui se sont distingués durant la campagne de Birmanie, pendant la Seconde Guerre mondiale.

2. Entretien avec l'auteur.

l'une des photographies qu'elle préfère – une image de vacances qui les montre côte à côte, souriantes et complices comme seules peuvent l'être deux amies de très longue date – reste discrètement posée sur un petit bureau, à l'écart des pièces principales de la maison, loin des regards. « Mon mari et moi avons vécu plusieurs années dans un cottage, près d'ici. La souveraine et le prince Philip sont souvent venus nous y rendre visite pour le week-end, nous avons passé beaucoup de temps ensemble, tous les quatre[1]. » Elle évoque en souriant une invitée formidable, sans exigences particulières, toujours enthousiasmée par ce qu'on lui propose. « Elle est honnête et digne de confiance, amusante, éclairée, elle s'intéresse à tout. Plus le temps passe et plus je l'admire. "On aurait dû ériger une statue à Wallis Simpson", lui ai-je d'ailleurs dit un jour. "Comment !" s'est-elle exclamée. "Oui, ai-je continué, parce que si nous ne l'avions pas eue elle, nous ne vous aurions pas eue, vous[2]." »

Soixante-dix années de souvenirs communs n'encouragent pas pour autant la fille de Lord Louis Mountbatten à faire preuve de familiarité envers la reine. « J'ai reçu une éducation à l'ancienne, très respectueuse des traditions. Voilà pourquoi, lorsque nous nous saluons, je lui baise la main[3]. » Les amies de la souveraine, les vraies, sont à son image, des proches de toujours, des fidèles au pedigree impeccable et à la discrétion sans faille. Parmi elles, les filles de Harold et Zia Wernher – qui avaient eux-mêmes tant compté pour le prince Philip, dans sa

1. Entretien avec l'auteur.
2. Entretien avec l'auteur.
3. Brian Hoey, *Her Majesty, op. cit.*, p. 93.

jeunesse : Lady Georgina (Gina) Kennard, l'une des marraines du prince Andrew, décédée en avril 2011, et sa sœur, Lady Myra Butter. Cette dernière se souvient des fêtes d'anniversaire où, enfants, elles se retrouvaient toutes les trois. « La princesse Elizabeth aimait particulièrement le jeu où l'une d'entre nous était enfermée dans une cahute de jardin et devait crier le plus fort possible pour que les autres la libèrent[1] », raconte-t-elle. À la fin des années trente, elle avait intégré elle aussi la compagnie des guides du palais de Buckingham, dont les membres forment encore, à ce jour, un petit groupe très soudé avec lequel la reine a toujours gardé contact. L'une d'elles, Sonia Berry, la fille de Sir Harold Graham-Hodgson, qui était à l'époque le radiologue de George VI, se rappelle très bien sa première rencontre avec *Lilibet* dans Hamilton Gardens, un petit square privé. La princesse avait alors à peine quatre ans. « Je revois encore cette petite fille s'avancer et me demander : "Voudriez-vous faire un jeu avec moi ?" Elle portait une robe rose et blanc, et moi un manteau bleu. Nous avons joué au cricket français pendant à peu près une heure, puis lorsqu'elle est partie, à l'heure du thé, elle m'a dit : "Au revoir, à demain[2]." » Les deux fillettes se sont ensuite vues presque tous les jours, et ce pendant des années. À la veille de son emménagement à Buckingham, début 1937, c'est même à Sonia qu'Elizabeth confiera Ben, son cheval de bois favori, le temps que sa famille s'installe – « elle pensait que Ben n'aimerait pas se

1. *Ibid.*, p. 98.
2. Extrait de l'article « The friend I have known and loved all these years, by The Queen's first playmate », paru dans *The Daily Telegraph* le 23 avril 2006.

retrouver empaqueté dans un camion puis stocké dans un quelconque garde-meuble[1] ».

Après son accession au trône, la souveraine acceptera régulièrement les invitations de Mrs Berry à venir dîner ou prendre le thé chez elle, à Londres. Les habitants du quartier ont souvent croisé, sans lui prêter attention, sa petite silhouette menue vêtue d'un imper, fondue dans la masse des passants, les cheveux soigneusement dissimulés sous un foulard. Aux yeux d'Elizabeth, l'amitié est un bien d'autant plus précieux qu'elle a toujours été source de plaisirs ordinaires. Et rares. « Elle disait souvent combien il était agréable de pouvoir s'échapper un peu du palais. La sécurité était renforcée, la liste des invités passée au crible, les rideaux des fenêtres devaient être tirés de manière qu'on ne puisse pas la voir de l'extérieur. Mais une fois qu'elle était ici, elle était totalement à l'aise[2]. » Même si, à certaines époques, il leur est arrivé de se perdre de vue, leurs vies et leurs parcours demeurent intimement mêlés. Gina, Myra, Sonia ont vu Elizabeth grandir, fonder un foyer, accéder à l'une des charges les plus prestigieuses du monde et s'y investir corps et âme sans jamais cesser d'être pour elles une amie fidèle et loyale. « Certains vous diront : “Elle n'a aucune imagination, elle a du mal à se mettre à la place des autres, à prendre la dimension de ce qu'ils éprouvent”, en ce qui me concerne je ne suis pas de cet avis, commente un membre de l'entourage de la souveraine. Elle a parfois des réactions qui incitent les autres à penser qu'elle manque de sensibilité, mais c'est faux[3]. » Myra Butter se souvient que

1. *Ibid.*
2. *Ibid.*
3. Entretien avec l'auteur.

lorsque ses deux cadets sont partis en pension, la reine les a invités, elle et son mari, au château de Balmoral, « devinant sans doute combien nous étions bouleversés. C'était le geste plein d'attention d'un parent pour un autre parent, qui prouvait à quel point elle savait ce que nous ressentions[1] ».

Ces femmes ont en commun une admiration sincère pour le couple qu'Elizabeth II forme depuis plus de soixante ans avec le prince Philip, et les disent « soudés comme les cinq doigts de la main ». « Il a été formidable, témoigne Margaret Rhodes, la cousine germaine de la souveraine. Vraiment formidable. Dans toute l'histoire de la famille royale, il n'avait aucun exemple à sa disposition, aucun précédent sur lequel s'appuyer. Il a travaillé dur, à quatre-vingt-dix ans il déborde toujours d'activité et il a toujours beaucoup de succès avec les gens. La presse parle régulièrement de ses "gaffes", mais il ne faut pas y voir autre chose qu'un solide humour de marin. Et pour la reine, il a été un roc. L'Histoire saura lui rendre justice[2]. » Peu après l'attribution des Jeux olympiques de 2012 à la ville de Londres, le duc d'Édimbourg pestait ouvertement contre les cérémonies d'ouverture et de clôture – « de fichues nuisances », disait-il, qu'il faudrait supprimer. Il est connu pour n'avoir jamais eu le goût des phrases tièdes et des compliments réchauffés. « Nous ne sommes pas venus ici pour nous refaire une santé, déclare-t-il dans un moment de franche exaspération lors d'un voyage officiel au Canada, en octobre 1969. Nous connaissons de meilleures façons de nous amuser[3]. » Un soir de

1. Brian Hoey, *Her Majesty, op. cit.*, p. 102.
2. Entretien avec l'auteur.
3. Andrew Duncan, *The Reality, op. cit.*, p. 79.

dîner d'État à Santiago du Chili, en novembre 1968, il s'étonne de voir le Dr Salvador Allende se présenter en simple costume et lui en fait la réflexion.

« Mon parti est pauvre, lui rétorque l'intéressé, on m'a conseillé de ne pas louer d'habit.

– Et si on vous avait dit de venir en maillot de bain, je suppose que vous l'auriez fait aussi[1] ? » s'agace le prince.

Au panthéon de ses répliques les plus fameuses : « Les ménagères britanniques sont incapables de faire la cuisine », lance-t-il en 1966 devant les représentantes du *Women's Institute*. « Vous avez les moustiques, moi j'ai la presse », confie-t-il la même année à la directrice d'un hôpital dans les Caraïbes. « Je serais prêt à mettre quasiment n'importe quoi du moment que c'est à la bonne taille », répond-il à un journaliste désireux de savoir s'il porte des sous-vêtements à pois. « Comment faites-vous pour tenir les autochtones loin de l'alcool le temps qu'ils décrochent leur permis ? » interroge-t-il un jour un inspecteur d'auto-école écossais. « Vous êtes sourds ? À voir qui vous avez à côté de vous, rien d'étonnant ! » glisse-t-il en 1999 à un groupe de malentendants placé à proximité d'une fanfare, au cours d'un déplacement à Cardiff. « Avec quoi vous gargarisez-vous le matin ? questionnait-il déjà le chanteur Tom Jones en 1969. Avec du gravier ? »

Le duc ne déteste pas mettre les pieds dans le plat pour rompre la monotonie et le caractère souvent guindé des rencontres officielles. Il n'est pas homme à se laisser déstabiliser par les critiques – autour de lui, on prétend même qu'il a tendance à les provoquer, juste pour le plaisir d'asséner en retour l'une de ces

1. *Ibid.*, p. 86.

reparties dont il a le secret. Dans le grand théâtre de la monarchie, son rôle à lui est d'infuser en tout ce mélange de bon sens et de distance moqueuse dont il s'est fait une spécialité. Une ironie qu'il exerce par ailleurs régulièrement à ses propres dépens… À la fin des années soixante, il se comparait publiquement à « un travailleur indépendant. J'agis en fonction de ce que je pense que les gens attendent. […] Quelle que soit la réalité de l'influence dont je dispose, je veux la mettre à profit pour mon pays. Mais il y a manière et manière de le faire, et il va sans dire qu'il en est certaines auxquelles je suis invité à ne pas recourir[1] ».

Elizabeth II, elle, est d'un tempérament réservé, il est rare qu'en public son visage trahisse la moindre émotion. Souvent, dit-on, les notables qui la reçoivent lors de visites ou d'inaugurations, à Londres ou ailleurs, prennent son absence d'expressivité pour de la fatigue ou de l'ennui lorsque celle-ci trahit simplement un caractère peu porté aux démonstrations de toute nature. Au sein du couple, Philip est celui qui engage le plus facilement la discussion avec des inconnus. On connaît son intérêt pour les jeunes. Quand les deux conjoints se déplacent en province, le prince les repère dans la foule, il s'attarde auprès d'eux en les bombardant de questions sur leur formation, leur métier, leurs projets d'avenir. Les conversations de Sa Majesté sont cordiales mais courtes, si bien qu'on la voit souvent tapoter impatiemment le sol de la pointe de son soulier en attendant que son époux veuille bien presser l'allure. Au fil des ans, le bouillant officier de la Royal Navy a appris, à son contact, à se montrer plus patient lorsque des engagements officiels par-

1. *Ibid.*, p. 130.

ticulièrement rasoir s'éternisent. De son côté, dans les mauvais jours (il y en a), il est le seul à pouvoir apaiser la nervosité ou l'inconfort de la souveraine par un sourire, un geste tendre, un mot de réconfort. Dans son livre, *The Reality of Monarchy* (La réalité de la monarchie), le journaliste Andrew Duncan décrit une scène dont il a été témoin lors d'une visite d'État au Brésil, fin 1968. « La reine était gênée et contrariée par le chahut des photographes. Le prince Philip a incité le président à se pousser sur le côté car il bloquait la vue et empêchait que soit prise la photo de "famille". Debout au centre de la pièce, la reine a tourné les yeux vers son mari avec une expression malheureuse dans le regard. Celui-ci a souri et posé la main sur son bras. Là, elle s'est détendue et lui a adressé un sourire et un regard tendres, lourds de sous-entendus[1]. » L'opinion et les médias les ont à intervalles réguliers affublés de surnoms affectueux – Brenda et Keith, ou encore *Darby and Joan* (expression populaire qui désigne le plus souvent un vieux couple épanoui dans une vie conjugale paisible). Leur histoire est celle d'un amour qui a su sortir indemne de soixante années de *royal show*, parcours semé d'embûches, d'obligations répétitives à l'extrême et traversé de tempêtes. Comme aux tout premiers jours de leur mariage, Sa Majesté n'est jamais tout à fait la même lorsque Philip n'est pas là.

« Comment faites-vous pour rester aussi minces ? »

Elizabeth II a passé la nuit à bord du train royal, stationné quelque part entre Londres et Manchester.

1. *Ibid.*, p. 53.

Ce 21 mai 2009, son époux et elle sont attendus à 10 heures 15 à l'usine Heinz de Kitt Green, près de Wigan, dans le comté de Lancashire, au nord-ouest de l'Angleterre. Un gigantesque complexe industriel – la plus grande usine alimentaire d'Europe, la plus vaste, aussi, de toutes celles que possède la société à travers le monde – où sont fabriquées chaque année un milliard (oui, un milliard) de boîtes de conserve, aussitôt remplies de soupes, de haricots (un million et demi d'unités produites par jour), de pâtes, de pudding ou encore de plats pour bébés. La visite, quasiment d'intérêt national au vu de l'omniprésence des spécialités Heinz dans le quotidien des Britanniques, a lieu cinquante ans jour pour jour après l'inauguration officielle du site, le 21 mai 1959. Il est huit heures trente et une bonne dizaine de journalistes et de photographes sont déjà là à patienter, dans une petite salle éclairée au néon, à l'entrée du bâtiment principal. Non loin d'eux, les Trinity Girls – un orchestre composé de dames bien coiffées et de fillettes en uniforme rouge et noir – font sagement la queue devant un comptoir où leur sont remis leurs badges « visiteur ».

La veille, une ultime *recce*, ou mission de reconnaissance, a été effectuée par les membres du service de presse du palais. C'est alors au moins la troisième fois que ceux-ci se retrouvent dans ce coin de campagne du Grand Manchester pour s'assurer que rien ne viendra perturber le bon déroulement du déplacement de la souveraine. De la configuration générale des lieux au ministand récapitulant l'histoire des produits Heinz depuis le début du XXe siècle en passant par la texture plus ou moins glissante des revêtements de sol dans les bâtiments où pénétrera Elizabeth II, tout a déjà été minutieusement étudié par Colette Saunders et ses adjoints, mais le plus important (ou presque) reste à faire : « Aider les autres à évacuer leur stress. Les gens ont tendance à devenir nerveux quand ils attendent la reine. » À quel endroit le minibus qui amène l'orchestre devra-t-il être garé ? La souveraine aura-t-elle des marches à monter et si oui, combien ? À quel moment le traditionnel bouquet lui sera-t-il offert ? – le lui remettre trop tôt risquerait de l'empêcher de serrer autant de mains que souhaité… Le travail de Colette est de penser à tout. Sa Majesté ne devra jamais être cachée à la vue des photographes par des personnes plus grandes qu'elle, les employés ne devront pas être en costume mais en uniforme. Il faudra aussi penser à enlever les petits arbres en pot qui encombrent la cantine, à surélever l'écran où passeront en boucle des images de la visite de l'usine effectuée par Queen Mum en juin 1959, à ne pas multiplier les barrières sur le trajet emprunté par le couple régnant, ni les tentes blanches – on n'est pas à un mariage, et puis la reine n'a jamais craint un peu de pluie ou de vent. Un jeune apprenti, vingt ans pas plus, choisi par ses collègues pour expliquer à Elizabeth II le processus de fabrication des boîtes de conserve, pâlit légèrement lorsqu'on lui annonce : « Mark, à ce moment-là ce sera entièrement à vous de jouer. » « Peut-être que quelqu'un devrait tout de même être avec lui, ne serait-ce que pour le rassurer, commente Colette en aparté. Demain matin à la première heure, je viendrai lui parler pour voir comment il se sent. »

Une heure avant l'arrivée de la souveraine, la presse est conviée à effecter un tour du site – des kilomètres au pas de charge sous une bruine glacée –, afin de visualiser l'itinéraire du couple. Partout, les employés se sont sagement alignés derrière des barrières. À droite du porche devant lequel doit s'arrêter la Bentley royale, les Trinity Girls commencent à répéter, protégées des intempéries par d'amples ponchos en plastique froissé. « En douze ans, confie un représentant du palais, j'ai suivi tous les déplacements officiels de la reine en Grande-Bretagne. Il n'a plu que huit fois. » Dans l'entourage d'Elizabeth II, on évoque volontiers, et avec le plus grand sérieux, ces miracles météorologiques à répétition. « À croire qu'elle a aussi d'excellentes connexions là-haut », commente ce très distingué membre de la cour, un doigt pointé vers le ciel – excellentes au point qu'on l'aurait vue, un jour où elle était accueillie par des trombes d'eau, montrer une pointe d'étonnement amusé. À gauche des marches de l'entrée, une foule d'écoliers surexcités agite des Union Jack et pousse des vivats chaque fois qu'une voiture s'approche. Une jeune journaliste envoyée par une radio locale se lamente, car on vient de lui faire savoir que non, ni Elizabeth ni Philip ne viendront dire quelques mots dans son micro. Il est maintenant 10 heures 13. La pluie s'interrompt, quelques rayons de soleil percent les nuages. Deux minutes plus tard, la limousine d'État fait son entrée dans la cour. Sa Majesté est vêtue d'un ensemble rose vif, son époux d'un costume bleu marine sur chemise d'un rose très pâle. Les enfants s'époumonent, gentiment salués par la souveraine, pendant que les Trinity Girls entonnent les première notes de l'*Irish Blessing*. L'employée de Heinz choisie pour remettre un bouquet à la reine se fige, brutalement frappée de mutisme et comme pétrifiée, lorsque celle-ci s'arrête à sa hauteur – elle ne parviendra à lâcher ses fleurs qu'au prix d'un immense effort sur elle-même.

La visite – qui doit durer une heure pile – se déroule en plusieurs étapes ; chaque fois Elizabeth II écoute toutes les explications qu'on lui donne, elle fixe attentivement ses interlocuteurs du regard, laisse échapper à intervalles réguliers quelques mots d'encouragement ponctués de petits signes de tête approbateurs. Philip, lui, s'attarde auprès de plusieurs apprentis – « Quelles études avez-vous faites ? Combien de temps a duré votre formation ? » –, et entame la conversation avec une ancienne de l'usine, désormais retraitée, en fauteuil roulant – « Tout va bien depuis que vous avez arrêté de travailler ? » lui demande-t-il. La souveraine est invitée à presser le bouton de commande d'une nouvelle chaîne de fabrication, sur une estrade dressée un peu plus loin le couple inaugure une plaque commémorative et signe un livre d'or. On remet à la reine une corbeille de produits Heinz ainsi qu'une photo de Queen Mum lors de sa visite de 1959 ; au duc d'Édimbourg une composition illustrant le savoir-faire de la maison : un assemblage de boîtes brillantes montées sur une plaque de bois clair sertie d'une pendulette – le prince sortira une montre de sa poche pour s'assurer que celle-ci a bien été réglée sur la bonne heure. Elizabeth II sourit timidement, comme submergée par tant d'attentions et d'applaudissements.

Elle préférerait de beaucoup, dit-on, les engagements officiels organisés hors de Londres à tous les autres. « Londres est synonyme d'obligations, de contraintes, confie un membre de son entourage. Les visites comme celles d'aujourd'hui sont pour elle l'occasion d'aller à la rencontre des gens, je veux dire par là des vraies gens, d'établir un contact avec eux[1]. » Après Kitt Green, Elizabeth II et son mari se rendent à Leigh

1. Entretien avec l'auteur.

pour y inaugurer le village des Sports (un stade, des centres de conférences et de formation pour adultes assortis de multiples équipements éducatifs). La pluie s'était remise à tomber, la voilà qui stoppe à nouveau comme pour saluer leur arrivée. La souveraine papote avec le staff, Philip, lui, préfère visiblement discuter avec les enfants. Dans une salle informatique, on le voit s'arrêter près d'une fillette et plancher avec elle sur un quiz sur les Centurions, le club local de rugby à treize. La tournée du Grand Manchester n'est pas encore terminée. En début d'après-midi, le couple est attendu à la boulangerie industrielle Warburton, du côté de Bolton, à une poignée de kilomètres de là. Un énième bâtiment de brique rouge cerné par des barrières, planté au milieu de la campagne… Le hall sent la peinture fraîche – une odeur familière aux deux conjoints, habitués à ne visiter que des endroits pomponnés ou remis à neuf la veille de leur passage. D'un pas mesuré, la souveraine, guidée dans les méandres de l'atelier par Jonathan Warburton, le directeur de la société (représentant de la cinquième génération de cette famille de boulangers, établie dans la région depuis 1876), procède à l'inspection d'une chaîne de cuisson, refroidissement et découpe de pains de mie tranchés, aussi souriante et concentrée qu'elle l'était dans la matinée. « Si vous devez goûter à tous les produits, comment faites-vous pour rester aussi minces ? » demande le duc d'Édimbourg à trois jeunes employées. Une journaliste envoyée par un quotidien local s'enquiert auprès d'un membre du service de presse de Buckingham de la couleur « exacte » de la tenue d'Elizabeth II – jointe par téléphone, Angela Kelly, l'assistante personnelle de Sa Majesté, fait savoir qu'il ne s'agit pas d'un fuchsia mais d'un *deep pink*, ou rose profond. Un dernier bain de foule à l'extérieur du bâtiment, et le couple repart en Bentley vers le train royal, à bord duquel il rejoindra la capitale en début de soirée. « Beaucoup pensent que le travail d'une reine consiste essentiellement à porter des tiares ou des couronnes, à présider de merveilleux banquets éclairés aux chandelles ou à inaugurer en fanfare des stades olympiques, commente l'un de ses conseillers. Mais pas du tout. Ce que vous avez vu aujourd'hui, c'est l'ordinaire du job[1]. » Juste après un déplacement de ce type, la souveraine livrerait toujours, dit-on, le compte-rendu des événements de la journée à son secrétaire particulier. « Elle lui raconte ses impressions, lui parle de telle ou telle personne dont la rencontre l'a particulièrement marquée. Si tout s'est déroulé comme elle l'espérait, elle n'oublie jamais de le faire savoir. Quand quelque chose lui a déplu, aussi[2]. »

« Ma force et mon soutien »

Dans l'entourage d'Elizabeth II, on assure que celle-ci a, et depuis longtemps, conscience de vivre dans un monde régi par la dictature de l'image. On la dit d'ailleurs plutôt encline à faciliter le travail des équipes en charge des relations de la Couronne avec les médias tant que cela ne présente pas le moindre risque pour la dignité de sa fonction – « Où voulez-vous que je me tienne ? » l'aurait-on ainsi entendue plus d'une fois demander à son cameraman personnel, Peter Wilkinson. Allergique à la presse – c'est en tout cas sa réputation –

1. Entretien avec l'auteur.
2. Entretien avec l'auteur.

et souvent mal disposé envers ses représentants[1], le prince Philip n'en est pas moins, lui aussi, un vecteur de communication essentiel entre le monarque et les Britanniques. Pendant les engagements officiels, il est celui qui aide les enfants à franchir les barrières de sécurité pour leur permettre d'approcher la reine et de lui parler, celui qui attire l'attention de son épouse sur des faits, des personnages, des nouveautés qui méritent son intérêt. En soixante ans, le duc d'Édimbourg ne s'est pas contenté d'un rôle de figuration. Il s'est même imposé comme l'un des piliers du règne.

Par amour autant que par devoir il a enduré bien des déconvenues et des humiliations (presque) sans broncher, soutenu Elizabeth avec une constance et une loyauté jamais prises en défaut et accepté de mettre en veilleuse son caractère bouillant et dominateur dans toutes les cérémonies d'un autre âge où l'usage lui commande de se tenir au côté de sa femme avec une grâce de danseur mondain. Il « n'est pas seulement là pour partager poignées de main et papotages, commente le journaliste et *royal expert* Robert Hardman, mais aussi pour offrir une forme de réconfort. La souveraine est entourée en permanence de gens compétents sur lesquels elle peut compter, mais il est toujours rassurant pour elle de savoir que là, tout près, se trouve l'homme qui, le jour de son couronnement, a fait le vœu de lui vouer sa vie entière[2] ». Elizabeth II est la première à reconnaître qu'elle lui doit en grande partie son succès

1. De nombreuses anecdotes illustrent ses relations difficiles avec les journalistes. Lors du « Chelsea Flower Show », en 1960, on l'a notamment soupçonné d'avoir activé un système d'arrosage automatique en direction des photographes présents.

2. Robert Hardman, *Our Queen*, *op. cit.*, p. 269. Le 2 juin 1953, à Westminster, le prince Philip a prêté serment d'allégeance

en tant que monarque. « Ce n'est pas quelqu'un qui affectionne particulièrement les compliments, déclarait-elle à l'occasion de leur cinquantième anniversaire de mariage, en 1997, mais je dois dire qu'il a été, tout simplement, ma force et mon soutien tout au long de ces années. »

Brosser le portrait du prince Philip n'est pas chose aisée. « Il reste pour moi une énigme, reconnaît l'un de ses biographes, Tim Heald. Chez lui, une humilité sincère cohabite tant bien que mal avec une arrogance de façade, énergie et optimisme doivent s'accommoder de douches froides soudaines et brutales, marques de gentillesse et de générosité vraies se mêlent d'inexplicables rebuffades ; certitudes et insécurité, sensibilité et dureté vont main dans la main. Il est sociable, mais dans le fond, c'est un solitaire ; il adore prendre part à des débats un peu vifs, mais ne supporte pas d'en perdre un seul. Un jour, on l'a vu faire un détour de plusieurs milliers de kilomètres pour aller réconforter les victimes d'un ouragan ; un autre, il s'est mis dans une colère telle après un écuyer qui avait négligé de prendre des leçons de tir qu'il a fait stopper la voiture et lui a intimé l'ordre d'en descendre. Ces apparentes incohérences le rendent aussi fascinant qu'exaspérant. Il est énergique, vif, changeant, idéaliste, chevaleresque, et, d'une certaine manière, impossible à cerner – c'est sans doute en partie le but[1]. »

Depuis l'avènement de son épouse, le duc d'Édimbourg a prononcé 5 000 discours, écrit 13 livres traduits

---

à son épouse en lui promettant d'être son « *liege man of life and limb* », équivalent de « vassal » pour la vie.

1. Extrait de Tim Heald, *Philip : A Portrait of The Duke of Edinburgh*, William Morrow, 1991, p. 251.

en plusieurs langues ainsi que de nombreuses préfaces (notamment celle du best-seller *A Concise British Flora*, une étude de la flore sauvage du royaume, parue en 1965[1]). Il a secondé la reine dans chacune de ses 261 visites officielles hors des frontières de la Grande-Bretagne, effectué lui-même 620 déplacements en solo dans plus de 120 pays, et totalisé, en tant que pilote, 5 986 heures de vol sur 59 types d'engins différents. Parrain de 800 associations – parmi lesquelles le grand ordre des Rats d'eau[2], le Club du cochon d'Inde et le très renommé Club du bigorneau de la ville de Hastings[3] –, il a été fait citoyen des villes d'Acapulco, Belfast, Bridgetown, Cardiff, Dar-es-Salaam, Édimbourg, Glasgow, Guadalajara, Londres, Los Angeles, Melbourne et Nairobi. Ancien champion du monde par équipe de course d'attelages, il a aussi été longtemps une figure des terrains de polo et de cricket, et un compétiteur acharné aux régates de Cowes, sur l'île de Wight. Il a également été le premier membre de la famille régnante à participer à des programmes télévisés – un documentaire sur sa première tournée des pays du Commonwealth aux côtés de son épouse, diffusé sur la BBC en mai 1957, puis un film sur les îles Galapagos, dix ans plus tard.

Mécène lui-même doué d'une fibre artistique que l'on dit héritée de son père, le prince André de Grèce, il a appris la technique de la peinture à l'huile avec Edward Seago, dont il avait admiré pour la première fois les

1. Robert Hardman, *Our Queen*, *op. cit.*, p. 290.

2. Association caritative qui vient en aide aux comédiens en difficulté.

3. Association caritative dont ont également été membres Winston Churchill et la reine mère.

toiles en 1949, lors d'une exposition de la Société royale des peintres de portraits. Aujourd'hui à la tête d'une collection privée de plus de 2 000 œuvres (paysages, art aborigène, peinture écossaise de la seconde moitié du XXe siècle, ou encore tableaux représentant des oiseaux, dont il est, comme la reine, grand amateur[1]), le prince Philip collectionne également les originaux de dessins de presse satiriques – y compris ceux qui le brocardent, lui et sa famille. Sur les rayonnages de sa bibliothèque : plus de 13 000 volumes[2] soigneusement rangés et classés, manuels de cuisine, essais sur les religions, traités de courses d'attelages, biographies (dont toutes celles qui lui ont été consacrées), recueils de poésie, ouvrages de sociologie (dont *Sex In Our Time*, « Le sexe à notre époque », remarqué sur une étagère par une journaliste venue l'interviewer en 1992) et autres précis d'anthropologie, de navigation ou de stratégie navale. *Bonjour tristesse*, de Françoise Sagan[3], des livres de théologie, de philosophie. Et surtout quelque 1 300 volumes sur les animaux, dont plus d'une centaine sur les oiseaux[4]. Car il est – aussi – considéré comme un spécialiste en la matière. L'époux d'Elizabeth II est en effet devenu un *twitcher* (un passionné d'ornithologie) en rentrant des Jeux olympiques de Melbourne à bord du yacht royal *Britannia*, fin 1956. Pendant des jours et des jours, il a admiré et photographié le ballet des oiseaux de mer du Pacifique et de l'Atlantique Sud pour finalement réunir ses clichés dans un album, *Birds of Britannia*,

1. Robert Hardman, *Our Queen*, *op. cit.*, p. 291.
2. *Ibid.*
3. Tim Heald, *Philip...*, *op. cit.*, p. 128.
4. Robert Hardman, *Our Queen*, *op. cit.*, p. 291.

l'un de ses tout premiers livres – il parraine la Société d'ornithologie de Grande-Bretagne depuis 1987.

Pionnier dans de nombreux domaines, le duc, féru depuis toujours de science et de technologie, fait installer un téléphone dans sa voiture dès 1953. Avant même le lancement du premier Macintosh, en 1984, il acquiert l'un des tout premiers PC mis en vente dans le royaume par la firme Apricot. Dès 1960, il initie un cycle de conférences intitulées « La campagne en 1970 ». Déjà inquiet, à l'époque, de la détérioration de la qualité de l'air dans la capitale, il est alors l'un des premiers à opter pour un véhicule électrique[1], avant d'acheter, pour son usage personnel, un taxi londonien qu'il fait repeindre en vert et doter d'un moteur à gaz liquide – il le conduisait toujours en 2011. Parmi les ouvrages dont il est l'auteur : *Wildlife Crisis* (La nature en crise), avec James Fisher, en 1970, *The Environmental Revolution* (La révolution environnementale), en 1978, *A Question of Balance* (Une question d'équilibre), en 1982, *Men, Machines and Sacred Cows* (Hommes, machines et vaches sacrées), en 1984, *Down to Earth* (Les pieds sur terre), une sélection de discours et d'écrits sur la relation entre l'homme et la nature, en 1988, ou encore *Survival or Extinction : A Christian Attitude to the Environment* (Survie ou extinction : une manière chrétienne de considérer l'environnement), en 1989. Parrain de la Work Foundation, une organisation qui s'est donné pour mission d'optimiser et d'améliorer les conditions de travail en entreprise, il a été à l'origine de plusieurs initiatives à travers tout le Commonwealth pour promouvoir l'enseignement technique et l'apprentissage. On le considère aussi, à juste titre, comme un

1. De la marque Bedford.

spécialiste des problèmes et des enjeux du logement social – au milieu des années quatre-vingt, il a dirigé un rapport remarqué sur ce thème à la demande de la fondation Joseph Rowntree[1].

Pourfendeur des idéologies – il a notamment critiqué le communisme dans *A Question of Balance*[2] –, défenseur autoproclamé du bon sens et de la liberté individuelle, il a toujours agi par conviction au mépris des modes et des courants de pensée. Dès le début du règne de son épouse, le progrès scientifique, ses applications et ses conséquences sur l'amélioration de la vie quotidienne, s'imposent comme l'un de ses chevaux de bataille favoris. « Les scientifiques les plus réputés de l'époque venaient lui rendre visite à Clarence House ou au palais[3] », témoigne son valet, John Dean. Philip se rend dans les usines, les laboratoires de recherches, s'intéresse à l'aéronautique, aux travaux sur l'énergie atomique comme aux conditions de travail des mineurs du Lancashire. Au cours de ses déplacements, il se frotte à la misère des classes défavorisées du royaume, il découvre les conditions de vie des enfants d'ouvriers, dont la rue est alors souvent le seul terrain de jeux, et initie une politique à vaste échelle de création d'aires récréatives et d'espaces verts. Il prend la présidence de la National Playing Fields Association (aujourd'hui Fields in Trust), une organisation fondée en 1925 par le roi George V « pour assurer à chacun, jeune ou vieux, valide ou non, et quel que soit son lieu de résidence »,

1. Fondation qui finance des programmes de recherches sur les problèmes sociaux en Grande-Bretagne, leurs causes et les moyens d'y remédier.

2. Robert Hardman, *Our Queen*, *op. cit.*, p. 295.

3. John Dean, *H.R.H. Prince Philip*, *op. cit.*, p. 162.

un accès libre et gratuit à des lieux consacrés à la pratique du sport et autres loisirs de plein air.

Tout ce qui touche à la jeunesse, à sa formation, son épanouissement, l'intéresse. Les premiers mois de son mariage le voient passer un temps considérable dans les quartiers pauvres de Londres, à visiter des clubs et des associations pour adolescents[1]. Au début des *fifties*, Kurt Hahn, son ancien directeur de lycée, le convainc de créer un système de prix destinés à donner aux jeunes « de nouvelles possibilités de réussir le développement équilibré de leur individualité et de leur caractère[2] ». Hahn s'inquiétait de voir décliner « la compassion, le sens de l'effort et de l'initiative, mais aussi le goût du sport et l'envie d'acquérir des compétences » chez les nouvelles générations, dira plus tard le prince. Le *Duke of Edinburgh's Award* se révèle bientôt un succès planétaire. Pour remporter un « DofE » de bronze, d'argent ou d'or, les participants sont invités à s'impliquer dans un programme d'activité de leur choix : bénévolat (au sein d'associations à vocation humanitaire ou écologique…), apprentissage d'une discipline sportive, développement de projets personnels (formation au chant, au théâtre, à la cuisine, la gestion, la navigation, la coiffure, l'apiculture, l'astronomie…), organisation d'une expédition à caractère aventureux, poursuite d'expériences professionnelles en immersion… En cinquante-six années d'existence, on estime que 7 millions de jeunes originaires de 132 pays ont tenté l'aventure – près de la moitié d'entre eux ont vu leurs efforts récompensés par un prix.

1. *Ibid.*
2. Communiqué de presse du palais de Buckingham, en date du 18 février 1956.

À la fin des années soixante, une enquête d'opinion le désignait comme la personnalité la mieux à même de remporter une élection présidentielle en Grande-Bretagne (si celle-ci devait avoir lieu, *of course*) – un sondage Gallup paru en mars 1968 dans le quotidien *The Observer* lui attribuait alors entre 13 % et 16 % des votes, loin devant tous les autres candidats soumis à l'appréciation des sondés. À un âge où la plupart des individus aspirent à une tranquillité et un repos mérités, le prince, lui, continue aujourd'hui encore de voyager, de présider des réunions, de lancer des projets. Un esprit vif et curieux, le besoin de constamment se projeter dans l'avenir plutôt que de s'appesantir sur le passé font de lui un homme pressé, toujours en mouvement, aussi exigeant avec ses équipes (auxquelles il inspire une loyauté indéfectible) qu'avec lui-même. Il effectue encore 350 engagements officiels par an, continue de taper seul un grand nombre de ses courriers – notamment sa correspondance avec les familles des militaires tués au combat dans les unités dont il a le grade de colonel en chef. « Aujourd'hui, il arrive que la reine s'accorde de temps en temps une demi-journée de repos, confie l'un des membres de son entourage. Lui, non. L'une des dames d'honneur de la souveraine lui a dit il n'y a pas très longtemps : "Mais comment faites-vous pour faire tout ça, vous n'êtes donc pas comme tout le monde ?" La question l'a fait bondir. "Comment ça ! s'est-il exclamé, que voulez-vous dire par 'pas comme tout le monde'[1] ?" »

Victime d'un incident cardiaque en décembre 2011, alors que sa famille se trouvait réunie pour Noël au château de Sandringham, il a été brièvement hospi-

1. Entretien avec l'auteur.

talisé et pourrait à l'avenir, pour la première fois de son existence, être contraint de ralentir le rythme. Reste que pour lui, bien sûr, il n'est pas question de retraite – sans doute la seule *terra incognita* qu'il n'a jamais eu envie d'explorer. « Et puis, je dirais qu'avec l'âge, il s'est tout de même… radouci, commente cette proche. Longtemps il m'a fait un peu peur. Vous vous retrouviez assise à côté de lui à dîner, il suffisait d'une remarque complètement innocente et là, il se mettait à aboyer "Mais pourquoi dites-vous ça !" ou autre chose du même genre. Vous, vous ne trouviez rien à répondre, vous aviez juste essayé d'alimenter la conversation… Mais maintenant, ça ne lui arrive plus, ou en tout cas beaucoup moins qu'avant[1]. »

Par le passé, plusieurs de ses intimes ont évoqué la « grande timidité » qui se cacherait sous son abord souvent « rude », une absence d'« ancrage émotionnel » liée à une « profonde insécurité[2] » héritée de l'enfance. À moins que cette insécurité ne trouve (aussi) son origine dans les nombreux sacrifices consentis par le prince après l'avènement de son épouse. Et les humiliations qu'il a longtemps endurées par loyauté envers elle. Dans l'entourage immédiat du couple régnant, on reconnaît que la disparition prématurée de George VI, en 1952, s'est révélée pour l'un comme pour l'autre une tragédie sur le plan personnel. À vingt-cinq ans, Elizabeth II se retrouvait appelée à une tâche immense sans avoir eu le temps de profiter pleinement de sa vie de femme et prenait la résolution d'assumer ses obligations avec le

1. Entretien avec l'auteur.

2. Cité dans l'article « A Strange Life : Profile of prince Philip », par Fiammetta Rocco, paru dans *The Independent* le 13 décembre 1992.

même courage et la même abnégation que son père. Philip, le descendant de Victoria, des tsars de Russie et, dit-on, de Charlemagne, voyait de son côté les élites du royaume se dresser en travers de sa route.

Méfiants, décidés à « protéger » la jeune souveraine de toute influence susceptible d'échapper à leur contrôle, mus sans doute aussi par quelque incompréhensible snobisme, les « hommes à moustache » de Buckingham s'appliquent en effet, dès le début du règne, à tuer dans l'œuf les envies de nouveauté, les aspirations et les projets du nouveau consort. « Il y avait là une foule de gens qui me disaient tout ce que je ne devais pas faire, raconte le prince. "Vous ne devez pas vous mêler de ceci", "Restez à l'écart de ça"… Je devais essayer de soutenir la reine du mieux que je le pouvais, mais sans jamais être au milieu. La difficulté, c'était de trouver des choses utiles à entreprendre[1]. » Soucieux de conserver un semblant de normalité à sa vie de famille, il suggère qu'Elizabeth se serve du palais comme d'un bureau, d'un lieu de travail réservé à l'exercice de ses fonctions officielles, tout en continuant par ailleurs à résider à Clarence House avec les siens. Appuyés par Downing Street, les conseillers du monarque s'y opposent au nom des traditions en vigueur et du nécessaire prestige de la Couronne. Sa Majesté se range à leur avis. Isolé au sein de la *Royal Household*, considéré comme un élément potentiellement perturbateur, forcé d'admettre que sa femme mène une vie dont bien des compartiments lui sont maintenant interdits, le duc d'Édimbourg comprend qu'il ne sera plus jamais maître à bord.

« Je dois être très bête, ou alors très courageux », avait-il confié à des proches le matin de son mariage.

1. Gyles Brandreth, *Philip and Elizabeth, op. cit.*, p. 249.

Sûr de ses sentiments pour Lilibet, mais saisi par la peur de se retrouver, à plus ou moins long terme, précipité dans les mâchoires de « la Firme » – surnom que son beau-père, le roi George VI, donnait à l'implacable machinerie de l'institution monarchique –, son inquiétude reflétait alors celle qu'avait manifestée en son temps le prince Albert de Saxe-Cobourg et Gotha peu après l'annonce de ses fiançailles avec la reine Victoria, en 1839. Dans une série de courriers adressée à sa famille, le futur époux disait envisager l'avenir et ses inévitables « tempêtes » avec appréhension. Cible de toutes sortes de vexations émanant de la cour et des proches de la jeune souveraine, Albert évoquait « la ferme résolution » et « le courage » dont il allait avoir besoin, le lot de tribulations et de désagréments qu'allait inévitablement occasionner leur union. « Que Dieu me vienne en aide[1] », écrivait-il à sa grand-mère paternelle, Augusta, duchesse de Saxe-Cobourg-Saalfeld – par ailleurs également la grand-mère maternelle de Victoria.

Quelles que soient l'époque ou la cour, le statut de second rôle ne va en effet jamais sans son lot de tourments. « L'imagination populaire voit dans un prince consort une silhouette vouée à l'humilité, une figure falote destinée à glisser discrètement trois pas derrière la souveraine, confie le prince Henrik de Danemark, l'époux de la reine Margrethe, dans ses Mémoires[2], en 1996. L'inconscient des peuples fait présumer que l'époux qui va vivre chez sa femme demeurera toujours un intrus. » En janvier 2002, Margrethe se retrouve

1. Christopher Hibbert, *Queen Victoria*, *op. cit.*, p. 110.
2. S.A.R. le Prince Henrik de Danemark, *Destin oblige,* Plon, 1997.

cantonnée dans ses appartements en raison d'une douloureuse côte cassée et le prince héritier Frederik, son fils aîné, se retrouve chargé de présider la traditionnelle cérémonie des vœux au palais d'Amalienborg. Humilié, Henrik quitte précipitamment Copenhague pour se réfugier dans son château de Cayx, en France, près de Luzech, dans le Lot. « Pareille chose n'arriverait pas aux États-Unis, se défend-il dans les colonnes du quotidien danois *B. T.* Là-bas, vous avez l'expression *First Lady*, ou Première dame. Pourquoi n'y aurait-il pas de même un *First Man* ? Et ce *First Man*, c'est moi, ce n'est pas mon fils. » Né Henri, comte de Laborde de Monpezat, ce Français d'origine n'est jamais réellement parvenu à s'attirer la sympathie de ses « sujets » d'adoption depuis son mariage, en juin 1967. Son danois longtemps considéré comme hésitant, quelques prises de position maladroites – notamment en faveur de la fessée dans l'éducation des enfants – ainsi que de nombreuses rumeurs sans fondement lui ont valu de connaître après l'avènement de son épouse, en 1972, une longue et difficile période d'adaptation. « Il a vraiment été tourné en dérision depuis le jour où il a foulé le sol du royaume », confirme le prince Frederik. Ancien diplomate, diplômé en droit et sciences politiques, le prince Claus des Pays-Bas[1], le conjoint de la reine Beatrix, était quant à lui parvenu à occuper divers postes à responsabilités au sein d'organismes de coopération économique et d'aide au développement jusqu'en 1980, année du couronnement de sa femme. Réduit dès lors, selon ses propres termes, à « inaugurer les tulipes », ce prince populaire avait sombré peu après dans une dépression qui l'avait conduit à être

1. Décédé en 2002.

hospitalisé à plusieurs reprises. « Un prince consort, c'est un équilibriste sur un fil, commente Henrik de Danemark. Le public attend qu'il tombe. Parfois même, on le pousse. »

Alors que Queen Mum avait été autorisée à se tenir auprès de son mari, le roi George VI, à l'instant solennel où celui-ci avait été couronné, on insiste pour qu'Elizabeth II, le 2 juin 1953, soit sacrée par l'archevêque de Canterbury à l'écart de Philip. D'emblée, le Premier Ministre Winston Churchill s'oppose à ce que le duc d'Édimbourg prenne des leçons de pilotage. Pendant des années, on le prive de siéger au côté de la souveraine lors de la cérémonie d'ouverture du Parlement. Mari de la reine et père de l'héritier du trône, le voilà pris en tenaille, en danger de voir son statut, et jusqu'à son identité, niés au bénéfice d'une épouse et d'un fils jugés plus importants que lui. Prié de ne pas exprimer d'opinion politique et surtout de ne jamais mettre son nez dans la conduite des affaires de l'État (ce à quoi il se pliera toujours de manière exemplaire), il entreprend dès lors de se créer de toutes pièces un rôle qui lui ressemble. « Il était comme ces gens qui arrivent dans une entreprise en voulant tout changer, tout réformer, commente l'un de ses proches. Au début, il avait tendance à se moquer des traditions, à ironiser quand on lui disait : "Mais enfin, les choses ont toujours été faites comme ci et pas comme ça !"… Lui avait parfaitement conscience que des efforts de modernisation devaient être entrepris, et de ce point de vue-là son influence a été très importante[1]. »

Après leur avènement, en 1936, les parents d'Elizabeth n'avaient pas jugé utile de rajeunir les usages

1. Entretien avec l'auteur.

d'une infinie complexité en vigueur à Buckingham, usages dont – le plus souvent – personne n'était alors déjà plus en mesure d'expliquer l'origine ou l'intérêt. « Lorsque la reine et le duc d'Édimbourg sont seuls pour dîner, raconte ainsi John Dean, un employé du *glass pantry* [l'"office du verre"] vient disposer les verres. Un deuxième domestique, rattaché, lui, au *silver pantry*, le département de l'argenterie, prend celle-ci en charge, un troisième est là pour s'occuper de la porcelaine, etc. Il me semble qu'une seule et même personne pourrait très bien tout faire. D'autant qu'un valet a déjà la responsabilité d'apporter les plats depuis les cuisines, et qu'un autre doit par ailleurs se tenir prêt à répondre à toutes les demandes du page chargé de servir à table. En tout, donc, pas moins de six personnes pour un simple dîner en tête-à-tête[1] !... » Le prince Philip met rapidement en place un « programme d'entraînement » à l'intention des valets. « Les gars, ici, n'avaient encore jamais rien connu de tel, confie-t-il. Pour eux, des valets devaient juste aller et venir, et c'est tout. Nous avons procédé à une sorte d'audit de l'organisation et des méthodes. J'ai essayé d'apporter des améliorations – sans pour autant tout déstabiliser[2]. » Son approche rationnelle et pragmatique de la gestion du personnel provoque, de l'aveu même de John Dean, une bonne dose de scepticisme et d'agacement chez les employés de longue date de la Maison royale. « Pour lui, le meilleur moyen de limiter le staff au minimum était d'inciter chacun à assumer une part plus importante de travail, et c'est tout. Il a également mis un terme à un certain nombre de formalités, par exemple

1. John Dean, *H.R.H. Prince Philip, op. cit.*, p. 159.
2. Gyles Brandreth, *Philip and Elizabeth, op. cit.*

en portant lui-même sa valise dans les sous-sols du palais – un vrai labyrinthe –, ou encore en décrochant son téléphone lorsqu'il avait besoin d'aide, plutôt que de se contenter de tirer une énième sonnette[1]. »

Elizabeth II s'en remet à son mari dans tous les domaines où elle sait sa contribution utile, ses idées capables de faire bouger les choses dans l'intérêt de tous. Dans les années cinquante, il est à l'origine de la conversion des ruines de la chapelle de Buckingham, bombardée pendant la Seconde Guerre mondiale, en lieu d'exposition pour les trésors de la collection royale. Chargé par son épouse de rationaliser l'exploitation des domaines de Sandringham, dans le Norfolk, de Balmoral, en Écosse, et de Windsor Great Park, dans le comté de Berkshire, il en révolutionne la gestion, convertit une partie des terres à l'agriculture biologique, redessine les jardins du château de Balmoral (où il creuse lui-même un jardin aquatique avec un bulldozer), initie la création de boutiques commercialisant les denrées produites dans ses fermes – la viande, la volaille et les œufs de Windsor, ou encore les pommes de Sandringham. Il a également dirigé la rénovation du château de Windsor après l'incendie qui a en partie détruit l'édifice en novembre 1992, supervisé l'organisation des funérailles de la princesse Diana, en septembre 1997. Et aidé à rendre plus moderne le traditionnel message de Noël de la souveraine, retransmis à la télévision chaque 25 décembre à quinze heures – l'une des rares fois dans l'année où Elizabeth II s'exprime non sur le « conseil » de son gouvernement mais en son nom, et livre des vues personnelles sur les sujets qui lui tiennent à cœur. « Nous discutions souvent de ce message ensemble,

1. John Dean, *H.R.H. Prince Philip, op. cit.*, p. 157.

se souvient l'une des proches du couple. Une année, j'avais suggéré que ses phrases débutent par "mon mari et moi" plutôt que par "moi et mon mari", comme ç'avait été le cas jusque-là[1]. »

En 1947, son mariage avec l'héritière du trône de St Edward a privé le prince Philip de sa nationalité d'origine, des titres de noblesse hérités de sa famille et d'une carrière prometteuse dans la Royal Navy, mais il a trouvé auprès d'elle un pays d'attache, un foyer, et la stabilité dont, enfant, il avait toujours cruellement manqué. Elle l'a accepté tel qu'il était, avec ses impatiences, ses humeurs, son énergie, son irrépressible créativité. Philip, en retour, lui a ouvert les yeux sur le monde et s'applique, aujourd'hui encore, à la maintenir en contact avec les réalités et les nouveautés de son temps – en juin 2010, c'est à son invitation que le chef Heston Blumenthal, renommé pour sa cuisine moléculaire, est venu préparer un dîner privé pour eux et leurs vingt-six invités[2]. Tout comme Queen Mum l'avait autrefois fait pour son propre mari, le duc n'a jamais cessé d'épauler Elizabeth dans l'exercice de ses devoirs officiels – après son avènement, c'est lui qui l'a aidée à peaufiner ses discours, lui qui l'a aidée à travailler sa diction ainsi qu'à corriger son timbre de voix. Ses impératifs à elle ont toujours passé avant les siens, il l'a soutenue, protégée, n'a jamais manqué à aucun de ses engagements, à aucune de ses promesses. « Le jour où il m'a embauché, raconte Michael Parker (le secrétaire particulier du prince de 1948 à 1957, resté l'un de ses meilleurs amis jusqu'à sa mort, en 2001), il m'a dit que son job, le premier, le seul, le plus impor-

1. Entretien avec l'auteur.
2. *The Daily Telegraph*, 17 juin 2010.

tant de tous, était de toujours être là pour elle, de ne jamais la décevoir. » Même lorsque les deux conjoints se trouvent en petit comité, Philip observe des règles strictes – il est déjà présent au salon avec les autres convives lorsque Elizabeth descend pour dîner, lui présente publiquement ses excuses s'il est en retard –, et se plie à toutes sortes de contraintes protocolaires, comme celle qui lui impose de requérir l'autorisation de son épouse lorsque son emploi du temps l'oblige à quitter un engagement officiel avant elle. Né au sein d'une famille royale, le duc d'Édimbourg est familier de ces codes, qui berçaient déjà son enfance. Comme les autres proches de la souveraine, il ne les considère pas autrement que comme des témoignages de respect dus à un monarque.

Leur mariage est unanimement décrit autour d'eux comme « une réussite ». Dans l'entourage de Philip, l'évocation des rumeurs d'infidélité dont il a longtemps fait l'objet n'est plus accueillie que par une indifférence polie mâtinée d'une pointe d'exaspération. « De totales absurdités, commente ce proche. Jamais il n'aurait fait une chose pareille. Jamais[1]. » Reste que, comme tous les couples du monde, celui que forment Elizabeth II et son époux a eu, lui aussi, ses orages. Dans sa biographie de la souveraine, le journaliste britannique Robert Hardman raconte ainsi une scène d'anthologie dont le reporter australien Loch Townsend et son équipe de tournage ont un jour été témoins, en mars 1954 : « La porte s'est ouverte, [...] le prince Philip est sorti en courant, suivi par une raquette et une paire de chaussures de tennis volant dans les airs. Puis la reine est apparue, elle a crié en direction de

1. Entretien avec l'auteur.

son mari en lui intimant l'ordre de faire demi-tour. [...] Elle a fini par le "traîner" à l'intérieur du chalet, la porte s'est refermée en claquant. » Le cameraman, de son propre aveu, n'a fait aucune difficulté pour remettre le film de l'incident à Richard Colville, le distingué – et redoutable – chargé des relations de la famille régnante avec la presse. « Il ne s'est pas écoulé très longtemps avant que la reine réapparaisse, poursuit Loch Townsend, calme, sereine, maîtresse d'elle-même – et très reconnaissante. [...] "Merci beaucoup, nous a-t-elle dit. Je suis désolée pour ce bref interlude, mais, comme vous le savez sûrement, ce genre de chose arrive dans n'importe quel mariage[1]." »

Les brusques accès d'irritation du duc d'Édimbourg n'épargnent personne, pas même sa femme, qui a toujours reconnu en lui le sens du commandement et le ton impérieux propres aux officiers supérieurs de la Royal Navy. À l'automne 1951, peu avant l'accession au trône d'Elizabeth, les deux conjoints effectuent un déplacement officiel de cinq semaines au Canada et aux États-Unis. « Un long voyage, qui ne s'était pas déroulé sans encombre, se souvient le secrétaire particulier de la jeune femme, Martin Charteris. [...] [Le prince Philip] était impatient, il était contrarié. [...] Il n'avait pas encore pris ses marques en tant que consort. Il se montrait notamment très impatient avec les courtiers de la vieille école, et trouvait parfois que la princesse leur prêtait plus d'attention qu'à lui. Il n'aimait pas ça. Et s'il la traitait de "*bloody fool*[2]" de temps à autre, c'était simplement sa manière à lui d'exprimer les choses.

1. Robert Hardman, *Our Queen*, *op. cit.*, p. 195.
2. Gyles Brandreth, *Philip and Elizabeth, op. cit.*, p. 242.

Les gens autour d'eux trouvaient certainement ça beaucoup plus choquant qu'elle. »

Trois ans plus tard, en Australie, le couple, accompagné d'un petit groupe de conseillers et d'amis, souhaite profiter d'un après-midi *off* pour aller voir la Grande Barrière de corail. « S'approcher du récif extérieur avait été jugé trop dangereux, raconte un témoin. On nous avait placés à un endroit jugé sûr mais d'où on ne voyait rien. La reine n'aime pas la chaleur, elle n'est pas plage du tout. Nous étions assises côte à côte, sous un parasol. Philip l'appelait, il voulait qu'elle aille nager avec lui. "Allez viens, lui disait-il, il n'y a personne ! – Non, non… lui répondait-elle. – Ne te conduis donc pas comme une grand-mère avant l'âge !" a-t-il fini par lui lancer[1]. » Un soir où ils rentrent tous deux en voiture en compagnie de Lord Mountbatten, un virage un peu sec pris par son mari à une vitesse excessive provoque chez Elizabeth un petit cri étranglé. « Refaites ça encore une fois, et je vous fiche dehors ! » prévient sèchement Philip. Une fois à destination, Louis Mountbatten demandera à la souveraine pourquoi elle n'a pas cherché à protester. « Vous l'avez entendu comme moi, lui dira-t-elle. Il aurait sûrement mis sa menace à exécution. » Le duc s'irriterait de temps en temps de la passivité, de l'absence de réactions dont sa femme ferait preuve en certaines circonstances. Elizabeth, elle, sait avoir en lui « le seul être au monde à lui parler comme à une personne normale, commente l'un des membres de leur entourage. Le seul à lui dire les choses comme elles sont, même si sa manière peut parfois paraître un peu abrupte[2] ».

1. Entretien avec l'auteur.
2. Entretien avec l'auteur.

Autour d'eux, on témoigne aussi volontiers de la manière tout aussi directe dont la reine envoie parfois promener son conjoint lorsqu'elle l'estime justifié – par exemple « lorsqu'il se met à parler de sujets auxquels il ne connaît pas grand-chose, ou auxquels il fait allusion d'une manière qu'elle estime indélicate[1] ». Elle s'agace parfois de ses sautes d'humeur. « Reste là ! » lui aurait-elle ordonné un jour où il menaçait de quitter une séance de pose pour un peintre, dont il trouvait qu'elle traînait en longueur[2]. Mais « ils s'adorent, et c'est tout », confie cette proche. En 1951, au Canada, le facétieux duc d'Édimbourg avait été surpris en train de poursuivre son épouse dans les couloirs d'un train affublé d'un dentier de farces et attrapes. Un de ses amis qui s'extasiait un jour sur le teint parfait d'Elizabeth s'était entendu répondre : « Oui, et elle a cette peau merveilleuse partout ! » par un Philip plein de tendresse. La reine aurait un jour confié à une amie le rêve un peu fou que tous deux nourriraient en secret : pouvoir se retirer un jour dans une petite vallée tranquille du comté de Lancashire, près de la forêt de Bowland[3].

1. Sarah Bradford, *Elizabeth*, *op. cit.*, p. 399.
2. Fiammetta Rocco, « A Strange Life : Profile of prince Philip », art. cité.
3. Sarah Bradford, *Elizabeth, op. cit.*, p. 523.

Chapitre 11
Dress code

Enfant, Lilibet disait vouloir mener la vie simple d'une « dame de la campagne » au milieu de ses chevaux et de ses chiens. Résultat, quatre-vingts ans plus tard, elle habite un palais de 77 000 mètres carrés doté de 775 pièces, 1 514 portes, 760 fenêtres et plus de 40 000 ampoules électriques basse consommation, elle a rencontré onze présidents des États-Unis, signé plus de 3 500 textes de loi et 45 000 cartes de vœux, décerné quelque 404 500 titres honorifiques et récompenses, envoyé 175 000 télégrammes de félicitations aux centenaires de Grande-Bretagne, lancé 21 bateaux et posé pour 129 portraits. Ambassadrice numéro un de son pays et globe-trotteuse infatigable, elle a aussi accompli une bonne dizaine de tours du monde. Sans jamais porter une seule valise…

En 1968, la reine effectue une visite d'État au Brésil et au Chili. Quelques mois plus tôt, le roi Olav de Norvège s'est lui aussi rendu en Amérique du Sud accompagné, en tout et pour tout, d'un entourage de huit personnes. La souveraine, elle, mobilise cinq avions, un bateau et ses 250 membres d'équipage, deux frégates de la Royal Navy, quatorze dignitaires de la *Royal Household*, deux officiers de police, un staff de vingt-quatre employés parmi lesquels un chef pâtissier et un « page de la présence », ainsi qu'un orchestre de 22 musiciens[1]. Sur le trajet emprunté par l'avion de Sa Majesté, les armées américaine, espagnole, portugaise, sénégalaise et brésilienne ont accepté de mettre en alerte avions, hélicoptères et navires afin de parer à toute éventualité en cas d'accident. Dans ses bagages, distingués par des étiquettes jaunes : une centaine de bouteilles de vin (principalement du château-latour, de l'anjou rosé et du beaujolais), des conserves de *Dundee cake* (un cake aux fruits) et de chipolatas, six paquets de biscuits *shortbread*, huit boîtes de chocolats à la menthe After Eight, six pots de confiture (trois de fraises, trois de framboises), six bouteilles de crème sure, un paquet de persil séché, six bouteilles de lait, trois bouteilles de sauce à la menthe et trois tiares de diamants[2]. Sans compter des dizaines de bouteilles d'eau plate Malvern et de paires de gants blancs, du sucre d'orge (idéal pour s'adoucir la voix avant un discours), des photographies dédicacées dans leur cadre en argent, des oreillers en plume et – dit-on – la bouilloire customisée conçue spécialement à son intention par le prince Philip au lendemain de leur mariage, indispensable à l'heure du thé.

Diplomate hors pair, chef d'orchestre d'un *royal road show* archi-rodé sous toutes les latitudes et par tous les temps, la souveraine n'annonce jamais un déplacement à l'étranger sans qu'aussitôt une organisation infiniment complexe se mette en place. Le détail des préparatifs de sa visite d'État en France, dans le cadre des célébrations du centenaire de l'Entente cordiale, du 5 au 7 avril

1. Andrew Duncan, *The Reality of Monarchy, op. cit.*, p. 28.
2. *Ibid.*, p. 30.

2004[1], en donne à lui seul toute l'épique dimension. Le couple régnant doit être hébergé à l'hôtel de Marigny, un petit palais parisien XIXe, résidence d'accueil officielle des hôtes de la République depuis 1972. Au cours des semaines qui précèdent son arrivée, plusieurs repérages des lieux sont effectués par les services de sécurité de la Couronne et les responsables de la Maison royale. Les consignes du palais de Buckingham sont précises et ne laissent aucune place à l'improvisation. La température des appartements occupés par les époux devra être de 20 degrés. Côté mobilier, les lits devront être munis de draps et non de couettes, leur salle à manger d'une plaque chauffante. Il est aussi demandé que les chambres ne soient pourvues ni de téléphone ni de poste de télévision – celle-ci devra, en revanche, être installée dans leurs bureaux respectifs et recevoir les chaînes CNN, BBC World et BBC Prime. La chambre d'Elizabeth II devra être équipée d'un grand miroir, son appartement d'un coffre ou, au minimum, d'un compartiment fermant à clé. Une assez longue liste de journaux (comprenant quelques publications françaises) devra être mise à disposition – la reine souhaitant quant à elle un exemplaire des quotidiens *The Times*, *The Daily Telegraph*, *Daily Express*, *Daily Mail*, *Daily Mirror*, *The Independent* et *Racing Post*.

La Bentley de la souveraine sera transférée par camion le 2 avril (puis garée dans l'enceinte de la résidence de l'ambassadeur de Grande-Bretagne, toute proche), tout comme ses bagages et ceux de son entourage, acheminés, eux, le 4 avril – un dimanche.

La suite de Sa Majesté sera nombreuse. Parmi les

1. Tel que mentionné dans les archives du protocole de l'Élysée sous la présidence de Jacques Chirac.

employés du palais attendus à Paris : Angela Kelly, son assistante personnelle et première habilleuse, Kate Wilson, sa deuxième habilleuse, Barry Mitford, son page, Ian Carmichael, son coiffeur personnel, Joe Last, son premier chauffeur, et David Berwick, le valet du duc d'Édimbourg. Sont également annoncés le chevau-léger Matthew King, le valet major Robert Ferris, le valet de la reine, Tristan Rees-Jones, trois laquais, ainsi que Joanne Dermott, la femme de chambre de la dame d'honneur présente sur le voyage – en l'occurrence la comtesse d'Airlie. Tout au long du séjour d'Elizabeth II, un personnel français assurera par ailleurs l'intendance de l'hôtel de Marigny dans la grande tradition hexagonale de l'art de recevoir. Outre treize maîtres d'hôtel et caméristes, le chef de l'Élysée Joël Normand et six cuisiniers, quatre fleuristes, Mireille Pierre, la responsable des lingères à la présidence de la République, et quatre lingères, mais aussi Patrick Brassard, le chef argentier de l'Élysée, et cinq membres de son équipe, se tiendront prêts à répondre à toutes les demandes de la délégation britannique. Sans compter un impressionnant dispositif de sécurité – un policier de Scotland Yard en uniforme sera posté toutes les nuits devant la porte de la souveraine.

Qui va s'occuper d'équiper la chambre du valet du duc d'une planche et d'un fer à repasser, et d'un portant pour manteaux ? Sa Majesté gardera-t-elle son chapeau pour déjeuner avec le Premier ministre Jean-Pierre Raffarin, à Matignon, le 6 avril ? Quelle illustration choisir pour le menu du banquet donné en son honneur à l'Élysée ? Quel véhicule emprunteront la reine et Jacques Chirac s'il pleut ? Autant de questions qui illustrent le casse-tête ordinaire des visites de cette importance. Escortés par quinze motocyclistes de la

Garde républicaine depuis la gare du Nord (où ils auront été accueillis à 14 heures 53 par le ministre des Transports Gilles de Robien), Elizabeth II et le prince Philip rejoindront le couple présidentiel place de la Concorde en Bentley. Il est prévu que les deux chefs d'État montent ensuite à bord de la Citroën SM Maserati découverte qui avait déjà servi sous Pompidou pour gagner ensemble le palais de l'Élysée – les Britanniques fourniront l'étendard royal destiné au pavoisement de la voiture. On suggère qu'en cas de météo défavorable ils utilisent plutôt la Bentley, dont la hauteur de plafond permettra à la reine de conserver son bibi. Jacques Chirac décidera finalement de prendre la Citroën SM quel que soit le temps.

Pendant la courte cérémonie d'accueil organisée à la Concorde, un agent du Service de protection des hautes personnalités déposera la *modesty blanket* de la souveraine – la « couverture de modestie » dont celle-ci se couvre les jambes lorsqu'elle est assise à l'intérieur d'un véhicule – dans la SM présidentielle. Le transfert du précieux accessoire, est-il précisé, ne pourra pas s'effectuer à un autre moment, car la reine en aura besoin dans sa propre voiture pour venir de la gare. Le protocole républicain prévoit qu'à l'arrivée des deux chefs d'État à l'Élysée le tapis rouge se trouve en configuration longue (soit 31,80 mètres depuis le bord des marches du perron). Il sera raccourci pour l'arrivée du prince Philip (17,20 mètres), avant d'être rétabli dans sa configuration « maximale » (52 mètres) pour la sortie à pied des époux. Elizabeth II et Jacques Chirac seront laissés seuls pour un bref entretien dans le bureau présidentiel, entre 16 heures 30 et 16 heures 40 – la Première dame et le duc d'Édimbourg de même, dans un salon attenant. La souveraine et le prince Philip ont insisté pour que les conversations se déroulent en tête-à-tête (tous deux parlent en effet le français couramment), mais les services du protocole proposent tout de même de convoquer des interprètes en les gardant au salon des Tapisseries, « au cas où ».

En mars, la presse britannique laisse croire à un désastre imminent. Le quotidien *Evening Standard* laisse entendre que Jacques Chirac envisage un remaniement ministériel d'envergure le 6 avril, au risque de transformer la visite de la reine en « une farce à la française ». Le jour du déjeuner à l'hôtel Matignon, « on » aurait prévu de faire passer Sa Majesté par une entrée dérobée. Enfin, Jean-Louis Debré s'opposerait à ce que la souveraine s'adresse au Parlement en chapeau. « Au bout de cent ans, oui nous aimons la France, titre le journal *The Guardian* le 5 avril. Mais [les Français] ne nous aiment pas et nous ne les aimons pas non plus. » Le *Daily Telegraph*, lui, préfère se concentrer sur l'essentiel. Les relations franco-britanniques viennent d'essuyer de nouvelles tempêtes en raison de la guerre en Irak, mais la souveraine « se tiendra sans aucun doute à l'écart de ces questions politiques à haute tension. Le gouvernement espère que sa *royal touch*, et particulièrement le plaisir qu'elle aura à rencontrer des gens ordinaires lors des bains de foule, permettront d'atténuer les controverses des derniers mois ».

Le jour J, toutes les questions ont finalement trouvé leur réponse, et les problèmes (presque tous) leur solution. Le remaniement ministériel consécutif à la défaite de la droite aux élections régionales a été annoncé le 31 mars, suffisamment en amont pour que rien ne vienne éclipser le séjour dans l'Hexagone de Sa Majesté. Bernadette Chirac a fait savoir que les ministres qui ne font plus partie du nouveau gouvernement restent néanmoins les bienvenus au banquet du 6 avril – dont les menus[1] s'ornent finalement du *Jeune homme tenant une fleur* de Rembrandt. À Matignon, Elizabeth II est bien sûr attendue avec tous les honneurs dus à sa double condition de monarque et de chef d'État[2]. Ses bains de foule parisiens – dont l'un, demeuré mémorable, rue Montorgueil, dans le quartier des Halles – permettent de mettre une nouvelle fois en évidence l'affection qui la lie aux Français. Dans son discours, le président Chirac s'attache à célébrer l'esprit de l'Entente cordiale, « une affaire de cœur, un attachement réciproque qu'il faut continuer à cultiver », l'« esprit d'amitié ancienne et de complicité séculaire » qui unit les deux nations et le règne de son illustre invitée – « un long règne où, dit-il, s'incarne la permanence du génie britannique ».

Outre-Manche, la presse, elle, n'en reste pas moins solidement campée sur ses positions. Le *Daily Telegraph* trouve plutôt mal venu que la cérémonie de bienvenue ait été organisée place de la Concorde – c'est en effet là, rappelle le quotidien, que Louis XVI et son épouse, la reine Marie-Antoinette, ont été guillotinés en 1793. Le *Daily Mail* (parmi d'autres) relève que l'hôte de l'Élysée a bien failli se rendre coupable de lèse-*majesty* en effleurant le dos de la souveraine dans un geste d'amitié spontané – poser la main sur le monarque, commente

1. Crème de brocolis ; foie gras d'oie maison à la gelée de Sauternes et sa brioche mousseline ; caille farcie aux morilles fraîches et braisée au champagne ; pommes sarladaises ; fromages ; Le Chambord. Les vins : château-d'yquem 1990, château mouton-rothschild 1988, champagne Dom Pérignon 1995.

2. Au menu : duo de bar et de turbot en écailles de légumes, gigolette de pintadeau fermier et son escalope de foie gras aux pommes Macaire, plateau de fromages, entremets provençal et sauce Jivara. Le tout arrosé de Saint-Estèphe et de champagne rosé.

(sans rire) le journal « aurait pu causer plus de dégâts aux relations entre la Grande-Bretagne et la France que la bataille de Waterloo ou le conflit en Irak ». Un grand nombre de médias s'attardent également sur le *fashion* faux pas de Bernadette Chirac, dont « l'erreur » a été d'accueillir son invitée vêtue d'un tailleur ivoire – la couleur choisie par la reine pour son arrivée à Paris. Anecdotique ? Loin de là.

« Non merci, Mr Amies, c'est bien trop chic pour moi »

Le style élisabéthain, composition d'ensembles acidulés assortis de chapeaux faussement sages fondée sur une interprétation raisonnée des codes vestimentaires modernes, est en effet l'une des composantes stratégiques de l'image du monarque. Et pas seulement parce que les bookmakers ont fait du pari sur la couleur des tailleurs ou des bibis de Sa Majesté un sport national. Ces derniers ont eux aussi « un travail à faire », dit-on volontiers au palais, ils sont de précieux outils de relations publiques et véhiculent les messages que la souveraine adresse au reste du monde – début 1961, lors d'un dîner officiel à Karachi, cette dernière porte ainsi une robe ivoire et émeraude aux couleurs du Pakistan ; aux Jeux de Montréal, en 1976, une robe du soir en crêpe de soie bleu turquoise brodée d'anneaux en sequins et perles d'argent inspirés de l'emblème olympique. Car Elizabeth II est avant tout « perçue comme un symbole, pas seulement de la culture ou de la manière d'être britanniques mais aussi, dans bien des cas, de la civilisation et de l'Histoire occidentales, commente le *fashion expert* Colin McDowell dans les colonnes du *Times*. Tout ce pour quoi la reine est là, tout ce qu'elle représente et défend doit se refléter dans ce qu'elle porte[1] ». La symbolique est si forte, si solidement ancrée dans l'imaginaire collectif, qu'elle n'a jamais cessé d'être une source d'inspiration pour les créateurs. En 1985, Vivienne Westwood dessine une ligne de manteaux inspirée de ceux de Lilibet enfant. En 2007, la souveraine entre dans le classement des cinquante femmes les plus glamours de la planète établi par le magazine *Vogue*. Un an plus tard, Dolce & Gabbana lui emprunte plusieurs des éléments caractéristiques de son inimitable style pour en faire une collection automne-hiver. À l'époque, le top model Agyness Deyn avoue elle-même la considérer comme l'une de ses icônes de mode…

En octobre 1953, à quelques semaines du départ de l'héritière de George VI et de son époux pour leur première grande tournée du Commonwealth, qui doit durer près de six mois, un quotidien australien, le *Sunday Herald*, décrit l'ambiance de campagne militaire qui règne dans les maisons de couture londoniennes. « Les mesures de sécurité qui entourent la garde-robe de la souveraine sont si strictes que même le personnel ignore combien de modèles sont préparés, et, parmi les vêtements en cours d'élaboration dans les ateliers, quels sont ceux qui lui sont ou non destinés. » Le palais, révèle-t-il, a envoyé aux designers concernés – Norman Hartnell, Hardy Amies, Miss Ford[2] et les

1. *The Times*, 3 septembre 1985.

2. D'origine australienne, Avis Ford entre dans les années vingt chez Mme Hendley-Seymour, l'une des couturières favorites de la reine Mary et de l'épouse de George VI. Devenue une intime des membres de la famille régnante, elle ouvre sa propre maison à leur demande, peu avant le début de la Seconde

chapeliers Aage Thaarup, Kate Day et Claude Saint-Cyr[1] – une lettre leur demandant expressément qu'« aucune information sur les tenues ne soit divulguée. Le courrier ajoute que lorsque tel ou tel modèle aura été porté par Sa Majesté, alors son créateur sera libre de donner tous les détails concernant la couleur, le tissu et le style. C'est la première fois que de telles précautions sont prises ». Pendant des mois, Hardy Amies se rend au palais au moins une fois par semaine pour soumettre dessins et échantillons. Les conditions dans lesquelles chaque robe du soir paraîtra en public sont également passées en revue une à une avec l'habilleuse et confidente de la souveraine, Bobo MacDonald. La couleur d'une crinoline, le dessin d'un décolleté doivent en effet tenir compte des bijoux et des décorations qui viendront les accessoiriser. De ces conversations rien ne filtre, si ce n'est que la reine n'adoptera pas la longueur de jupe nouvellement instaurée par Christian Dior. « Elle n'aime pas les extrêmes en matière de mode », confient ses fournisseurs, unanimes[2].

Depuis toujours, les essayages s'effectuent au palais. À Buckingham, le dressing-room d'Elizabeth II est une vaste pièce aux murs couverts de miroirs avec vue sur Green Park et Constitution Hill. La disposition des glaces a été étudiée pour qu'elle puisse examiner sous tous les angles le tombé d'une jupe, la ligne générale d'un manteau – une table équipée d'un triple miroir

---

Guerre mondiale. Elle a commencé à créer des vêtements pour Elizabeth lorsque celle-ci était enfant.

1. Célèbre modiste parisienne, qui travaillera également pour la duchesse de Windsor, la reine mère ou encore la princesse Margaret.

2. « The Queen's Wardrobe is Tour's Top Secret », *The Sunday Herald*, 3 octobre 1953.

lui permet en outre de vérifier leur longueur lorsqu'elle est assise[1]. Ses couturiers attitrés disposeraient tous d'espaces réservés, clairement séparés les uns des autres afin de protéger la confidentialité de leurs créations. La souveraine ne se serait jamais préoccupée de mode à proprement parler, le vêtement est d'abord pour elle un outil de travail, qui doit être pratique et confortable. « Si elle n'était pas reine, confiait un jour Hardy Amies, elle ne s'intéresserait pas plus que cela à ce qu'elle porte. Elle a bien trop de bon sens pour ça[2]. » Dans ce domaine comme dans beaucoup d'autres, Elizabeth a d'abord suivi l'exemple de sa mère. Dans les années quarante et cinquante, Miss Ford et Norman Hartnell, les couturiers favoris de Queen Mum, signent un grand nombre de ses tenues – beaucoup de jupes amples, de tailleurs « humbles », ou encore de robes du soir conçues dans des soies chatoyantes ou de précieux satins duchesse. Mais la princesse tarde à trouver le style qui lui correspond. Son mariage avec le prince Philip, l'accroissement progressif de la fréquence de ses engagements officiels, puis son avènement en 1952, l'incitent progressivement à travailler davantage son apparence. À l'instar de sa grand-mère paternelle, la reine Mary, restée fidèle à sa spectaculaire silhouette édouardienne jusqu'à la fin de sa vie, la jeune souveraine réalise la nécessité de trouver un *dress code* capable de « fixer » une fois pour toutes son image en la rendant immédiatement identifiable. Et surtout semblable à aucune autre.

En septembre 1951, Norman Hartnell est invité pour

1. Brian Hoey, *Her Majesty*, *op. cit.*, p. 341.
2. « The queen's own queen », *The Sunday Telegraph*, 9 février 1997.

la première fois à concevoir à son intention des vêtements « dans des teintes plus foncées » que d'habitude, en prévision de son voyage officiel aux États-Unis et au Canada. « L'un des ensembles était en velours d'un vert olive profond, raconte-t-il, un autre bleu ardoise, un autre encore était coupé dans un tissu rouge baie de houx, avec un col en velours noir[1]. » Mais on attribue généralement à Hardy Amies la mise au point de l'image d'Elizabeth II, la découverte de la simplicité dans les lignes et les coupes alliée à un raffinement cent pour cent couture qui va définitivement installer le look élisabéthain. Le couturier – l'un des grands noms de Savile Row – a régulièrement rendez-vous à Buckingham en compagnie de sa première vendeuse, Miss Betty, et de sa responsable des essayages, Maude Béard. « La reine a les manières les plus parfaites du monde, confie-t-il. Elle vous donne toute son attention et n'émet jamais la moindre critique. Un signe de désapprobation ? Un haussement de sourcil. Il n'en faut pas davantage pour comprendre le message[2]. » Sa Majesté a confiance dans ses talents. Il l'incite à porter des couleurs plus soutenues et, à mesure que les années passent, adapte ses créations aux exigences nouvelles d'une médiatisation galopante. « À croire que l'on cherche toujours à me photographier sous l'angle le moins flatteur possible », se plaint un jour auprès de lui son illustre cliente.

Hardy Amies répertorie ses créations dans d'épais albums, grands comme des comptoirs de tapissier, dans lesquels se mêlent croquis, échantillons de tissages et de broderies, et des articles de presse glorifiant le nouvel

1. Norman Hartnell, *Silver and Gold*, *op. cit.*, p. 117.
2. *Daily Mail*, 16 novembre 1996.

âge d'or de la garde-robe de la souveraine. « Ce n'est pas moi qui l'habille, dit-il, c'est elle. Elle sait exactement les vêtements qu'elle veut, et nous nous contentons de lui fournir ce qu'elle demande. Si je lui suggère telle ou telle chose, elle me répondra fermement : "Non merci, Mr Amies, c'est bien trop chic pour moi." Elle n'est pas très grande, c'est là le principal problème, et lui donner une apparence royale est difficile. Mais heureusement, elle a une manière merveilleuse de se tenir[1]. » Les soirées chic du Londres des années 1950 révèlent une jeune femme à la beauté hollywoodienne, parée de robes du soir éblouissantes, de fourrures et de diamants – la presse lui prête alors un glamour de star façon Grace Kelly ou Natalie Wood. Dans les *sixties*, ses ourlets s'enhardissent jusqu'à révéler de temps à autre une moitié inférieure de genou. Si son dressing interprète les tendances du moment sans trop leur sacrifier, on la voit toutefois assortir régulièrement ses tailleurs et ses manteaux de couvre-chefs façonnés comme des turbans ou des cloches couvertes de fleurs artificielles qu'une Liz Taylor ou une Bianca Jagger n'auraient elles-mêmes probablement pas reniés.

Elizabeth et les chapeaux… Avant même toute considération esthétique, ceux-ci doivent impérativement se révéler capables de résister à toutes les intempéries et pouvoir s'arrimer aisément (et solidement) au moyen de peignes et d'épingles – la reine s'enorgueillit de ne jamais avoir vu choir ou s'envoler l'un de ses précieux bibis, même par jour de grand vent. Ils ne doivent pas non plus être trop larges afin de ne pas la gêner dans des espaces confinés comme les intérieurs de voiture,

1. « The queen's own queen », *The Sunday Telegraph*, 9 février 1997.

et les bords tombants sont à proscrire car ils pourraient cacher son visage. Parmi ses premiers chapeliers : la Britannique Marie O'Regan, l'Américaine Sally Victor, le Danois Aage Thaarup et Simone Mirman, née Simone Parmentier, une Parisienne formée à l'école d'Elsa Schiaparelli, établie à Londres à la fin des années 1930. En 1952, la Française reçoit la visite de l'une des dames d'honneur de Queen Mum, qui l'invite à venir présenter sa collection à la princesse Margaret. Le monarque et sa sœur compteront dès lors parmi les clientes les plus fidèles de la modiste. Aage Thaarup, dont les réalisations inspirées ne seront pas toujours bien comprises, dessinera en 1947 le chapeau arboré par Elizabeth pour son départ en voyage de noces, ou encore le fameux tricorne noir orné d'une plume qu'elle portera pendant des années à chaque *Trooping the Colour*, la parade militaire donnée pour son anniversaire. Leur succéderont d'autres grands noms, comme Freddie Fox (auteur de 350 couvre-chefs royaux jusqu'en 2002, date de son départ à la retraite), Philip Somerville ou encore, plus récemment, Rachel Trevor-Morgan.

Chargé de créer cinq modèles pour la souveraine en prévision de son déplacement en Amérique du Sud en 1968, Freddie Fox racontera bien des années plus tard les avoir conçus d'après des portraits trouvés sur des supports inattendus. « J'ai obtenu les mesures de Sa Majesté par la vendeuse de Hardy Amies, et j'ai ensuite travaillé seul, avec un timbre à son effigie posé à côté de moi[1]. » Sa fierté ? Des bibis arborés à plusieurs reprises par une reine manifestement satisfaite de leur

1. « Royal Secrets of The Queen's Hat Designer », *Daily Express*, 1er avril 2011.

effet. Elle « a tendance à porter mes chapeaux dans de grandes occasions, des arrivées ou des départs. Je les vois ensuite, toujours les mêmes, portés encore et encore lors d'événements de moins en moins importants "socialement", jusqu'à ce qu'ils terminent leur carrière par l'ouverture d'un jardin d'enfants[1] ».

Par souci d'économie, Elizabeth II a commencé très tôt le « recyclage » raisonné de ses toilettes. « Je l'ai déjà vue au palais vêtue d'une robe vieille de dix-huit ans[2] », a confié un jour l'une de ses designers. Entre 1957 et 1959, la reine s'affiche dans la même robe du soir de satin gris brodée d'or, d'argent et de cristal lors d'un dîner d'État à la Maison-Blanche, d'une soirée à l'ambassade d'Allemagne et d'une représentation à l'opéra. En 1973, elle porte au Canada un ensemble en crêpe de Chine rose *fondant* griffé Hardy Amies, assorti d'un chapeau Freddie Fox, qu'elle arborera à nouveau pour l'ouverture des Jeux olympiques de Montréal en 1976, puis le 7 juin 1977, jour du service religieux donné à la cathédrale St Paul en l'honneur de son jubilé d'argent. Aucune festivité, si importante soit-elle, ne justifie à ses yeux de dépense inconsidérée. Une opinion solidement ancrée dans la famille… En 1911, lors du durbar[3] de Delhi, en Inde, on avait déjà vu la reine Mary porter à quatre reprises la même robe à fleurs jaune, et six fois la même robe de soie brochée crème et or[4].

Dans les *seventies*, Elizabeth II a recours aux talents

1. *The Times*, 15 mars 1983.
2. Brian Hoey, *Her Majesty*, *op. cit.*, p. 343.
3. Cérémonies organisées pour célébrer le couronnement de George V et le proclamer empereur des Indes.
4. *The Times*, 3 septembre 1985.

de Ian Thomas, un designer formé dans les ateliers de Norman Hartnell, avant de faire appel à Maureen Rose, l'une de ses adjointes. « Elle a des idées très arrêtées, notamment sur le style de ses chaussures ou la longueur de ses ourlets, racontait cette dernière en 2001. Sa Majesté a en effet déterminé le point précis de sa jambe au niveau duquel elle aime voir s'arrêter le bas de ses robes, et ce qu'elle soit assise ou debout. Depuis que je travaille avec elle, c'est-à-dire depuis vingt-sept ans, il n'a pas bougé d'un millimètre[1]. » John Anderson créera pour elle un grand nombre de robes et de tailleurs de 1988 jusqu'à sa mort, en 1996, année où son associé, Karl-Ludwig Rehse, lui succédera. À la veille du jubilé d'or de la souveraine, ses équipes décident qu'il est temps de faire souffler un vent de nouveauté dans les dressings du palais. Le jeune couturier Stewart Parvin est alors discrètement approché. « Au début, on ne m'a pas dit à qui les vêtements étaient destinés, raconte-t-il. La question était à peu près formulée ainsi : "Pourriez-vous créer quelques tenues pour une femme très importante aux yeux du grand public, qui a besoin d'avoir une image très élégante ?" Sur le moment, j'ai pensé qu'il devait s'agir de l'épouse d'un homme politique ou d'un grand homme d'affaires. J'ai transmis une série de croquis, et c'est seulement une fois que ceux-ci ont été choisis que j'ai su à qui ils s'adressaient en réalité[2]. »

Stewart Parvin a été contacté par Angela Kelly, l'assistante de la reine, en charge de sa garde-robe. Originaire de Liverpool, réputée « chaleureuse, spontanée,

1. Brian Hoey, *Her Majesty*, *op. cit.*, p. 343.

2. Cité dans « Designers by Royal Appointment », sur cnn.com, le 15 avril 2005.

pleine d'humour et sympathique » mais aussi femme de caractère, celle-ci a été présentée à la souveraine en octobre 1992 alors qu'elle travaillait en tant que gouvernante chez l'ambassadeur de Grande-Bretagne en Allemagne. Trois mois plus tard, le palais lui proposait d'intégrer le staff des habilleuses de Sa Majesté. Elle est promue *senior dresser* en 1996, puis « assistante personnelle[1] » en 2002, avant d'être élevée à la distinction de conseillère et conservatrice auprès de la reine (titre qui lui confère notamment la responsabilité de ses bijoux et décorations). Au début des années 2000, aidée d'une petite équipe, elle commence également à participer à l'élaboration de la garde-robe d'Elizabeth II sous le label Kelly & Pordum[2]. « Nous avons dessiné un ou deux modèles, elle les a aimés, et c'est comme cela que tout a commencé[3] », raconte-t-elle. « La reine est une personne absolument charmante, mais lorsque Angela assiste à un essayage, elle se montre toujours beaucoup plus détendue, reconnaît Stewart Parvin. Angela a vraiment à cœur les intérêts de la souveraine, elle les défend[4]. » Discrète et d'une loyauté à toute épreuve, celle-ci a la confiance du monarque, dont elle a subtilement fait évoluer le style sans pour autant révolutionner son image. Leur relation est avant tout une relation de travail – « vous et moi formons une bonne équipe[5] », lui aurait un jour dit Sa

1. Fonction prestigieuse qu'elle est alors la première à occuper.

2. Avec Alison Pordum, une jeune créatrice de mode formée chez Maureen Rose, qui s'est depuis établie à son compte à Talbot Woods, dans le Dorset.

3. « The Queen and I by Her Majesty's PA », *The Daily Telegraph*, 9 décembre 2007.

4. *Ibid.*

5. *Ibid.*

Majesté –, à laquelle sont venus se greffer au fil des années de solides liens d'amitié.

À Buckingham, on décrit le travail de Miss Kelly comme « l'un des plus complexes et des plus difficiles » de la *Royal Household.* « Avant une visite d'État, elle doit se documenter sur l'histoire du pays, ses coutumes, ses pratiques religieuses, confie un représentant du palais. C'est Angela qui compose la garde-robe, elle qui donne les consignes adéquates à l'ensemble des designers concernés. En juillet 2010, en prévision du voyage officiel de la souveraine en Amérique du Nord, elle a par exemple fait réaliser les perles des broderies au Canada, par des femmes aborigènes. Elle participe aux voyages de reconnaissance, elle réfléchit à la manière dont la foule sera habillée, au climat, aux teintes dominantes du décor pour que celui-ci soit en harmonie avec les vêtements de la reine. En 2010, toujours, il lui a notamment fallu prendre en compte la tonalité or de la tribune du hall de l'Assemblée générale des Nations unies, où celle-ci devait prononcer un discours. Tout a son importance. Angela Kelly choisira telle tiare plutôt qu'une autre en fonction de son poids et du temps pendant lequel elle sera portée, elle pensera les ourlets différemment s'il y a un escalier à monter. »

Si certains experts prêtent à ses toilettes du soir « l'image d'un glamour qui est moins affaire de mode que de dignité, de privilège ou d'élitisme[1] », Hardy Amies, lui, donnait peu avant sa mort une vision bien différente de la relation entre la souveraine et le vêtement. « La reine pense que ses tenues doivent toujours s'adapter à l'événement et à ceux qui y assistent, dans

1. Valerie Cumming, *Royal Dress*, Holmes & Meier, 1989, p. 185.

la plupart des cas des gens de la classe moyenne envers lesquels elle souhaite paraître amicale. Il y a dans les vêtements chics quelque chose de froid, voire d'assez cruel, qu'elle veut éviter[1]. » Lorsqu'elle est *off*, elle affectionne les jupes de tweed, les twin-sets confortables, les vestes matelassées ou huilées façon Barbour, les impers, les foulards noués autour du cou. Ce look cent pour cent *gentry* est familier à la plupart de ses sujets, la bourgeoisie du royaume a d'ailleurs toujours eu tendance à embrasser le conservatisme du style élisabéthain, signe extérieur d'élévation sociale. « On ne compte plus les photos de mariage montrant la mère de la promise habillée d'une version meilleur marché de l'un de ces ensembles aux couleurs astringentes, classiques, flatteurs et bien coupés[2] », typiques de la garde-robe royale. « Le mélange déconcertant de glamour ruritanien (pour le soir) et de mise agréable, sans être toutefois exagérément élégante, dans la journée, répond à une demande des Britanniques, qui exigent de la royauté qu'elle soit à la fois majestueuse, grandiose, et "l'une des nôtres[3]". »

Voilà sans doute pourquoi – à l'exception de ses bijoux –, ses accessoires étonnent par leur modestie. Elizabeth II affectionne les gants Cornelia James (son fournisseur exclusif dans ce domaine depuis 1947), les chaussures à petits talons carrés qui lui assurent ainsi un confort maximum lorsque les stations debout s'éternisent. Conçus pour la plupart – sur mesure – par Anello & Davide, une maison installée sur St Albans Grove, dans le quartier de Kensington, ses escarpins

1. *Daily Mail*, 16 novembre 1996.
2. Valerie Cumming, *Royal Dress*, *op. cit.*, p. 187.
3. *Ibid.*

sont classiques, fermés, noirs, le plus souvent vernis. Le modèle n'a quasiment pas changé depuis des années. « La reine trouve cela plus économique ainsi », confie un membre de son entourage. Il en va de même pour ses éternels sacs à main. Depuis son accession au trône, elle est sans aucun doute la meilleure cliente de la maison Launer, dont elle apprécie les modèles chics et discrets, à une ou deux poignées, suffisamment légers pour pouvoir se nicher au creux du coude ou s'arrimer à l'avant-bras en lui laissant les mains libres pour saluer un invité, accepter un bouquet[1]. À l'intérieur ? Des bonbons à la menthe rangés dans une petite boîte en or offerte par la princesse Margaret, des porte-bonheur offerts par ses enfants[2], une paire de lunettes, des gants de rechange, un étui à maquillage en métal cadeau du prince Philip, un stylo à encre, un petit miroir et un tube de rouge à lèvres. Auxquels viendraient s'ajouter, en fonction des circonstances : un accroche-sac (les jours de déjeuner ou de dîner officiel), un porte-monnaie et un petit appareil photo – en octobre 1986, lors de sa visite d'État en Chine, elle aurait demandé à ce qu'on la photographie sur la Grande Muraille, « sinon, dit-elle, personne ne saura que je suis venue ». Intrigant, indissociable de son personnage, le *royal handbag* a sa dynamique et sa chorégraphie. Son langage est codé : à intervalles réguliers, d'imperceptibles mouvements du précieux accessoire permettent à la souveraine d'envoyer des messages à son staff ou à ses invités. Un sac ondu-

1. Parmi ses modèles favoris : les Royale et les Traviata – certains, dit-on, l'accompagnent depuis trente ou quarante ans.
2. Phil Dampier et Ashley Walton, *What's in The Queen's Handbag and other Royal Secrets*, Book Guild Publishing, 2007, p. 4.

lant doucement à son bras gauche serait le signe que tout va pour le mieux. Un discret changement de côté viendrait avertir sa dame d'honneur que la conversation avec untel ou untel touche à sa fin et qu'il est temps pour elle de prendre le relais.

On dit volontiers que dans le ventre de leur sac à main les femmes ont tendance à ranger leur vie entière, que dans ses poches, ses plis se cache leur liberté et leur abandon, un bric-à-brac inouï, rouge à lèvres, portable, trombones, grigris, pense-bête, crèmes, bouchons de stylos, tickets de cartes de crédit. Auteur d'un ouvrage formidable sur le sujet[1], le sociologue et directeur de recherches au CNRS Jean-Claude Kaufmann sépare ainsi le sac complice et compagnon, mi-« petit musée des affects », mi-extension de soi, du sac séduction. Sa taille, dit-il, serait à sa manière révélatrice de l'âme, les adeptes des modèles aux volumes généreux auraient la fibre plus tendre, plus moelleuse, que les inconditionnelles de la pochette, du sacotin ou du réticule, qui trahiraient moins des envies de légèreté qu'une tendance à la retenue relationnelle et affective. Ceux d'Elizabeth II seraient plutôt, à en croire Jean-Claude Kaufmann, « des sacs qui parlent de l'Histoire. Nous avons tendance à oublier qu'il y a seulement un demi-siècle ces derniers étaient très peu répandus. La société était encore largement paysanne, les femmes qui travaillaient dans les champs n'en avaient pas besoin. Elles arboraient le dimanche, pour aller à la messe, un petit sac en cuir rigide noir glacé, dans lequel il n'y avait pas grand-chose, un missel, un mouchoir parfumé. Cet usage venait des couches dites "supérieures" de la

1. Jean-Claude Kaufmann, *Le Sac : un petit monde d'amour*, Lattès, 2011.

société, de l'aristocratie, la haute bourgeoisie, qui ont été les premières à instaurer, comme une marque de standing, le port du sac qui ne sert à rien ».

Les Launer de la souveraine sont tous d'allure classique et « humble », sans ostentation ni chichis – ses goûts en la matière lui auraient été inspirés par sa première habilleuse, Bobo MacDonald, qui, dit-on, « ne l'aurait jamais laissée acheter un sac onéreux tant cela heurtait sa fibre économe typiquement écossaise[1] ». Mais sont-ils vraiment dans le coup ? Plus que jamais, si l'on en croit le succès planétaire du modèle qu'elle portait le jour du mariage de son petit-fils, le prince William, et de Catherine Middleton, en avril 2011. Créé sur mesure, tout spécialement à son intention, ce sac rectangulaire en cuir crème (fait main, comme toutes les pièces qui sortent des ateliers de la marque, à Walsall, à côté de Birmingham) a provoqué dans les semaines qui ont suivi une augmentation de 60 % de la vente des produits de la maison. Ainsi qu'un crash de son site internet.

« Et pendant ce temps-là, le compteur tourne »

« La reine passe beaucoup de temps au téléphone, mais ce n'est pas un plaisir. C'est d'ailleurs rarement elle qui appelle[2]. » L'entourage d'Elizabeth II livre peu de détails sur ses goûts et ses habitudes, soucieux qu'il est de protéger ses rares instants d'intimité véritable. « Philip se rend souvent à des dîners, des réceptions, confie cette proche. Elle, non. Je crois que c'est un

1. Sarah Bradford, *Elizabeth*, *op. cit.*, p. 251.
2. Entretien avec l'auteur.

soulagement pour elle de savoir qu'il y a, comme cela, des moments où elle est seule, tranquille, où elle n'a pas besoin de faire la conversation à qui que ce soit[1]. » La souveraine passe alors le plus souvent la soirée à regarder la télévision – devenue l'un de ses loisirs favoris – ou à terminer un puzzle géant (un hobby de toujours) dans ses appartements. Ses sujets s'étonnent qu'elle puisse leur ressembler à ce point ? On dit qu'elle n'aime ni les fleurs violettes, ni jardiner, ni attacher sa ceinture de sécurité lorsqu'elle conduit (de préférence pied au plancher) sur ses terres de Sandringham ou de Balmoral. Elle s'intéresserait aux papillons, se détend en faisant des réussites. Côté shopping, ses dames d'honneur se chargent de ses menues emplettes personnelles. Elizabeth II entretiendrait avec soin son teint de porcelaine avec des produits Cyclax (une firme de cosmétiques britannique née à la fin du XIXe siècle) et Clarins – en 2002, lors d'une escale à l'aéroport de Singapour, elle a été aperçue flânant sur le stand duty free de la marque. À l'approche des fêtes de fin d'année, ses *ladies-in-waiting* tiennent à la disposition de ses proches et amis qui en font la demande une courte liste de présents « utiles et peu onéreux » établie par la reine elle-même.

Les romans policiers comptent parmi ses lectures favorites, mais elle apprécie aussi les ouvrages de John Galsworthy (l'auteur de *La Saga des Forsyte*), Somerset Maugham ou encore J. B. Priestley[2]. Le week-end, au château de Windsor, les dîners en famille (avec ou sans

1. Entretien avec l'auteur.
2. « Why Wallis Simpson hated Marilyn Monroe : publisher's archive divulges literary tales of the 20th century », *The Daily Telegraph*, 12 mars 2012.

invités) se terminent par des jeux de société ou des parties de « charade » – un jeu consistant à mimer des titres de livres, de films ou d'émissions télévisées dont elle est friande et où, paraît-il, elle excelle. On la sait aussi « accro » aux mots croisés du *Daily Telegraph* – au point qu'une année elle aurait été surprise plongée dans une grille à quelques minutes de l'ouverture solennelle du Parlement du Canada[1].

Sa Majesté manifeste depuis toujours un intérêt sincère pour la vie privée des membres de son personnel, sans distinction d'âge, de fonction ou d'origine sociale. Il n'est pas rare de la voir s'enquérir de la santé de la mère du lieutenant untel ou des amours de l'un de ses majordomes. L'un de ses anciens pages mettait d'ailleurs, dit-on, un point d'honneur à toujours la tenir au courant de tout, quitte à devoir traquer les potins dans tous les départements de la cour. Très observatrice, elle ne déteste pas faire à son entourage le récit détaillé – et généralement assez caustique – de ses déplacements et de ses rencontres. « Elle va se souvenir avec une très grande précision de ce que portait telle maire ou telle représentante de conseil municipal, par exemple "une horrible robe verte, dont la bretelle a lâché[2]" », raconte un ancien membre de son staff. Les peintres pour lesquels elle a posé évoquent tous en souriant « un vrai moulin à paroles », prompt à papoter sur tel ou tel personnage connu ou à commenter toutes sortes d'événements, comme cet accident entre une voiture et un taxi surpris un jour qu'elle s'était discrètement postée à la fenêtre du palais, rapporté ensuite avec moult détails à Pietro Annigoni – « et pendant ce temps-

1. Andrew Duncan, *The Reality of Monarchy, op. cit.*, p. 110.
2. Ben Pimlott, *The Queen*, *op. cit.*, p. 242.

là, commentait-elle, le compteur tourne et c'est à ce pauvre passager de payer[1] ». De nombreux témoignages sont révélateurs de ces facettes moins connues de la personnalité d'Elizabeth II, comme ce compte-rendu d'une soirée passée chez Douglas Fairbanks Jr., un ami du couple régnant, un soir où l'acteur avait également convié Maurice Chevalier à dîner. Après le repas, le chanteur interprète quelques-uns de ses plus grands succès, puis s'interrompt car il hésite à aborder certains titres un peu « osés » de son répertoire en présence de la souveraine. Douglas Fairbanks en fait part à son invitée. « J'ai plus de vingt et un ans et je suis mariée à un marin, lui glisse-t-elle, je vous en prie, dites-lui de continuer[2]. »

Elle est décrite par l'un de ses amis, le photographe et critique d'art américain Milton Gendel, comme « dotée d'un grand sens pratique » dans une maison, « pas du tout le genre de femme à sonner un domestique[3] » lorsque l'un de ses corgis s'oublie sur un tapis. « Un jour, pendant qu'ils pique-niquaient dans l'un des cottages du domaine de Balmoral, Philip a fait gicler un tube de moutarde et taché le plafond. "Arrête ça, veux-tu ! lui a lancé la reine. Je viens juste de faire repeindre[4]." » Chaque année, le Premier Ministre en exercice est invité à passer un week-end en Écosse pendant les vacances d'été de la famille régnante. Plus d'un chef de gouvernement est rentré de Balmoral surpris par l'informalité des déjeuners avec Elizabeth II et ses

1. Cité *ibid.*, p. 250.
2. Brian Hoey, *Her Majesty*, *op. cit.*, p. 110.
3. Cité dans l'article « A Six-Decade Roman Holiday », *Vanity Fair*, novembre 2011.
4. Cité *ibid.*

proches. Dans ses Mémoires, Tony Blair se souvient ainsi de son premier barbecue en compagnie des Windsor : « Vous allez croire que je plaisante, mais pas du tout. Ils mettent des gants [en caoutchouc] et plongent leurs mains dans l'évier. La reine vous demande si vous avez terminé, elle empile les assiettes les unes sur les autres et va elle aussi se poster devant l'évier. » La souveraine aime plus que tout ses chères collines des Highlands, Balmoral est pour elle un *home sweet home*, un refuge, comme l'a longtemps été le *Britannia*. Entre 1953 et 1997, année où il a été désarmé pour raisons d'économie, le yacht royal a parcouru plus de un million de milles nautiques (soit environ 1,8 million de kilomètres) et permis au monarque et à ses enfants d'effectuer 696 visites officielles à l'étranger et 272 déplacements en Grande-Bretagne. La reine le considérait comme sa maison – le bateau était d'ailleurs la seule résidence dont elle avait pu superviser la décoration elle-même, en compagnie de son époux. On l'y voyait souvent arpenter le pont… en pantalon. À bord, l'équipage avait interdiction de courir ou de crier, les ordres étaient donnés au moyen de signaux afin de préserver sa tranquillité. Elizabeth II y disposait d'un bureau décoré comme un petit salon *cosy* – sofa, moulures, rideaux fleuris, gravures et miroirs sur les murs –, mais l'aménagement intérieur n'y avait rien de particulièrement luxueux, l'ambiance générale des lieux était plutôt celle d'une résidence de campagne à l'anglaise que d'un palace flottant. Pour son entourage, il ne fait aucun doute qu'elle voyait en lui « le seul endroit au monde où il lui était permis de se détendre vraiment ». Dans ses Mémoires, Susan Crosland, l'épouse de l'ancien *Foreign Secretary* Anthony Crosland, évoque la bonne humeur de la souveraine, aux prises avec la porte coulissante de la salle à manger un soir de 1977 où le navire se trouvait chahuté par les flots. « La reine a attrapé la poignée fermement, elle a collé son dos à la porte et s'est laissé entraîner pendant que celle-ci se refermait doucement. "Wheeeee", s'est-elle exclamée. Le *Britannia* s'agitait et tanguait. "Wheeeee", s'est-elle exclamée de nouveau. Puis elle a réussi à se glisser par l'ouverture de la porte en lançant un rapide "Bonsoir[1] !". » Lorsque les membres de la famille royale décident de faire escale dans une crique ou sur une plage, leurs pique-niques improvisés se révèlent souvent, là encore, plein de surprises pour leurs invités. En 1970, le Premier ministre australien John Gorton est invité à se joindre à eux pour un barbecue. « Quelqu'un a décidé que tout le monde devait être jeté à l'eau, se souvient-il. Ça a d'abord été la princesse Anne, puis le prince Philip. J'étais assis à côté de Sa Majesté, je me préparais à la pousser à l'eau elle aussi et puis je l'ai regardée, et là… il y a eu quelque chose dans la manière dont elle m'a regardé à son tour. Elle est la seule à être restée sèche[2]. »

Elizabeth II s'est très peu confiée sur la difficulté de son métier de monarque. « Beaucoup de choses sont possibles dès lors que l'on a été convenablement formé, disait-elle en 1992 dans un documentaire tourné à l'occasion du quarantième anniversaire de son avènement[3]. Il faut mûrir dans un rôle que l'on s'habitue à jouer et

1. « When Britannia ruled the waves : why the queen adored her country home at sea », *Daily Mail*, 21 novembre 2011.
2. « When Britannia ruled the waves : why the queen adored her country home at sea », *Daily Mail*, 21 novembre 2011.
3. Edward Mirzoeff et Ian Holm, *Elizabeth R*, BBC, 1992.

accepter le fait que c'est là votre sort dans l'existence. [...] C'est un emploi à vie. La plupart des gens rentrent chez eux une fois leur journée de travail terminée, mais dans ce genre d'existence, votre métier et votre vie sont liés, vous ne pouvez pas vraiment les séparer l'un de l'autre. » Étrangère aux brusques emportements qui étaient ceux de George VI, la souveraine se laisserait toutefois gagner, de temps à autre, par de brefs accès d'irritation – « elle jette un livre à terre, ce genre de chose[1] ». Rien ne l'agace, dit-on, comme le gaspillage, le laisser-aller ou le désordre, mais la royale mauvaise humeur se ferait aussi (et surtout) sentir lorsqu'il arrive quelque mésaventure à l'un ou l'autre de ses chiens. Son père lui avait offert son premier corgi, Dookey, en 1933 – elle avait alors sept ans. Elle en possède aujourd'hui quatre, Linnet, Monty, Willow et Holly, auxquels viennent s'ajouter trois dorgis, Cider, Candy et Vulcan, fruits d'une « idylle » entre l'un de ses corgis et Pipkin, un teckel dachshund de la princesse Margaret. Elle les considère tous, dit-on, comme sa propriété exclusive et peut parfois faire preuve d'un soupçon de froideur envers les visiteurs désireux de leur tapoter le haut du crâne ou de les amadouer avec un biscuit. Possessifs eux aussi et jaloux de leurs prérogatives, les corgis se rendent d'ailleurs fréquemment coupables d'agressions délibérées sur les chevilles et les mollets des membres du personnel qui les approchent de trop près. La passion que la souveraine a pour eux n'a d'égale que celle qu'elle manifeste depuis l'enfance à l'égard des chevaux. Bill Meldrum, responsable de l'élevage et de l'entraînement de ses chiens de chasse (des labradors) à Sandringham, a souvent témoigné de

1. Ben Pimlott, *The Queen*, *op. cit.*, p. 242.

son intérêt et de ses connaissances. « Je n'ai jamais fait se reproduire une femelle sans en avoir d'abord discuté avec elle[1] », dit-il. La reine aurait aussi un talent peu commun pour guider ses chiens, à distance, jusqu'aux proies abattues par les chasseurs. Dans le milieu, on parle encore de ce jour où elle a envoyé son labrador noir Cherry récupérer un oiseau tombé à plus de sept cents mètres, en orientant ses recherches à l'aide d'un simple sifflet et de gestes de la main.

« Et maintenant, pouvons-nous aller voir la jument ? »

La sphère familiale mise à part, il n'est sûrement aucun « monde » dans lequel la personnalité d'Elizabeth II s'exprime de manière plus spontanée et plus authentique que celui du hippisme. De ce côté-ci du Channel, personne n'a oublié l'atmosphère d'excitation et de liesse qui s'est emparée de l'hippodrome de Chantilly, le 16 juin 1974, jour de la victoire de sa jument *Highclere*, dans le Prix de Diane. « Son séjour avait été organisé par mon père[2] à la demande de Marcel Boussac, raconte Louis Romanet, ancien directeur général de France Galop et président de la Fédération

1. « Gundog Trainer to The Queen », shootingtimes.co.uk, 22 juillet 2009.

2. Jean Romanet : d'abord directeur des services techniques de la commission des Finances et conseiller pour l'élevage de Marcel Boussac, il est chargé de la modernisation de l'hippodrome de Longchamp entre 1962 et 1966. De 1961 à 1986, il occupe le poste de directeur général de la Société d'encouragement pour l'amélioration des races de chevaux en France. Il sera fait commandeur dans l'ordre de l'Empire britannique par Elizabeth II.

internationale des autorités hippiques. La reine a déjeuné chez Marcel Boussac, puis on l'a emmenée effectuer une visite des pistes d'entraînement en voiture, on lui a notamment fait traverser la piste des Aigles, qu'elle ne connaissait pas. Elle est allée aux ordres avant de rejoindre la tribune. Le capitaine de gendarmerie qui était là m'a demandé : "Et que va-t-il se passer ensuite ?" Je lui ai dit : "Si la souveraine gagne, elle va descendre voir sa jument dans les écuries. – C'est impossible", m'a-t-il rétorqué, ce à quoi je lui ai répondu : "Vous ne pourrez pas l'en empêcher." Pendant la course, Elizabeth II n'a pas cessé d'encourager son cheval en anglais. Lord Porchester, son *racing manager*, s'est levé en brandissant ses jumelles vers le ciel, mais elle non, elle est restée assise. Ses mains étaient jointes comme dans une sorte de prière, mais on la sentait bouillir intérieurement. Après que *Highclere* eut franchi la ligne en vainqueur, Marcel Boussac lui a remis la coupe. Je me suis avancé pour la lui reprendre. "Pourquoi voulez-vous que je vous la rende ? s'est-elle exclamée. – Parce que la tradition impose que nous la fassions graver au nom de la pouliche et de son propriétaire. – Monsieur Romanet, m'a-t-elle répondu, ce soir j'organise un dîner à Windsor, un dîner au cours duquel nous fêterons cette victoire, et je veux que ce bel objet soit au milieu de la table. Vous savez, nous avons d'excellents graveurs en Angleterre. Et maintenant, pouvons-nous aller voir la jument ?" Nous avons traversé la foule, qui ce jour-là était extraordinaire, entourés par un cordon volant de gendarmes[1]. »

Dick Hern, le jockey de *Highclere*, se trouve déjà dans l'avion qui le ramène en Grande-Bretagne en

1. Entretien avec l'auteur.

compagnie de Joe Mercer, l'entraîneur de la pouliche, lorsque il est contacté par le palais. « Pendant le vol, le pilote a reçu un message précisant qu'une limousine nous attendait à l'aéroport de Heathrow pour nous conduire à Windsor. Nous étions fatigués et en sueur, je peux vous dire que nous aurions bien eu besoin d'une douche et d'un bon coup de brosse à habits[1]. » Venez tels que vous êtes, insiste le télégramme. Dès l'arrivée de la voiture au château, Sa Majesté se porte à leur rencontre sous une pluie battante. « Entrez, mes guerriers[2] ! » leur lance-t-elle avec un large sourire. Le milieu se délecte de ces anecdotes qui racontent l'« autre » Elizabeth II. En 1984, celle-ci est invitée par le colonel Bill Whitbread et son épouse à venir fêter la victoire de leur cheval, *Special Cargo*, à Sandown. Le dîner est suivi d'une projection du film de la course dans une pièce voisine de la salle à manger. Il manque une chaise ? La reine s'assied par terre[3]. À la fin d'un déjeuner réunissant des professionnels de la scène hippique, les convives, stupéfaits, la voient retirer l'une de ses chaussures et briser à l'aide du talon le nappage caramel (rigide comme une armure) d'une crème brûlée trop cuite[4].

Au milieu d'eux, elle se sent dans son élément, un peu comme en famille. « *Acamas* a été le dernier cheval à prendre part à une course internationale sous les couleurs de Marcel Boussac, raconte encore Louis Romanet. Nous étions en 1978, c'était le jour du King George, la

1. Sean Smith, *Royal Racing. The Queen and Queen Mother's Sporting Life*, BBC Worldwide Ltd., 2001, p. 184.
2. *Ibid.*
3. *Ibid.*, p. 123.
4. *Ibid.*, p. 89.

souveraine savait qu'elle n'aurait plus l'occasion de le revoir. Elle nous a donc invités à prendre le thé avec elle, dans la tribune royale[1]. » En 1995, le directeur de France Galop est convié au château de Windsor pendant la semaine du Royal Ascot. « J'ai reçu un appel du secrétaire particulier d'Elizabeth II m'informant que le couple régnant souhaitait nous recevoir, mon épouse et moi. J'avais le choix entre le mardi et le vendredi, j'ai choisi le vendredi. Avant le déjeuner, je suis allé voir le plan de table. Je n'ai pas vu mon nom tout de suite, j'ai fini par me rendre compte que j'étais placé entre la reine et Queen Mum. Au début, très gentiment, la souveraine m'a expliqué le protocole. "Nous allons commencer par discuter ensemble, puis après le plat principal c'est avec ma mère que vous poursuivrez." Nous avons parlé un peu en français, puis en anglais. Elle posait beaucoup de questions : Comment se portent les courses dans l'Hexagone ? Quelle sera l'évolution des courses hippiques dans le monde ? Quels seront les nouveaux challenges à relever ? Quels sont les meilleurs étalons du moment en France ? Nous avons aussi évoqué le problème des pistes et de leur entretien. Elle m'a demandé mon avis sur les nouveaux revêtements, faits d'un mélange de sable et de matières synthétiques très drainantes qui ne sont jamais trempées et ne gèlent pas[2]. » Le sport hippique est une passion, sans doute aussi la principale distraction d'Elizabeth II, mais tous les professionnels qui l'ont rencontrée comparent souvent sa connaissance du métier à celle d'un authentique expert. « J'ai également dîné un soir en sa compagnie chez Alec Head, au haras du Quesnay, en Normandie,

1. Entretien avec l'auteur.
2. Entretien avec l'auteur.

une année où elle était venue visiter plusieurs haras ainsi que l'hippodrome de Deauville. J'avais apporté avec moi les films des principales courses françaises et internationales qui s'étaient déroulées dans l'année, et nous les avons projetés après dîner. Elle était ravie. Ce soir-là, nous avons également discuté de la Gold Cup, à Ascot, une course sur 4 000 mètres que le Jockey Club envisageait à l'époque de ramener à 3 200 mètres. Je lui ai dit que je trouvais ça dommage. Elle m'a répondu : "Ne vous inquiétez pas, cela nécessite mon accord et je ne le donnerai pas[1]." »

La reine a longtemps eu simultanément entre vingt et trente chevaux à l'entraînement (à Sandringham, mais aussi dans deux haras du Kentucky, aux États-Unis), et chaque livre sterling qu'elle débourse dans ce domaine est prélevée exclusivement sur ses fonds personnels. Au cours de sa longue carrière de propriétaire, elle a remporté quatre des cinq grandes classiques du royaume – la 1 000 Guineas et la 2 000 Guineas à Newmarket, l'Oaks Stakes à Epsom et le St Leger à Doncaster. Seul le fameux Derby d'Epsom manque à son palmarès – bien que grand favori de l'édition 2011, le cheval engagé sous ses couleurs, *Carlton House*, n'y a finalement terminé qu'à la troisième place. Pendant des années, le jour de l'ouverture du meeting d'Ascot, on l'a longtemps vue, très tôt le matin, lancer sa monture au grand galop sur la piste de l'hippodrome désert. Sans doute qu'en selle la reine se sent plus libre que partout ailleurs. « Elle a aussi une relation aux chevaux qui est innée, commente Ian Balding, un entraîneur qui a travaillé pour elle pendant plus de trente ans. Un jour où nous nous trouvions dans un champ en train

1. Entretien avec l'auteur.

d'observer des yearlings, six ou sept d'entre d'eux se sont soudainement mis à galoper vers nous. La reine a fait ce qu'il fallait faire, elle ne s'est pas mise à courir, non, elle est restée totalement immobile. Et ils se sont arrêtés. Quand vous faites le tour des écuries en sa compagnie, elle ne se contente pas d'aller voir ses propres chevaux, elle insiste pour les voir tous. Il m'arrive de conseiller à des propriétaires de ne pas s'approcher de tel ou tel animal parce qu'il a tendance à ruer. Avec elle, je n'ai pas besoin de dire quoi que ce soit. Elle sait[1]. »

1. Sean Smith, *Royal Racing*, *op. cit.*, p. 29.

Chapitre 12
Chef de famille

Chaque été pendant quinze ans, la reine mère a invité Bertrand du Vignaud de Villefort – le *gentleman* français en charge de l'organisation de ses séjours privés dans l'Hexagone – à séjourner au château de Sandringham pendant le Sandringham Flower Show (un Salon floral en plein air) et le festival de musique de Kings Lynn, créé par son amie et dame d'honneur, Lady Fermoy, une pianiste renommée. « Je me souviens très bien de mon arrivée, la première fois, raconte-t-il. La reine mère m'attendait. Nous nous sommes assis sur un banc, dans le parc. Au bout de quelques minutes, nous avons vu venir vers nous une petite femme menue, précédée par une dizaine de chiens. La reine mère s'est tournée vers moi et m'a dit : "Puis-je vous présenter à ma fille, la reine ?"

« La vie là-bas ressemblait beaucoup à celle que mènent les grandes familles aristocratiques françaises à la campagne. Le jour de l'ouverture du Flower Show, par exemple, nous faisions un tour des stands, nous prenions un Pimm's et ensuite nous partions pique-niquer. Le dimanche, nous assistions à l'office dans la petite église de Sandringham, la souveraine m'observait parfois du coin de l'œil, par-dessus ses lunettes, pour être sûre que j'arrivais à suivre – je précise que c'est moi qui insistais pour les accompagner, car on me demandait toujours fort courtoisement au préalable si je souhaitais plutôt assister à une messe. En fin de journée, nous allions souvent au concert. La reine mère ne laissait jamais passer une occasion de rencontrer des gens d'exception, je me rappelle d'ailleurs qu'un soir Mstislav Rostropovitch est venu dîner au château.

« Ce qui me frappait, c'est que les membres de la famille régnante ont en permanence quelqu'un avec eux – c'est peut-être l'une des raisons pour lesquelles ils veillent à ne jamais exprimer d'opinion trop personnelle. Dès qu'elle sortait de ses appartements privés, la reine mère était accompagnée d'une dame d'honneur et parfois d'un écuyer, elle n'était jamais seule, même si on la voyait de temps en temps faire un petit tour du parc en tête-à-tête avec sa fille. De grands pique-niques étaient souvent organisés, auxquels se joignaient Elizabeth II, la reine mère et la princesse Margaret. Nous chantions ensemble de vieilles chansons françaises, *Le Bon Roi Dagobert*, *Sur le pont d'Avignon* – elles les connaissaient toutes par cœur.

« Au fil de mes visites, la reine a eu la grande amabilité de me faire découvrir des endroits différents du château, admirer ses trésors, ses pièces d'argenterie, ses porcelaines, visiter les cuisines. Je me suis vite rendu compte qu'Elizabeth II est une femme qui n'a aucun goût pour le luxe, l'étalage. Elle m'a ainsi raconté qu'elle avait fait abattre l'aile du château où se trouvaient les anciennes chambres des domestiques, “parce qu'aujourd'hui plus personne ne vient avec son personnel, disait-elle. Sauf mes enfants”.

« La souveraine aime raconter des anecdotes sur sa famille, ses grands-parents, ses arrière-grands-parents. Il faut dire qu'elle vit au milieu des portraits et des bustes de ses ancêtres, c'est donc toujours pour elle le prétexte à raconter toutes sortes d'histoires venues du passé. La reine mère, elle, appartenait à une époque où "tout le monde se connaissait", et elle regrettait que ce ne soit plus le cas. Elle était très fine, très psychologue. Quand elle ne voulait pas répondre à une question, elle se contentait de sourire. Elle obtenait toujours tout ce qu'elle voulait, surtout de la reine, envers laquelle elle était d'une loyauté sans faille. À l'heure du thé, elle bataillait d'ailleurs souvent avec ses filles pour savoir qui allait servir – elle disait, devant elles, en plaisantant affectueusement : "Mes filles sont TRÈS difficiles[1]." »

« J'aurais tant aimé que maman soit là,
à ma place »

Une profonde affection unissait Elizabeth II à sa mère, disparue le 30 mars 2002 à l'âge de cent un ans. Incurable optimiste, Queen Mum était de ces femmes qui inspirent affection et respect à leur entourage. La souveraine enviait ses sourires, dispensés avec générosité et sans effort, son humour, son charisme, ce don qu'elle avait pour la conversation et le show. L'épouse de George VI était devenue veuve à l'âge de cinquante-cinq ans. Elle avait exercé une réelle influence sur son conjoint, fréquenté les puissants, été la dépositaire de bien des secrets, particulièrement pendant la guerre. « Elle avait adoré son rôle de reine et l'avait très bien joué, commente l'un des membres de son entourage. Elle était fière de sa carrière au service de la Couronne.

1. Entretien avec l'auteur.

La modestie n'était pas sa qualité première, mais elle en avait beaucoup d'autres[1]. »

Le 6 février 1952, la voilà qui perd tout ou presque, son mari, son pouvoir et ses privilèges de reine consort. La voilà aussi brutalement confrontée à une existence à reconstruire, une solitude à apprivoiser, un rôle à réinventer. Ses pensées vont aussitôt à sa fille, à qui elle fait parvenir un message radio dans l'avion qui la ramène du Kenya :

« À l'intention de Sa Majesté la Reine

Toutes mes pensées et mes prières sont avec toi.

Mummie. »

Son chagrin est immense. Certains la disent aussi quelque peu envieuse de la nouvelle souveraine, objet de tous les égards. Queen Mum n'a jamais eu d'appétit particulier pour les seconds rôles. Affectueuse et compréhensive, sa fille comprend son désarroi et se promet de veiller à ce qu'elle ne se sente jamais tenue à l'écart. De fait, après une brève période de repli sur elle-même, la veuve de George VI retrouve une place de premier plan, dans la vie du royaume comme dans le roman familial. Son aînée lui demande souvent conseil, certains observateurs vont jusqu'à dire qu'elle se laisse plus ou moins consciemment guider par elle. Si elle n'apprécie guère que l'on présente son règne comme « un nouvel âge élisabéthain[2] » – « elle n'aimait pas toutes ces comparaisons avec Elizabeth Ire, confie cette proche, je peux même vous dire qu'elle les détestait[3] » –,

1. Entretien avec l'auteur.

2. « Sincèrement, je ne me sens aucun point commun avec mon aïeule, qui n'avait ni mari ni enfants, gouvernait en despote et n'est jamais sortie de son pays », dira-t-elle lors de son message de Noël, en décembre 1953.

3. Entretien avec l'auteur.

c'est notamment parce qu'elle souhaite l'inscrire dans la continuité de celui de ses parents. Elizabeth, deuxième du nom, est une enracinée, l'exemple que lui a donné son père est son terroir personnel, elle fait souvent référence à lui, comme si son œuvre continuait de s'accomplir à travers elle. Elle choisit d'ailleurs de s'entourer du personnel et des conseillers de George VI – de fait, dans l'histoire de la monarchie britannique, aucun monarque n'aurait entrepris si peu de réformes, initié aussi peu de changements dans l'organisation de la Maison royale à l'occasion de son avènement que cette jeune et jolie brindille de vingt-cinq ans.

Queen Mum reconnaît en Lilibet beaucoup des qualités du souverain défunt. De son père, elle a l'acharnement au travail. Comme lui, elle est claire et méthodique. Comme lui, elle n'aime pas les discours et appréhende de devoir parler en public. Comme lui, son dévouement à sa tâche est total. « Elizabeth et George ont en commun le fait d'être courageux, d'avoir un grand sens de leur charge, un grand sens du devoir et de la nation, commente cet ancien membre de la cour. Ils ne veulent pas décevoir. Ils sont aussi assez conformistes l'un et l'autre. Ils ont le souci de respecter les règles[1]. » La reine téléphone tous les jours à Mummie. « Ensemble, elles étaient simplement une mère et sa fille, confie Margaret Rhodes. Ce qui n'empêchait pas [Queen Mum] de se montrer extrêmement pointilleuse sur les convenances. Lorsqu'elle était à Windsor, la souveraine se rendait tous les dimanches dans une petite chapelle du parc pour assister à l'office religieux, puis elle allait rejoindre sa mère à Royal Lodge pour un drink. Quand venait l'heure de prendre congé, celle-ci

1. Entretien avec l'auteur.

insistait pour l'accompagner jusqu'à la porte d'entrée. Jamais elle n'aurait accepté de la laisser repartir seule, sans l'escorter[1]. » Chaque fois que la reine entrait dans une pièce, « on la voyait se dresser d'un bond sur ses pieds, et l'âge n'y a jamais rien changé[2] », témoigne cette autre proche. Elizabeth II, longtemps, aurait craint de ne pas être à la hauteur de la statue maternelle. « Parler aux gens lui paraissait beaucoup plus difficile qu'à sa mère, par exemple. Celle-ci faisait toujours preuve d'une formidable empathie avec tous ceux qu'elle rencontrait, elle avait le don de vous faire croire que vous étiez la seule personne au monde dont elle souhaitait vraiment la compagnie[3]. » Lors de la grande tournée du Commonwealth de 1953, la souveraine et le prince Philip séjournent cinq semaines en Nouvelle-Zélande, « un voyage ponctué de déplacements incessants en train aux quatre coins du pays, raconte un membre de leur entourage. Dans la journée, mais aussi le soir, voire une partie de la nuit, les gens accouraient de partout en espérant apercevoir la reine et la saluer. Je me souviens de cette plate-forme illuminée sur laquelle elle s'installait de manière que tous puissent la voir. Certains avaient parcouru plusieurs centaines de kilomètres ; aussi, même lorsqu'il n'y avait que cinq ou six personnes rassemblées devant un passage à niveau, elle se sentait dans l'obligation de leur sourire gentiment, de leur adresser un geste de la main. “J'aurais tant aimé que maman soit là, à ma place, a-t-elle dit un jour. Elle adore ça. Et elle est si douée pour tout cela[4]…” »

1. Entretien avec l'auteur.
2. Entretien avec l'auteur.
3. Entretien avec l'auteur.
4. Entretien avec l'auteur.

La jeune femme se découvre sous les traits d'un personnage fantasmé, livré à une forme de représentation permanente, sur lequel ses loyaux sujets projettent désormais leurs rêves et leurs admirations. À l'époque, Queen Mum, forte de sa propre expérience, l'encourage dans ses lettres et trouve toujours les mots pour rétablir ces voyages éreintants dans leur vérité première. « Qu'il est émouvant & que cela rend humble de voir que l'on peut être ainsi l'instrument à travers lequel s'exprime l'amour de ce pays. N'est-ce pas ce que tu ressens, toi aussi[1] ? » Leur correspondance parle de la famille mais aussi des chevaux et des courses, leur grande passion à toutes deux.

Seul sujet de discorde entre mère et fille : l'argent. En 1990, le montant de la liste civile de la reine mère est réévalué de 334 400 à 643 000 livres sterling, mais elle en dépense en réalité huit fois plus. La veuve de George VI ne sait faire autrement que mener grand train. À la tête de cinq résidences (Clarence House, à Londres, Royal Lodge, à Windsor, le manoir de Birkhall, sur les terres du château de Balmoral, le château de Mey, en Écosse, ainsi que le château de Walmer, dans le Kent), elle tient à conserver autour d'elle la splendeur aristocratique qu'elle a toujours connue. Son staff est nombreux – dans sa sainte horreur du changement, elle s'oppose même à ce que les membres de son personnel partent à la retraite –, ses réceptions légendaires. Généreuse et fidèle, elle claque comme une reine, pour ses maisons, ses amis, ses robes et ses chevaux (une douzaine), auxquels elle consacre une part importante de son budget. Au terme d'une

1. William Shawcross, *Queen and Country*, BBC Worldwide Ltd., 2002.

année de courses particulièrement décevante, raconte William Shawcross, son biographe officiel, Elizabeth II offre de régler elle-même la note de son entraîneur, Peter Cazalet. Un petit coup de main que la reine mère accepte avec gratitude. « *Oh Dear*, inscrit-elle à la main sous le montant de la facture[1]. » Le bruit court que Sa Majesté contribue chaque année à hauteur de 2 millions de livres sterling au budget de la doyenne des Windsor. En 1996, la presse britannique révèle le montant exorbitant du découvert accumulé par cette dernière à la banque Coutts – 4 millions de livres sterling[2]. « Oh Mummie, ne vas-tu donc jamais grandir[3]… », entend-on parfois soupirer la souveraine après une nouvelle imprudence, un chèque de plus signé sans penser au lendemain.

Mère et fille aiment se trouver en compagnie l'une de l'autre, leur entourage remarque combien leurs relations, aisées comme celles de deux vraies amies, sont différentes de celles entretenues par Queen Mum avec sa cadette, la princesse Margaret. « La reine mère en était très triste, mais elle n'en parlait pas, tout simplement parce qu'elle n'aimait pas discuter de ce qui l'inquiétait ou la rendait malheureuse, confie cette intime. J'ai passé plusieurs week-ends avec elles à Royal Lodge, et je reconnais qu'il y avait souvent de la tension, des frictions. Margaret est devenue plus difficile à vivre avec les années, elle critiquait assez souvent sa mère, ce qui n'arrangeait rien. Au fond, elles s'aimaient profondément, mais des petites choses

1. William Shawcross, *Queen Elizabeth*, *op. cit.*, p. 790.
2. Celui-ci sera estimé à 7 millions de livres sterling à sa mort, en 2002.
3. Ben Pimlott, *The Queen, op. cit.*, p. 245.

venaient toujours… Comment vous dire. Une comptine, chez nous, raconte l'histoire d'une petite fille qui, lorsqu'elle était gentille, était vraiment formidable, mais qui, lorsqu'elle avait décidé d'être désagréable, se conduisait de manière épouvantable. La même chose aurait pu être dite de Margaret. Elle pouvait se révéler la gentillesse, la générosité et la serviabilité mêmes, remplir merveilleusement toutes ses obligations, comme elle pouvait aussi se montrer blessante et compliquée. Elle avait… comme deux visages. Sans doute parce qu'elle n'a pas eu une vie très heureuse[1]. »

Elizabeth II, dit-on dans son entourage, aurait souhaité pour sa sœur une existence plus sereine et plus épanouissante, à la mesure de ses multiples talents et qualités. Déstabilisée par la mort de leur père, en 1952 (elle avait alors vingt-deux ans), Margaret le sera aussi par le dénouement déchirant de sa *love story* avec Peter Townsend, l'écuyer de George VI, qu'elle renoncera à épouser en 1955 afin de préserver la respectabilité de la Couronne et les principes de l'Église anglicane – Townsend était en effet divorcé. Suivront un mariage mouvementé avec le photographe Antony Armstrong-Jones, en 1960, deux enfants, David et Sarah, des amants, mille polémiques, un divorce ultramédiatisé en 1978. Très croyante, la princesse ne conçoit pas de se remarier et se condamne alors à une forme de solitude que ni sa famille ni ses amis – pourtant très présents – ne parviendront jamais totalement à soulager. Une consommation excessive de cigarettes et d'alcool affecte prématurément sa santé. Elle est opérée d'un poumon en 1985, subit plusieurs attaques qui finissent par la clouer sur une chaise roulante. Elle fait sa dernière

1. Entretien avec l'auteur.

apparition publique en août 2001 à l'occasion du cent unième anniversaire de sa mère, et décède six mois plus tard, à l'âge de soixante et onze ans, à l'hôpital Edward VII de Londres.

Souvent brocardée dans les médias, prompts à dresser d'elle le portrait peu flatteur d'une princesse hautaine et intensément snob, quand ce n'était pas celui d'une fêtarde aux fréquentations discutables, Margaret a également souffert très tôt de comparaisons défavorables avec son aînée. « Quand ma sœur et moi étions encore enfants, on la présentait toujours comme irréprochable. C'était d'un ennui terrible, donc la presse a essayé de me faire passer pour une horrible méchante. Ça ne marchait pas à tous les coups. Quand on parlait de moi dans les médias, je recevais beaucoup de lettres. Les amicales venaient pour la plupart des États-Unis. [...] Les autres, les critiques, qui m'accusaient de choses que je n'avais pas faites, étaient le plus souvent anonymes et postées d'Angleterre. Cela m'affectait énormément[1]. » Ses envies de liberté s'affirment parfois dans des rébellions dérisoires – on la verra un jour jeter une serviette à la figure de la souveraine lors d'un pique-nique à Balmoral[2] –, d'étranges défis. « Elles s'aimaient profondément, confie l'une de leurs proches, et cela a toujours été ainsi, mais il est vrai que la communication entre elles a parfois été difficile après l'accession au trône de la reine[3]. » Margaret boude des réceptions données par sa sœur, il arrive qu'elle annule à la dernière minute et sans raison valable un engagement officiel prévu de longue date. La conduite

1. Andrew Duncan, *The Reality of Monarchy*, *op. cit.*, p. 137.
2. Sarah Bradford, *Elizabeth*, *op. cit.*
3. Entretien avec l'auteur.

de sa cadette paraît de temps en temps incompréhensible, voire exaspérante à la souveraine, mais elle ne cessera jamais de se sentir responsable, consciente des sacrifices qu'elle a consentis par loyauté vis-à-vis d'elle. Elizabeth II répugne en outre à porter des jugements sur les autres. « Elle voit ce qu'il y a de mieux chez les gens, commente l'un de ses biographes, elle attend d'eux le meilleur et espère également pour eux ce qu'il y a de meilleur. Quand les choses se passent mal, elle prie (à genoux, les mains jointes) pour que celles-ci s'arrangent. Elle est convaincue du bien-fondé des valeurs, des principes et des croyances qui ont toujours guidé sa vie, mais concernant la vie des autres elle ne fait montre d'aucun dogmatisme, d'aucune rigidité[1]. » En retour, Margaret ne cessera jamais d'affirmer publiquement son respect et son admiration pour son aînée. « À ma manière, humblement, j'ai toujours essayé de la soulager d'une partie du fardeau qui pèse sur ses épaules, confie-t-elle à la fin des années soixante. Elle ne peut pas tout faire. Je saisis chaque opportunité qui m'est donnée de l'aider. [...] Je trouve qu'elle a une aura. Il y a en elle quelque chose qui m'impressionne énormément[2]. »

Le 30 mars 2002, à 15 heures 15, Queen Mum s'éteint doucement, chez elle, à Royal Lodge, entourée de la souveraine, de sa nièce, Margaret Rhodes, et des enfants de la princesse Margaret, David et Sarah. Les Britanniques lui témoignaient depuis toujours une affection fidèle, ils seront plusieurs centaines de milliers à faire la queue autour de l'abbaye de Westminster

1. Gyles Brandreth, *Philip and Elizabeth*, *op. cit.*, p. 324.
2. Andrew Duncan, *The Reality of Monarchy*, *op. cit.*, p. 136-139.

afin de pouvoir s'incliner devant son cercueil, offert à l'hommage du royaume dans Westminster Hall, et à signer les registres de condoléances ouverts aux quatre coins du pays. Avec elle disparaît le souvenir romantique d'une certaine aristocratie et du monde qui avait précédé l'invention des minijupes, du rock'n'roll, des satellites et de la télévision. La veuve de George VI avait une grâce particulière, une lumière contagieuse dont le seul défaut avait probablement été d'éclipser ses proches par moments. « Après sa mort, la reine a changé, quelque chose dans sa personnalité s'est affirmé, commente cette proche. Elle a commencé à communiquer plus facilement. Sa mère avait toujours été si merveilleuse et si douée dans ce domaine que cela l'avait comme inhibée[1]. »

« Enfants, nous n'en demandions pas trop »

Le lendemain de sa mort, le cercueil de Queen Mum avait été transféré de sa résidence de Royal Lodge jusqu'à une chapelle toute proche. En tête du cortège : l'un des membres de son personnel tenant entre ses mains un plant de jasmin, cadeau du prince Charles pour les fêtes de Pâques. À la demande de la reine mère, la petite plante odorante avait été placée à côté du fauteuil dans lequel, quelques heures plus tard, elle s'était éteinte, l'esprit en paix. Le 1er avril, l'héritier du trône lui rend hommage publiquement dans une courte allocution télévisée sur l'antenne de la BBC. « Elle était tout pour moi, dit-il. Dieu sait combien j'ai pu redouter ce moment. […] Depuis ma

1. Entretien avec l'auteur.

plus tendre enfance, je l'adorais. Tout ce que j'ai appris d'important, je le lui dois. Par-dessus tout, elle possédait cette aptitude extraordinaire à toujours voir le côté amusant de l'existence. Il nous arrivait de rire jusqu'à en pleurer et… mon Dieu, comme ces rires vont me manquer. » Son chagrin est immense. Grannie, ajoute-t-il, « était tout simplement la grand-mère la plus magique que l'on puisse imaginer ». Dès sa naissance, en 1948, Charles avait pris auprès de Queen Mum la place de ce fils que la vie ne lui avait pas donné. Les longues et fréquentes absences de ses parents avaient très tôt poussé le garçonnet à venir chercher dans les bras de sa grand-mère les trésors de compréhension et d'amour dont il se sentait privé. Elizabeth II et le prince Philip ont quatre enfants – Charles, Anne, née en 1950, Andrew, venu au monde en 1960, et Edward, de quatre ans son cadet –, mais il est certain que c'est avec leur aîné que les relations ont toujours été le plus difficiles. Un sujet qui, aujourd'hui encore, demeurerait douloureux de part et d'autre.

En 1994, dans une biographie autorisée, le prince de Galles revient sur son passé, évoque le désert affectif de ses jeunes années, le sentiment d'abandon dont il s'est souvent senti la proie, l'apparent détachement de sa mère, la sévérité d'un père prompt à le rabrouer, l'enfer des pensionnats. Ses confidences jaillissent du livre avec une intensité inouïe, on dit alors le couple régnant profondément blessé par ces confidences, dont la teneur leur paraît très éloignée des souvenirs qu'ils ont eux-mêmes gardés de cette époque. L'ouvrage fait tomber les ultimes tabous qui protégeaient encore la vie privée de la souveraine. Dans une série d'articles parue dans le *Daily Telegraph* à la veille de son jubilé d'or, en 2002, celle-ci se retrouve à nouveau brocardée sous les traits d'une mère distante, presque indifférente. Elle « a laissé ses enfants aux mains de Philip, et Philip, à son tour, les a abandonnés à la vie », peut-on notamment y lire[1]. Ce dernier « pensait qu'il ne serait pas bon d'essayer de les façonner d'une manière ou d'une autre, et que, pour eux, la meilleure manière d'apprendre serait de se débrouiller par eux-mêmes, y raconte par ailleurs une ancienne dame d'honneur. Dès le départ, on leur a laissé la bride sur le cou. Même lorsqu'ils étaient très jeunes, Charles et Anne bénéficiaient d'une grande autonomie et n'avaient jamais recours à leurs parents pour quoi que ce soit. Rapidement, ils ont eu leur propre bureau, leurs propres secrétaires, leur propre emploi du temps. La reine et le prince Philip paraissaient tous deux se sentir assez peu concernés. La plupart du temps, ils ignoraient d'ailleurs complètement ce que faisaient leurs enfants. [...] En raison de cette indépendance précoce, [les Windsor] se sont bientôt mis à ressembler davantage à un club qu'à une famille. Ils n'ont jamais eu grand-chose en commun les uns avec les autres et n'ont donc jamais pris l'habitude de communiquer entre eux, si ce n'est pour des choses totalement triviales ».

Dans l'entourage d'Elizabeth II et de son époux, on brosse au contraire le portrait de parents toujours soucieux de se rendre disponibles pour leurs enfants, quelles que soient les contraintes de leur emploi du temps, on raconte aussi les jeux, les rires, les histoires que Philip lisait tous les soirs à sa progéniture, les jours heureux des vacances à Sandringham et Balmoral. On raconte

1. Citation extraite de l'article « The Real Elizabeth II », par Graham Turner, publié dans *The Daily Telegraph* du 8 janvier 2002.

aussi la joie qu'ils ont éprouvée l'un et l'autre lorsque la souveraine est tombée enceinte pour la troisième fois, en 1959, neuf ans après la naissance de sa fille – « la reine disait combien cela était extraordinaire, après tout ce temps[1] ». Le couple, dit-on, essayait alors depuis deux ou trois ans d'avoir un autre enfant. « Mes parents ont fait d'énormes efforts pour pouvoir être avec nous aussi souvent que possible, témoigne le prince Andrew. Je me souviens du bonheur de ma mère quand le soir, au palais, elle s'occupait, seule, d'Edward et moi. Nous étions une vraie famille[2]. » « Rien, pas le moindre début d'élément concret, n'a jamais laissé supposer qu'elle ait été autre chose qu'une mère affectueuse et attentionnée, commente de son côté la princesse Anne. Tout cela dépasse l'entendement. Enfants, nous n'en demandions pas trop car nous comprenions qu'elle n'avait pas beaucoup de temps, nous savions quelles étaient ses responsabilités en tant que souveraine. Mais aucun de nous n'a jamais pensé une seule seconde qu'elle ne se souciait pas de nous comme n'importe quelle autre mère[3]. »

Les intimes de la reine témoignent qu'elle a été « comme une deuxième maman[4] » pour David et Sarah, ses neveu et nièce, lorsque leurs parents ont divorcé. D'autres récits font état, eux, de relations parfois compliquées par l'« invisible distance » qui entoure la figure du monarque et n'incite pas forcément ses proches à la confidence. À en croire son biographe, Brian Hoey, la

1. Sarah Bradford, *Elizabeth*, *op. cit.*, p. 284.
2. Brian Hoey, *Her Majesty*, *op. cit.*, p. 116.
3. Extrait du documentaire *Queen and Country*, par William Shawcross (2002).
4. Entretien avec l'auteur.

princesse Anne ne pourrait par exemple concevoir de téléphoner à sa mère en restant assise, attitude révélatrice d'une éducation qui, pour elle comme pour ses frères, a toujours placé le respect des formes au-dessus de tout. Connaissant le caractère timide et secret de la souveraine, sa difficulté à exprimer ses sentiments, ses enfants, dit-on, « se seraient depuis toujours peu confiés à elle, en partie parce qu'elle est la reine, en partie parce qu'ils sont réticents à rompre sa réserve[1] ». Elizabeth II se plaindrait de temps à autre que ces derniers « ne lui disent jamais rien » tout en prenant soin d'éviter confrontations et sujets qui fâchent. « Il est l'heure d'aller promener les chiens[2] », aurait-elle répondu à sa fille lorsque celle-ci, au début des années 1990, lui a annoncé son intention de se séparer de son premier époux, Mark Phillips.

Elle serait « souvent peinée de voir ce que les journaux racontent sur ses enfants, notamment sur le prince Charles, confie-t-on encore dans son entourage. Malheureusement, ils se sont un peu éloignés l'un de l'autre. Ils ne se voient pas beaucoup. Le prince vit à Clarence House, tout près du palais, mais ce n'est pas pour autant qu'il va déjeuner ou dîner régulièrement avec sa mère. Leurs rapports sont bien meilleurs aujourd'hui qu'à une époque, mais ils ne sont toujours pas… parfaits. Je pense qu'elle est désolée qu'ils ne communiquent pas davantage. C'est difficile à expliquer. Il est si préoccupé par tout ce qu'il fait, toutes ces initiatives, tous ces projets qu'il veut mener à bien, qu'il a tendance à oublier un peu sa mère. De son côté il est possible qu'elle soit maladroite dans sa manière d'aller vers lui.

1. Sarah Bradford, *Elizabeth*, *op. cit.*
2. Brian Hoey, *Her Majesty*, *op. cit.*, p. 119.

Et puis, ils ont des conceptions, des points de vue si différents[1]… ». Elizabeth II est fière de son fils, dont elle a maintes fois vanté publiquement les mérites, elle est admirative, aussi, de la manière dont il a toujours su se mettre au service de justes causes par le biais de ses nombreuses organisations caritatives. En privé, il lui arriverait toutefois de critiquer sa tendance à l'extravagance, son train de vie extraordinairement raffiné, en partie inspiré de celui de Queen Mum. « À en croire plusieurs membres de la cour, qui les connaissent bien tous les deux, la reine pense que [son aîné] est intelligent et plein d'enthousiasme, mais elle trouve qu'il a tendance à s'éparpiller et qu'il est parfois un peu bizarre, voire, de temps à autre, totalement exaspérant. Elle ne comprend tout simplement pas la manière dont son esprit fonctionne[2]. »

Les relations du prince Philip et de l'héritier du trône ont elles aussi longtemps été teintées d'incompréhension et de regrets. Leur supposée incompatibilité de tempérament et toutes sortes de rumeurs tapageuses ont ancré dans l'esprit de l'opinion une vision « pessimiste » des rapports entre père et fils. « Lui est un romantique – et moi un pragmatique, a un jour répondu le duc d'Édimbourg à l'un de ses biographes qui l'interrogeait sur leur apparente difficulté à se comprendre. Ce qui veut dire que nous voyons les choses différemment. Et parce que je ne les vois pas comme un romantique, je passe pour un insensible[3]. » L'époux d'Elizabeth II a la remarque facile, ses réflexions peuvent être bles-

1. Entretien avec l'auteur.
2. Citation extraite de l'article « The Real Elizabeth II », par Graham Turner, art. cité.
3. Gyles Brandreth, *Philip and Elizabeth*, *op. cit.*, p. 330.

santes, reste qu'il fait lui-même souvent les frais de l'ironie avec laquelle il regarde le monde et les êtres qui l'entourent. C'est peut-être avec Charles qu'il s'est parfois montré « le pire » – « trop dur[1] », comme on l'a parfois laissé entendre. « Mais globalement, on a dit n'importe quoi sur Philip en tant que père, insiste l'une de leurs proches. La connaissance que la reine et son mari ont de leurs devoirs, des charges que leur position implique, les a incités très tôt à tout mettre en œuvre pour aider au mieux leurs enfants. Charles était un petit garçon très sensible, Philip voulait qu'il s'endurcisse, il ne souhaitait rien d'autre que le préparer à ce qui l'attendait[2]. » Autour d'eux, on insiste sur leurs nombreuses similitudes – des goûts et des centres d'intérêt communs, des aspirations identiques, même si celles-ci ont toujours eu tendance à s'exprimer différemment. « Quand vous les voyez ensemble, ils s'entendent en fait à merveille. Il y a entre eux une sorte de tension constructive. À bien des égards les chemins qu'ils empruntent sont les mêmes[3]. »

En janvier 2008, l'année de son soixantième anniversaire, Charles entrait dans l'Histoire comme le plus « endurant » de tous les héritiers du trône qu'ait connus la monarchie britannique, battant ainsi le record de cinquante-neuf ans et soixante-quatorze jours précédemment détenu par son arrière-arrière-grand-père, le roi Edward VII. Confronté aux dures réalités d'un job dont personne n'avait trop su que faire avant lui, il est aujourd'hui fier de ne jamais avoir perdu de vue l'essentiel : le lien unique, viscéral, hors norme, qui l'a

1. *Ibid.*, p. 334.
2. Entretien avec l'auteur.
3. Robert Hardman, *Our Queen*, *op. cit.*, p. 275.

toujours uni à son pays. *God Save the Queen*, mais aussi son fils aîné… Celui-ci revendique désormais plus que jamais les causes qu'il a défendues, les débats qu'il a initiés, les polémiques qu'il n'a jamais cessé de lancer. Dresser la liste des chevaux de bataille du prince, c'est en effet un peu comme établir un inventaire à la Prévert. Il a soutenu le topinambour bio contre le maïs OGM, l'homéopathie contre l'antibiotique, l'ancien contre le neuf, la spiritualité contre le matérialisme, le b.a.-ba contre la méthode globale, le sens de la communauté contre les tentations individualistes, la mer contre la pêche intensive, la sagesse contre le progrès, la fleur des champs contre l'industrie chimique. Le réfléchi contre le rapide, le sens du sacré contre les fois qui divisent. Parce qu'il n'a jamais voulu renoncer à son légendaire train de vie – un revenu annuel de 23,5 millions d'euros (financé à hauteur de 21 millions d'euros par les revenus du duché de Cornouailles et donc quasiment sans coût pour le contribuable britannique), un staff de cent trente-deux personnes (dont une harpiste et une fleuriste à plein temps, trois chauffeurs et les sept personnes employées au service du duc et de la duchesse de Cambridge et du prince Harry), des résidences à Londres, dans le Gloucestershire, en Écosse, au pays de Galles… –, on en aurait presque oublié qu'il est d'abord un bosseur. Un enthousiaste.

Une fois qu'il aura coiffé la couronne de St Edward, le prince Charles devra renoncer à sa liberté de parole et d'action. Voilà pourquoi il ne veut pas perdre de temps pour mettre en œuvre son grand projet : changer la société. Il aide les adolescents blackboulés par le système à retrouver le chemin du lycée, les jeunes adultes en panne de diplômes à intégrer des formations qui répondent à leurs aspirations, les mômes à la dérive à rompre avec l'engrenage infernal de la délinquance. Depuis 1976, par l'intermédiaire de sa fondation, le Prince's Trust, il a ainsi contribué à changer l'existence de 650 000 jeunes de treize à trente ans – plus de 46 000 pour la seule année écoulée.

Au sein des gouvernements britanniques qui se sont succédé ces dernières années, un certain nombre de ministres ont déploré son empressement à vouloir se mêler de tout. Reste qu'aux yeux de plusieurs experts – comme d'une partie de l'opinion – l'héritier du trône ferait maintenant quasiment figure de « cinquième pouvoir ». Il a reçu le dalaï-lama juste avant les JO de Pékin, accusé les autorités de son pays de laisser tomber les agriculteurs, pris ouvertement position contre McDonald's, exhorté les entreprises à travailler au bien-être de leurs concitoyens, constitué autour de lui un consortium de multinationales et de grands patrons prêts à l'aider à sauver les forêts tropicales, appelé ses compatriotes à cultiver leurs propres légumes. Comme son père, il a toujours travaillé à une meilleure entente entre les différentes communautés religieuses du Royaume-Uni – il est à la fois parrain du musée du Judaïsme de Camden et du centre d'études islamiques de l'université d'Oxford. Un rapport gouvernemental a désigné Poundbury, le village « modèle » du Dorset inspiré de ses théories en matière d'urbanisation, comme un exemple à suivre pour le développement futur des agglomérations de province. Du côté de Downing Street et du Parlement de Westminster, souvent on s'échauffe. Les critiques (ils sont nombreux) qualifient l'action du prince de Galles d'anticonstitutionnelle, ses prises de position de dangereuses pour la monarchie. Tant pis.

Les soirs de doute, il irait s'isoler dans son sanctuaire, une petite construction de plâtre et de pierre érigée dans le jardin de sa résidence de Highgrove, dans le Gloucestershire, où, l'obscurité et la lueur des bougies aidant, il méditerait sur la marche chaotique du monde. À bientôt soixante-quatre ans, le fils aîné d'Elizabeth II a déjà repris à son compte plusieurs des obligations officielles de Mummie. Il s'est remarié en avril 2005 à l'hôtel de ville de Windsor, avec ses deux fils pour témoins. Son entourage, unanime, qualifie l'influence de sa seconde épouse, Camilla, duchesse de Cornouailles, d'« apaisante » et « positive ». S'il a appris à connaître et à estimer la future « princesse consort[1] », une femme chaleureuse et pleine de bon sens, le public, lui, n'a pas encore chassé complètement de sa mémoire le traumatisme des années Diana. Cette longue série de scandales, de rêves envolés et d'illusions perdues restée collée comme un chewing-gum à la semelle des souliers sur mesure de l'héritier du trône.

« À un moment, nous parlions de divorce... »

Le 6 septembre 1997, jour des funérailles de son ex-épouse, tous les voyants sont au rouge et le prince, cible d'une vindicte populaire sans précédent, se demande si, pour marcher derrière le cercueil de la Reine des Cœurs, un gilet pare-balles ne lui sera pas plus utile qu'un costume de deuil. Diana est morte dans un accident de voiture, sous le tunnel de l'Alma, à Paris. Leurs quinze années de mariage ont ancré le *royal show* à la rubrique scandales et bien failli tout emporter sur leur

1. Titre que Camilla souhaiterait adopter lors de l'accession au trône de son conjoint.

passage. Elles ont aussi douloureusement affecté les relations entre l'héritier de la Couronne et ses parents.

Le matin du 29 juillet 1981, « Lady Di » fait son entrée dans la cathédrale St Paul au bras de son père et remonte lentement l'allée centrale de la nef au son du *Trumpet Voluntary* de Jeremiah Clarke. « J'ai vu Camilla, tailleur gris pâle, petit chapeau à voilette, racontera-t-elle bien des années plus tard. Jusqu'à aujourd'hui, ce souvenir ne m'a jamais quittée[1]. » Mrs Parker Bowles compte ce jour-là parmi les hôtes de marque du marié. Celui-ci la connaît depuis vingt ans. La rencontrer a bouleversé sa vie d'homme, tous deux ont longtemps été amants mais ils ont désormais renoncé l'un à l'autre. Afin que toute la bonne société sache en quelle estime elle est tenue, Camilla a été placée à proximité de plusieurs membres de la famille régnante. Face à elle, de l'autre côté de l'allée, les plus grands personnages du royaume, comme le Premier Ministre Margaret Thatcher et les représentants de son gouvernement. Diana est ravissante, jamais princesse de Galles n'a parue aussi jolie, aussi attendrissante. Suivi en direct par plus de 750 millions de téléspectateurs à travers le monde, le « mariage du siècle » persuade tous les observateurs que la monarchie britannique n'a jamais été plus populaire ni plus confiante dans son avenir. Les noces marquent en fait le début, pour chacun des protagonistes de l'histoire, d'une ère interminable de mensonges et de tourments.

Deux enfants et bien des désillusions plus tard, le « conte de fées » annoncé par l'archevêque de Canterbury est en effet terminé. Le triangle amoureux

1. Citations extraites de Andrew Morton, *Diana : Her True Story in Her Own Words*, Michael O'Mara Books Ltd., 1998.

Diana-Charles-Camilla s'est changé en un spectacle ahurissant et tragique, dont le public, accro à ses multiples rebondissements, réclame sa dose quotidienne par presse interposée. Le fils d'Elizabeth II se sent prisonnier d'une union que nul n'imagine pouvoir être rompue un jour. « Contrairement à ce que le reste du monde semble avoir voulu croire, la reine et le prince Philip ont soutenu la princesse dès le départ, confie l'une de ses intimes. Charles a fait de son mieux pour que son mariage réussisse, mais rien ni personne n'a pu convaincre Diana que Camilla s'était effacée, ce qui était pourtant le cas. La souveraine et son époux ont eu confiance dans sa version à elle plus qu'ils n'ont cru à celle de leur fils[1]. »

En juin 1992, le *Sunday Times* publie les premiers extraits d'une biographie de la princesse, écrite par Andrew Morton. Dans *Diana : Her True Story* (*Diana, sa véritable histoire*), l'auteur dévoile le mal-être de la jeune femme, ses supposées tentatives de suicide et l'incompréhension dont elle estime être victime de la part d'un époux distant. La bru d'Elizabeth II a activement participé à l'élaboration de l'ouvrage, mais nie farouchement toute implication devant ses beaux-parents. Quelques jours plus tard, une réunion de crise est convoquée à la hâte au château de Windsor. La souveraine et son époux ne sont pas favorables à une séparation, ils conseillent au prince et à la princesse de Galles de se donner encore un peu de temps pour réfléchir et de tout faire pour donner une seconde chance à leur union – ne serait-ce que pour le bien de leurs fils, William et Harry. « [Savoir] que la reine et le prince Philip partageaient l'intime conviction que leur

1. Entretien avec l'auteur.

mariage pouvait encore être sauvé si des compromis étaient faits des deux côtés remplissait [Diana] d'espoir, raconte Paul Burrell, l'ancien majordome de la jeune femme, dans ses Mémoires. Le duc avait même dressé une liste numérotée d'activités et d'intérêts communs susceptibles de rapprocher à nouveau le couple[1]. » Une relation épistolaire régulière s'instaure en effet à cette époque entre la princesse et son beau-père. Conscient – pour en avoir fait lui-même l'expérience – des frustrations et des difficultés endurées par les « nouveaux venus » dans la famille royale, le prince Philip, tout en reconnaissant n'avoir aucun talent particulier pour le job de conseiller conjugal, choisit de s'adresser à sa bru en des termes clairs. « Nous désapprouvons le fait que chacun de vous ait une maîtresse ou un amant, écrit-il. Pour un homme dans sa position, Charles a été inconscient de prendre de tels risques avec Camilla. Il ne nous est même jamais venu à l'esprit qu'il puisse songer à vous quitter pour elle[2]. » Il reconnaît les erreurs de son fils, mais il engage aussi sa bru à examiner sa propre conduite, à apprécier avec davantage de recul les mérites et les torts de chacun. Des efforts de médiation bien intentionnés et sincères, qui ne mèneront à rien.

Depuis longtemps, les chroniqueurs royaux les plus influents du pays ont pris fait et cause pour « leur » Lady Di. La manière dont l'héritier de la Couronne conduit ses affaires de cœur incite les experts à douter publiquement, pour la première fois, de l'accomplissement de son destin de roi. « Il y a encore deux ans, j'étais sûr qu'[il] n'annoncerait jamais son intention de

1. Extrait de Paul Burrell, *A Royal Duty*, Michael Joseph – Penguin Books, 2003.

2. *Ibid.*

renoncer au trône du vivant de la reine Elizabeth, déclare Harold Brooks-Baker, le directeur du *Burke's Peerage*, l'annuaire de l'aristocratie britannique. L'amour et le respect qu'il a pour elle sont trop forts, pensais-je alors. Mais tous ceux avec qui j'ai abordé le sujet dans l'entourage de la famille régnante ont fini par me convaincre que cela se produirait certainement beaucoup plus tôt que je ne l'avais imaginé. Le prince de Galles a arrêté sa décision, et je m'attends à ce qu'il annonce ce qui ressemble fort à une abdication dans le courant des deux prochaines années. » Dans un entretien accordé à l'auteur américaine Sally Bedell-Smith, l'ancien archevêque de Canterbury, Lord Carey, révèle qu'à l'époque Elizabeth II décèle dans les événements chaotiques de ce début des années 1990 de troublantes similitudes avec l'abdication de 1936. « À un moment, nous parlions de divorce. Je me souviens qu'elle a soupiré et dit : "L'Histoire se répète." Je voyais son désespoir. Elle faisait référence au duc et à la duchesse de Windsor. Elle craignait qu'en cas de divorce [du prince et de la princesse de Galles], Charles n'épouse ensuite Camilla. Elle pensait qu'il risquait de tout mettre par terre en rejetant Diana et en s'engageant dans une nouvelle relation[1]. »

Le 9 décembre 1992, le Premier Ministre John Major rend officielle la séparation du couple devant la Chambre des communes. Les scandales se succèdent sans que personne paraisse en mesure d'en enrayer la spirale

1. Cité dans « History's repeating itself : Ex-Archbishop thells of The Queen's despair over Charles's split from Diana and love for Camilla in a revealing new biography », *The Daily Mail*, 8 janvier 2012. Extrait de Sally Bedell-Smith, *Elizabeth the Queen : The Life of a Modern Monarch*, Random House, 2012.

infernale. En janvier 1993, la publication des extraits d'une conversation intime entre Charles et Camilla, enregistrée à leur insu trois ans plus tôt, plonge une nouvelle fois la famille régnante dans l'embarras. L'héritier de la Couronne y exprime entre autres le souhait de « vivre dans le pantalon » de sa compagne. Horrifiée, et sans doute aussi très inquiète, la souveraine n'en laisse toutefois rien paraître en public et demeure fermement aux commandes du navire. « La reine est une femme d'une grande force intérieure, commente John Major. La manière dont elle s'est comportée a permis à la monarchie d'éviter des problèmes qui auraient pu se révéler bien pires encore[1]. » Peu après les fêtes, Queen Mum adresse une lettre pleine d'affection et d'encouragements à sa fille. « J'espère que tu te sens reposée et détendue après les événements épouvantables de la dernière (& de la présente) année. Je trouve que tu as été formidable, & d'ailleurs tout le monde le pense[2]. »

Ni le duc d'Édimbourg ni son épouse ne se sont jamais sentis éclipsés par la popularité incendiaire de leur belle-fille. Dans les *fifties*, Elizabeth II était adulée comme une pop star, mais à leurs yeux le métier d'altesse royale est affaire de devoir et d'abnégation, non de notoriété. Admiratifs des nombreuses qualités de la princesse, souvent agacés, aussi, par son comportement, son imprévisibilité, ses sautes d'humeur, ils ont toujours reconnu ses initiatives caritatives et humanitaires à leur juste valeur, et été conscients de son charisme et de sa générosité. De même, jamais Diana n'émet la moindre critique sur sa belle-mère, elle n'en parle toujours que pour exprimer le respect, l'admiration et l'affection

1. Extrait du documentaire *Queen and Country*, film cité.
2. William Shawcross, *Queen Elizabeth*, *op. cit.*, p. 894.

sincères qu'elle a pour elle. Le Rubicon est toutefois franchi lorsque, en novembre 1995, cédant une nouvelle fois à ses vieux démons, la jeune femme accorde une interview à l'émission *Panorama*, sur la BBC. Dans une mise en scène savamment étudiée, elle revient sur son malheur conjugal et commet l'erreur de critiquer ouvertement l'aptitude et le désir de son mari pour le métier de roi. La princesse était à sa manière une guerrière, et dans l'interminable conflit l'opposant à son conjoint elle a remporté bien des victoires, gagné bien des batailles. Elle perd ce jour-là l'essentiel : la confiance de la souveraine.

Dans une lettre adressée à Charles et à son épouse, celle-ci leur demande désormais de mettre rapidement un terme à leur mariage. Les enquêtes menées à l'époque révèlent en effet l'étendue des dommages infligés à la monarchie par ces années de tumulte. En avril 1996, un sondage de l'institut Mori laisse apparaître un déclin significatif de la popularité de l'institution. En 1984, 77 % des sujets de Sa Majesté estimaient que leur pays se porterait moins bien si la royauté était abolie. Ils ne sont plus que 34 % à être de cet avis. Pis encore, près de 70 % d'entre eux estimaient en 1990 que la Couronne serait toujours vaillante à l'approche de 2050, contre 33 % seulement désormais. À l'époque, 83 % des sondés pensaient que le prince de Galles avait toutes les qualités nécessaires pour devenir un bon roi. Depuis, plus de la moitié d'entre eux affirment avoir radicalement changé d'opinion sur le sujet[1]. « Lors d'une réception donnée à Buckingham en l'honneur d'anciens membres du personnel de George VI, je me

1. Sondage paru dans le quotidien *The Sunday Times*, 21 avril 1996.

suis retrouvée assise à côté de l'un des conseillers de la souveraine, raconte ce témoin. Celui-ci m'a tout de suite demandé : “Alors, que pense-t-on de Diana à Paris ?” Dans l'entourage d'Elizabeth II, beaucoup avaient l'air préoccupés, c'était comme si personne ne savait trop quoi faire, quelle attitude adopter, comment faire face au fait que Diana était plus populaire que son époux[1]. » *Last but not least*... Plus de 65 % des Britanniques veulent toujours la voir monter sur le trône aux côtés de Charles, 85 % d'entre eux se déclarent résolument opposés au remariage de l'héritier de la Couronne avec Camilla Parker Bowles[2].

Prononcé en août 1996, le divorce marque pour la princesse de Galles (âgée alors d'à peine trente-cinq ans) le début d'une période de libération chaotique. Elle garde son titre mais perd son prédicat d'altesse royale. Officiellement l'ex-épouse du prince Charles ne fait plus partie de la famille régnante. Sa liberté est fragile, sans doute même n'est-elle qu'illusion, mais Diana n'en a cure. Elle court le monde, cherche un rôle à sa démesure. La voilà maintenant qui multiplie les coups d'éclat, vend ses robes du soir chez Christie's, entame une campagne planétaire de sensibilisation à la lutte contre les mines antipersonnel. Ses rêves viennent se briser à tout jamais au petit matin du 31 août 1997, dans la carcasse broyée d'une Mercedes noire, sous un tunnel parisien. Qui maudire, qui blâmer ? Assommés, les Britanniques demandent des comptes. Dans leur quête éperdue d'explications et de réconfort ils en appellent à Elizabeth II, alors en vacances avec sa famille au château de Balmoral. Pendant plu-

1. Entretien avec l'auteur.
2. Sondage paru dans le quotidien *The Sun*.

sieurs jours, la souveraine, déstabilisée par l'affliction bruyante qui s'est emparée du royaume, observe un silence que ses sujets jugent incompréhensible, voire offensant. « Montrez-nous que cela vous touche », lui demande le quotidien *The Express*, « Parlez-nous ! la supplie *The Mirror.* Votre peuple souffre ». « Où est notre reine ? » interroge *The Sun.* « La princesse était une figure nationale très aimée, mais elle était aussi une mère, qui manque beaucoup à ses fils, déclare le responsable du service de presse du palais, Geoffrey Crawford. Pour l'heure, le prince William et le prince Harry ont émis le souhait d'être avec leur père et leurs grands-parents dans le refuge tranquille de Balmoral. Leur grand-mère, la reine, les aide à faire face à la perte qu'ils viennent de subir pendant qu'ils se préparent à une autre épreuve, celle de devoir pleurer leur mère avec l'ensemble de la nation. »

Ces mots ne trouvent que peu d'écho auprès d'une population traumatisée. Autour du palais de Kensington, où poussent désormais des montagnes de fleurs, dressées comme autant de mausolées par des anonymes accourus de tout le pays, la tristesse le dispute à l'incompréhension et au mécontentement. « Cela a été très difficile pour la souveraine, confie l'une de ses proches, mais elle a fait exactement ce qu'elle avait à faire. Ses pensées allaient d'abord à William et Harry, elle a agi en grand-mère soucieuse de les protéger, de les maintenir occupés pour ne pas les laisser seuls avec leur chagrin. Les journaux laissaient entendre qu'elle n'avait pas de cœur, ils lui reprochaient d'avoir emmené ses petits-fils à l'office religieux, le matin de l'accident. Mais qu'attendait-on d'elle, exactement ? Elle a fait preuve d'intelligence et de bon sens, c'est tout. Quand les choses vont mal, la reine les accepte, elle s'en accommode, c'est une pragmatique qui n'a pas pour habitude de tergiverser dans les situations difficiles. Elle sait quelle conduite adopter. Quant à ce que les médias disent d'elle… Elle fait avec[1]. »

Gardienne des traditions et convaincue de leur bien-fondé, Elizabeth II s'oppose, dans un premier temps, à ce que le drapeau soit mis en berne sur le toit de Buckingham (cela ne s'est jamais produit, même à la mort d'un monarque). Le couple régnant prend également la décision de ne pas rentrer à Londres avant le matin-même des funérailles, célébrées le samedi suivant en l'abbaye de Westminster. Pendant plusieurs jours, des discussions lourdes d'enjeu, souvent conflictuelles, opposent le duc d'Édimbourg et son épouse à leurs conseillers, conscients que les attentes des Britanniques ne pourront être déçues sans entraîner de conséquences fâcheuses et durables. Les interventions du Premier Ministre Tony Blair et du prince Charles achèvent de convaincre la souveraine de la nécessité de rentrer à Londres et de s'adresser à la nation. Le 5 septembre, Elizabeth II et le prince Philip se portent à la rencontre de la foule venue les attendre devant les grilles de Buckingham. L'humeur de l'opinion change brutalement, la voilà qui s'émeut, qui compatit, comme reconnaissante à la reine et à ses proches de partager son chagrin. En fin de journée, Sa Majesté rend hommage à sa belle-fille – « un être humain exceptionnel et doué » qui, « dans les bons moments comme dans les moins bons, ne perdait jamais sa capacité à sourire et à rire, ou à inspirer les autres grâce à sa chaleur et sa gentillesse » – lors d'une allocution télévisée retransmise en direct. « J'ai la conviction que des leçons doivent être tirées

1. Entretien avec l'auteur.

de sa vie et de la réaction émouvante et extraordinaire qui a suivi sa disparition », ajoute-t-elle. Elizabeth II n'est pas en service commandé, ses motivations sont authentiques. Dans son discours, rien d'artificiel ou de convenu, personne ne lui a suggéré telle formule plutôt qu'une autre. « Ces mots, ce langage-là étaient les siens, confiait récemment Tony Blair. Ils n'avaient absolument pas été écrits par le New Labour, non – cette manière très personnelle d'aborder les choses était vraiment la sienne[1]. » Quelques jours après les funérailles, la princesse Margaret écrit à sa sœur et lui exprime son « affectueuse admiration » pour la manière dont elle a su « prendre en main la vie de tout le monde après l'accident et faire en sorte que la vie soit tolérable pour ces deux pauvres garçons… Tu étais là, toujours aux commandes, poursuit-elle, à l'écoute attentive de chacun, prenant les décisions… Je t'ai trouvée merveilleuse[2] ».

Les événements de l'époque mettent en lumière les liens privilégiés qui existent déjà entre Elizabeth II et ses petits-enfants. Ses intimes la disent « très attachée à William et Harry », mais aussi « particulièrement proche » de Louise et James, les enfants du prince Edward et de son épouse, Sophie. Ses relations avec Peter et Zara, les enfants de la princesse Anne, et Beatrice et Eugenie, les filles du prince Andrew, sont elles aussi affectueuses et directes ; quant au prince Philip, « il adore les petits, on le voyait souvent faire sauter Louise et James sur ses genoux lorsqu'ils étaient bébés ». La souveraine prend son

1. Andrew Marr, « 60-Carat Queen », *Radio Times*, 4-10 février 2012.

2. William Shawcross, *Queen Elizabeth*, *op. cit.*, p. 911.

rôle de grand-mère très au sérieux. Le duc d'York témoigne lui-même que rien ne filtre des conversations qu'elle a (toujours en tête-à-tête) avec ses petits-fils et ses petites-filles… « exactement comme avec ses Premiers Ministres[1] ».

« Un avenir garanti pour très longtemps »

Le 16 novembre 2010, jour de l'annonce du mariage du prince William et de Catherine Middleton, les Britanniques contemplent, sans trop savoir que penser, le bijou de saphir et de diamants qui brille au doigt de la promise. Celle-ci brandit comme un sceptre la bague de fiançailles qui fut autrefois celle de Diana, symbole d'une existence passée tout entière sur un fil, creuset de trop de promesses et d'espoirs brisés. « William ne veut pas que sa mère soit oubliée, commentait il y a peu un proche et confident de la princesse de Galles. Mais il aura fort à faire. Au sein de l'establishment, des classes dirigeantes, ils sont encore très nombreux à penser qu'elle a été une mauvaise chose pour la monarchie[2]. » De l'ingratitude relative de l'Histoire aux petits inconforts du présent… Si le palais de Kensington, fraîchement rénové, présente de nouveaux espaces d'exposition consacrés à la première épouse du prince Charles, le seul monument érigé à sa mémoire demeure une fontaine au milieu de Hyde Park, inaugurée en 2004. Dans un entretien accordé à l'*Evening Standard* en avril 2010, le Dr Lucy Worsley, conservateur en chef des palais royaux, laisse entendre

1. Robert Hardman, *Our Queen*, *op. cit.*, p. 35.
2. Entretien avec l'auteur.

que l'ex-icône des Windsor s'apparente désormais à une figure du passé, « qui ne fait plus partie de la culture contemporaine ». L'ombre aurait donc fini par gagner ?

Bien qu'un projet de long métrage ait été lancé – intitulé *Caught in Flight*, le film devrait raconter l'histoire d'amour entre la princesse, interprétée par l'actrice Jessica Chastain, et le chirurgien Hasnat Khan, entre 1995 et 1997 –, l'heure n'est simplement plus aux liturgies tape-à-l'œil, au culte déraisonnable. Diana est en train de prendre, sans tapage, la place qui lui revient dans l'Histoire. Une vaste enquête d'opinion réalisée il y a peu par le magazine américain *Good Housekeeping* plaçait encore l'étoile des Windsor en huitième position du classement des « 125 femmes qui ont changé le monde », derrière Rosa Parks… et devant Marie Curie. La Gambie et les îles Grenade ont émis une série de timbres à son effigie, la Barbade a fait savoir qu'elle avait baptisé à son nom l'une de ses plus belles plages. Lorsqu'il fermera définitivement ses portes, en décembre 2012, le Diana, Princess of Wales Memorial Fund, créé en septembre 1997 à des fins humanitaires, aura distribué plus de 100 millions d'euros à quelque 350 associations caritatives basées sur les cinq continents. Fondées il y a un peu plus de dix ans avec l'appui du gouvernement de Tony Blair, les *Diana Nurses*, des équipes d'infirmières spécialisées dans les soins pour enfants atteints de maladies graves ou incurables, poursuivent vaillamment leur action en dépit des menaces qui pèsent sur leur financement. Parrainé notamment par l'actuel Premier Ministre David Cameron, le Diana Award a, lui, déjà distingué plus de 30 000 jeunes Britanniques, récompensés pour services rendus à la communauté. « Nous les sélectionnons également en fonction de leurs qualités personnelles, des qualités semblables à celles de la princesse, à savoir une vraie compassion, un désir sincère de changer les choses, commente sa responsable, Maggie Turner. Diana est un prénom qui à lui seul confère à notre prix un indiscutable prestige, dont ces enfants sont fiers. La plupart d'entre eux ne l'ont pas connue, alors ils essaient de se renseigner sur elle. La nouvelle génération reste curieuse de tout ce qui la concerne[1]. »

Aux États-Unis, pays où le culte de la princesse de Galles demeure vivant (presque) comme au premier jour, la « marque » Diana continue, c'est vrai, d'exercer un charme puissant sur les consommateurs. Elle n'était ni Elvis Presley, ni Michael Jackson, ni Marilyn, elle n'a jamais enregistré de disques ni tourné de films, reste que le *memorabilia* Reine des Cœurs s'y collectionne à la manière des reliques – parmi les nouveautés mises sur le marché pour célébrer le cinquantième anniversaire de sa naissance : une ligne de bijoux fantaisie lancée par Franklin Mint (inspirée de la tiare Lover's Knot, toute en perles et diamants, qu'elle affectionnait particulièrement), ou encore une réplique à 50 euros de sa montre en or créée par le joaillier Kenneth Jay Lane. Chapeautée par son frère, le comte Spencer, « Diana : A Celebration », l'exposition itinérante des objets personnels de la princesse (parmi lesquels sa désormais mythique robe de mariée), continue d'attirer des dizaines de milliers de visiteurs partout où elle fait étape.

Au Royaume-Uni, où le marché du souvenir tendrait

1. Propos recueillis par l'auteur dans le cadre de l'article « Diana, l'inspiratrice », publié dans *Le Journal du dimanche*, 23 avril 2011.

à s'essouffler, on s'interroge, plus sérieusement, sur l'impact que la première épouse de l'héritier du trône aura eu – ou non – sur la monarchie. Le sujet divise les observateurs. Le fonctionnement de l'institution est resté le même ; certains, prompts à réduire la jeune femme à un épiphénomène « people » de l'histoire de la royauté, vont jusqu'à dire que le chapitre est clos, que la Couronne a tourné la page. D'autres, plus mesurés, pointent du doigt les changements « subtils » de comportement observés chez les membres de la dynastie après la disparition de la princesse. Davantage de proximité avec le public – plus de chaleur, aussi –, des engagements officiels qui refléteraient davantage l'évolution et les préoccupations de la société britannique… « Diana les a poussés à se rapprocher des gens, à établir des liens de plus grande proximité, ce qu'ils n'avaient jamais fait auparavant, affirme un chroniqueur royal britannique. Il ne fait aucun doute qu'ils se sont inspirés de son exemple[1]. » Pour l'une des amies de la princesse de Galles, le choix de William d'épouser Catherine Middleton, une petite fleur de la bourgeoisie aisée unanimement décrite comme pleine de bon sens et pas éblouie pour deux sous par les sunlights du gotha spectacle, est lui aussi, à sa manière, « un hommage à sa mère, qui a instillé très tôt en lui un authentique désir de normalité ».

1. Propos recueillis par l'auteur.

« Par millions, nous étions retombés amoureux de la Grande-Bretagne »

Fille d'un ancien steward et d'une ex-hôtesse de l'air reconvertis avec succès dans le commerce en ligne[1], Kate est là, vibrante, avec sa clarté rieuse et sa silhouette d'aiguille. La ruche n'a plus que son prénom à la bouche. Beaucoup d'observateurs considèrent son arrivée dans la famille régnante comme tout aussi déterminante que le fut autrefois celle de Diana. Voilà la monarchie à nouveau soulevée par une force printanière, celle d'un amour vrai aux allures de révolution tranquille. En faisant le choix d'« une épouse dont le milieu social n'est pas si différent de celui de beaucoup de Britanniques, le prince ouvre la voie au renouveau de la *love affair* entre le pays et sa couronne », s'enthousiasme l'historien Dominic Sandbrook dans les colonnes du quotidien *The Daily Telegraph*. Mais oui. Dans l'histoire de la royauté, cet entonnoir millénaire où n'ont jamais cessé de se déposer les aspirations romantiques et les rêves d'ascenseur social des opinions du monde entier, le mariage d'un héritier du trône et d'une roturière prend tout son sens. Les manières impeccables de Catherine, sa beauté, son accent délicieusement étudié et son ascendance ouvrière – une famille de mineurs du comté de Durham, au nord-est de l'Angleterre – font d'elle l'âme sœur parfaite d'une institution prête à troquer ses statues contre une normalité durable.

Beaucoup espèrent voir le nouveau couple vedette de la monarchie mettre un terme définitif à l'interminable

1. Le couple a fait fortune grâce à Party Pieces, un site internet de vente d'articles de fête.

série d'*anni horribiles* endurée par les Windsor depuis la fin des *eighties*. En 1981, Diana était entrée dans la famille trop jeune (vingt ans à peine), habitée par des fragilités inouïes doublées d'une méfiance instinctive à l'égard de l'histoire écrasante de sa belle-famille. Kate, elle, est une femme de trente ans, sans histoires, équilibrée, à qui la presse populaire (pourtant peu encline à l'indulgence) n'a pu trouver ni défaut ni passé. À l'heure de se dire « I do », Charles et Lady Spencer étaient quasiment des inconnus l'un pour l'autre – avant de se présenter devant l'archevêque de Canterbury, ils s'étaient, dit-on, vus en tout et pour tout treize fois. Ce jour-là, le monde entier les investissait d'un conte de fées qui n'était pas le leur. Catherine et William, eux, se connaissaient depuis bientôt neuf ans. Ils ont fait leurs études dans la même université (St Andrews, en Écosse), fréquentent le même cercle d'amis et aspirent tous deux à une vie aussi ordinaire que possible. Leur relation est fondée autant sur la sincérité de leurs sentiments que sur l'acceptation d'un destin extraordinaire qu'ils ont conscience de devoir accomplir en commun.

Certains voient déjà dans la discrétion de la duchesse de Cambridge, l'affection qu'elle manifeste publiquement à ses parents ou encore le côté traditionnel et sage du couple qu'elle forme avec William la promesse d'un come-back de la légende tranquille des Windsor – une légende forgée au tout début du XXe siècle dans l'exaltation des vertus domestiques de la famille régnante, dont le souvenir avait fini par se perdre. À Anglesey, au pays de Galles – l'île où le petit-fils d'Elizabeth II poursuit sa carrière de pilote d'hélicoptère spécialisé dans les opérations de sauvetage –, Kate mène la vie rangée des épouses de militaire. Elle fait les courses au supermarché local et cuisine pour son mari, le soir le couple sort peu – on connaît leurs séries télévisées favorites, parmi lesquelles *Downton Abbey*. La belle-fille du prince Charles enchaîne déjà les engagements officiels à un rythme que d'aucuns trouvent un peu trop soutenu, comme si, à travers elle, devait s'enraciner une fois pour toutes dans les esprits une perception nouvelle des représentants de la dynastie : des gens humbles, (presque) comme les autres et simplement soucieux de bien faire leur travail... Un message qui passe – aussi – par une garde-robe soigneusement étudiée.

Dans son allure générale, en effet, rien d'extravagant ni de particulièrement sophistiqué. Son style très personnel mixe pièces couture (Alexander McQueen, Diane von Fürstenberg...) et petits prix (Zara, TopShop...) à des accessoires discrets. Ses ensembles épurés coupés au-dessus du genou, ses petites robes, ses blouses coquettement campées sur des jupes droites, sa palette de teintes classiques et souvent passe-partout célèbrent l'avènement d'une mode rassurante parce que facile à décliner. L'esthétique « Lady Kate » a maintenant pris possession de la rue. Aux États-Unis comme en Europe, l'innocence a fait son come-back dans les dressings, les escarpins fermés refleurissent sur le macadam des villes, les collants chair ressortent des tiroirs. Si chacune de ses apparitions dans une nouvelle tenue déclenche d'incontrôlables frénésies de shopping, c'est bien que sa mode à elle parle à toutes les femmes.

Bien que les épousailles princières n'aient aucune importance ou implication particulière sur le plan constitutionnel, les spécialistes leur prêtent des propriétés curatives sur le moral. Outre-Manche, la famille régnante a souvent fait preuve d'un sens exemplaire du timing. En novembre 1947, Elizabeth dit « oui » à Philip dans un royaume mis à genoux par les restrictions d'après guerre. D'Aberdeen à Plymouth, de Cardiff à Norwich, des foules compactes prennent d'assaut les cinémas pour y visionner le film de la noce et s'offrir quelques minutes d'ivresse devant la robe de soie ivoire brodée de 10 000 perles et paillettes de cristal portée par la mariée, acquise grâce à deux cents bons de tissu fournis par le gouvernement de l'époque. Un peu moins de trente-cinq ans plus tard, dans une Angleterre agitée et en récession, hostile aux remèdes de cheval que cherche à lui administrer Margaret Thatcher, c'est au tour de Charles et Diana de dissiper brillamment ces ciels d'orage en offrant à leurs compatriotes un show nuptial comme la planète n'en avait encore jamais connu. La cérémonie grave pour toujours dans les esprits le mythe de la princesse de Galles, resplendissante dans un nuage de tulle et de taffetas de soie ivoire dont la traîne de 7,60 mètres et le voile de 12 mètres brodé de 10 000 paillettes sont encore, à ce jour, les plus longs de toute l'histoire des mariages royaux. « Par millions, et comme si nous n'étions plus qu'un, nous étions retombés amoureux de la Grande-Bretagne », se souvient un témoin.

Le 29 avril 2011, William et Catherine se disent à leur tour « I do » dans un contexte de crise aiguë, devant plus de deux milliards de téléspectateurs. Autres temps, mêmes excès… Le mariage d'un futur souverain est un toujours un ballet brillant et compliqué, tout en mouvements rouge et or, prétexte à de mystérieuses et formidables communions populaires. Familière des triomphes de masse, la couronne de St Edward se régénère dans ces cérémonies que bien des cours d'Europe et d'ailleurs ont déjà essayé de copier sans jamais réussir à les égaler. Ceux qui exhortaient le jeune couple à ménager le contribuable en évitant de donner dans le spectaculaire et le bling bling ont d'ailleurs été les premiers à les remercier de n'en avoir rien fait. Ses épousailles en mondovision ont en effet provoqué un afflux de visiteurs sans précédent dans l'histoire du royaume. Après trois années consécutives de baisse de la fréquentation touristique, plus de 30,5 millions de résidents à l'étranger, soit 800 000 de plus qu'en 2010 et 350 000 de plus pour le seul mois d'avril, y ont dépensé la somme record de plus de 21 milliards d'euros en 2011. L'exposition de la robe nuptiale de la duchesse de Cambridge à Buckingham, pendant l'été, a attiré 600 000 fans venus des cinq continents et généré quelque 12 millions d'euros de recettes. Plus de un million de tasses, assiettes, torchons, calendriers et autres boîtes à sucre de la collection officielle « William & Catherine » ont été écoulés dans les boutiques du palais et sur internet. Le couple incarne le nouveau visage d'une institution monarchique dont l'impact se mesure désormais au moins autant en données économiques qu'en indices de popularité. Six mois après l'annonce de mesures d'austérité par le gouvernement de David Cameron, les noces princières se sont révélées le *gin and tonic* dont le pays avait besoin, « la dose revigorante d'évasion et de théâtralité » à laquelle il aspirait.

Il y a peu, le prince William se confiait pour la première fois au journaliste Robert Hardman sur les liens « de plus en plus forts » qui l'unissent à Grannie – « ma grand-mère d'abord, dit-il, avant d'être la reine ». Il dit pouvoir « lui poser toutes les questions, lui parler de tout, il n'est aucun sujet qu'elle ignore ou sur lequel elle n'ait déjà un avis bien plus sûr, bien meilleur que le mien[1] ». Le divorce de ses parents est

1. Robert Hardman, *Our Queen*, *op. cit.*, p. 55.

sans doute le traumatisme qui les a à jamais rapprochés. Ils se comprennent, s'admirent. La souveraine respecte l'indépendance de son petit-fils, l'application qu'il met à remplir ses obligations envers la Couronne tout en affirmant tranquillement – mais fermement – son désir de donner, pendant plusieurs années encore, la priorité à sa carrière militaire. Et de mener son existence comme il l'entend. Lorsque le jeune homme est rentré de sa visite officielle en Australie et en Nouvelle-Zélande, en mars 2011, elle lui a écrit « la plus formidable des lettres, raconte-t-il, une lettre qui disait "je te félicite" mais aussi "bravo, tu t'en es très bien sorti", ce qui signifie énormément pour moi[1] ». Elizabeth II veille à distance sur l'apprentissage de William et Harry en tant que membres « actifs » de la famille régnante, elle est d'avis qu'il doivent apprendre le « métier » par eux-mêmes, en accumulant les contacts avec le public, les voyages, les expériences. À sa demande, Sir David Manning, un ancien haut diplomate, ambassadeur de Grande-Bretagne aux États-Unis entre 2003 et 2007, fait désormais office auprès d'eux de mentor et de conseiller. Il a notamment accompagné le fils cadet de Charles et Diana pendant son voyage officiel en solo en Amérique du Sud, en mars 2012. Avant le départ, la reine a tenu à avoir avec Harry « le genre de conversation typique qu'une grand-mère a avec son petit-fils, révèle ce dernier. Elle m'a souhaité bonne chance et m'a dit : "Profites-en bien, j'espère que tu vas me faire honneur[2]." » À quatre-vingt-six ans, la souveraine demeure fermement aux commandes d'une institution

1. *Ibid.*, p. 54.

2. Cité dans « Prince Harry : I hope I have done The Queen proud », *The Daily Telegraph*, le 11 mars 2012.

monarchique dont les jeunes représentants incarnent, à leur manière, l'éternel printemps. Ses proches auraient tenté à plusieurs reprises de la convaincre de ralentir le rythme et la fréquence de ses engagements officiels, mais sans succès… « Nous faisons régulièrement allusion à toutes ces obligations que nous pourrions assumer à sa place, confie le prince William, mais elle ne veut pas en entendre parler[1]. » Beaucoup considèrent que son règne est d'ores et déjà entré dans l'Histoire. « Comment imaginer qu'un seul homme politique puisse rester aussi longtemps au gouvernement tout en conservant une popularité telle que les foules envahissent les rues pour fêter le soixantième anniversaire de son entrée en fonctions ? commente John Major. Moi, je ne peux pas l'imaginer. Et pourtant c'est ce que la reine a fait. Cela vous donne la mesure de ce qu'elle a accompli. La reine est aujourd'hui une icône, pas uniquement dans ce pays, mais partout dans le monde. La monarchie a su évoluer de manière à demeurer à la fois en phase avec son époque et un peu "à part" – car c'est une institution à part, et qui doit le rester –, et cette évolution lui a permis de conserver sa pertinence à une époque où tout bouge, où tout change plus vite. Lorsque la princesse Elizabeth est devenue reine, elle a hérité une Couronne stable, solide, respectée et populaire. Elle n'a pas eu, contrairement à d'autres souverains dans le passé, à la tirer d'un mauvais pas, à la sauver du déclin. Mais elle a tout fait pour être en mesure, le moment venu, de transmettre une monarchie en bon ordre. Je ne sais pas si son règne est un tournant dans l'histoire de la Couronne britannique, mais il a certainement conforté la popularité de l'institution, dans

1. Robert Hardman, *Our Queen, op. cit.*, p. 51.

un monde où les monarchies sont moins nombreuses qu'il y a cinquante ou soixante ans. J'ai la conviction que son règne a rendu la monarchie plus forte. Qu'il a assuré son avenir pour très longtemps[1]. »

1. Entretien avec l'auteur.

Sources documentaires

Ouvrages de référence en anglais

Mabell, Countess of Airlie, *Thatched with Gold*, Hutchinson & Co. Ltd., 1962.

S. M. La Reine Alexandra De Yougoslavie, *Prince Philip : A Family Portrait*, Hodder and Stoughton, 1959.

Arnold-Baker Charles, *A Companion to British History*, Routledge, 2001.

Aronson Théo, *The King in Love : Edward VII's Mistresses*, Guild, 1988.

Aronson Théo, *Princess Margaret : A Biography*, Michael O'Mara Books Ltd., 1997.

Aronson Théo, *Royal Subjects*, Pan Books (Macmillan Publishers Ltd.), 2001.

Asquith Lady Cynthia, *The Family Life of Her Majesty Queen Elizabeth*, Hutchinson & Co., 1937.

Asquith Lady Cynthia, *The King's Daughters*, Hutchinson and Co. Ltd., 1938.

Baxter Beverley, *Destiny Called to Them*, Oxford University Press, 1939.

Benn Tony, *Out of the Wilderness : Diaries 1963-67*, Arrow Books, 1988.

Benson Ross, *Charles : The Man, The Myths, The Marriage*, Victor Gollancz, 1995.

Blain Neil et O'Donnell Hugh, *Media, Monarchy and Power*, Intellect Books, 2003.

Bogdanor Vernon, *The Monarchy and the Constitution*, Clarendon Press, 1995.
Botham Noel, *Margaret : The Untold Story*, Blake Publishing Ltd., 1994.
Bradford Sarah, *George VI*, George Weidenfeld & Nicolson Ltd., 1989.
Bradford Sarah, *Elizabeth : A Biography of Her Majesty The Queen*, Mandarin Books, 1996.
Bradford Sarah, *Queen Elizabeth II : Her Life in Our Times*, Viking, 2012.
Bradford Sarah, *Diana*, Viking, 2006.
Brandreth Gyles, *Philip and Elizabeth : Portrait of a Marriage*, Century, 2004.
Brook-Shepherd Gordon, *Uncle of Europe : The Social and Diplomatic Life of Edward VII*, Collins, 1975.
Burgess Major Colin, *Behind Palace Doors*, John Blake Publishing Ltd., 2006.
Burrell Paul, *A Royal Duty*, Michael Joseph – Penguin Books, 2003.
Callaghan James, *Time & Chance*, Politico's, 2006.
Campbell-Preston Frances, *The Rich Spoils of Time*, The Dovecote Press Ltd., 2006.
Cannadine David, *The Decline and Fall of the British Aristocracy*, Vintage Books (Random House Inc.), New York, 1999.
Clayton Tim et Craig Phil, *Diana : Story of A Princess*, Hodder & Stoughton Ltd., 2001.
Colville John, *The Fringes of Power : 10 Downing Street Diaries, 1939-1955*, W. W. Norton & Company, 1986.
Corbitt F. J., *Fit for a King*, Odhams Press Ltd., 1956.
Crawford Marion, *The Little Princesses*, Cassell & Co., Ltd., 1950.
Crossman Richard, *The Diaries of a Cabinet Minister, Volume One*, Hamish Hamilton and Jonathan Cape, 1975.
Crossman Richard, *The Diaries of a Cabinet Minister, Volume Three*, Hamish Hamilton and Jonathan Cape, 1977.

Cumming Valerie, *Royal Dress*, Holmes & Meier Publishers, 1989.

Dampier Phil et Walton Ashley, *What's in The Queen's Handbag and Other Royal Secrets*, Book Guild Publishing, 2007.

Davies Nicholas, *Elizabeth : Behind Palace Doors*, Mainstream Publishing Projects, 2000.

De Guitaut Caroline, *The Royal Tour : A Souvenir Album*, Royal Collection Publications, 2009.

De-La-Noy Michael, *The Queen behind The Throne*, Arrow Books, 1995.

Dean John, *H.R.H. Prince Philip, Duke of Edinburgh : A Portrait by His Valet*, Robert Hale Ltd., non daté (début des années cinquante).

Dempster Nigel et Evans Peter, *Behind Palace Doors*, Orion Books Ltd., 1994.

Dennis Geoffrey, *Coronation Commentary*, William Heinemann Ltd., 1937.

Dimbleby Jonathan, *The Prince of Wales : A Biography*, Little, Brown and Company, 1994.

Donoughue Bernard, *Downing Street Diary : With Harold Wilson in No. 10*, Pimlico, 2006.

Duncan Andrew, *The Reality of Monarchy*, Pan Books, 1970.

Eade Philip, *Young Prince Philip*, HarperPress, 2011.

Edward, Prince of Wales (avec Rupert Godfrey), *Letters from a Prince*, Little, Brown and Company, 1998.

Edwards Anne, *Matriarch : Queen Mary & The House of Windsor*, Hodder and Stoughton, 1984.

Forbes Grania, *My Darling Buffy : The Early Life of the Queen Mother*, Headline Book Publishing, 1999.

Graham Caroline, *Camilla, The King's Mistress*, Blake Publishing Ltd., 1994.

Greig Geordie, *The King Maker*, Hodder & Stoughton Ltd., 2011.

Hardman Robert, *Our Queen*, Hutchinson, 2011.

Hardman Robert, *Monarchy : The Royal Family at Work*, Ebury Press, 2007.

Hartnell Norman, *Silver and Gold*, Evans Brothers Ltd., 1955.
Heald Tim, *Philip : A Portrait of The Duke of Edinburgh*, William Morrow and Company Inc., 1991.
Heald Tim, *Princess Margaret : A Life Unravelled*, Weidenfeld & Nicolson, 2007.
Healey Edna, *The Queen's House : A Social History of Buckingham Palace*, Carroll & Graf Publishers Inc. (New York), 1998.
Heath Edward, *The Course of My Life*, Coronet Books, Hodder and Stoughton, 1999.
Hennessy Peter, *Having It So Good : Britain in the Fifties*, Allen Lane, 2006.
Hibbert Christopher, *Edward VII*, Penguin Books Ltd., 1976.
Hibbert Christopher, *Queen Victoria : A Personal History*, HarperCollins Publishers, 2000.
Hibbert Christopher, *Queen Victoria in Her Letters and Journals*, Sutton Publishing, 2000.
Higham Charles, *Wallis : Secret Lives of The Duchess of Windsor*, Pan Books (Macmillan Publishers Ltd.), 1989.
Hoey Brian, *Anne : The Private Princess Revealed*, Pan Books, 1998.
Hoey Brian, *All The Queen's Men : Inside The Royal Household*, HarperCollins Publishers, 1992.
Hoey Brian, *Her Majesty : Fifty Regal Years*, HarperCollins Publishers, 2001.
Hoey Brian, *Life with The Queen*, Sutton Publishing Ltd., 2006.
Holden Anthony, *Charles : A Biography*, Bantam Press, Transworld Publishers Ltd., 1998.
Horne Alistair, *Macmillan : The Official Biography*, Macmillan, 2008.
Jay Antony, *Elizabeth R, The Role of the Monarchy Today*, BCA, 1992
D. Jephson Patrick , *Shadows of A Princess*, HarperCollins Publishers, 2000.
Junor Penny, *Charles : Victim or Villain ?*, HarperCollins Publishers, 1998.

Kensington Palace, *Hats and Handbags : Accessories from the Royal Wardrobe*, Historic Royal Palaces, 2003.

Keppel Sonia, *Edwardian Daughter*, Hamish Hamilton Ltd., 1958.

Lacey Robert, *Royal : Her Majesty Queen Elizabeth II*, Little, Brown, 2002.

Lacey Robert et Danziger Danny, *The Year 1000*, Little, Brown and Company, 2000.

Laird Dorothy, *Queen Elizabeth the Queen Mother, and her support to the Throne during Four Reigns*, Hodder and Stoughton, 1966.

Laird Dorothy, *How The Queen Reigns*, Hodder and Stoughton Ltd., 1959.

Lamont-Brown Raymond, *Edward VII's Last Loves : Alice Keppel & Agnes Keyser*, Sutton Publishing Ltd., 1998.

Lascelles Sir Alan, *King's Counsellor*, Weidenfeld & Nicolson, 2006.

Loelia Duchess Of Westminster, *Grace and Favour*, Weidenfeld and Nicolson, 1961.

Logue Mark et Conradi Peter, *The King's Speech*, Quercus, 2010.

Longford Elizabeth, *Elizabeth R*, Hodder and Stoughton Ltd., 1984.

Longford Elizabeth, *Victoria R. I.*, Abacus, 2000.

Longford Elizabeth, *Royal Throne : The Future of the Monarchy*, Hodder and Stoughton Ltd., 1993.

Major John, *The Autobiography*, HarperCollins Publishers, 2000.

Marr Andrew, *The Diamond Queen : Elizabeth II and Her People*, Macmillan, 2011.

Morrah Dermot, *The Royal Family in Africa*, Hutchinson & Co. Ltd., 1947.

Morrah Dermot, *The Work of The Queen*, William Kimber, 1958.

Morton Andrew, *Diana : Her True Story in Her Own Words*, Michael O'Mara Books Ltd., 1998.

Morton Andrew, *Diana : Her New Life*, Michael O'Mara Books Ltd., 1994.
Nelson Michael, *Queen Victoria and the Discovery of the Riviera*, L. B. Tauris Publishers, 2001.
Nicolson Harold, *The Harold Nicolson Diaries 1907-1964*, Nigel Nicolson, Phoenix, 2005.
Nicolson Harold, *Kings, Courts and Monarchy*, Simon and Schuster, 1962.
M. Packard Jerrold, *The Queen and Her Court*, Robson Books Ltd., 1981.
M. Packard Jerrold, *Victoria's Daughters*, Sutton Publishing Ltd., 1999.
Pasternak Anna, *Princess in Love*, Bloomsbury Publishing, 1994.
Pimlott Ben, *The Queen : A Biography of Elizabeth II*, HarperCollins Publishers, 1997.
Plumptre George, *Edward VII*, Pavilion Books Ltd., 1995.
Ponsonby Sir Frederick, *Recollections of Three Reigns*, Quartet Books Ltd., 1988.
Pope-Hennessy James, *Queen Mary*, George Allen and Unwin Ltd., 1959.
Rhodes Margaret, *The Final Curtsey*, Umbria Press, 2011.
Ring Anne, *The Story of Princess Elizabeth*, John Murray, 1930.
Martin Robinson John, *Buckingham Palace : The Official Illustrated History*, Royal Collection Publications, 2006.
Rose Kenneth, *King George V*, Alfred A. Knopf Inc., 1983.
Sackville-West Vita, *The Edwardians*, Virago Press [1930], 1983.
Seward Ingrid, *The Queen and Di*, HarperCollins Publishers, 2000.
Shakespeare William, *Hamlet*, Aubier, 1998.
Shawcross William, *Queen and Country*, BBC Worldwide Ltd., 2002.
Shawcross William, *Queen Elizabeth The Queen Mother : The Official Biography*, Macmillan, 2009.

Shea Michael, *A View from the Sidelines*, Sutton Publishing, 2003.

Sheridan Lisa, *From Cabbages to Kings*, Odhams Press Ltd., 1955.

Simon Sykes Christopher, *Private Palaces : Life in the Great London Houses*, Chatto & Windus Ltd., 1985.

Smith Godfrey, *The English Season*, Pavilion Books Ltd. & Michael Joseph Ltd., 1987.

Smith Horace, *A Horseman Through Six Reigns*, Odhams Press Ltd., 1955.

Smith Sean, *Royal Racing, The Queen and Queen Mother's Sporting Life*, BBC Worldwide Ltd., 2001.

Snell Kate, *Diana : Her Last Love*, Granada Media (André Deutsch Ltd.), 2000.

Souhami Diana, *Mrs Keppel and Her Daughter*, Flamingo (HarperCollins Publishers), 1997.

Spencer Charles, *The Spencer Family*, Viking (The Penguin Group), 1999.

Starkey David, *Monarchy*, Harper Perennial, 2007.

St James's Palace, *Marriage of Her Royal Highness The Princess Elizabeth and Lieutenant Philip Mountbatten : List of Wedding Gifts*, Harrison and Sons Ltd., 1947.

Strong Roy, *Coronation : A History of Kingship and the British Monarchy*, HarperCollins Publishers, 2005.

Thompson Paul, *The Edwardians : The Remaking of British Society*, Academy Chicago Publishers, 1985.

Turner Graham, *Elizabeth : The Woman and The Queen*, Macmillan, 2002.

Tyrrel Rebecca, *Camilla : An Intimate Portrait*, Short Books, 2003.

Vickers Hugo, *Elizabeth The Queen Mother*, Hutchinson, 2005.

Vickers Hugo, *Behind Closed Doors : The Tragic Untold Story of The Duchess of Windsor*, Hutchinson, 2011.

Vickers Hugo, *Alice, Princess Andrew of Greece*, Penguin Books, 2001.

Warwick Christopher, *Princess Margaret : A Life of Contrasts*, André Deutsch Ltd., 2002.
Weintraub Stanley, *The Importance of Being Edward*, John Murray Ltd., 2000.
Wharfe Ken, *Diana, Closely Guarded Secret*, Michael O'Mara Books Ltd., 2002.
W. Wheeler-Bennett John, *King George VI : His Life and Reign*, Macmillan and Co. Ltd., 1958.
Whitaker James, *Settling Down*, Quartet Books Ltd., 1981.
Wilson Christopher, *A Greater Love : Charles & Camilla*, Headline Book Publishing, 1994.

Ouvrages de référence en français

Brissac Duc de, *Que le chagrin reste à la porte*, Perrin, 1999.
Burrell Paul, *Confidences royales*, Michel Lafon, 2003.
Burrell Paul, *Nos plus belles années*, Michel Lafon, 2006.
Campbell Lady Colin, *Lady Diana, l'intrigante*, Éditions °1, 1993.
Catsiapis Helene, *La Royauté anglaise au* XXe *siècle*, Ellipses, 2000.
Coward Rosalind, *Diana : le portrait*, E.p.A, 2004.
Hargrove Charles, *Elizabeth II*, Perrin, 2004.
S. A. R. Le Prince Henrik de Danemark, *Destin oblige*, Plon, 1996.
Jordis Christine, *Promenades anglaises*, Seuil, coll. « Points », 2008.
Kaufmann Jean-Claude, *Le Sac : un petit monde d'amour*, Jean-Claude Lattès, 2011.
Klein Edward, *Adieu Jackie*, Jean-Claude Lattès, 2004.
Knox Tim et Hammond Francis, *La Résidence de l'Ambassadeur de Grande-Bretagne à Paris*, Flammarion, 2011.
S. M. La Reine Margrethe de Danemark, *Le Métier de reine*, Fayard, 1990.
Maurois André, *Disraeli*, Gallimard, 1927.

Maurois André, *Édouard VII et son temps*, Éditions de France, 1933.

Mougel François-Charles, *L'Angleterre au* XXe *siècle*, Ellipses, 2000.

Oudin Bernard, *Histoires de Londres*, Perrin, 2003.

Roche Marc, *Elizabeth II, la dernière reine*, La Table ronde, 2007.

Roche Marc, *Elizabeth II : une vie, un règne*, La Table ronde, 2012.

Nérée Ronfort Jean et Augarde Jean-Dominique, *À l'ombre de Pauline*, Éditions du Centre de recherches historiques, 2001.

Wajsbrot Cecile, *Violet Trefusis*, Mercure de France, 1989.

Whitaker James, *Diana contre Charles : la fin d'un conte de fées*, Olivier Orban, 1993.

Chronique de l'Angleterre, Éditions Chronique / Jacques Legrand SA, 1995.

Films documentaires

Monarchy : The Royal Family at Work, de Robert Hardman et Matt Reid, BBC, 2007.

The Queen at Eighty, d'Andrew Marr et Sally Norris, BBC, 2006.

The Queen's Castle, de Robert Hardman et Matt Reid, BBC, 2005.

Queen and Country, de William Shawcross, BBC, 2002.

Elizabeth R, d'Edward Mirzoeff et Ian Holm, BBC, 1992.

Royal Family, de Richard Cawston et Antony Jay, 1969.

Elizabeth II et sept présidents, de Kent Barker et Christian Bidault, 2006.

Remerciements

J'exprime avant tout mon immense reconnaissance à Samantha Cohen, Secrétaire particulière adjointe de S. M. La Reine Elizabeth II, ainsi qu'à tous les membres du Service de Presse du palais de Buckingham : Ailsa Anderson, Marnie Gaffney, Nick Loughran, David Pogson, Meryl Keeling, Colette Saunders, Zaki Cooper et Louise Tait.

Je remercie Sir John Major d'avoir bien voulu répondre à mes questions sur la relation de travail entre la souveraine et son Premier Ministre.

Je remercie également M. Jacques Chirac et M. Valéry Giscard d'Estaing de m'avoir autorisée à accéder à une partie des archives de leur présidence, ainsi que les mandataires des présidents François Mitterrand et Georges Pompidou.

Ma gratitude va également aux anciens ministres des Affaires étrangères Hubert Védrine, Hervé de Charette et Roland Dumas ; au Lt. Col. Edward Lloyd-Jukes et à Mrs Lloyd-Jukes ; à Éric Freysselinard et à Nicole Albert-Lebrun pour m'avoir communiqué des extraits des carnets de Marguerite Lebrun, l'épouse de l'ancien chef de l'État français, encore non publiés ; à la Très Honorable comtesse Mountbatten de Birmanie ; à Lady Pamela Hicks ; à Mrs Margaret Rhodes ; à Peter Wilkinson ; à Pascal Geneste et aux personnels des Archives de France ; à Jean-François Kervéan, qui a rendu ce livre possible.

Ainsi qu'à : Geoffroy Chancerelle de Roquancourt-Keravel, Mme Jean François-Poncet, Florence de Bollardière, le comte et la comtesse Bertrand de Tarragon, Beatrix de Guitaut, Bertrand du Vignaud de Villefort, Isabel de Ravenel, Véronique de Mac-Mahon, Henry Blanc, Guy Thibault, Louis Romanet, René Marbeaud, Huguette Ruaux, le baron Henry de Montesquieu, Don Rouse, Georges Nazaret.

De nombreuses personnes ont accepté de me prêter leur concours pendant mes recherches, en Grande-Bretagne comme en France. Certaines ont demandé à ne pas être citées, beaucoup m'ont apporté une aide précieuse au moyen d'informations et d'explications qui ont approfondi – et considérablement éclairé – ma connaissance du travail de la reine Elizabeth II, des événements qui ont jalonné son règne et des liens qui l'unissent à la France. Qu'elles en soient toutes, elles aussi, remerciées.

Je remercie enfin tous ceux qui m'ont soutenue et accompagnée tout au long du voyage, et j'exprime ma gratitude à mon éditrice, Sophie de Closets, pour son aide précieuse et sa patience remarquable.

Table des matières

RÉALISATION : NORD COMPO À VILLENEUVE-D'ASCQ
IMPRESSION : CPI FRANCE
DÉPÔT LÉGAL : MAI 2013. N° 110596-4 (3049430)
IMPRIMÉ EN FRANCE